FARFALLE

Hannah
Deitch

Killer Potential

traduzione dall'inglese di Dario Diofebi

Marsilio

Titolo originale: *Killer Potential*

Published with arrangements with Trellis Literary Management and Berla & Griffini Rights Agency

Prima edizione: maggio 2025
ISBN 978-88-297-2058-3
www.marsilioeditori.it

KILLER POTENTIAL

Alla mia famiglia

PARTE PRIMA

Il costo della vita

1

Sono stata un'assassina famosa, una volta. Ho ammazzato una famiglia intera di gente molto ricca, stile Charles Manson, e poi mi sono data alla fuga. Il mio movente, però, non era scatenare una guerra razziale che ci guidasse tutti verso un paradiso terrestre, né il sogno segreto di essere un membro dei Beatles. A dar retta ai giornali, ero soltanto un'altra di quelli che uccidono per la fama, pronta a tutto pur di incidere il proprio ritratto sul monte Rushmore dei grandi serial killer americani.

Non è vero niente, ma siamo sinceri, questa storia dell'ex assassina famosa non è male come presentazione. Per un po' ho pensato di metterla nella bio di Tinder. Due verità e una bugia: 1) ho lasciato un dottorato a metà; 2) conosco tutti i segreti del mercato azionario e ci ho guadagnato milioni!!!; 3) sono stata un'assassina famosa, una volta.

Un'altra cosa che sono stata una volta è un'insegnante di ripetizioni per gli esami di ammissione al college, che poi è il modo in cui sono entrata in contatto con quella famiglia che assolutamente non ho ammazzato io. Una delle tante stupide regole grammaticali che insegniamo (uso il *plurale maiestatis* qui per indicare noi insegnanti di ripetizioni, la mia gente, i miei compagni, i truffatori come me che spacciano cazzate per mettere insieme i soldi per l'affitto) è la differenza tra la forma attiva e quella passiva. Io faccio una cosa. Una cosa viene fatta da me. La prima è attiva; la seconda è passiva. Il passivo è ambiguo. Genera leggende. Crimini commessi senza un criminale a commetterli. Soggetti nascosti e fatti scomparire. La forma attiva è migliore, ma quella passiva può essere utile. Se sei un'assassina, per esempio.

Certi atti sono stati compiuti da me. È più facile raccontare la storia così. Quel "me" passa quasi in secondo piano; diventa la parte meno importante della frase. Ora è l'azione a essere al centro. I Victor sono stati trovati morti. I cadaveri dei Victor sono stati scoperti da me.

Quando ripenso oggi al giorno in cui sono arrivata a casa loro per far lezione a Serena Victor e ho scoperto il corpo di suo padre cullato dalle alghe nello stagno delle carpe koi, gonfio e bluastro e indiscutibilmente morto, riesco quasi a immaginarmelo come un film che mi sia capitato di vedere. Quando mi ritrovo davanti il cratere insanguinato che è quel che resta del volto di sua madre, sono come un fantasma finito per caso sulla scena di un delitto. Non ho una forma materiale. Non entro in contatto con nulla, sono al di fuori dell'universo delle cause e degli effetti e del principio di entropia. Sono solo di passaggio.

In realtà, ovviamente, qualcosa ho fatto. Certe decisioni sono state prese: le ho prese io. Certi atti di violenza sono stati commessi: li ho commessi io. Sono state abbandonate scene del crimine: sono stata io a fuggire. A qualcuno è stato fatto del male: sono stata io a fargliene. Qualcuno è stato amato: sono stata io ad amarlo. Non tutto quello che ho fatto è stato sbagliato. Soltanto la maggior parte.

Ripenso spesso a un racconto che ho letto quando ero adolescente. «Il giardino dei sentieri che si biforcano» di Jorge Luis Borges. Nel racconto, un professore cinese riscopre l'opera del suo avo Ts'ui Pên, il quale aveva sognato di creare allo stesso tempo un romanzo labirintico e un labirinto fisico che fosse impenetrabile. Il romanzo era rimasto incompiuto e incomprensibile e, stando ai più, il labirinto non lo si era mai riusciti a trovare. Ma in realtà il romanzo e il labirinto erano una cosa sola. Il professore incontra uno studioso di Ts'ui Pên, che gli racconta che ciò che l'uomo aveva immaginato era un labirinto fatto non di spazio – un intreccio tangibile di sentieri –, ma di tempo. Le nostre decisioni non sono scelte che eliminano tutte le altre possibilità per il solo fatto della loro certezza, ma una moltiplicazione del tempo in cui tutte le altre scelte possibili esistono a loro volta, dando vita a una serie di assi temporali simultanei. In altre parole, tutte le decisioni possibili vengono prese in ogni momento, tutte insieme.

Esiste un universo in cui non sono mai andata a casa dei Victor. Io e il mio coinquilino beviamo troppo la sera prima. Gli mando un messaggio: «Mi spiace tanto, ma oggi sto malissimo. Possiamo rimandare?» Più tardi, quella sera, verrò a sapere degli omicidi dal telegiornale, nello stesso modo in cui lo scoprirà il resto del mondo. Mi sorbirò le riflessioni degli opinionisti avvoltoi e le teorie torrenziali degli appassionati di true crime su Reddit. Sarà un aneddoto che racconto alla gente a una festa: avete presente i Victor, quella famiglia ricca che è stata assassinata a Los Angeles? Una volta davo ripetizioni alla figlia. Ho pisciato nel loro bagno e ho bevuto il loro tè e ho spiegato la trigonometria alla ragazzina. Non sarei neanche una nota a piè di pagina.

Ora invece sono io la storia. L'ho scritta io. La storia ha scritto me.

2

Vedevo Serena Victor la domenica pomeriggio. Serena era una degli studenti a cui insegnavo un po' tutte le materie. Erano quasi due mesi che la seguivo. Ci vedevamo una volta alla settimana per due ore: preparazione per i test di ammissione al college la prima ora, semplice aiuto con i compiti la seconda. Non ero la prima a darle ripetizioni: Dinah mi aveva detto che c'era stata un'altra insegnante, ma avevano dovuto mandarla via. Il messaggio sottinteso era chiaro: *Se Serena non ce la fa, non ce la fai neanche tu.*

A Serena di solito serviva una mano in lingua e scrittura, a volte in chimica. Erano due settimane che non andava a scuola, perciò la stavo aiutando a rimettersi in pari. La misteriosa malattia di Serena non era contagiosa, così mi assicurò sua madre, ma era grave abbastanza da farla restare a casa, dove i genitori potevano tenerla d'occhio. La preparazione per i test di ammissione al college restava la cosa più importante. Nei test di prova aveva una media intorno al 1350 su 1600. Il suo punteggio più alto era 1480, il più basso 1220. Un po' a sorpresa, per una ragazza che sognava di entrare in una di quelle università esclusive che insegnano materie umanistiche, la matematica era la materia in cui andava meglio. E la matematica era anche la materia che io preferivo insegnare. Quelle formule così eleganti, i piccoli trucchi, la ripetitività. È più complicato avere una metodologia rigorosa quando devi insegnare comprensione del testo. I progressi dei miei studenti erano meno lineari e più imprevedibili, e un mancato miglioramento o un calo nei risultati dei test diventava più difficile da spiegare ai genitori.

I genitori dei miei studenti in genere si suddividevano in due categorie. C'erano quelli che erano sempre smielatamente grati per "tutto il mio aiuto" e quelli che valutavano con forte sospetto le mie competenze e le mie richieste economiche. Ai Victor, però, sembravo piacere davvero. Peter, il padre di Serena, lavorava nella finanza. Faceva qualcosa in banca, credo. Di più non so. Soldi fatti sui debiti degli altri, zeri che si moltiplicavano sui conti correnti mentre lui passava le estati a Maiorca e a Montecarlo e a Martha's Vineyard. Peter era basso e abbronzato in modo innaturale, con i capelli biondo scuri striati di grigio. Durante le mie lezioni in genere non c'era mai, ma le rare volte che era lui ad aprirmi la porta aveva quella dolcezza disarmante di un uomo solo in una casa piena di donne. Avevo presente il tipo. Uno di quei padri che si vedono come i custodi della pace, la pacata voce della ragione che tiene a bada tutti quegli estrogeni fuori controllo.

Non sono sicura di dove Peter avesse incontrato Dinah, o come, ma quello che so è che prima che si sposassero lei era stata un'attrice di una certa fama. Si era ritirata dalle scene una volta avuta la figlia. All'apice del suo successo, aveva avuto una parte in un film drammatico candidato all'Oscar in cui una sorprendente promessa dell'atletica otteneva una vittoria contro tutti i favori del pronostico. Una volta mi sono fatta una canna con gli amici e l'ho guardato. Dinah interpretava la bella fidanzata che si rifiuta di lasciare il capezzale del protagonista dopo il suo infortunio al ginocchio, che lui grazie al supporto incondizionato di lei riesce coraggiosamente a superare. Il film mi piacque più di quanto avrei voluto ammettere.

E poi c'era Serena. Serena Victor era una diciassettenne timida con i capelli biondi e splendenti e il viso da bambolina di porcellana. Indossava abiti leggeri e gonne e maglioni larghi di seconda mano, sulle gambe aveva un accenno di peluria bionda. La prima volta che la vidi, i capelli le arrivavano quasi alla vita. Alla terza settimana di lezioni li aveva tagliati corti come Jean Seberg: era stata lei stessa a darmi questo riferimento, il suo modo di lasciarmi intendere che sapeva chi fosse Jean-Luc Godard. Avevo il sospetto che, malgrado fosse carina, non fosse molto popolare a scuola. Cercava di crearsi un'identità con i suoi gusti in fatto di libri, cinema e musica, si imbarazzava facilmente e criticava troppo gli altri. A me, un po' ingiustamente forse, era antipatica per partito preso. La sua timidezza mi ricordava le ragazzine ricche e asociali che erano all'università con me, che si aggiravano per il campus col loro caratteraccio fumando una sigaretta dopo l'altra. Vedevo già perfettamente il suo futuro. Un master in Poesia, un dottorato in Lettere Moderne. Giocare a fare la *bohémienne* senza un soldo in un quadrilocale vittoriano con ingresso indipendente nel Mission District di San Francisco. Del suo ragazzo, Lukas, sapevo abbastanza da capire che tipo di uomini le interessassero. Avevo visto le foto di Lukas sulla schermata di sblocco del suo telefono e sulla polaroid che aveva appiccicato con lo scotch sul retro della custodia. Aveva i capelli lunghi e spettinati, di un biondo sporco, una versione annacquata dei boccoli d'oro di Serena. Zigomi squadrati e guance scavate, come una colata di cera squagliata su un teschio. Lukas era vegetariano e si rollava le sigarette da solo. Superati i vent'anni, Serena lo avrebbe scambiato con nuovi modelli più appariscenti, tante variazioni dello stesso uomo, tutti col biglietto da visita dei gusti del vero alternativo. Le magliette sbiadite di gruppi che nessuno ha mai sentito nominare, i capelli unti, le sneakers vintage, i baffetti, i tatuaggi fatti a mano. Sarebbero stati ricchi, come Serena, ma lo avrebbero nascosto bene. E alla fine si sarebbe fidanzata con un tizio del mondo delle start-up, forse svedese o norvegese di origine, uno che sviluppa app e si fa un sacco di mdma e si reputa una vera autorità in fatto di hip hop americano. O magari un ereditiere nato e cresciuto a New York che lavora nell'immobiliare e nei weekend suona in una cover band dei Dinosaur Jr. Nel frattempo, Serena dipinge, oppure compra opere d'arte, oppure apre una lussuosa clinica del benessere mentre completa la sua tesi di dottorato sulla malinconia e il corpo femminile nella poesia pastorale inglese.

Se vi sembro crudele o meschina, non farò alcun tentativo di difendermi. Se vi può consolare, posso assicurarvi che i sentimenti di Serena sono rimasti del tutto al sicuro dai miei pensieri cattivi cattivi. Ero bravissima a far finta che mi piacesse, quando ero con lei, e comunque siamo onesti: non aveva importanza che lei mi piacesse o no. Abitava nella casa più bella in cui avrei mai messo piede, una casa in cui non mi sarei mai potuta permettere di vivere, una casa così fantastica che non sembrava neanche appartenere allo stesso mondo in cui ero io. E invece era proprio lì, sulle colline di Los Feliz, incastonata tra le villette Tudor e in stile coloniale spagnolo e gli chalet svizzeri.

In salotto, l'unica luce filtrava di un verde schiuma marina attraverso il prisma di una finestra dipinta sul modello dell'*Albero della vita* di Klimt. Dalla stanza si dipanava un labirinto di corridoi senza una logica, improbabili e surreali. L'arredamento scelto da Dinah Victor era in stile Old Hollywood, con lunghi divani di velluto e lampadari medievali. Tappeti persiani, piastrelle marocchine turchesi in bagno, vasche opalescenti come il ventre di una conchiglia, con piedi ad artiglio dorati. Per due ore a settimana lavoravamo in sala da pranzo, e qualche volta in salotto o in cucina. E per quelle due ore metà del mio cervello restava concentrata su quello che c'era da fare: insegnare a Serena il concetto di parabola, il corretto ordine degli aggettivi e il teorema di Pitagora. L'altra metà spaziava libera per la casa, facendo scorpacciata di ogni dettaglio. La saponetta di gelso e zafferano da cento dollari. Niente virgola tra soggetto e predicato. Il tavolo con bordo vivo di legno portoghese. I polinomi. La carta da parati in seta De Gournay dipinta a mano. I parallelismi.

Lo confesso, nei miei momenti di debolezza e masochismo qualche volta mi metto a sfogliare gli annunci immobiliari come fossero siti porno. Mi piacciono vecchie. E Zillow è il sito dove trovo le migliori. Ma per la casa dei Victor mi toccò rispolverare tutto quello che avevo imparato dalla mia costosa laurea in Storia dell'Arte. L'architetto era un artista surrealista di nome Emmanuel Besos, un nobile spagnolo arrivato in California per lavorare nella neonata industria cinematografica. Costruiva i set per i musical e i colossal storici: scalinate lunghe fino a perdersi tra le nuvole, sale da ballo e giardini e montagne che sembravano usciti da una favola. La casa dei Victor era uno dei tre progetti residenziali che aveva completato a Los Angeles negli anni Venti. Era stata pensata per sperimentare un nuovo modo di realizzare le stanze della servitù. L'idea di Besos era di creare un labirinto di passaggi segreti e porte nascoste, progettato per consentire ai domestici di restare sempre invisibili. Stando a un articolo che avevo letto, questa storia dei passaggi segreti era una leggenda: nessuno ne aveva mai trovato traccia, e dalle planimetrie ufficiali della casa non risultavano. Una delle tante fantasie di Besos, mai trasformata in realtà.

La routine con Serena era sempre la stessa. Parcheggiavo in strada davanti alla casa. La mia macchina era una PT

Cruiser nera del 2003 che avevo ereditato da un prozio morto. In mezzo alla sfilza di Tesla su quella via sembrava uno scassone dall'aspetto vagamente minaccioso. Tiravo fuori quattro libri dal bagagliaio: i test di ammissione della Princeton Review, i test della College Board, un libro di esercizi di matematica e il romanzo di turno che le era stato assegnato dall'insegnante di lettere. *Frankenstein*, quella settimana. Percorrevo il vialetto, superavo il fossato (sul serio, un fossato vero), attraversavo il giardino rigoglioso con le piante grasse e gli alberi di limoni, e raggiungevo l'enorme portone di quercia che, la domenica in cui comincia questa storia, era spalancato.

Non era normale, questo fatto.

«Serena?» Non entrai. Dall'uscio sentivo già l'odore familiare della casa: quell'alito un po' stantio che hanno tante case a Los Angeles, tutte quelle ville degli anni Venti che punteggiano le colline. Dinah Victor aveva una predilezione per gli incensi costosi e il tè alla menta. Anche di quelli sentivo l'odore.

«Serena?» chiamai di nuovo. Ancora una volta non rispose nessuno, se non il cane, che sbucò dal buio dell'interno a tutta velocità e si fiondò sulle mie gambe, dandomi poi un morso a una caviglia.

«Pickle, ma che cazzo!»

Il cane mi morse un'altra volta. Erano morsi leggeri, bavosi, non forti abbastanza da bucare la pelle, ma incredibilmente fastidiosi.

«Dinah? Ci siete?»

Mi ricordai che Dinah non era mai stata a casa le ultime due o tre settimane. Era sempre stato Peter ad aprirmi la porta.

«Peter?» chiamai.

Niente. Entrai. L'ingresso era buio e aveva il soffitto basso, con una sala da pranzo alla sinistra del foyer. Era lì che di solito io e Serena facevamo lezione. Posai i libri sul tavolo. C'erano piccoli rumori in tutta la casa. Da qualche angolo delle sue strane risonanze acustiche sentii venire un botto. Da qualche parte, un rubinetto aperto.

Tornai nell'ingresso. La luce del sole cercava di entrare, filtrando da una fessura nelle persiane e seminando piccoli bagliori sui pavimenti di legno segnati. Di fianco alla sala da pranzo c'era un bagnetto di servizio, che di solito usavo sempre appena arrivata. Faceva parte della mia routine in tutte le case in cui davo ripetizioni: un momento di privacy per pisciare o cagare in un bel bagno, e prepararmi a recitare il ruolo di Evie Gordon, insegnante di ripetizioni per gli esami di ammissione al college. I Victor tenevano dei tovagliolini di carta sistemati su un piattino dorato. A volte mi chiedevo se fosse per evitare che la servitù usasse i loro asciugamani. La "servitù" era una categoria abbastanza flessibile, della quale non ero mai sicura se facessi parte o no. È sempre così per chi fa ripetizioni. Non siamo veri insegnanti. Non ce l'abbiamo quel tipo di autorità. Eppure, tra me e il ragazzino di turno c'è almeno l'illusione che gli ordini li do io: un contratto implicito che entrambi ci impegniamo a rispettare partecipando a questa recita. A volte, per dare il via allo spettacolo, i genitori provano a chiamarmi "signorina Gordon". Io li rassicuro bonaria: Ma no, no, la prego, mi chiami Evie.

Tornai in sala da pranzo, aspettandomi di trovarci Serena. Ancora non c'era. Mi misi comunque a sedere. Pensai per un attimo di accendere una luce o aprire le tende. In tasca avevo il cellulare. Mandai un messaggio a Serena e un altro a Dinah: «Ciao! Io ci sono.»

Da qualche parte sentii vibrare un telefono.

Qualcuno era in casa, quindi. Presi in considerazione l'idea di aggiungere un secondo messaggio con una faccina che ride. A Serena e Dinah piacevano piccoli tocchi del genere. Rendeva meno imbarazzante il fatto che mi pagavano e gli permetteva di vedermi più come un'amica di

Serena un po' più grande che aveva una passione per la grammatica. In alcune delle famiglie in cui ho lavorato, era un'illusione utile: ricordarsi della transazione commerciale alla base del nostro rapporto li metteva a disagio, li faceva sentire sporchi. Era così anche con i Victor. Dinah mi offriva sempre il tè. Voleva sapere che ne pensavo della situazione in Afghanistan, qual era il mio romanzo di Virginia Woolf preferito, cosa significavano i miei tatuaggi.

Continuava a non venire nessuno.

Controllai il telefono. Nessuna delle due aveva risposto. Mi misi ad ascoltare attentamente i suoni della casa, cercando di captare gli scricchiolii e i gemiti del legno dei pavimenti. Ero così sicura di aver sentito un rubinetto aperto poco prima. Adesso non si sentiva più nulla.

Mi alzai lentamente dal tavolo. Avevo la sensazione che fosse importante fare silenzio, per motivi che ancora non riuscivo a capire. Attraversai il corridoio buio in punta di piedi, superai il bagno con le saponette e le creme costose, poi lo studio buio del signor Victor, fino ad arrivare in cucina.

C'ero già stata di tanto in tanto, per il tè o per fare due chiacchiere e, una volta, per fare lezione sedute al tavolo da colazione con i divanetti sotto la finestra di vetro colorato. I fornelli erano d'epoca, francesi. Da una trave in legno massiccio pendevano delle pentole di rame, come in una casa di campagna. Le pareti e il pavimento erano in pietra: sembrava di stare in un castello, come se la stanza venisse da un altro mondo. Da una coppia di porte ad arco si raggiungeva il giardino sul retro.

Una delle due era aperta. Posate a terra lì accanto c'erano una valigia e una borsetta. Forse Dinah era tornata dal posto in cui era stata ultimamente. Dall'arco della porta aperta entrava in cucina un fascio di luce, spessa e densa e mossa da vortici di pulviscolo.

«Dinah?» Timidamente aprii ancora di più la porta e

uscii in giardino, portando una mano alla fronte per riparare gli occhi dal sole.

C'era un vialetto sinuoso di mattonelle di terracotta, fiancheggiato da un pergolato di ferro battuto avvolto dall'edera. Una piscina blu scuro, come le terme romane. L'odore di menta e basilico che arrivava dall'orto. Pomodori maturi sui rami. Il giardino si apriva su un cortile ombreggiato dai cipressi. Una jacuzzi, che avevo il sospetto venisse usata assai di rado. C'erano cactus e piante grasse che sembravano uscite da un racconto di Lovecraft, con spesse lingue spinose ricoperte di ragnatele. Il fusto liscio, dai colori alieni: viola, menta e arancio. File e file di denti. C'era un ponticello e, più in là, uno stagno con le carpe koi. C'era così tanto da guardare, così tanto colore e vita e sole, che all'inizio neanche mi accorsi di Dinah e Peter.

Fu il corpo di Dinah il primo che vidi. Non ricordo bene i dettagli. Il cervello si anestetizza in queste situazioni. La vedevo chiaramente – tanto reale e concreta quanto lo siamo io e voi –, ma subito assunse un'aria di irrealtà. Qualunque cosa fosse Dinah, non era una persona. Non più. Dinah era carne. Il suo volto era soltanto tessuto e viscere. Al suo fianco c'era una pietra sporca di sangue.

Peter aveva la testa immersa nello stagno. Il viso e il collo erano di un viola bluastro, il corpo bianco. Una carpa koi gli sguazzava confusa vicino alla bocca aperta. Nuotandogli attorno alla testa si lasciava dietro una scia di bollicine, che faceva quasi sembrare che Peter respirasse. Non avevo mai visto un cadavere fino a quel momento, tantomeno due, ma sapevo abbastanza da capire che erano morti da poco. Il sangue sul volto distrutto di Dinah era umido e splendente, e nessuno dei due corpi puzzava ancora.

Non riuscii a urlare o emettere alcun suono. Scappai soltanto. Inciampai in qualcosa. Un sasso, forse. Sentivo il sangue pulsare nelle orecchie, come un martello pneumatico in testa. Il mio corpo si muoveva da solo, riconducendomi all'indietro lungo il vialetto di terracotta, oltre l'edera e l'odore di menta, nel buio fresco della cucina e poi nel corridoio ancora più buio, oltre lo studio e il bagno e la sala da pranzo, fino alla porta d'ingresso, ancora semiaperta.

Nel momento in cui mi slanciai verso la maniglia, sentii un suono orribile. Un suono umano.

Assomigliava molto a un «aiuto».

Io non sono una persona buona o una persona virtuosa, voglio essere chiara. Arrivata a quel punto, non avevo intenzione di chiamare la polizia finché non avessi messo una bella distanza tra me e la scena del crimine. Gli avrei detto la verità: Salve, agenti, sono un'insegnante di ripetizioni, nel posto sbagliato al momento sbagliato, lo sapete com'è che succede, lo capite. Vi prego, capitelo. Mi dispiace che sono scappata, ma non me la sentivo proprio di morire, non adesso, non oggi. Non per quelli lì.

Ma c'era qualcosa in quell'«aiuto». Seguii l'origine del suono fino alle scale. Nel sottoscala c'era una porticina. Aveva una forma tonda, un po' inquietante, come quella di un cottage.

«Ti prego» disse la voce. Una voce bassa e roca. Non era la voce di Serena.

Ci fu un suono straziante, poi un gemito di dolore. Un singhiozzo lamentoso, spezzato. Provai ad aprire la porta. Era chiusa a chiave.

«Non riesco... non ci arrivo...» Di nuovo quell'orribile sussurro gracchiante.

«Cazzo.» Provai a forzare la maniglia con tutte le mie energie. Niente da fare. La persona al di là piangeva più forte ora.

«Ti prego» gemette la voce, «ti prego...»

«Cazzo cazzo cazzo...» Mi scagliai con tutto il peso del corpo contro la porta. I cardini tremarono. Ripetei l'operazione più e più volte, ignorando il dolore alla spalla, finché la porta cedette e si aprì. Guardai all'interno.

Due occhi nel buio. Occhi tormentati, che mi fissavano da un volto fatto di vuoti. Non riuscivo a capire se appartenessero a un uomo, una donna o un bambino. La testa era un caos di capelli arruffati, neri e biondi, con radici così unte che sembravano bagnate. Lineamenti animati a scatti, come lo schermo di un computer che si riavvia. Labbra screpolate. Zigomi sporchi e scavati. La gola era segnata dall'impronta di una mano, arrossata e macchiata di sangue ai bordi. La stanza nel sottoscala aveva un soffitto basso e spiovente e la prigioniera – una donna, cominciavo a capire, più o meno della mia età – era rannicchiata contro la parete, la testa infossata nell'angolo del soffitto inclinato. Sembrava un ragazzino di un gruppo punk degli anni Settanta, che viveva di eroina e sigarette e altre cose che riusciva a racimolare dai cassonetti. Indossava anfibi neri, jeans neri dal tessuto così sottile che le aderivano alle gambe magre come carta velina, una maglietta gialla che avevo il sospetto fosse stata bianca, e un giubbotto di pelle. Ci guardammo l'una con l'altra, stordite. Il suo petto, piatto come quello di un ragazzo, si sollevava a fatica. Lei non si muoveva.

Entrai nella stanza. Mi ci volle un attimo per rendermi conto che la donna era legata. Non con una corda, ma con un cavo elettrico tutto rovinato, coperto da segni di morsi. Aveva provato a liberarsi usando i denti. Era legata alla trave più bassa del soffitto, a un metro e mezzo dalla porta della stanza, che era stretta e si allungava nel buio più in là di quanto riuscissi a vedere. La donna rabbrividì quando mi avvicinai. Quell'odore. Aveva addosso un odore terribile, ma non era puzza di sudore o sporcizia. Era un odore di marcio. Frutta andata a male e animali morti lungo l'autostrada. Da quanto tempo era chiusa nel sottoscala?

«Ora ti slego» dissi a bassa voce.

Per un momento, temetti che mi sarebbe saltata addosso per un istinto di terrore animalesco. Pensai a un cane randagio intrappolato in un angolo, che mostra i denti con la bava alla bocca. Ma lei non reagì; fece un passo indietro per farmi più spazio che poteva. Il cavo era teso e avvolto alla trave, non c'era quasi margine di movimento. Stringeva i pugni e poi apriva le mani, cercando di stimolare la circolazione sanguigna.

Quando le sfiorai la mano, lei fece un salto. Sentivo il raschio dei suoi polmoni, come se a ogni respiro l'aria venisse fuori attraverso un contenitore traforato. Le labbra, vicine abbastanza da sentire il suo alito acre, erano così screpolate da sanguinare. Una strana, fredda pazienza si impadronì di me, consentendomi di lavorare sul nodo che le stringeva i polsi finché si allentò a sufficienza da liberarla. Le mani le cominciarono a tremare. Si fissava le nocche e le dita come se non fossero le sue. Alzò lo sguardo, e i suoi occhi trovarono i miei nell'oscurità.

Ero così concentrata sulla donna, sul rantolo affannoso del suo respiro, che non sentii il rumore di passi che si avvicinavano. Fu lei ad avvisarmi: mi prese per il braccio e mi trascinò con sé nell'ingresso.

A Serena bastò un istante per accorgersi di noi. Era entrata in casa con gli occhi incollati al telefono, ma la sua espressione si trasformò non appena vide me e la donna.

La donna fece uno scatto verso la porta aperta, ma Serena le bloccò la strada, con un urlo di sorpresa.

La donna rimase paralizzata, aggrappata al corrimano della scala, con lo sguardo che viaggiava avanti e indietro tra Serena e la porta di casa.

Serena riusciva a fatica a maneggiare il telefono, la voce resa stridula dal panico.

«Nove... uno...»

La donna si slanciò verso la porta. Serena la chiuse di scatto, ancora con il telefono in mano.

«Nove...uno...» provò di nuovo, urlando, ma la donna riuscì a strapparle di mano il telefono e a scagliarlo dall'altro lato della sala.

Atterrò proprio ai miei piedi.

Serena mi rivolse un'occhiata, poi guardò il telefono.

Senza riflettere, lo raccolsi da terra e alzai una mano in segno di avvertimento.

«Serena» dissi lentamente. «Fammi spiegare. Tu non capisci cosa sta succedendo.»

Non capivo neanch'io, ma potevo immaginarmi cosa stesse pensando Serena. Aveva preso la donna per un'intrusa in casa e voleva chiamare la polizia per denunciarla.

Per denunciarci tutte e due.

Serena respirava affannosamente, come un animale braccato, arretrando lentamente lungo la sala. Con un singhiozzo, afferrò una lampada che era sul tavolo dell'ingresso, con una pesante base dorata.

«Non ti avvicinare...» balbettò, brandendo la lampada come una mazza. «Io ti... io...»

«Serena, ti prego, lasciami *spiegare...*»

Gridò di terrore quando mi avvicinai, e con la mano tastò lungo il muro, in cerca di qualcosa.

Il telefono fisso.

Ecco come immaginavo che sarebbero andate le cose da lì in poi.

Fase Uno: Serena era convinta di aver sorpreso me e un'estranea tutta sporca nell'atto di svaligiarle la casa. Se fosse arrivata la polizia, saremmo state arrestate.

Fase Due: la polizia e Serena avrebbero scoperto in giardino i corpi dei suoi genitori assassinati poco prima, e noi saremmo state immediatamente accusate di omicidio.

Fase Tre: un processo sensazionale, pieno di dettagli truculenti.

Fase Quattro: *Orange Is the New Black – Spin-off: Evie Gordon*. L'ergastolo.

E così commisi il mio terzo grosso errore, dopo aver liberato la donna dal sottoscala e dopo essere venuta al lavoro quel giorno.

Provai ad afferrare il telefono fisso.

Serena non ebbe un attimo di esitazione. Alzò la lampada e me la scagliò sulla testa.

È impossibile descrivere il dolore, ed è ancora più difficile ricordarlo. Non ero mai stata colpita così forte da un oggetto così pesante. Ebbi l'impressione che tutto lo spazio tra le mie orecchie fosse vuoto, un contenitore senza un cervello che si riempiva poco a poco di sangue. Pensavo che la testa mi si sarebbe spaccata come un guscio d'uovo e tutto il sangue e il tuorlo mi sarebbero colati sulla faccia. Andai a sbattere contro le scale, poi contro la donna, barcollando all'indietro. Il telefono di Serena scivolò sul pavimento. Con il sangue che mi gocciolava sul viso, sentii la donna prendermi per mano per farmi rialzare, allontanando con un calcio il telefono di Serena.

La lampada era pronta ad attaccarmi di nuovo. Indietreggiai tremando e afferrai la prima cosa che mi capitò sottomano per attutire il colpo. Era un vaso, molto più pesante di quanto pensassi.

«Serena, fermati!»

Serena lanciò un grido senza emettere parole. Un suono gutturale, involontario. Sollevò la lampada e la scagliò ancora verso di me. Lanciai il vaso, più forte che potevo.

Il vaso colpì la testa di Serena con un rumore sordo e compatto. Lei cadde, provando ancora a strisciare via anche se gli occhi le si rovesciavano già all'indietro.

Poi si afflosciò.

Arrancai verso di lei, sconvolta.

Non si muoveva.

Le tastai il polso.

Niente.

Premetti forte le dita sulla pelle morbida della gola, cercando disperatamente un battito.

Non sentivo niente.

Le montai sopra per sollevarle le palpebre, ma sotto non c'era nulla, solo piccoli capillari bluastri sul bianco di due occhi vuoti. Le tastai il viso con il dorso della mano. La testa dondolava senza controllo.

Non poteva essere morta. Non era possibile.

Provai di nuovo a sentirle il battito.

Ancora niente.

«No...» C'era un suono strano nella mia voce. «No. No...»

La mia mente cominciava a vacillare.

«Un'ambulanza... dobbiamo... possiamo...»

Non dovevamo e non potevamo. Se avessimo chiamato un'ambulanza, avremmo invitato degli infermieri su una scena del crimine. Mi avrebbero fatta arrestare per l'omicidio dell'intera famiglia Victor.

Ma è questo che fa la gente. In tv quando succede – quando qualcuno muore, quando una persona è viva e poi non lo è più, quando non è il cancro o l'età, quando è una pistola è un coltello è il colonnello Mustard con il candeliere nella sala da ballo, è qualcuno che afferra l'oggetto più pesante che gli capita a tiro e lo scaglia con tutte le sue forze – arriva la polizia. In tv chiami la polizia e si presenta tutto il cast di *Law & Order* e i cattivi vanno in prigione e giustizia è fatta e poi guardi l'episodio successivo e ricomincia tutto da capo un'altra volta e...

Stavo piangendo. La donna – che non piangeva – mi prese il viso e mi fece voltare verso lo specchio sopra il tavolo dell'ingresso. Mi ero guardata così tante volte in quello specchio. Per farmi di nascosto un selfie per una storia su Instagram, per controllarmi i denti e vedere se mi era rimasto incastrato un pezzetto di lattuga dalla roba di Taco Bell che mi ero divorata in macchina venendo lì. Probabile che quello specchio costasse migliaia di dollari. Un prezioso oggetto d'antiquariato, con una cornice d'oro. Mi ritrovai faccia a faccia con le nostre immagini riflesse. I miei jeans di Target, le mie scarpe prese usate. Il sangue che mi colava sul viso e sulle mani. Mi riconoscevo, conciata in quel modo, nelle immagini dei documentari true crime su Netflix, nelle foto segnaletiche, nei thriller di serie B. Sapevo perfettamente a quale conclusione sarebbe arrivata la polizia se mi avesse vista così, accanto al cadavere di Serena.

Nel riflesso dello specchio gli occhi della donna mi fissavano. *Guardaci*, dicevano. Lei sembrava appena uscita dalla tazza del cesso di *Trainspotting*. Io sembravo Carrie nel film *Carrie*.

Voleva scappare via.

«Ti prego» fu tutto quello che riuscì a dire, e le ci volle uno sforzo enorme per farlo. Chiuse gli occhi, con le labbra che fremevano nello sforzo di tirar fuori un'altra parola. Tremava.

Le era successo qualcosa in quella casa. Le avevano fatto del male. Uno dei Victor le aveva fatto del male. Peter o Dinah. Forse persino Serena.

Forse tutti e tre.

«Serena?» esclamò una voce alle nostre spalle.

Prossimo alla resa, il mio sistema nervoso ebbe un ultimo sussulto.

Mi venne quasi da ridere. Ma naturale che ce n'era un altro.

Era un ragazzo adolescente. Lo riconobbi immediatamente dalle foto sul cellulare di Serena.

Lukas. Il suo ragazzo.

Mi vide, ricoperta di sangue. Vide la donna. Vide Serena, la sua ragazza, immobile come un cadavere.

«Ma che cazzo...» Fece uno scatto in avanti. «Oddio, Serena, *oh mio Dio...*»

Noi correvamo già. La decisione si era presa da sola. La donna mi strinse la mano e mi tirò via da Lukas, che cominciava a gridare. I miei occhi vagavano persi, come in un caleidoscopio, vidi le piante, il fossato, l'erba, il sole accecante. La strada. La mia macchina. La donna mi afferrò il braccio e mi scosse finché non tornai a mettere a fuoco. I suoi occhi, di nuovo. Neri e attenti.

«Chiavi» disse.

«Chiavi» ripetei io.

Vedevo a malapena.

Lei infilò una mano nella tasca dei miei jeans e prese le chiavi, poi le premette tra le mie dita tremanti. In qualche modo, riuscimmo a salire in macchina. Inserii la chiave e l'adrenalina prese il sopravvento. Dal sedile del passeggero, la donna guardava sconvolta la strada assolata che avevamo di fronte. In lontananza, l'ululato di una sirena della polizia.

«E noi adesso dove andiamo?» le chiesi.

Noi. È bastato un attimo a prendere la decisione.

3

In fuga al tramonto. Il traffico a Los Angeles era sempre un disastro, ma le domeniche erano leggermente meglio. Malgrado questo, non avevo mai provato tanta gratitudine per le tangenziali sporche e affollate di Los Angeles, in cui era facile scomparire tra i graffiti, la massa anonima delle auto che andavano e tornavano dal lavoro, i furgoni di Amazon e i carri attrezzi, le Tesla e le Porsche e le Camaro vintage, le Civic e le Corolla tutte scassate, una splendente limousine bianca. La mia PT Cruiser si aggiunse alla corrente. La testa mi pulsava. Era piena di domande, che rimbombavano così forte da cancellarsi a vicenda, creando quasi un silenzio. Le mani che stringevano il volante non mi sembravano le mie. Erano di qualcun altro. Evie non c'era. Evie era a casa, a curarsi il doposbornia con un bel brunch domenicale. Evie e il suo coinquilino, Harvey, stravaccati sul divano rosso trovato a quaranta dollari su Craigslist a guardare reality show spazzatura.

La città ci scorreva accanto: cartelloni che pubblicizzavano film di supereroi e loschi avvocati con un numero verde da chiamare se avevi un incidente stradale. Complessi residenziali, tendopoli, coffee shop che sembravano laboratori chimici. Un centro per celebrità di Scientology. Un tiki bar, un'officina Valvoline, un McDonald's. Un albergo infestato dai fantasmi. Arrivammo sulla 101. Il sangue che avevo sull'orecchio si stava raggrumando, denso come cera. Sobbalzai quando la donna mi toccò.

Si era sfilata di dosso quello straccio di maglietta ed era rimasta con il reggiseno e il giubbotto di pelle. Nella tasca della portiera del passeggero c'era una bottiglia d'acqua accartocciata e mezza vuota che avevo abbandonato lì settimane o forse mesi prima. La donna bevve un sorso, tremante, portandosi la plastica calda alle labbra come fosse un sacramento. Poi si versò qualche goccia sulla maglietta e la avvicinò al mio orecchio.

Guidavo nel traffico mentre lei mi ripuliva. Mi toccava la testa con delicatezza. Trattenevo il respiro per non sentire il suo odore.

«Potrebbero aver visto la mia targa» dissi.

Di tutte le cose a cui potevo pensare, mi venne in mente questa. La mia macchina, quella targa arrugginita con su scritto NORTH CAROLINA che non mi ero mai presa la briga di far sostituire. Lukas poteva averla memorizzata mentre fuggivamo, e appena fosse arrivata la polizia gli avrebbe dato il numero. Erano già lì ormai?

La strada sbiadì davanti ai miei occhi, poi tornò a fuoco. Macchine. Il manifesto di un nuovo show Hbo su un rappresentante farmaceutico che si fa delle stesse pillole che vende agli altri. Ci affiancò un furgone carico di polli. Tre macchine dietro di noi c'era un suv della polizia.

«La mia targa» ripetei.

Con la coda dell'occhio vidi la donna annuire. Era d'accordo.

La targa era un problema.

Serena, morta, un problema.

Un problema alla volta.

«Dovremmo...» cominciai, passandomi la lingua sulle labbra secche e sentendoci il sapore del sangue. «Dovremmo...»

Dovremmo chiamare la polizia. No, no, no, col cazzo che chiamiamo la polizia, per mille ragioni. Dovremmo fermarci e rifletterci su. No, non possiamo fermarci, dobbiamo lasciare la città. Dovremmo chiamare mamma e papà per chiedergli aiuto. Dovremmo raccontare a mamma e papà che abbiamo involontariamente ucciso una persona. Dovremmo chiedere a mamma e papà se ci vogliono ancora bene anche se siamo assassine. Dovremmo chiamare il nostro coinquilino e dirgli che non faremo in tempo a tornare a vedere *RuPaul.*

Un sentimento isterico, malsano e meraviglioso mi esplose nel petto. Una bolla di follia, sballo e nausea insieme, che pulsava come un cuore.

La mia mente ripescava volti a cui non pensavo da anni. L'insegnante di terza elementare, la signora Cuttler, che mi lasciava portare a casa i libri dalla biblioteca di classe per incoraggiare la mia passione per la lettura. La mamma della mia migliore amica da bambina, la signora Diane, che andando da Build-A-Bear al centro commerciale si accorse che avevo paura delle scale mobili e per premiare il mio coraggio mi comprò un pretzel da Auntie Anne's. Amici delle elementari e delle medie con cui non parlavo da anni, che ora facevano i dentisti e i professori a scuola e le casalinghe e che avevano a loro volta dei bambini piccoli, e che non se ne erano mai andati da Hendersonville, North Carolina. Non so perché fossero le loro le facce che immaginavo dall'altro lato della tv, con le mani alla bocca per lo shock, quando avrebbero scoperto cosa aveva fatto Evie Gordon – *Evie Gordon, ma ci crederesti?* – a una famiglia per bene di Los Angeles. Ero stata una brava bambina. La prima della classe. I miei genitori erano persone gentili e benvolute dalla comunità. *Ma come è potuto succedere?*, avrebbero detto. *Come ha fatto a perdersi in questo modo?*

Pensai agli amici del liceo che sentivo ancora, quelli con cui ogni anno facevo un viaggio. Li avrei mai più rivisti? I miei amici dell'università, che vivevano ancora a New York. A loro quando sarebbe arrivata la notizia? Li avrebbe contattati la polizia, o magari i giornalisti? I miei amici di Los Angeles, con la polizia che gli bussa alla porta per venire a cercarmi, per fargli delle domande? La mia ex: sarebbero andati anche da lei? Come facevo a spiegare tutto questo?

Cosa avrei detto ai miei genitori?

Il pensiero mi svuotò la mente. Elettrocardiogramma piatto. Era impensabile. Mia madre, che profumava di lacca per capelli Pantene e gomme Orbit alla menta, un deodorante da supermercato chiamato Juniper Breeze e sigarette Virginia Slim. Mia madre, che ogni volta che tornavo a casa, non importa quanto insignificante fosse l'occasione, mi festeggiava come fossi un soldato che torna dalla guerra. Lasciava la sua Chrysler Sebring del 1998 nel parcheggio dell'aeroporto e mi aspettava agli Arrivi, squittendo di felicità quando mi vedeva spuntar fuori dal tunnel. Mio padre e i suoi occhiali da lettura, che gli ingrandivano gli occhi come quelli di un ragazzino. Il suo grosso orologio impermeabile, i suoi scaffali su scaffali di libri di storia. La sua abbronzatura da contadino, la linea dei calzini. Il modo in cui zoppicava leggermente per la lesione al tendine d'Achille che si era fatto giocando nel campionato di baseball per adulti il mercoledì sera. Erano divorziati, i miei, ma erano rimasti amici. Passavamo sempre il giorno del Ringraziamento e Hanukkah insieme, come una famiglia. I miei genitori, che non erano mai stati capaci di essere severi con me, ma che non avevano mai sentito di averne bisogno. Che si fidavano di me, implicitamente. Avrebbero collaborato con le autorità quando l'Fbi si sarebbe presentata alla porta? Quando il titolo «Evie Gordon ricercata per omicidio» sarebbe comparso su tutti i giornali, ci avrebbero creduto?

La strada davanti ai miei occhi aveva iniziato a pulsare adesso. Tantissime macchine a Los Angeles. Tantissima gente. Ogni frenata e ripartenza nel traffico era una fitta alla testa. La donna si chinò in avanti per ripulirmi meglio dal sangue. Più si avvicinava, più sentivo il suo odore. Un odore a cui non riuscivo ad abituarmi.

«Ci servono...» ricominciai, sperando che lei finisse la frase per me. «Ci servono...»

Provviste. Un kit di pronto soccorso. Un coltello, magari. Soldi. Contanti, nello specifico. Non potevamo usare la mia carta. Non potevamo usare neanche il mio telefono. Se avessi chiamato mia madre e mio padre per dirgli cosa avevo fatto, per chiedergli aiuto, un'antenna di rete avrebbe localizzato il mio segnale. Il mio bancomat tutto sbiadito, il mio ridicolo conto corrente, tutte piccole molliche di pane a indicare il mio percorso.

«Il mio telefono» dissi. «Me lo prendi dalla borsa?»

Lei prese il telefono, esitante.

«Dammelo» dissi.

Lei mi studiò il viso, come se stesse valutando se fosse una buona idea.

«Non faccio niente di stupido» dissi stizzita. «Dammelo.»

La donna mi passò il telefono.

Lo lanciai fuori dal finestrino.

Lei mi fissò.

«Le antenne della rete» dissi, come una matta. «Vero? È così, no? L'ho sentito dire. Ci tracciano tutti. Digitalmente. Con i segnali. Ho ascoltato *Serial*, il podcast. Tutti hanno ascoltato *Serial*. Tu no?»

La donna mi fissava con lo sguardo esausto di un genitore di fronte ai discorsi farneticanti di un bimbo piccolo. Io però sapevo che la storia delle antenne aveva senso. Molto senso. Me l'aveva spiegato bene Sarah Koenig.

«Cosa. Dove...» ricominciai, cercando la domanda giusta. Il panico mi aveva preso d'assedio la testa, per risucchiarla, per fare breccia, per sgusciare all'interno e paralizzarmi.

«Dove stiamo andando?» conclusi alla fine.

La donna non rispose. Bevve un altro sorso d'acqua e la

bottiglia di plastica le scricchiolò nel pugno. Ne offrì anche a me, senza dire una parola. Scossi la testa. Aveva le labbra screpolate e sanguinanti. Dentro, la bocca era troppo scura, come se avesse mandato giù dell'inchiostro o bevuto troppo vino rosso. Non volevo mettere le labbra dove le aveva messe lei.

«Finiscila» dissi. «Ne... ne prendiamo un'altra.» Chissà come.

La donna annuì. Finì la bottiglia. Sentivo l'acqua che le scendeva in gola, che entrava negli organi assetati del suo corpo come una moneta che cade giù in un pozzo.

La polizia probabilmente stava interrogando Lukas in quel momento. Lukas gli stava raccontando cos'aveva visto, e la sua parola sarebbe stata sufficiente. La sua uniforme scolastica, il suo colorito da gioventù hitleriana, la lettera di accettazione al Vassar College che lo aspettava nella cassetta delle lettere. Serena mi aveva raccontato che era già stato ammesso. Mi aveva raccontato un sacco di cose su di lui. Andava in bicicletta perché era meglio per l'ambiente. Il suo scrittore preferito era Jack Kerouac. Era l'unico ragazzo in tutta la scuola che aveva un vecchio telefonino con lo sportellino invece di un iPhone. Aveva a casa una chitarra Les Paul del 1957, che secondo Google valeva più di settemila dollari.

Cosa poteva sapere Lukas di me? Cosa gli aveva raccontato Serena? «Evie, la mia insegnante di ripetizioni, puzza sempre di erba e non sopporta quando ci metto troppo a risolvere i problemi di geometria, è andata a una scuola esclusiva e si atteggia da una che sa tutto, ma guardala adesso, è una sfigata.» Qualcosa del genere, probabilmente.

E cosa avrebbe detto lui alla polizia? «Due donne coperte di sangue. Questo ho visto. Una delle due era Evie Qualchecosa, non so il cognome, è l'insegnante di ripetizioni della mia ragazza. L'altra era magrolina e sudicia, con i capelli corti biondi e neri. Mai vista. Asiatica, forse?

Ah, non me l'avevate chiesto? Comunque sia, dovessi tirare a indovinare direi quello. Ora, per favore, permettetemi di presentarvi teorie strampalate sulla sua identità etnica nel modo più dettagliato possibile...»

Ormai ci sarebbero stati poliziotti in tutta la casa.

Avrebbero messo un nastro attorno allo stagno delle carpe koi. Avrebbero scattato foto. Il sangue, così spaventoso sullo sfondo della pelle candida di Serena. Il sangue che le colava tra i capelli biondi e splendenti. Raggrumato sul bianco perlaceo rigato di capillari blu del collo e della fronte. Me la immaginavo bella e col viso gentile nella foto dell'annuario scolastico, stile Laura Palmer. Al telegiornale una conduttrice avrebbe raccontato al mondo quant'era intelligente e timida e adorabile, avrebbe parlato in diretta a tutte le mamme annoiate incollate allo schermo mentre bevevano sorsi tremolanti di caffè, affamate di sapere il nome di quelle crudeli assassine, le nostre storie difficili, le nostre famiglie disastrate e il desiderio di vendetta che covavamo dentro, tante piccole briciole per soddisfare il loro desiderio di sangue.

«Era la sua *insegnante di ripetizioni*» avrebbe annunciato la giornalista, scuotendo la testa. Le madri avrebbero trattenuto il fiato. La mano sul cuore, travolte da una misteriosa eccitazione. «Evie Gordon.»

Il traffico si andava diradando, man mano che ci allontanavamo. Il sole era di fronte a noi e ci arrivava dritto in faccia. Abbassai il parasole. Ma la donna accanto a me teneva lo sguardo in direzione della luce, rigida e con la schiena dritta come un vampiro posto di fronte all'inevitabilità di una morte imminente. La strada pian piano si arrese al deserto. Passammo attraverso quello che mi sembrò il campionario completo dei paesaggi californiani: il profilo dolce e preistorico delle montagne, le colline costellate di arbusti bassi, la terra riarsa, assetata d'acqua. Non eravamo lontane abbastanza dalla città, non ancora. Il sole era tramontato, ma il cielo era ancora di un viola sanguigno e apocalittico. Il colore dell'inquinamento luminoso.

Sul sedile del passeggero, la donna tremava violentemente.

«La persona che ha ucciso i Victor» chiesi, in un tono circospetto, «è stata lei a legarti?»

Aveva un'aria stupita ora. Quasi confusa.

Non aveva idea che Peter e Dinah fossero morti.

Il suo sguardo si perse nel vuoto. Tremava ancora più forte ora, e il suo viso tornò impassibile, come se fosse così abituata a questi stati dissociativi da considerarli un evento del tutto normale.

Se la donna non sapeva neppure che Peter e Dinah erano morti, ciò significava che non aveva visto l'assassino e quindi che era già legata in quel cupo sottoscala nel momento in cui il colpevole era arrivato.

«Chi è stato a legarti?»

Lo sguardo della donna era perso nel deserto tutto attorno.

Sentii una morsa allo stomaco.

«Sono stati loro, non è vero?» dissi. «I Victor.»

Forse era stata una fortuna che non avesse sentito che li ammazzavano. Forse era stata una tragedia. Forse le avevano fatto così tanto male che magari le sarebbe piaciuto sentirli morire.

La guardai di nuovo. Non aveva più detto una parola dal momento della nostra fuga. Il trauma, forse. Il livido che aveva sul collo era di un bordeaux vivo, straziante. Era probabile che avesse bisogno di andare all'ospedale. Di cure mediche. Era un rischio però. Forse potevo lasciarla lì e poi dileguarmi.

Ma poi sarei rimasta sola. E io non volevo restare da sola. La donna mi aveva aiutata. Io avevo aiutato lei. L'avevo salvata. Doveva pur contare in qualche modo. Ma salvata da cosa? Quel "cosa" mi saltellava nel cervello, passando da un incubo all'altro. Camere di tortura e pratiche sadomaso. Le case a Los Angeles non hanno il seminterrato; è una cosa che ho scoperto quando mi sono trasferita sulla West Coast. Mi immaginai tutta una seconda casa, invece, in miniatura, nascosta nel sottoscala come una vecchia casetta delle bambole. Un doppio in chiave horror della splendida residenza dei Victor – piena di ragnatele e immersa nel buio completo. La donna rannicchiata in un angolo. Una risata che riecheggia attraverso le pareti, un rumore di piatti, utensili e stoviglie. I Victor erano filantropi. Qualche volta Dinah mi aveva offerto gli avanzi del catering di qualche evento che avevano ospitato la sera prima. Organizzavano raccolte fondi, dirigevano associazioni benefiche, aiutavano le foche e gli elefanti e tutti gli animali in pericolo tranne i loro simili poveri. Promesse di donazioni, qualche morsetto discreto alle tartine, una bottiglia di champagne stappata, chiacchiere sulle prossime vacanze a Bora Bora o su qualche documentario interessante guardato il weekend precedente, o su articoli del *New Yorker* letti di recente e case-vacanza ristrutturate. Il sibilo della teiera la domenica mattina. Il campanello la domenica pomeriggio. I miei passi proprio davanti alla sua porta, per così tante domeniche. La mia voce che spiega Shakespeare, *Beowulf*, Mark Twain e Nathaniel Hawthorne o chiunque altro il prof di lettere avesse assegnato a Serena. Io che la guardo fare i compiti di geometria, che le insegno a risolvere la *x*. Test di ammissione di prova a tempo, otto su dieci, cerca di sembrare entusiasta: «Ottimo lavoro, Serena!» E poi io che riprendo i miei libri, che scambio qualche banalità con Dinah prima di uscire, che mi fermo per un'ultima pisciata o cagata nel loro grazioso bagnetto. Per le mani usavo i loro soffici asciugamani, non le salviette per la servitù, perché questi piccoli atti di meschinità sono l'unica arma che ho a disposizione. I miei passi. La porta d'ingresso che si chiude, il rumore degli pneumatici della mia macchina. La lascio sola, ancora una volta. Il *tic-toc-tic-toc* dell'orologio a pendolo dall'altro lato della parete. Dei passi, lenti e minacciosi. La lunga ombra di Peter Victor che compare sull'uscio della porticina aperta. Gli ospiti se ne sono andati, finalmente.

«Posso portarti da qualche parte?» le chiesi. «A casa? Ci sarà qualcuno che ti sta cercando... i tuoi genitori, vorranno sapere che stai bene. Posso... non dovremmo...?»

Nulla di quanto suggerissi sembrava anche soltanto sfiorarle la mente.

«E alla polizia invece?» proposi. «Potrei lasciarti da qualche parte. La polizia potrebbe...» Arrestare i corpi appena assassinati di Peter e Dinah Victor per [inserire il crimine di cui sei stata vittima: rapimento? tortura? tratta a scopo sessuale?].

La donna non rispose.

La strada continuava a pulsare, un nastro nero senza fine che si srotolava poco a poco dinanzi a me. Il cielo si era fatto più scuro adesso, il buio era calato del tutto finalmente e la notte era imperlata di stelle. Davanti a noi brillavano gli occhi rossi dei tir sulla strada.

«Mi dispiace» dissi.

Lei mi guardò. Sul suo volto c'era una cauta inespressività, come se si stesse impegnando con tutte le sue forze per non comunicare nulla. Gli occhi però erano spenti, stanchi in un modo che sembrava oltre ogni comprensione.

«Non dico per loro» dissi. «Per... per te» conclusi, patetica. Speravo che la mia partecipazione fosse vaga abbastanza da adattarsi a qualsiasi crimine di cui fosse stata vittima.

Lei distolse lo sguardo, il viso d'un tratto imbronciato, come se la stessi annoiando.

«Ascolta» dissi, «posso andare alla polizia. Posso dirgli... non lo so. Non lo so. Qualcosa di buono. Qualcosa che ti scagioni. La verità. Potrebbe funzionare. Sul serio, credo funzionerebbe. Non dovresti essere qui, tu. Non devi per forza essere coinvolta. Posso riaccompagnarti a casa.»

Lei era intenta a tormentarsi la pelle morta e sporca di sangue attorno alle unghie rovinate.

«Sono stata io» dissi, abbassando la voce. «È me che cercano. È me che vogliono. Sono stata io che...»

Ho ucciso Serena.

E anche se non ero stata io a uccidere Peter e Dinah, ovviamente tutti avrebbero pensato che avevo fatto anche quello.

«Io chiaramente sembro colpevole» dissi alla donna. «Ma tu no. Non devi per forza essere coinvolta. Non dovresti esserlo. Voglio dire, tu eri la loro... la loro...»

Non sapevo che dire. Non volevo dire "vittima".

La donna sussultò prima ancora che finissi la frase. Era tesa, come se tutto il suo corpo fosse concentrato per contenere un'esplosione. Volevo sentire di nuovo la sua voce.

«Da quanto tempo eri in quello sgabuzzino?»

Le luci rosse dei freni di un tir le illuminarono il viso. Una lacrima si era scavata un percorso tra lo sporco. La spazzò via con le nocche consumate, come fosse un fastidio. L'idea di farle altre domande mi dava la nausea, e mi sentivo già nauseata abbastanza. Il suo odore, di marcio e di sangue. Il suo silenzio. Per quante domeniche eravamo state sotto lo stesso tetto in quella casa? Per quante domeniche avevo bevuto il tè che mi offriva Dinah e fatto battute stupide e guardato Instagram di nascosto sotto al tavolo, mentre questa donna soffriva a pochi metri di distanza?

Sentii la bile salirmi in gola, poi scendere di nuovo. Nel buio ai lati della strada apparivano fantasmi che si muovevano veloci e poi scomparivano. C'erano le macchine che mi sfilavano accanto: sul sedile del passeggero portavano ragazze con delle buste infilate in testa. Dietro ai tir c'erano corde, corde legate a colli spezzati, piedi che si trascinavano sulla strada. Quando guardavo di nuovo, erano spariti.

Non so cosa sarebbe successo alla donna se non l'avessi trovata io. Aveva detto «ti prego» – avevo sentito la sua voce. Aveva chiesto il mio aiuto, e io l'avevo aiutata. Ma se invece l'avevo condannata a un destino ancora peggiore? La polizia prima o poi avrebbe ispezionato la casa. L'avrebbero trovata e sarebbero arrivati a conclusioni molto diverse rispetto all'idea che si sarebbero fatti adesso. Forse i titoli sarebbero stati: «Orrore sulle colline»; «Rivelati i segreti di una famiglia ricca.»

Ora invece era come me. Il filo rosso del suo destino legato al mio.

«Cibo» dissi, con voce roca. «Hai bisogno di cibo. E di acqua.»

Non mi contraddì, ma non annuì neanche.

«Ci serviranno dei contanti» proseguii.

Lei mi rivolse uno sguardo diretto, velato di cinismo.

«Posso prelevarne un po'» le dissi. «Se riusciamo a trovare un bancomat.» Avrebbero localizzato la transazione dalla banca, naturalmente, ma non avevamo altra scelta. Continuando a guidare per tutta la notte – se fossimo riuscite ad allontanarci abbastanza – forse non avrebbe avuto importanza.

Eravamo vicine alla città di Indio. C'era un Walmart. Negli angoli più bui e remoti del parcheggio, famiglie intere dormivano dietro parabrezza oscurati da buste del fast food o della spazzatura e animali di peluche.

Parcheggiai lontano dall'ingresso. Spensi il motore. La donna si leccò le labbra con quella lingua così scura. Scura di sangue, compresi finalmente.

«Io entro, allora» dissi.

Lei mi guardò scettica. Sapeva che non avevo idea di cosa stessi facendo.

«Tu resta qui e prova a darti una pulita» le dissi.

Sul viso le si dipinse un'espressione imbronciata e indifferente, ma il suo ginocchio saltellava su e giù nervosamente. Capii che aveva paura. Paura di essere lasciata lì, da sola. Con riluttanza tirai fuori dalla tasca le chiavi e le misi giù nel piattino portabicchieri. Non avevo molta voglia di lasciargliele, ma forse l'avrebbe fatta sentire meno spaventata.

«Tieni» dissi. «Se vuoi, puoi tenere la macchina accesa e restare al caldo.»

All'interno, le luci fluorescenti avevano un bagliore freddo e accecante. Mi mossi veloce tra le corsie dell'ipermercato in cerca del bagno, che naturalmente era nascosto proprio in fondo. Nel bagno c'era un'impiegata, una ragazza adolescente con i capelli unti, che passava lo straccio sul pavimento distrattamente. Incrociammo lo sguardo nello specchio e per un attimo ebbi di fronte l'immagine orripilante del mio viso, prima di correre a chiudermi in una delle toilette. Pisciai per quelle che mi sembrarono ore. Finalmente sentii la porta chiudersi e l'inserviente uscire. Premetti lo sciacquone e raggiunsi i lavandini.

La donna aveva fatto un discreto lavoro nel ripulirmi il viso, ma avevo ancora un'aria distrutta, e puzzavo di sangue. Mi sentivo debole per tutto quello che avevo perso, le gambe e le braccia fiacche e tremanti, carenti di ferro. Avevo gli occhi gialli attorno all'iride, le pupille dilatate. Feci un respiro profondo e provai ad assumere un'espressione che mi auguravo potesse passare per rilassata.

Facendo attenzione a evitare gli altri clienti notturni dell'ipermercato – mamme esauste, gruppetti di adolescenti fatti di erba – tornai all'ingresso a prendere un carrello. Andai a caccia tra le corsie cavernose dell'enorme magazzino, scegliendo prodotti dagli scaffali quasi a caso. Non ero una *survivalista*. Non andavo neanche in campeggio. Non avevo idea di cosa cazzo stessi facendo. Gettai nel carrello acqua, paracetamolo, un kit di pronto soccorso, qualche dozzina di barattoli di zuppa e altri alimenti a lunga scadenza, manzo essiccato e frutta secca. Presi un coltellino pieghevole. Sapone Irish Spring, per lavarci. Una manciata di vestiti: pantaloni della tuta e magliette, tirando a indovinare sulle taglie. Per poco non le comprai i vestiti dalla sezione dei bambini, per quanto era magra.

Alla cassa automatica tenni la testa bassa e pagai in contanti. Poi, con le buste in mano, andai al bancomat all'esterno. Fuori dalle porte automatiche c'era una guardia giurata che fumava una sigaretta. Mi guardò inserire la carta nel lettore e ritirare tutti i soldi che avevo sul conto. Dovetti farlo in più transazioni, perché c'era un limite di 500 $ a prelievo. Presi tutto: 650 $ circa dal conto corrente e 2300 $ dal libretto di risparmio. Con gli occhi della guardia giurata incollati addosso, mi infilai le banconote in tasca, ripresi le buste della spesa e tornai al parcheggio.

Credevo di ricordarmi dove avevo parcheggiato. Era vicino a una Kia Soul e a una Honda Civic blu. La Soul era ancora lì. Ma la mia PT Cruiser non c'era più.

Mi misi a cercare tra le file di macchine sotto i lampioni ronzanti di falene, con il cuore che mi batteva all'impazzata, le braccia affaticate dal peso delle buste. Sentivo ancora addosso gli occhi della guardia. Mi seguì con lo sguardo mentre giravo disperata tra le vetture parcheggiate, alla ricerca della mia.

Ma non c'era più. E neanche lei.

4

Che ci crediate o no, non sono sempre stata un'idiota. Ero intelligente, una volta. Talentuosa e Dotata.

Il titolo mi era stato conferito all'età di otto anni. Ero una studentessa da dieci e lode e leggevo velocissima. La mia maestra di seconda elementare mi scelse per partecipare ai test per il programma ufficiale per studenti Talentuosi e Dotati. Era un esame strano: su una pagina c'era una fila di quelle che sembravano lattine vuote. Usando solo l'ingegno dovevamo trasformare le lattine in qualcos'altro. Io trasformai le mie in vari animali: un bassotto grassottello, un pappagallo, uno squalo balena. Un altro bambino, Greg Cusimano, scrisse su ogni lattina il nome di un gusto diverso di zuppa Campbell. Greg Cusimano non era né Talentuoso né Dotato. Su un'altra pagina c'era una griglia con una serie di figure complesse, e noi dovevamo capire il modello della sequenza. Questo serviva a stabilire se eravamo capaci di usare il ragionamento seriale.

Io ero un fenomeno nel ragionamento seriale. Ogni giovedì, i prescelti venivano spostati in un'altra classe per le lezioni del programma Talentuosi e Dotati. Con i capelli legati e il nostro sorriso più saccente stampato in faccia, ci lasciavamo i deficienti alle spalle. A undici anni tutte le lezioni che frequentavo ormai facevano parte del programma

T&D: matematica T&D, linguaggio e scrittura T&D, educazione civica T&D. Arrivata alle medie, il programma T&D si trasformò nelle classi di Eccellenza. Al liceo, l'Eccellenza lasciò il posto ai PU, i corsi di Precollocamento Universitario. Arrivata all'ultimo anno, tutto il mio programma era costituito da corsi PU.

Sono cresciuta a Hendersonville, in North Carolina, un paesino di montagna vicino ad Asheville. Eravamo a mezz'ora di macchina dalla Biltmore Estate, "la casa più grande d'America", e tutta l'autostrada era piena di cartelli che pubblicizzavano la vendita dei biglietti d'ingresso. In quarta elementare ci portarono in gita lì con il programma T&D, e tutti noi da bravi facemmo *ooh* e *aah* davanti alla piscina e alla sala da bowling privata. Mio padre era insegnante in una scuola pubblica e il suo momento di fama sui giornali locali era arrivato quando un gruppo di genitori conservatori lo aveva accusato di promuovere la stregoneria. I libri di stregoneria – in questo caso, *Le streghe* di Roald Dahl – non dovevano entrare nelle aule scolastiche. Mia madre tagliava i capelli in un salone da parrucchiere. Crescendo, la mia idea di ricchezza diventarono le famiglie che avevano la piscina in giardino, le ragazzine che alle medie avevano borsette Coach autentiche, e Paris Hilton. Per la mia famiglia una cena di lusso era prenotare un tavolo il venerdì sera da Chili's e ordinare anche gli antipasti.

Non so se fosse stata questa visita alla Biltmore, o le troppe serate passate a fagocitare Chips Ahoy! davanti a un episodio di *Mtv Cribs*, o il fatto che tutti i miei insegnanti mi avessero ripetuto cento volte che ero un genio, ma in un modo o nell'altro io e i miei genitori ci ficcammo in testa l'idea che sarei diventata Qualcuno. Qualcuno di importante. Vinsi una borsa di studio per una scuola privata. Dopo le lezioni, spazzavo i capelli dal pavimento nel salone dove lavorava mia madre. Il fine settimana facevo la babysitter. La mia prima attività commerciale fu un traffico sottobanco e mercenario di temi scritti a pagamento, quaranta dollari a tema. Ebbi un successo strepitoso grazie al passaparola tra i membri della squadra di football e i secchioni delle materie scientifiche incapaci di mettere in fila due parole. L'unica che sembrò accorgersi di qualcosa fu la professoressa di storia americana: un giorno prima della lezione mi fece il terzo grado perché avevo accidentalmente usato la stessa identica frase nei temi di tre studenti diversi, incluso il mio. Le spiegai che eravamo tutti nello stesso gruppo di studio. Non poteva provare che mentissi.

Alla costosissima scuola privata di Asheville, essendo una dei pochi studenti entrati grazie a una borsa di studio, avrei dovuto sentirmi un'emarginata. E invece no. Avevo un ragazzo che si chiamava Nick Faust. Nick era il mio bel bambolotto biondo, la mia *shiksa*. Guidava una Jeep Wrangler con la carrozzeria mimetica e si bruciava come un vampiro se non aveva addosso una crema almeno a protezione 70. Veniva dal tipo di famiglia che alleva golden retriever e si riunisce per guardare il football la domenica sera, ma in privato erano tutti super a disagio per la ragazza ebrea e comunistoide del figlio. Fui la reginetta del ballo della scuola. Ero capitana della squadra di calcio femminile. Negli anni del tramonto di MySpace e dei primi vagiti di Facebook, sviluppai un vero talento per il cyberbullismo. Lavoravo e studiavo e lavoravo e studiavo finché il sole cominciava a sbucare appena dalle dolci vette delle Blue Ridge Mountains, poi dormivo un'oretta e mezza, e andavo a scuola. La sera, dopo gli allenamenti di calcio, dopo il lavoro, dopo cena, dopo ore e ore di compiti e temi per i corsi preuniversitari e serie di problemi e temi di altri studenti da scrivere, mi depilavo le gambe, sbiancavo i denti, e sottoponevo i miei ricci alla tirannia della piastra da supermercato finché non ero liscia come una lama di coltello e splendente.

Alla fine fui la seconda studentessa migliore del mio anno, e feci il discorso di apertura per la cerimonia dei diplomi. Il titolo di primo della classe, e il discorso di commiato, andarono a un ragazzo di nome Warren Calvin Manning III, il cui padre era consigliere comunale e la cui madre era un'ex reginetta di concorsi di bellezza proprietaria di un impero di pillole dimagranti. Per vendetta, io e i miei amici – amici che avevo strappato a Warren, amici per cui avevo lottato, amici che non avrei mai dovuto avere – ci facemmo una canna e ricoprimmo di carta igienica la sua casa, una villa in stile piantagione del Sud nella più lussuosa strada privata del country club. Un country club in cui abitavano tutti i miei amici, tranne me.

Sei proprio come noi, li sentivo pensare mentre mi facevano le coccole e mi ammiravano. Era il più grande complimento che riuscissero a immaginare.

No, pensavo io. Io sono meglio di voi. Voi ci siete nati. Io sono stata plasmata.

No, neanche questo è vero. Non mi ha plasmata nessuno. Mi sono fatta da sola.

La cosa divertente era che ai miei occhi loro erano ricchi. Non avevo idea di cosa volesse dire essere ricchi davvero, non ancora. Non finché non andai al college. Ironia della sorte, finii per scegliere un'università che non teneva in conto i punteggi dei test di ammissione per selezionare gli studenti. Il costo delle rette nel paese era triplicato dai tempi della generazione dei miei genitori, ma persino in mezzo a quelle cifre da capogiro, l'università che mi prese era una delle più costose in assoluto. Mi assegnarono una borsa di studio e un generoso contributo economico supplementare, ma dovemmo comunque richiedere dei prestiti. Ne varrà la pena, ci dissero. Quest'università è un posto speciale, e tu sei speciale per essere una dei pochi a cui è concesso andarci. Non ci davano neanche i voti – pensa quanto eravamo speciali. Eravamo al di sopra di quegli arcaici sistemi di giudizio. In questo luogo sacro, potevamo guardare film in bianco e nero e scrivere pessime pièce in atto unico e contrarre astratte montagne di debiti senza avere timori. Un college speciale pieno di studenti speciali, tutti a fare a gara a chi era più speciale con addosso la stessa uniforme speciale: gli anfibi, i residui di coca sotto il naso, i libri di Sylvia Plath nella tote-bag del *New Yorker*, il rinnegamento dei nostri nomi di battesimo e del colore naturale dei nostri capelli, gli adattamenti queer del *Violinista sul tetto* con un cast di sole marionette, i disturbi della salute mentale, le citazioni di Foucault durante il sesso, il complesso di Edipo come fetish d'elezione. Ognuno speciale tanto quanto l'altro.

Divenni amica di ragazzi i cui genitori erano a capo di imperi televisivi, ragazze che tecnicamente erano principesse di piccole nazioni africane, gente ricca abbastanza da farsi spedire il proprio cavallo preferito da oltreoceano. Ragazzi le cui regge a Malibù facevano sembrare il villone con cinque stanze da letto di Warren Calvin Manning III, con la sua bella piscina in giardino – la casa più grande e maestosa che fossi riuscita a immaginare – una catapecchia borghese. Ed eccomi là, in mezzo a loro. A girare canne in camere di dormitori studenteschi con stringhe di lucine appese al soffitto. A rimbalzare da un bar all'altro a Manhattan. Invitata in vacanza a Saint-Tropez.

Mi inserii bene anche lì. Imparai le specialissime regole del college più speciale. Proiettata in questo nuovo, raffinato orizzonte, dove i diciottenni conoscevano il significato di parole come "*tartare*" e "deposito di garanzia", mi nutrii del loro linguaggio come una tossica. Non è che mi illudessi di confondermi in mezzo a loro. Anzi, era proprio la macchia sporca della mia partecipazione che loro cercavano, il perverso fascino sociale che gli dava fraternizzare con una poveraccia come me. Non avrei mai pensato di sentirmi ancora più provinciale di quanto mi fossi sentita alla scuola privata. Ma il mondo era più grande e più spaventoso di come mi appariva su Mtv, e la scalata verso la vetta molto più triste e difficile di quanto avessi mai immaginato. Il distacco tra me e loro mi metteva in imbarazzo, e il mio imbarazzo mi imbarazzava più di ogni altra cosa.

Hai così tanto potenziale, dicevano i miei genitori e i miei insegnanti. L'avevo sentita per tutta la vita questa storia. E di sicuro questo plebiscito così autorevole doveva pur significare qualcosa. Ero un campo gravitazionale, carico di ioni, in cerca di un circuito da elettrificare.

E poi mi laureai, e non riuscii a trovare lavoro. Lo cercai. Continuai a cercare per due anni. C'era ancora qualche possibilità. C'è sempre qualche possibilità. Il mito della scalata dalle stalle alle stelle è inciso così a fondo nella coscienza collettiva americana da arrivare fin dentro alle cellule, il filo invisibile nella doppia elica del nostro dna. Un giovane spazzacamino dagli occhi sognanti lavora sodo e cattura l'attenzione di un Principe Azzurro di Wall Street. Le storie di successo partendo dal nulla lo fanno venire duro ai capitalisti dai tempi della Gilded Age.

Ma il fatto, su questa storia del potenziale, è che si tratta di pura speculazione: è una cosa adatta agli agenti di borsa che fanno i calcoli seguendo la loro matematica fantasiosa, agli scout delle squadre sportive universitarie che giocano a impersonare Dio con il bestiame adolescente con cui hanno a che fare, ai meteorologi che pronosticano la furia degli oceani. Piano piano, cominciai ad aprire gli occhi sulla realtà. Mi resi conto che mi avevano venduto aria fritta. Eppure, per quanta letteratura leggessi, per quanta teoria accademica mi sforzassi di assimilare, continuavo lo stesso a disprezzare me stessa e la mia ingenuità da topolino di campagna: la mia famiglia e il mio paesino, i nostri mobili di cattivo gusto e i piatti di plastica e la raccolta dei buoni sconto, le nostre vacanze all'Holiday Inn, e poi la stupida fiducia dei miei genitori nei miei talenti e nelle mie doti, la stupida fiducia che avevo io nel fascino della mobilità sociale e il modo incredibile in cui ero riuscita a mandare a quel paese entrambe.

Quando ero bambina, i soldi mi sembravano una cosa così semplice. Paris Hilton ce li aveva perché era un'ereditiera e le Real Housewives ce li avevano perché avevano sposato mariti ricchi e Leonardo DiCaprio ce li aveva perché era un attore famoso e i Robinson in tv perché erano un dottore e un'avvocata, e a dirla tutta non ero molto sicura di come stessero le cose per quelle di *Gossip Girl*, ma ne sapevo abbastanza sui fondi fiduciari per formulare un'ipotesi quantomeno realistica.

Ma negli anni dopo la laurea, la ricchezza assunse una forma diversa, più sfuggente. Era una donna con occhiali scuri a goccia e una sciarpa, una *femme fatale*, una serial killer: era diventata, in altre parole, un grande mistero. Il grande mistero per eccellenza. Come faceva quella stagista a permettersi il suo stupendo appartamento a Chelsea? Come facevano gli *stand-up comedians* con i quali prendevo le benzodiazepine alle nostre misere festicciole nel dormitorio universitario ad avere già una casa di proprietà a Westchester, a soli due anni dalla laurea? E cosa fa un "consulente"? Cercavo indizi. Provavo a interrogare con circospezione i sospetti durante gli happy hour. Facevo patetici tentativi di unire i puntini: una lavagna di sughero, nastri rossi che non portavano da nessuna parte, un post-it con su scritto solo «Identità segreta da pornostar???».

Divenni un'insegnante di ripetizioni. La storia del mio declino postuniversitario non è tanto interessante, perciò la farò breve. Dopo la laurea, vivevo in un grande appartamento a Bed-Stuy insieme a otto o dodici altri giovani speciali (alcuni firmatari del contratto di affitto, altri ospiti illegali, più qualche ragazza di qualche ospite illegale; io avevo firmato). Accademici, aspiranti rapper, rider per un servizio di consegna di erba a domicilio, assistenti, babysitter, camerieri, dj. L'appartamento era un porcile. Il divano era coperto di pezzetti d'erba e cenere. Nel lavandino c'erano incrostazioni dello *shrapnel* di mezzanotte: lenticchie e impasto per pancake, gusci d'uovo, bucce di frutta. Nella doccia crescevano funghi selvatici, e non avevamo una tendina. Senza l'affidabile narcosi di un ciclo scolastico a ricordarmi quanto fossi speciale o un impiego più o meno fisso a occuparmi, la mia autostima si fece instabile e indeterminata. Passai tredici mesi fatta dal momento in cui mi svegliavo fino al secondo in cui mi addormentavo. In primavera stetti malissimo e decisi di smettere di fumare, anche le sigarette. Precipitai in una depressione da astinenza da nicotina, e avevo un urgente bisogno di soldi. Vendetti le mie uova. Ero abbastanza disperata da andare a una manciata di appuntamenti trovati su Seeking Arrangement: duecento dollari per sorbirmi un'ora e mezza di una cena troppo cara e qualche conversazione imbarazzante. Alla fine, attraverso un ex coinquilino, riuscii a ottenere un contratto a tempo determinato in un'agenzia di creativi nel Flatiron District. Scrivanie condivise a curva parabolica, soffitti da magazzino, caffè freddo alla spina, un frigorifero Smeg vintage pieno di *kombucha*. Mi pagavano quattordici dollari l'ora per "inserire dati", ma la realtà è che ero lì come pezzo di arredamento femminile alla moda. Cercai altri lavori, di solito mentre ero al lavoro. Passavo da una relazione con un collega all'altra senza entusiasmo. Controllavo la mia mail. Rispondevo ad altri annunci. Andai a un ultimo appuntamento da Seeking Arrangement con un tizio che passò tutta la cena a provare a convincermi che Keanu Reeves era suo cugino. Impulsivamente, disperatamente, feci domanda per un master dopo aver visto la pubblicità di una scuola di Architettura su LinkedIn – se vi siete mai chiesti che razza di deficiente faccia *clic* su pubblicità del genere, la risposta è io. Mancavano dieci giorni alla scadenza per le ammissioni.

Mi presero. Mi trasferii a Los Angeles. Ora, quando mi chiamavano i miei, o quando qualche parente impiccione domandava, o quando le mie nemesi del liceo mi stalkeravano su Facebook, almeno potevo dire che ero "iscritta a un master di Architettura", che sicuramente suonava più rispettabile che "impiegata a tempo determinato e a salario minimo in un lavoro che neanche capisco". Recuperai eroicamente il mio senso di specialità, e alla fine fui risputata fuori in un mercato del lavoro del tutto inesistente. Troppo speciale per tenermi stretto un lavoro normale e troppo senza una lira per ripagare i miei novantanovemila dollari di debito studentesco, tornai al traballante impiego che mi aveva sostenuta a lungo durante e dopo il college: le ripetizioni per i test di ammissione universitari. A Los Angeles come prima a New York, la tariffa era sessanta dollari l'ora. Tenevo in media quattro o cinque studenti a settimana, e li obbligavo a una lezione di almeno due ore. Fatevi i conti e stabilite se il mio reddito era superiore o inferiore alla soglia ufficiale di povertà: ecco, questo sarebbe un quiz simpatico per un test di ammissione.

Se si esclude il fatto che riuscivo a malapena a pagarmi l'affitto, il lavoro di per sé non era poi tanto male. Vedevo un sacco di case bellissime. Tutti i martedì e i giovedì mi facevo quasi un'ora e mezza di macchina da East Hollywood a Calabasas per vedere una ragazza che si chiamava Spencer. L'avevano chiamata così per Diana Spencer. Abitava in un immenso country club e i suoi vicini di casa erano Drake e una delle Kardashian. Il mercoledì a Bel-Air avevo Jagger, un dolce ragazzino un po' ribelle figlio di un produttore di R&B che aveva vinto un Grammy. Sua madre per poco non era stata una Real Housewife of Beverly Hills. Lavoravamo ai test standardizzati a bordovasca della sua *infinity pool*, sorseggiando lattine di LaCroix. Il lunedì avevo una ragazzina intelligente, bella e insopportabile che abitava in una casa stupenda sull'orlo del Silver Lake Reservoir e frequentava una delle migliori scuole private d'America. Passava la maggior parte delle nostre lezioni a interrogare me in matematica, cercando di beccarmi a fare un errore. Non ci riusciva mai, naturalmente. Era furba, ma ero più furba io. Talentuosa e Dotata, non ve lo scordate.

5

Non c'era mai stato un seminario T&D su come comportarsi con le guardie giurate dei centri commerciali. Mi ero messa nei guai con la polizia soltanto in un paio di occasioni, sempre per possesso di stupefacenti, ma solo roba piccola. La volta che me la sono vista più brutta è stata al liceo, quando mi hanno beccata a comprare un po' di erba da uno spacciatore che, a mia insaputa, era in libertà vigilata. Fecero arrivare altri tre agenti e un cane-poliziotto per perquisirmi la macchina, come fossi un narcos e non una liceale al terzo anno che provava a comprare trenta dollari di erba per i suoi amici.

La guardia si avvicinava. Mi preparai al peggio. Si spense la sigaretta sul tacco della scarpa e si avviò pigramente verso di me. Con calma. Aveva tutto il tempo del mondo.

«Ehi» disse. Persino quello, il modo in cui disse "ehi" sembrava etichettarmi come criminale.

«Perso qualcosa?» disse. Era giovane, visto da vicino. Io avevo ventinove anni compiuti da poco, e lui di sicuro era più giovane di me. Venticinque massimo. Non era molto alto – all'incirca come me, poco più di uno e settanta. Aveva i capelli tagliati a spazzola, stile militare, e un'espressione da cane bastonato, con grandi occhi seri e arrossati.

«Come hai detto?» domandai, per prendere tempo.

«Hai perso qualcosa?» Ripeté la domanda scandendo lentamente, come se fossi stupida. «Stai girando a vuoto per il parcheggio già da...» Si guardò l'orologio. «Dieci minuti.»

«Mi stavi cronometrando?» dissi. L'insolenza mi veniva automatica, senza pensarci.

Lui si scurì in volto. Me l'avrebbe fatta pagare questa. Vedevo già come sarebbe andata la conversazione – il suo interrogatorio, lui che mi fruga nella borsa. Sarebbe potuta andare diversamente. Avrei potuto sorridere, o mostrarmi spaventata. Lui non voleva altro, che fossi tremante e rispettosa del distintivo da guardia giurata del centro commerciale che portava appuntato orgogliosamente sul petto. C'era una pistola, una pistola assolutamente vera, nella sua fondina.

«Hai prelevato un sacco di contanti» disse. «A che ti servono?»

«Non sono tenuta a risponderti.»

Lui mi guardò dritta negli occhi. «Cosa c'è nelle buste?»

«Roba.»

«Roba» ripeté lui, con lo stesso tono basso e monocorde.

Avevo paura adesso. «Posso andare?»

«Non mi pare che tu abbia fretta di andare da nessuna parte» disse. «Camminavi avanti e indietro per tutto il parcheggio.»

«Non sono una barbona» dissi. «Ho appena comprato della roba dal tuo negozio.»

«Ehi, ehi» disse. «Va tutto bene. Chi ha parlato di barboni?» Accennò un sorriso, divertito dalla mia sfacciataggine.

«Sto cercando la mia macchina» dissi. «Mi sa che quella che era con me se n'è andata.»

«Ti ha lasciata qui? Oddio, che brutto» disse, con la stessa aria divertita.

«Eh, sì.»

«Perciò ti serve un passaggio?» disse.

«No.»

«Hai appena detto che ti serviva.»

«No che non l'ho detto» dissi. «Ce l'ho un passaggio, ma credo sia andata via.»

«E chi sarebbe questa persona?» Aveva uno sguardo impassibile, senza pupille.

«Nessuno.» Cazzo. Risposta sbagliata.

Inarcò il sopracciglio. «Nessuno?»

«Una mia amica» mi corressi, ma era troppo tardi. Mi sentivo come se qualcuno mi stesse strizzando il cuore in pugno. Non potevo essere io la prima a distogliere lo sguardo.

«Quale delle due?» disse. «Nessuno o una tua amica?»

«Una mia amica.»

«Perciò la tua amica non è nessuno per te? Porca miseria, che cinismo!»

«Non so perché ho detto così.»

«Mi sembri nervosa» disse lui, ora palesemente divertito. «Sei nervosa?»

«No» dissi, provando a non farmi tremare la voce. Gli stavo dando quello che cercava. Sicuro che si sarebbe tirato delle gran seghe più tardi su questa cosa.

«Posso andare?» dissi.

«Tra poco» disse. «Un'ultima domanda. A che servono tutti quei soldi che hai prelevato?»

«Non ho preso tanto» dissi.

«A me non sembrava.»

«Mi stavi spiando?»

«È il mio lavoro.»

«Bel lavoro» dissi.

Finalmente una reazione. Sapeva che lo stavo prendendo in giro. Lo vidi prendere una decisione.

«Ho capito, ho capito» disse. «Tanto io non sono un vero poliziotto, giusto? Perciò tu pensi, questo qua è un coglione. Non può farmi nulla.»

«È una cosa a cui pensi spesso? Che non sei un vero poliziotto?» Non riuscii a trattenermi.

Si fece una risata e si avvicinò di un altro passo, minaccioso.

«Nah» disse. Aveva dei denti piccoli, un sorriso tutto gengive. Richiuse le labbra quando vide che li guardavo. «Guadagno più di loro.»

«Ma davvero?» dissi. «Buon per te. Posso andare?»

«No» disse serissimo. Il sorriso era sparito.

Sentii un brivido corrermi giù lungo il braccio. I muscoli mi facevano male per il peso delle buste, ma se tremavo era più per la paura e la stanchezza che altro. Non riuscivo a credere che era così che mi avrebbero incastrata. A neanche tre ore dal fatto, beccata da una guardia giurata di Walmart.

«Scherzo, scherzo» disse. «Ma certo che puoi andare.»

Non provai nessun sollievo. Il permesso che mi dava mi sembrava un altro giochetto di potere, un'altra battaglia che non potevo vincere.

Era troppo vicino. Feci un passo indietro. Lui annuì paziente, facendo la parte del generoso. Mi voltai e cominciai a camminare. Rabbia e paura mi oscuravano il cervello, ma c'era anche adrenalina. Continua solo a camminare, dritta per la tua strada. Non ti fermare.

«Ehi!» mi gridò alle spalle.

Una scossa di terrore mi paralizzò. Cominciai a voltarmi.

«Ah ah» disse. «Non ci credo che ti sei fermata davvero.»

Finii di voltarmi, con le sopracciglia inarcate dalla confusione e dalla paura.

«Che c'è?»

«Ehi, va tutto bene» disse. «Ti sto solo prendendo in giro. Dico sul serio, sei a posto. Puoi andare.»

Io non mi mossi. «Okay» dissi lentamente.

Lui incrociò le braccia, fissandomi. Io mi girai di nuovo e ripresi a camminare, resistendo alla tentazione di mettermi a correre. Se corro, lui mi correrà dietro, pensai. Si unirà alla caccia, insieme a tutti gli altri. Tu respira, stai calma, e continua soltanto a camminare. Non ti fermare. Ti verrà di sicuro in mente qualcosa. Succederà per forza. Non hai scelta.

Fu soltanto quando raggiunsi la strada che mi permisi di girare indietro lo sguardo. Non mi stava seguendo. Non si era mosso di un passo.

Sul bordo della strada rabbrividii. Solo palme e deserto, e il freddo della notte nel deserto. Ero a pochi chilometri di distanza dalla Coachella Valley. Forse qualche pseudohippie ribelle di passaggio si sarebbe impietosito. Anche Palm Springs non era lontana. Magari mi avrebbe dato un passaggio una coppia diretta a un Airbnb: un passaggio per dove, però, proprio non lo sapevo. Fare l'autostop era un'idea ridicola, ma era l'unica che avessi, a parte camminare. Camminare nel nulla. Camminare finché una volante di passaggio mi avrebbe trovata, oppure la guardia giurata alla fine del suo turno.

Non riuscivo a credere che mi avesse lasciata lì.

Dal petto mi esplose una risata selvaggia. Mi aveva lasciata lì. Più me lo ripetevo e più mi sembrava irreale. In fondo non potevo fargliene una colpa. Senza di me, magari poteva salvarsi. Magari se la sarebbe cavata.

Non portavo un orologio e il mio telefono era spappolato da qualche parte sull'asfalto della 101. Doveva essere passata almeno un'ora da quando avevo lasciato la donna sola con la mia macchina. Chissà quanto poteva essere lontana ormai. In ospedale. Nel Nevada. A casa. Dovunque fosse casa sua. Non lo sapevo e non mi interessava. Qualsiasi sentimento positivo avessi provato, qualsiasi desiderio di darle da mangiare o dei vestiti e aiutarla a rimettersi in salute, erano spariti ormai. Che andasse a farsi fottere.

Continuai a camminare. Passò almeno un'altra mezz'ora. La notte attorno a me si trasformava, e io restavo incollata al bordo della strada, lottando contro il vento sferzante. I lampioni erano pochi e distanti fra loro. Le palme erano state piantate con una regolarità inquietante. Da qualche parte, nelle vicinanze, sentivo l'ululato di un branco di coyote. Le braccia mi tremavano, cariche di buste piene di lattine di zuppa e acqua e vestiti – quasi tutte cose che avevo comprato per lei.

Di certo la polizia ci stava cercando in tutta Los Angeles ormai. Di sicuro erano già stati a casa mia. Il mio coinquilino, Harvey, si sarebbe a malapena alzato dal letto, terrorizzato all'idea di sentirli bussare. Le nostre facce sarebbero apparse in tv. O la mia, quantomeno. Il pubblico da casa l'avrebbe vista e si sarebbe sentito sicuro della nostra colpevolezza. I tentacoli della notizia si sarebbero allungati così tanto che entro domani tutti quelli che mi conoscono avrebbero visto il mio nome collegato a un omicidio. Tutti i miei amici e i miei ex insegnanti e i miei ex colleghi e i miei ex, tutti quanti l'avrebbero saputo dai social, attraverso il passaparola. La mattina, i miei genitori avrebbero acceso la tv e scoperto che la loro unica figlia – il loro piccolo miracolo, la loro bambina, la loro Evie – era un'assassina.

Repressi il pensiero prima che potesse penetrare più a fondo. Se mi ci fossi soffermata troppo a lungo, non potevo essere sicura che non avrei fatto qualcosa di stupido.

Il deserto era spietato. Non c'era posto per nascondersi, nessuna pianta dietro la quale acquattarsi, nessun albero rigoglioso da scalare. Era tutto sabbia e cose spinose, serpenti e scorpioni in attesa del momento buono per saltar fuori e attaccare. I lampioni erano così rari che vedevo a malapena a qualche metro di distanza. Non c'era altro da fare che camminare. Anche se quello che volevo davvero era rannicchiarmi per terra e arrendermi, sapevo che se l'avessi fatto tutti i possibili scenari da incubo avrebbero fatto la fila per attraversarmi la testa, uno a uno. Il mio scheletro, con ancora qualche frammento di carne sopra, e un coyote sazio che mastica felice gli ultimi avanzi della sua cena. Una tarantola che mi si posa sulla faccia mentre dormo. Una guardia giurata di Walmart che mi dà la caccia per divertimento.

Non potevo fermarmi, non importa quanto debole mi sentissi. Pensai alle ultime ragazze che sopravvivono nei film slasher, coperte di sangue, che si allontanano zoppicando da una sega circolare o da un coltello da macellaio, il bianco di una maschera da hockey che brilla nell'oscurità.

Cominciai a frugare freneticamente tra le buste di Walmart per cercare il coltellino che avevo comprato. Lo impugnai. Non ne avevo mai usato uno prima. A dirla tutta, i coltelli mi facevano una paura incredibile. *Grey's Anatomy* mi faceva venire la nausea.

Ma davvero pensano che sarei capace di compiere un triplice omicidio?

Strinsi le dita sul manico del coltello e provai a immaginare di usarlo davvero. Era impossibile. La mano mi sudava già. L'enormità sonnolenta del deserto mi sovrastò.

Due fanali brillarono nel buio alle mie spalle, illuminando per un attimo la strada vuota. Il motore borbottò, assurdamente lento, e poi si fermò del tutto proprio accanto a me.

Non era la guardia giurata.

6

Era lei.

Al volante di una berlina Nissan grigia. Accostò sul ciglio della strada, qualche metro avanti a me. Stordita, mi avvicinai al finestrino dal lato del passeggero, che lei aveva già abbassato.

Sbloccò la portiera e mi fece segno di salire. Masticava una gomma e tamburellava distrattamente le dita sul volante. Aveva un gomito reclinato fuori dal finestrino aperto, in una posizione quasi pigra, e portava un cappellino da baseball calato sugli occhi.

«Dove l'hai presa questa?» dissi.

Il muscolo della mascella si muoveva al ritmo della sua masticazione.

«Dove cazzo è la mia macchina?» Alzai la voce.

Lei chiuse gli occhi con impazienza e si chinò di lato oltre il cruscotto per aprirmi la portiera.

Ero furiosa. Una rabbia amorfa, senza una causa precisa, come se un sogno mi avesse fatta arrabbiare e ora non lo ricordassi più. La rabbia aveva un bersaglio adesso, ed era lei. Volevo farle dire qualcosa. Non avevo più voglia di essere paziente.

«Scendi» dissi. «Guido io.»

Lei sostenne il mio sguardo con occhi diffidenti e penetranti.

«Muoviti, subito» ripetei, spostandomi verso il lato del guidatore. Lei eseguì le mie richieste. Buttai le buste del Walmart sui sedili posteriori e salii a bordo, poi studiai il funzionamento della leva del cambio, diversa da quella a cui ero abituata. Avevamo meno di metà carburante. Avremmo presto dovuto far benzina, specialmente prima di avventurarci nel tratto desolato di I-10 che ci aspettava. Spostai il cambio su "Drive" con più forza del necessario. *Mi ha lasciata lì* mi rimbalzava nel cervello come un mantra.

Ma era anche tornata. E ci aveva trovato una nuova macchina. Le avevo detto che la mia targa sarebbe stata un problema, e adesso non lo era più. A meno che non avesse fatto qualcosa di veramente brutto per procurarsela.

Le gettai un'occhiata e la vidi frugare tra le buste della spesa, prendere una bottiglietta d'acqua e poi scolarsela, dopo aver sputato la gomma fuori dal finestrino. Sembrava star bene. Si era persino lavata via di dosso un po' di sangue. Non c'erano nuove ferite, almeno non che riuscissi a vedere, e nessun segno di una nuova colluttazione. Soltanto lo stesso enorme livido con l'impronta di una mano che le scuriva il collo sottile. Avevo pensato che sarei stata io a dover rubare una macchina, anche se non avevo la più pallida idea di come riuscirci.

Ma lei sì.

Di fianco a me, la donna aprì la linguetta di un barattolo di zuppa e la mandò giù fredda, in lunghi sorsi famelici che mi diedero il voltastomaco. Incrociò il mio sguardo, con la macchina che filava via lungo l'autostrada, e mi offrì un sorso. Io scossi la testa.

Mi resi conto d'un tratto che non conoscevamo neanche i nostri nomi.

Potevo dirle il mio. Sarebbe stata una dimostrazione di buona volontà. Non mi fidavo di lei, ma volevo che lei si fidasse di me. Pensai che sarebbe stato utile.

«Io sono Evie» dissi.

Lei alzò gli occhi dalla lattina, schiudendo le labbra in un'espressione di sorpresa. Era uno sguardo che la faceva sembrare più giovane, anche se probabilmente aveva all'incirca la mia stessa età, forse poco di meno. Di sicuro non più di trent'anni.

Evie. Le vidi muovere le labbra per scandire il mio nome. Ma non produsse alcun suono.

«Non c'è bisogno che mi dici il tuo» dissi. «Magari non puoi neanche, con questo fatto che... non parli.»

Deglutì come se avesse un nodo in gola. Rivolse lo sguardo fuori dal finestrino.

«Lo so che puoi parlare però» le dissi. «Ti ho sentita. In quella casa. Mi hai detto "Ti prego" e "Aiuto".»

Lei non rispose. Ovviamente. Continuò soltanto a massaggiarsi ostinatamente i polsi contusi.

L'adrenalina che mi scorreva nelle vene poco a poco si sciolse. Ero così stanca. Il buio della notte mi entrò nella testa. La vista si fece confusa. Il deserto notturno sembrava un pianeta alieno che ci scorreva attorno. Montagne in lontananza, come miraggi, un vento secco: non avevo una cartina, ma conoscevo la strada. Avevo già guidato verso est in passato, due volte per l'esattezza. Una volta lungo la I-10 e una volta sulla I-40, durante una gita con un mio ex – Christian, uno studente di Arte con cui sono stata insieme per quasi quattro anni dopo il college. Facemmo lunghe camminate nel Grand Canyon, con lui che si lamentava senza sosta del caldo. Passammo un'orribile giornata a Las Vegas, a passeggiare tra file di slot machine a cui non mi potevo permettere di giocare. Quando tornammo a Los Angeles nel pomeriggio, lo lasciai mentre eravamo seduti al bar La Cita, a Downtown, a bere lattine di birra calda nel cortiletto interno. L'unica altra persona al bar era una drag queen con degli straordinari baffi arricciati. Quando Christian andò in bagno, probabilmente a piangere, la drag queen mi si avvicinò, abbassò i suoi occhiali da sole a righe rosa e mi disse che eravamo la coppia più bella che avesse mai visto.

Sbandai violentemente, facendo scricchiolare la ghiaia sotto gli pneumatici. Erano le due del mattino. Ero così stanca che riuscivo a malapena a pensare. Una macchina ci superò suonando il clacson in maniera esagerata.

La donna incrociò il mio sguardo. Indicò col mento un cartellone dall'altro lato dell'autostrada. Rodeway Inn, sessantasei dollari a notte.

«Non possiamo stare in un motel» dissi. «Nessuno ti fa prendere una stanza senza che mostri un documento d'identità.»

La donna si frugò nelle tasche e tirò fuori un piccolo rettangolo di plastica. Lo presi, fissandolo senza parole. Dalla foto sul documento gli occhi di una donna ricambiavano il mio sguardo. Non mi assomigliava per nulla, se non per il fatto che eravamo più o meno vicine per peso e altezza. Perlomeno aveva i capelli scuri. Era brutta, ma adesso non potevo stare a offendermi. "Naomi Morgan". Trentun anni, un metro e settantatré, cinquantasette chili. Veniva da Fresno, California, ed era una donatrice di organi.

Guardai la donna, che aveva lo sguardo rivolto fuori dal finestrino. Notai un sorriso di soddisfazione appena accennato. Aveva pensato a tutto. Avrebbe dovuto rincuorarmi, invece mi rese ancora più diffidente. Il suo viso era impassibile, non mi offriva nessuna indicazione. Sotto la superficie c'era una scheda madre che faceva calcoli impossibili, che pianificava mosse di scacchi molto più ardite di quelle che avrei potuto mai concepire io. Provai a immaginare quei suoi furti così efficienti: la macchina, il documento. Era impossibile vedercela. Forse è per questo che aveva così tanto successo.

Avevo bisogno di lei. Era imbarazzante quanto avessi bisogno di lei.

La macchina sbandò di nuovo. Ero esausta, distratta. La donna allungò un braccio per tenere dritto il volante con una lucidità e una sicurezza che mi sorpresero.

Un'altra macchina ci sorpassò suonando il clacson. Guardai il tachimetro. Non superavo i settanta all'ora.

Sterzando in maniera troppo brusca, imboccai un'uscita dell'autostrada. Accostai nella corsia di emergenza e spensi il motore.

«Sai guidare?» dissi. Non era una domanda vera e propria e mi venne fuori più acida di quanto avrei voluto. Oltretutto, sapevo già che guidava. Era stata lei a rubarci quella macchina. Era tornata a prendermi.

La donna annuì. Con un angolo della bocca accennò una smorfia di scherno.

«Okay» dissi, irritata per motivi che non riuscivo del tutto a comprendere. «Okay.» Ma esitavo a muovermi. Mi piaceva guidare. Mi era sempre piaciuto. In tutte le gite in macchina che ho fatto, con ogni partner o gruppo di amici, ero sempre io al volante.

Alla fine aprii la portiera. Lei scese dal sedile del passeggero. Le lanciai le chiavi, ma lei ne fu troppo sorpresa per prenderle al volo. Caddero nell'erba e dovette frugare nel terriccio per ritrovarle. Mi sentii un pochino in colpa.

Risalimmo in macchina. Il sedile del passeggero aveva il suo odore. Il barattolo vuoto della zuppa rotolava sul pavimento. Sapevo che mi avrebbe dato fastidio, perciò lo gettai nel retro e ne presi un altro per me da una delle buste. Zuppa di pollo e pastina Campbell.

«Non mi addormento» le dissi mentre lei si metteva timidamente alla guida. «Così posso aiutarti...» Mi sentivo già persa, senza il volante, il cambio, le chiavi. «A trovare la strada intendo. E a trovare un motel.» Non le dissi che non volevo addormentarmi perché non mi fidavo di lei, ma c'era anche questo. Forse lo sapeva pure lei. Forse si era sentita altrettanto a disagio quando ero stata io al volante e lei era intrappolata sul sedile del passeggero, disarmata.

Girò la chiave. Aveva dita lunghe e sottili, rigate di capillari, le nocche graffiate e spellate. Ci riportò facilmente sulla I-10. Io mandai giù la zuppa, densa come un tuorlo d'uovo e troppo salata. I cubetti di pollo disidratato mi si attaccavano ai denti. Accompagnai il pasto con metà di una bottiglietta d'acqua, poi offrii a lei quella che restava.

Ora che non stavo guidando, potevo studiarla con più attenzione. Non sembrava tanto bassa. Forse solo qualche centimetro meno di me. Le braccia, sotto le maniche del giubbotto di pelle malridotto, erano magre e muscolose. C'era qualcosa che incuteva timore nell'espressione del suo volto a riposo: una smorfia crudele sulle labbra, il modo in cui i suoi lineamenti le davano un'aria di fredda indifferenza.

Sembrò accorgersi che la stavo guardando. C'era qualcosa di insicuro nell'ostinazione con cui serrava le labbra, qualcosa di nervoso nel suo sguardo fisso in avanti.

Poi, d'improvviso, si voltò verso di me, con la stessa aria inquisitoria con cui io guardavo lei.

«Che c'è» dissi.

Non era davvero una domanda. Era solo per dire qualcosa, un modo di rispondere. Finalmente c'era un accenno di movimento tra di noi. Qualcosa di reciproco, uno scambio.

Le sue labbra si schiusero e per un istante ebbi un balzo al cuore.

Ma poi lei si voltò e tornò a guardare la strada e il suo viso si scurì, di nuovo impenetrabile. Continuammo così in silenzio finché non attraversammo il confine con l'Arizona. Poi mi addormentai.

7

Alle sei del mattino seguente, le nostre facce erano su tutti i telegiornali.

Cioè, la mia faccia. L'identità della donna rimaneva un mistero – i reporter non avevano altro che un vago identikit basato sulla descrizione fornita da Lukas. Ed eccoci, fianco a fianco sullo schermo di una vecchia tv, l'unico bagliore bluastro nel buio della camera di un motel. Il titolone sotto il volto serio del conduttore diceva: «Brutale omicidio a Hollywood: due donne killer ancora in fuga.» Il numero verde per le segnalazioni era 1-800-VICTOR. La foto mia che avevano scelto era presa dal sito per le ammissioni della mia università, uno scatto naturale, io che leggo sul prato all'ombra di un albero di corniolo. I miei amici mi avevano presa per il culo all'infinito per quella foto. Sembrava un'immagine di repertorio per pubblicizzare i benefici della frequenza universitaria: bicchierone di caffè freddo umido di condensa in mano, la felpa che grida al mondo il mio orgoglio scolastico. Sul nostro gruppo WhatsApp mi avevano mandato un link al sito per le ammissioni – «guarda gordon sei famosa»; «è una STUDIOSA lei, è un'INTELLETTUALE» – e io mi ero sorpresa nel sentire un'imbarazzante puntina di orgoglio. Nel mio liceo, soltanto altri quattro studenti del mio anno erano riusciti a entrare in università fuori dalla North Carolina. Durante l'ultimo anno, la scuola preparò un cartellone che appesero vicino all'insegna all'ingresso, con su i nostri nomi e le università che avremmo frequentato. Io ero in cima alla lista, come se fossi l'artista di punta di un festival musicale. L'emblema perfetto dei meriti di una formazione umanistica.

Ora ero l'emblema perfetto delle Donne Che Uccidono.

Dalle brutte tende a fiori del motel filtrava già un filo di luce di un blu perlaceo. Sbattei le palpebre, intontita, staccando a forza gli occhi dallo schermo. Per tutta la notte avevo dormito pochissimo. C'era soltanto un letto nella stanza. Senza discussioni su come distribuirci, la donna lo aveva lasciato a me, prendendo per sé la vasca da bagno e chiudendosi dietro la porta. La porta era ancora chiusa.

Sentii un brivido. Dal preistorico condizionatore che ronzava da sotto la finestra veniva un alito di aria polare. Guardai di nuovo l'orologio. Erano le 6.20. Per ore avevo guardato il display dell'orologio avanzare lento, una serie infinita di numeretti rossi che scorrevano uno dopo l'altro. Avevo dormito soltanto a tratti, svegliandomi più o meno ogni quarto d'ora e restando immobile nel letto, paralizzata dal terrore. Quando finalmente mi arresi e accesi la tv, mi sentivo come se avessi appena trascorso centinaia di notti insonni di fila.

Alla pausa pubblicitaria provai ad andare in bagno. Socchiusi la porta piano, con cautela.

La tendina della doccia, ricoperta di una muffa sottile, rivelava la sagoma del corpo della donna. Un gomito che sbucava fuori, una spalla.

«Sto entrando» dissi, inutilmente. Le dita ossute strinsero il bordo della tendina, tirandolo il tanto che bastava per rivelare soltanto il suo viso.

«Devo fare pipì» dissi.

Aveva gli occhi ancora più arrossati dei miei. Con il cuscino stretto al petto e addosso gli stessi vestiti giallastri e irrigiditi dal sangue che aveva quando l'avevo trovata, scivolò fuori dalla vasca e uscì dal bagno. Chiusi la porta alle sue spalle e feci pipì, dando uno sguardo alla vasca. C'era un asciugamano bianco e rovinato steso sul fondo. Scaricai e tornai in camera. La donna era ferma in piedi al centro della stanza.

«Abbiamo il sapone» dissi, a voce bassa. Le pareti del motel erano sottili come carta velina. «Ne ho comprato un po' ieri. E vestiti nuovi.»

Raggiunsi le buste e tirai fuori le cose che avevo comprato: una semplice t-shirt nera, pantaloni della tuta con il cordino, una saponetta Irish Spring. Prese i vestiti e il sapone con un fare sospettoso, come se stesse cercando di stabilire se la mia gentilezza fosse uno scherzo ai suoi danni. Ero davvero così stronza?

«Dovresti farti una doccia» dissi.

Mi uscì più crudele di quanto volessi. Lei strinse gli occhi. Forse sì, ero davvero così stronza.

Passò quasi mezz'ora sotto la doccia. Ne venne fuori alla fine indossando i vestiti nuovi, rossa per il calore. La maglietta aveva una chiazza bagnata in fondo alla schiena, come se la donna non si fosse asciugata prima di indossarla. Aveva i capelli neri e biondi dritti e umidi, pettinati all'indietro in una maniera che la faceva sembrare un gangster degli anni Trenta, con qualche ciuffo ribelle che le scendeva sugli occhi. Non aveva un centimetro di pelle di troppo in tutto il corpo. Dovette arrotolare un po' di volte l'orlo dei pantaloni della tuta, leggermente grandi per lei. Le poggiavano sulle anche, lasciando visibile la curva della vita pallida e magra. Vidi spuntare l'indizio di un tatuaggio.

Andò alle buste e tirò fuori una confezione di spaghetti precotti, che divorò direttamente dal barattolo. Si pulì la bocca con il dorso della mano e mi offrì quel che restava del suo pasto, con un'espressione calma e indifferente.

«Tienimeli da parte» dissi. «Vado a farmi una doccia.»

Entrai nel bagno. Lo specchio era annebbiato dal vapore. Buttai la testa all'indietro e aprii l'acqua più calda possibile. Aveva usato così tanto sapone che restava soltanto metà della barretta di Irish Spring. Mi passai la saponetta sottile su tutto il corpo e rimasi lì, a testa china. L'acqua che scolava a terra aveva una sfumatura rosata. Dopo la doccia, mi analizzai la testa ancora bagnata di fronte allo specchio, in cerca di ferite nascoste. Avevo in mente immagini di Frankenstein, grosse cicatrici nerastre. Ma il taglio dove mi aveva colpito la lampada non era così profondo come mi era sembrato il giorno prima. Una leggera ferita e un bernoccolo, niente di più. Dopo essermi asciugata, indossai anch'io la mia nuova maglietta e i pantaloni della tuta e tornai in camera.

La donna era seduta a gambe incrociate sul letto, che aveva rifatto con cura. La tv era accesa. Finii il barattolo di SpaghettiOs e concentrai la mia attenzione sul piccolo bollitore elettrico in cima alla cassettiera. C'erano due bustine di caffè solubile Folgers e due bicchieri di polistirolo. Li affrontai, separandoli a fatica e lasciando lì il secondo. Eravamo un *noi* ora. Tutto quello che serviva a me, serviva anche a lei.

La guardai, seduta sul letto, mentre il bollitore fischiava e borbottava. Una lunga sequenza di pubblicità – trailer di film, avvocati per gli incidenti sul lavoro, annunci politici che gettavano fango su altri candidati, farmaci in grado di curare la psoriasi, ma è possibile il manifestarsi di pensieri suicidi. Dal modo in cui la donna guardava la tv era chiaro che in realtà stesse guardando me. Il collo le pulsava per la tensione; il corpo era teso, accordato stretto come un pianoforte. Centinaia di cordicine invisibili che vibravano sotto la superficie. Il suo silenzio era così denso e opprimente da non sembrare umano. O forse più che umano. Me la immaginavo come una presenza – non esattamente inquietante, non malevola. Ma perseguitata. Perseguitabile. Un vuoto gravitazionale, legato a me come una luna, indecifrabile come una luna. Era una presenza che rendeva impossibile rilassarsi, anche solo per un istante. Non potevo lasciarmi andare, permettere ai miei pensieri di vagare. Tutto mi riportava alla sua impossibile materialità, seduta lì a gambe incrociate sul letto, che mi guardava fingendo di non guardarmi. Allo stesso modo in cui io guardavo lei, fingendo di non farlo.

Il caffè era pronto. La donna parve sorpresa quando le diedi il suo. Le sue dita sfiorarono le mie ed entrambe ci tirammo indietro inorridite al contatto. Sentivo il suo respiro mentre sorseggiava il caffè bollente, obbediente come un bambino che prende una medicina. Gli organi del suo corpo sembravano più vivi, più attivi di quelli degli altri.

Ma poi, finito il trailer del nuovo film di *Star Wars*, la mia faccia riapparve sullo schermo, reclamando di nuovo urgentemente l'attenzione di tutto il paese. Nessuna delle due disse una parola mentre i reporter azzardavano conclusioni basandosi su qualsiasi briciola della mia vita che fosse accessibile pubblicamente, dai corsi che avevo seguito all'università al fatto che ero un'Ariete, il mascalzone dei segni zodiacali. Si premurarono di rendere noto al mondo che avevo qualche minuscolo precedente con le sostanze stupefacenti: come ben sappiamo, dal fumare erba all'essere serial killer è un attimo, è una cosa documentata. Il conduttore ripeté con aria stupita che, almeno fino a quel momento, non c'erano esempi di episodi di violenza nel mio passato. Immaginai che non avessero scoperto di Scott Delahanty, il ragazzino a cui diedi un pugno in seconda media dopo che lui mi versò una Mountain Dew giù per la maglietta gridando: «Le tette di Gordon perdono!» Gli ruppi il naso. Mi diedero tre settimane di lezioni aggiuntive il sabato, per punizione. Sicuro ci sarebbero andati a nozze con una storia del genere.

Qualche notizia inquietante che ricavammo dagli imperdibili telegiornali del mattino: le antenne della rete cellulare ci avevano localizzate sulla 101, prima che gettassi via il mio telefono. I miei estratti bancari mostravano che avevo prelevato quasi tremila dollari in contanti al bancomat di un Walmart a Indio. Una guardia giurata del Walmart aveva testimoniato che il mio atteggiamento era "sospetto" e "ostile". La vettura in cui mi ero data alla fuga, una PT Cruiser del 2003 targata PAZ6734, era stata ritrovata nei dintorni di Henderson, Nevada. A bordo c'erano un uomo di quarantatré anni e la sua compagna diciannovenne, i quali dissero di aver trovato la macchina fuori da un 7-Eleven a Indian Wells. Le chiavi erano ancora inserite e l'auto era evidentemente abbandonata.

Il telegiornale passò a parlare delle vittime. Peter Victor era stato annegato, stando al primo rapporto del medico legale, anche se i dettagli al riguardo erano ancora in fase di sviluppo. Dinah era morta per trauma cranico. La madre di Peter apparve sullo schermo e disse cose carine sul figlio con una voce tremante, anche se i suoi aneddoti si fermavano all'età di quattordici anni. Peter era di San Francisco, originariamente, cosa che non mi sorprese affatto. La sua Tesla, i suoi gingilli tecnologici, la bicicletta da ventottomila dollari. Ai ricchi di San Francisco piace far finta di non essere ricchi. Indossano cappellini da baseball e vestiti da campeggio costosi e pensano che le loro Teva e la roba Patagonia e le case piccole e carissime li rendano persone normali.

Ma i telegiornali erano più interessati a Dinah, perché era stata un'attrice. Ci ricordarono del suo film candidato agli Oscar e mostrarono le immagini di lei alla cerimonia del 1999.

Intervistarono un suo ex, Anton Vlassic. Un attore anche lui, ma ancora in attività. Lo riconobbi perché aveva interpretato il cattivo in una grossa serie di fantascienza su Netflix che io e il mio coinquilino Harvey avevamo provato a guardare una volta, ma eravamo troppo fatti per capirci qualcosa. Anton e Dinah erano stati insieme dal '94 al '99. Lei ruppe il fidanzamento un mese prima degli Oscar, anche se alla cerimonia erano apparsi ancora insieme. Erano buoni amici.

«Per quale motivo credi che qualcuno volesse uccidere i Victor?» domandò il reporter.

«Non riesco a pensare a una singola ragione» disse Anton. «Sono persone splendide. Umili, per bene, persone normali. Belle persone, una bella famiglia. Non riesco a immaginare chi possa aver fatto una cosa del genere. Non riesco a immaginare il perché. Invidia. Non può essere altro.»

La mia faccia, di nuovo. Il mio nome. Il volto della donna. Anonima, nome di fantasia.

Si è trattato di un atto di violenza impulsivo?, rifletté il conduttore. O è stato un omicidio premeditato? L'espressione "stile Charles Manson" saltò fuori tre volte, ho contato. I nostri volti smagriti. I capelli della donna nel bozzetto dell'identikit, sporchi e scombinati. Due hippie sbandate, strafatte di coca, che provano a incitare una rivoluzione. Avrei avuto tempo in abbondanza per studiare con calma la planimetria della casa, tutte quelle domeniche passate nella sala da pranzo, tutte quelle domeniche in cui loro così gentilmente mi avevano accolta. E per tutto il tempo io, da brava psicopatica doppiogiochista, me ne stavo lì a pianificare, a calcolare, a rimuginare. E finalmente il mio piano era arrivato a maturazione. Mi ero portata dietro una complice, la mia crudele cagnolina, la mia Sadie, la mia Leslie, la mia Patricia. Morte all'Un per cento. Giustizia per il Novantanove. Un avvertimento.

Il servizio del telegiornale passò a inquadrare un detective di fronte a una folla di giornalisti fuori dalla stazione di polizia. Di lato, alle sue spalle, si vedevano Lukas e i suoi genitori.

«Serena Victor è ancora priva di sensi» diceva il detective. «Non posso prevedere quando o se si risveglierà.»

Serena Victor è ancora priva di sensi.

Il caffè mi scivolò dalle mani, ustionandomi, e precipitò a terra sulla moquette.

Priva di sensi.

Non morta.

Mi tastai il polso per sentirmi il battito.

Non ero un'assassina.

«Non sono un'assassina» dissi a voce alta.

Sentii una bottiglia stapparsi nel mio petto.

Potevo tornare a casa.

Potevo tornare *a casa*.

Non a Los Angeles. Los Angeles non era casa. No, avrei guidato fino alla North Carolina. A casa dalla mia famiglia: il ritorno della figliola prodiga. Ci sarei andata dritta da lì dov'ero, senza fermarmi. Potevo partire, in quel momento esatto, e l'incubo delle ultime ventiquattr'ore non sarebbe stato nient'altro che un orribile e traumatico ricordo. Un fondo che avevo toccato e che potevo indicare, dichiarando con tutta la saggezza dell'esperienza: *Non fosse stato per quella volta che fui accusata di omicidio e finii nella lista degli America's Most Wanted, non avrei mai lasciato Los Angeles!* Sarebbe diventato il mio aneddoto più divertente, una storia da raccontare alle cene con gli amici. I miei quindici minuti di celebrità.

Saltai su dal letto, con il cervello che correva a duemila per formulare un piano.

Prima le cose urgenti, portare la donna in ospedale – anche lei, mi resi conto come in un sogno, sarebbe presto diventata soltanto uno strano ricordo.

E poi via al volante. Mi sarei fermata soltanto per cibo e caffè e pause bagno. Premendo sul serio sull'acceleratore, avrei potuto essere a casa per l'indomani sera. A mezzanotte avrei potuto riabbracciare mia madre, mangiare una cena fatta in casa, godermi le ricerche del vero assassino dei Victor dal suo comodo divano. Quante volte i miei genitori mi avevano scongiurata di tornare in North Carolina? La tentazione era forte. Il mio paesino era bellissimo. Mi mancava la vista sul mondo da casa nostra. Cieli aperti, immensi e sognanti, soffusi di potenziale.

Ma me ne ero sempre vergognata. Avevo voluto fare le cose in grande. L'università privata costosissima, New York, il master a Los Angeles, e tutto per ottenere cosa? Cosa mi restava in mano come risultato? Dove ero arrivata? Anche se loro non l'avrebbero mai vista in questo modo, tornare a casa a me sembrava come gettare la spugna, rinunciare a tutte le speranze e a tutti i sogni che i miei genitori avevano avuto. Si meritavano una figlia molto migliore di me.

Non era troppo tardi. Potevo insegnare nella scuola di mio padre, o lavorare nella mia libreria preferita ad Asheville. Sarei tornata all'università per un altro master o un dottorato, oppure avrei imparato un nuovo mestiere. Sarei uscita con qualcuno di nuovo. Una ragazza a cui piaceva l'aria aperta. Una che mi avrebbe convinta a fare le vacanze in campeggio. Avrebbe avuto strani interessi new age, tipo andare a raccogliere i funghi o distillarsi la *kombucha* in casa. Basta con gli influencer di Instagram di Silver Lake. Basta "imprenditori". Basta dottorandi in Letteratura Comparata con fondi fiduciari segreti.

Avrei ricominciato da capo.

Mi ci erano voluti anni di fallimenti, anni di deliri di grandezza, anni di conti in rosso e popcorn al microonde per cena e, alla fine, un incontro ravvicinato con l'omicidio per capire cosa dovessi fare davvero. E naturalmente, la risposta era la più facile. Non è sempre così? Mi ero trasferita così tante volte, per cercarmi una casa. Ma la mia casa non si era mai mossa. Era un piccolo miracolo di casa, gialla con una porta rossa, incastonata tra le pendici delle Blue Ridge Mountains. Perché mai ero andata a cercare altrove? Perché mi ci era voluto così tanto tempo? Viaggiai lì con la mente. L'odore della pioggia dopo un temporale, dell'alloro di montagna, dell'ortensia selvatica. Nissa silvestre e cicuta e sassafrasso. Tabacco, latticello e cannella.

Incrociai lo sguardo della donna. La sua espressione mi era così poco familiare, così diversa dal suo solito freddo sdegno e dal suo stoicismo, che mi ci volle qualche istante per capire.

Compassione. Mi guardava con compassione.

«Non ho ammazzato nessuno» ripetei.

Stavolta sentii anch'io quanto poco convincente suonasse.

Il mio sguardò si poso su Lukas Taylor-Hogg, sullo schermo. Il titolo in basso recitava: «L'Fbi si unisce alla caccia all'uomo in tutto il paese per l'assassina dei Victor.» Mi sentii stringere la gola.

Non aveva alcuna importanza che Serena non fosse morta. I suoi genitori lo erano. E c'era Lukas, un testimone. Il mio dna era in tutta la casa. Avevo letto e guardato abbastanza storie true crime da sapere che è a quello che appare in superficie che prestiamo tutti più attenzione. Il racconto che riesci a mettere insieme dal marciume nell'acqua dello stagno. La roba che galleggia, lo sporco nella schiuma.

E noi eravamo il marciume.

Feci ricadere le chiavi della macchina e sprofondai sul letto, sforzandomi di sostenere lo sguardo di Lukas. Aveva addosso l'uniforme della sua scuola privata. Sarebbe tornato a scuola dopo gli incontri con i detective? Si sarebbe seduto a lezione di biologia, con i compagni di classe che gli ronzavano attorno formulando teorie sul perché l'avessi fatto, e preparando qualche post social che sfoggiasse la giusta quantità di compassione per Serena e i suoi genitori? Chi, tra i familiari e gli amici dei Victor, avrebbe fatto del dare la caccia alle assassine e assicurarle alla giustizia la missione della propria vita? Chi andava a letto ogni sera recitando ad alta voce il nome *Evie Gordon*, come una promessa, come un mantra. *Ti troverò, Evie Gordon. E la pagherai.*

Io non sapevo nulla dei Victor. Conoscevo le splendide superfici di casa loro, ma non sapevo come facessero a permettersi i loro tesori. Un'ex attrice, un qualche genere di banchiere. Andavo da loro due ore a settimana. Avevo altri studenti, altre famiglie. I Victor avevano avuto, nel complesso, un'importanza davvero minima nella mia vita. Arrivavo, facevo il mio lavoro, mi facevo pagare, e me ne andavo. Cosa facessero per le altre 166 ore della settimana erano affari loro. E sono sicura che loro avessero ben poca curiosità su cosa facessi io.

Adesso però, a meno che non venisse identificato il vero assassino, la storia dei Victor sarebbe diventata la storia del resto della mia vita. Non aveva importanza che Serena non fosse morta. I suoi genitori lo erano, e io apparivo a tutti come la colpevole. Il titolo era già stato scritto: «Evie Gordon uccide Peter e Dinah Victor.»

Ero sicura che i miei genitori avrebbero voluto credere alla mia innocenza. Anche i miei amici, e forse qualche insegnante, ex studenti, compagni di classe, colleghi, qualche ex. Facendo un bilancio complessivo, avevo contro otto miliardi di persone meno quaranta, più o meno.

Non potevo accettarlo. Un futuro da latitante fatto di stanze d'hotel, barattoli di cibi freddi a lunga conservazione, e la sconosciuta silenziosa e sempre in guardia che avevo trovato legata in casa dei Victor. Qualsiasi cosa le fosse capitato lì doveva essere collegato al loro assassinio. Era possibile avere quella quantità di soldi e vivere una vita completamente innocente? Ma certo che no. Avevo visto la prova della loro colpevolezza nel loro sottoscala, con un livido sul collo.

«Tu» dissi.

Gli occhi della donna si mossero di scatto su di me, concentrati e imperscrutabili.

«Qualsiasi cosa tu sappia» dissi, «me la devi raccontare.»

Qualcosa si mosse nel suo sguardo. Un fantasma che aleggiava dietro una tenda.

Mi accovacciai sul letto. Questo tipo di cose – essere comprensiva, paziente, gentile – non mi venivano spontanee. La gente non veniva mai da me in cerca di supporto, conforto o gentilezza. I miei abbracci erano goffi. Rigidi, spigolosi. Io ero l'amica che ti dice le cose come stanno. Quella che non ti sta a raccontare cazzate. Mi ero sempre dimostrata straordinariamente incapace quando qualcuno era venuto da me dopo essersi lasciato, dopo essere stato licenziato, o anche solo per un attacco di tristezza. Ero terrorizzata, e non sapevo che fare, ma quello che avevo sofferto io nelle ultime ventiquattr'ore non era nulla in confronto a quello che era capitato a lei.

«Per favore» mi sforzai di dire. «Ascoltami. L'unica cosa – *l'unica* cosa – che ci può aiutare in questo momento è identificare il vero colpevole. Non c'è altro. Siamo fuggite da una scena del crimine. Abbiamo fatto del male a Serena – *io* ho fatto del male a Serena» mi corressi. «Qualunque cosa tu sappia» la supplicai. «Qualunque. Me la devi dire. Sei la migliore – forse l'unica – speranza che abbiamo di capire chi li abbia uccisi davvero. Io i Victor li conoscevo appena. Ma tu...» Non completai la frase.

La sua bocca si piegò in una smorfia amara.

«Non li conoscevi?»

Lei scosse la testa.

«Hai la più pallida idea di chi possa averli uccisi? Anche solo un'idea?»

La compassione e la pazienza che ero riuscita a mettere insieme erano fragili. Tutta la mia rabbia e la mia impazienza risalirono di colpo, prevedibili come una marea.

«Allora?» dissi. «Sì o no?»

Ero proprio davanti a lei ora. La mia rabbia era informe, impaziente di ottenere risposte, di mettere in moto qualcosa, di smuovermi. Volevo sentire la sua voce. Era lì dentro – sapevo che c'era. Se solo fossi riuscita a tirargliela fuori – se avessi saputo dondolare l'orologio del maestro di ipnosi –, avrei potuto spezzare l'incantesimo. La sua voce era vittima di ciò che le avevano fatto, questo lo sapevo. Ma io avevo bisogno di risposte. Avevo bisogno di sentirmi meno sola in quella situazione. E avevo un disperato bisogno di sapere che esisteva una via d'uscita. Avevo passato una triste notte in un motel, soltanto una. Sapevo che non sarei riuscita a sopportarne molte altre. Non ero fatta per cose del genere. Avevo bisogno di una direzione a cui tendere. Dovevo sapere che i miei sforzi servivano a qualcosa.

Lei sostenne il mio sguardo senza esitazione, inamovibile. Sentivo nel petto una piccola vertigine di paura. Lei da me non era spaventata affatto.

«Lo so che parli» le dissi con un tono accusatorio, avvicinandomi di un altro passo.

Le giravo intorno. Mi sentivo come una bestia affamata che ha finalmente trovato un pezzo di carne. E lei era una carcassa al lato della strada.

Ma poi si irrigidì. Non era affatto una carcassa. Era un predatore che fa finta di essere morto. Aveva i denti.

Sosteneva ancora il mio sguardo. Qualcosa mi strisciò sotto la pelle, una sensazione insopportabile, soffocante. Non potevo predire le sue azioni, e questo mi faceva sentire di non riuscire a prevedere le mie. I miei sensi mi erano estranei. La stanza girava. E al centro c'era lei, una stella polare, una calamita. Tutte le mie terminazioni nervose erano in allerta, con l'ago di ognuna che seguiva ogni suo movimento.

Feci un altro passo avanti.

Lei sollevò il mento, come un pugile.

«Lo so che parli» sussurrai con una voce bassa, velenosa. Troppo vicina.

Lei mi piantò il palmo della mano sul petto e spinse, forte.

Io barcollai all'indietro.

Respirava forte, il suo petto faceva su e giù. Sembrava diffidente, ma non pentita.

Ero soddisfatta. Una spinta era già qualcosa. Era meglio del silenzio.

«Non ti farò del male» dissi.

Lei scoppiò a ridere. Non era un risata roca. Non aveva neanche un suono vero e proprio. Era tutta nel volto. C'era qualcosa di crudele nel modo in cui si contorsero i suoi lineamenti, come se mi prendesse in giro. Ma nei suoi occhi c'era troppa urgenza, troppo dolore.

Tu non puoi farmi proprio niente, dicevano.

Il tempo si dilatò tra i nostri sguardi.

«Non ti farò del male» ripetei.

Lei rimase dov'era, rigida e nervosa, in attesa.

In attesa che io ci provassi.

Non mi credeva. Forse al suo posto neanch'io avrei creduto alle mie parole. Se avessi sofferto quello che aveva sofferto lei.

«Non lo sai chi li ha uccisi?» domandai. «Non hai sentito niente?»

Lei scosse la testa.

«E il giorno prima invece? O il giorno prima ancora? Hai sentito qualcosa di nuovo – qualcosa di strano?»

Cercai nei suoi occhi. Lei scosse di nuovo la testa, e stavolta ci vidi dentro un accenno di scuse, per quanto poco sapeva.

«Hai veramente intenzione di non dirmi mai una parola?» domandai.

Lei strinse i pugni. Non rispose. Ma non mi aspettavo che lo facesse.

Andai a prendere la maggior parte delle buste del Walmart. Non potevo rimanere un altro secondo in quella stanza di motel. Lei afferrò le buste che rimanevano e mi seguì verso la macchina.

8

Il sole dell'Arizona splendeva così forte sulla sabbia da farla sembrare neve. Facevo lo slalom tra i tir e i camper sull'autostrada I-10 in direzione est. Non avevo un piano preciso se non di allontanarci il più possibile dalla California e restare nascoste finché qualche giovane e intrepido detective avesse scovato il vero assassino.

Dal terreno si innalzavano le *mesas*, altopiani rocciosi come miraggi bollenti nello strano caldo invernale. Entrammo nel New Mexico. Comprai Coca-Cola e panini al prosciutto in una stazione di sosta a Las Cruces. Un'ora dopo eravamo già arrivate a El Paso. Chilometri e chilometri di inferriata segnavano il confine che ci separava dal Messico. Se fossimo riuscite a reggere quattordici ore, avremmo raggiunto San Antonio prima del tramonto. Ci scambiavamo di posto a turno, ma io le permettevo di guidare soltanto un'ora per volta. Il panico si calmava un po' quando ero io al volante. Quando c'era lei, mi risaliva tutto e mi serrava la gola. Lei doveva accorgersene, ne ero sicura. Ero una passeggera inquieta. Tornata alla guida, il cuore ricominciava a battere più regolare. Alla donna sembrava non dispiacere troppo, anche se senza la sua voce, senza parole, era impossibile capire cosa pensasse davvero. Potevo leggere soltanto la sua superficie esterna: il suo portamento, le sue ferite, le momentanee espressioni del suo volto – una superficie che non lasciava trapelare nulla di cosa provasse dentro. Non avevo idea se lei sapesse o meno di essere al centro di questa mia silenziosa ossessione, ma immaginavo di sì. Eravamo troppo rigide, troppo in guardia, troppo concentrate l'una sull'altra. Se i miei pensieri non aleggiavano attorno ai cadaveri di Peter e Dinah Victor, era su di lei che finivano. Il suo livido sul collo, quelli sui polsi. Con la mente percorrevo angoli sconosciuti della casa dei Victor, cercando lei.

Sviluppammo una specie di ritmo. Ci passavamo barattoli di zuppa fredda senza chiederli, bottigliette d'acqua proprio nel momento in cui ne avevamo bisogno. Quando il silenzio diventava insopportabile, interveniva la radio; quando la musica diventava troppo, tornava il silenzio. Il motivo di questa intesa silenziosa non era la telepatia, ma un'attenta osservazione. Eravamo come due fuorilegge rivali, sedute agli angoli opposti di un saloon. A vederci, fingevamo di essere tranquille. Sotto il tavolo, avevamo la pistola pronta.

Scorrevo le stazioni radio una alla volta. La donna sembrava preferire quelle che suonavano musica datata, gli Stones o gli Stooges o i Dead Kennedys, anche se l'hip hop sembrava non dispiacerle. Mi accorsi che con le labbra mimava il testo di *Ms. Jackson* degli OutKast. L'unica volta che si ribellò fu quando arrivò *Hey Jude*: sbatté la mano sulla radio e ci rituffò nel silenzio. Naturalmente non mi spiegò il motivo, e io non provai neanche a chiederglielo. Lo aggiunsi soltanto alla breve lista delle cose che sapevo di lei:

1. parla, ma si rifiuta di farlo;
2. efficace (esperta?) ladra di macchine;
3. ha subito traumi indicibili nella casa dei Victor;
4. detesta i Beatles.

Era quasi mezzogiorno quando dal motore venne un suono strano, come un rantolo.

«*Cazzo*, non proprio ora.»

Imboccai l'uscita successiva e mi fermai nel parcheggio di un Arby's, poi scesi dalla macchina sbattendo la portiera. Aprii il cofano. Non c'era niente che mi sembrasse fuori posto. Ma alla fine, che ne sapevo io? Non avevo mai aggiustato una macchina in vita mia.

Sentii una mano sulla spalla. Feci uno scatto per la sorpresa e per poco non battei la testa sul cofano aperto.

Era lei. La sua mano mi scivolò lungo la curva sul fondo della schiena, un gesto intimo, per spostarmi da parte e dare un'occhiata. L'autorità e la gentilezza di quel contatto mi fecero accelerare i battiti.

La donna si chinò sul cofano. Aveva una schiena lunga, e la maglietta si sollevò un po' offrendomi un altro sguardo al suo tatuaggio. Petali, un gambo. Girasoli forse, o margherite. Riuscivo a vederle le vertebre, a seguire la curva sinuosa dei suoi muscoli in direzione del coccige, la pelle che spariva sotto l'elastico dei pantaloni della tuta.

Il caldo mi dava una sensazione di prurito sul collo, senza un vero motivo. Mi faceva innervosire. Mi faceva venire voglia di essere cattiva.

«Ma almeno lo sai quello che fai?» dissi.

Lei si voltò e mi fissò così a lungo e con un tale disprezzo che il cuore prese a battermi più svelto. Poi si piegò sulle ginocchia e fece scorrere le dita lunghe e agili sulla cinghia del motore, trafficando con il meccanismo al di sotto. La guardai lavorare con ammirazione e imbarazzo. Ero completamente fuori gioco, lì. Per tutta la vita me l'ero cavata con la sicurezza, fingendo di saper già fare le cose finché non le imparavo davvero. Ma dov'eravamo, quella strategia non serviva proprio a niente. Non potevo far finta se non riuscivo neanche a capire quale fosse il problema.

La donna sistemò la cinghia con una competenza così tranquilla da sembrare quasi pigra.

Una volta finito si rialzò e si pulì le mani sulle ginocchia. Mi fece segno di tornare al volante e provare ad accendere il motore.

Obbedii. Il motore si accese senza problemi. Del rantolo non c'era più traccia.

Lei richiuse il cofano e tornò al sedile del passeggero. Se si sentiva un po' superiore per come erano andate le cose, la sua espressione non lo lasciava intendere. Si pulì di nuovo le mani e prese una bottiglietta d'acqua da una delle buste, scolandosene buona parte. Mi offrì quel che restava con uno sguardo gentile.

Per pura testardaggine, borbottai: «Sono a posto.»

Lei scrollò le spalle e rimise il tappo alla bottiglia.

Avevo abbastanza fame da prendere un barattolo a caso dalla busta, il primo che mi capitasse sottomano. Fagiolini.

«Cazzo.» Grande idea comprare una lattina senza linguetta.

La donna mi prese la lattina di mano, tirò fuori il coltellino dal cruscotto e la aprì con destrezza. Bucò il metallo con un colpo secco che le fece vibrare i tendini dell'avambraccio, poi tagliò lungo il bordo e sollevò il coperchio il tanto che bastava per consentirmi di mangiare.

Presi la lattina con diffidenza. Era un gesto che mi faceva sentire qualcosa a cui ancora non sapevo dare un nome, una sensazione sconosciuta che mi serpeggiava tra le costole, facendosi largo dentro di me. Sentivo un calore segreto che mi saliva dal petto, da sotto il colletto della maglia.

«Grazie» sussurrai, in ritardo.

La donna alzò le spalle, non potendo incrociare il mio sguardo.

«Hai bisogno di risposarti?» domandai.

Lei scosse la testa. Tutti i punti che aveva sfiorato con la sua mano – il fondo della mia schiena, la spalla – pulsavano. Ci riportai in autostrada.

Mi fermai a una stazione della Shell per fare benzina e comprare una Coca-Cola. D'impulso, presi sei lattine di Coors che avevo intenzione di bere più tardi in un momento di autocommiserazione. Feci il pieno. In un angolo del parcheggio facemmo un pranzo a base di patatine Lays, ciambelle zuccherate e fette di melone verde e arancio che avevano un vago sentore di scaduto. Mi sentii un po' meglio, dopo mangiato. La donna indicò le chiavi, offrendosi di guidare, ma io scossi la testa. Stare al volante era l'unica cosa che mi faceva sentire ancora me stessa.

Tornate in autostrada, accesi una sigaretta.

«Voglio andare in una biblioteca» le annunciai.

La donna inarcò le sopracciglia indicando chiaramente il suo dissenso. Io la guardai contrariata, lei e le sue spalle cascanti da ragazzino ribelle, stravaccata come uno studente svogliato nel banco in fondo alla classe.

«Hai qualcosa da dire?» le chiesi con un tono di preoccupazione sarcastica.

La donna mi fissava impassibile. Decisi di ignorare la sua irritazione.

«Per come la vedo io, abbiamo fondamentalmente due opzioni. Uno, fuggiamo oltre il confine e viviamo da latitanti per il resto della vita. Oppure due, scopriamo chi sono i veri colpevoli, e ce ne torniamo a casa. La prima opzione è folle. Perciò ci resta solo la seconda. Ovviamente la cosa più facile sarebbe che tu semplicemente mi raccontassi quello che sai dei Victor, così potremmo cominciare a fare i piccoli Sherlock Holmes e risolvere il caso.»

La donna serrò le labbra.

«Devo ammetterlo, comunque» dissi. «È incredibile quanto sei disposta a tirare avanti questo giochino. Però ascolta, io voglio *tornare a casa*. E per poter tornare a casa, ho bisogno di capire chi è stato ad ammazzarli. La polizia ha già finito di investigare, ormai pensano di aver risolto il caso. Ora sono concentrati solo sul dare la caccia a noi, così poi ci mettono in galera e si lavano le mani della faccenda: tutto fatto. Finito. E noi siamo nella merda. Io nella merda non ci voglio stare» specificai, soffiando con convinzione una nuvoletta di fumo. «Voglio risvegliarmi da questo incubo. Voglio rivedere la mia famiglia, voglio tornare alla mia vita. La mia vita. La *tua* vita. Anche tu dovresti tornare a...», non avevo idea di come terminare la frase, parlando di lei, «... a qualsiasi cosa facevi prima. Libertà. Non è libertà questa, niente di tutto questo...» Agitai la sigaretta fuori dal finestrino in direzione della strada davanti a noi, il cielo scuro di pioggia. «Questo è vivere da fuggitive. Senza avere mai più una vita normale. È follia questa, follia. Cos'è che facciamo, continuiamo a rubare macchine per sempre? Ci mettiamo a rapinare le banche e... non rivediamo più le nostre famiglie, non rivediamo più nessuno, non...»

Non rivolgiamo mai più la parola a un altro essere umano che ci risponda quando parliamo?

«No, no. Non possiamo. Dobbiamo venirne fuori. Dobbiamo risolvere. Qualcuno è colpevole, in questa faccenda, qualcuno che non siamo noi.» Diedi un ultimo tiro alla sigaretta e la spensi sul bordo del finestrino. «Ci dovrebbero stare *loro* in questa situazione, non noi. Lukas, Serena, qualcuno che ancora non ci è neanche venuto in mente. Dobbiamo capire cos'è successo, perché la polizia non lo farà mai. E non abbiamo i nostri telefoni. Nessun accesso a internet. Per questo ci serve una biblioteca.»

Arrivate a Fort Stockton, seguii le indicazioni per la biblioteca pubblica e parcheggiai davanti all'edificio.

«Non devi per forza venire dentro con me» dissi. «Ma secondo me dovresti. Faremo prima a cercare se siamo in due. Dobbiamo dividerci, ovviamente.» Non mi andava molto a genio l'idea di lasciarla sola in macchina, non dopo quello che era successo al Walmart di Indio. «Ma se preferisci aspettare qui, lo capisco.»

La donna scosse la testa, il che mi fece piacere. Volevo averla vicina.

«Faremo una cosa veloce» dissi. «Dobbiamo soltanto scoprire a che punto sono le indagini, se hanno trovato altre piste. Sappiamo che lo sguardo della polizia è fisso su di noi, ma io sono sicura che i giornalisti saranno già andati a curiosare nella vita dei Victor. E io voglio sapere cos'hanno scoperto.»

Era bello sentire di avere finalmente una direzione. Un obiettivo. Un compito da svolgere. Sono sempre stata brava a fare i compiti.

Entrai per prima in biblioteca. Un passo svelto, ma rilassato. In una giornata di pioggia come quella la biblioteca era relativamente affollata, ed era un sollievo avere attorno dei corpi da evitare e tra i quali confondersi. L'interno era in stile anni Settanta, con una moquette a motivi geometrici di un colore imprecisato. C'erano alcuni computer, fastidiosamente vicini al bancone dei prestiti. La signora anziana al banco non mi rivolse neanche uno sguardo.

Aprii Google e impostai una finestra di navigazione in incognito. Con la coda dell'occhio, vidi la donna entrare dalle porte scorrevoli. Tenni lo sguardo basso. Quindici minuti, le avevo detto, non possiamo permetterci di più. Sarebbe troppo pericoloso.

Digitai "dinah victor omicidio" nella barra di ricerca. I titoli inondarono lo schermo, uno dopo l'altro – un turbine di "Evie Gordon Evie Gordon Evie Gordon" –, ma fu il titolo in fondo alla pagina quello su cui cliccai con un'urgenza febbrile.

«Prostituta rivela il suo passato con Peter Victor.»

9

Aprii la pagina all'istante. Non conoscevo la pubblicazione – una rivista on-line, di quelle progettate per attirare *clic*. L'articolo descriveva un thread di Reddit risalente a quattro ore prima. Il post originale era già stato cancellato, a quanto pare su richiesta degli avvocati della famiglia Victor, ma i giornalisti avevano fatto degli screenshot e li avevano diffusi in giro.

Il post era stato scritto da una ex prostituta che aveva lavorato per un servizio chiamato Highest Bidder. La sua identità rimaneva anonima. La donna sosteneva che Victor avesse speso quasi ottocentomila dollari attraverso quel servizio e che l'unico posto in cui era disposto a incontrare le donne che ingaggiava era casa sua. La donna non specificava nei dettagli cosa le avesse richiesto di fare, ma precisava che i suoi gusti erano "estremamente strani". Lo descriveva come "freddo, ma non violento" e aggiungeva di essere stata con uomini che l'avevano umiliata molto di più, ma che qualcosa in Peter l'aveva fatta sentire "disumanizzata".

Tornai alla pagina di ricerca su Google e cliccai su ogni articolo che mi capitasse a tiro in cui fosse menzionato Highest Bidder. Alcuni siti riportavano lo screenshot del post originale, ma a parte quello purtroppo non c'era quasi nulla. Io volevo sapere se la polizia stesse seguendo quella pista, ma per il momento non trovavo un singolo riferimento da parte dei detective o dell'Fbi. Erano solo blog di gossip e siti di news di terz'ordine a riferire la storia. Mi sarei fatta una risata a leggere il titolo «Evie Gordon e complice: prostitute?» se non mi fosse venuta voglia di prendere a pugni lo schermo. A parte questi, nessun sito di news serio sembrava disposto a collegare l'omicidio di Peter Victor alle sue abitudini sessuali.

I sospettati principali – gli unici, in effetti – rimanevamo io e la donna.

C'era soltanto un altro articolo che mi dava qualche speranza: un pezzo dell'*LA Times* riportava che nel 2008 Peter Victor era stato vicepresidente di una delle banche di investimenti che impacchettavano mutui a rischio in titoli ancora più fragili per poi rivenderli agli investitori come fossero offerte speciali al supermercato, causando alla fine il crollo del mercato finanziario di quell'anno. Victor non si era fatto un singolo giorno di galera per il ruolo che aveva svolto nella crisi, né lui né nessun altro banchiere di Wall Street. Il suo nome non era neanche stato reso pubblico, per via dell'accordo tra il dipartimento di Giustizia e le banche di Wall Street sotto indagine, anche se nei mesi seguenti i giornalisti l'avevano comunque chiamato in causa di frequente. Victor si era trasferito con tutta la famiglia a Los Angeles nel 2009 e aveva aperto un *hedge fund*, piccolo ma di successo. Il giornalista dell'*LA Times* aveva persino tirato fuori un fascicolo della polizia con una denuncia sporta da Peter e Dinah Victor nel 2012, nella quale sostenevano che qualcuno era entrato in casa loro. Non erano stati rubati né denaro né gioielli, ma dall'ufficio di Victor era sparito un armadietto che a detta sua conteneva documenti "privati"...

Qualcosa mi toccò la spalla, facendomi fare un salto. Era la donna.

Era chiaramente un contatto intenzionale, per attrarre

la mia attenzione. Non restò a dare spiegazioni. Si diresse verso l'uscita, con le mani in tasca, la testa bassa.

Chiusi in fretta la pagina del browser e corsi via, provando a darmi un'aria più tranquilla possibile. Mentre uscivo, vidi un bambino che mi guardava, sui dieci-undici anni. Aveva addosso una maglia dei Dallas Cowboys di qualche taglia troppo grande e aveva i denti sporchi di blu. Mi fissava a bocca aperta. Tirò sua madre per la camicetta.

Io ero già fuori dalla porta prima che potesse vedermi qualcun altro.

La donna mi aspettava accanto allo sportello del passeggero, con i muscoli della mascella che si contraevano ritmicamente.

Salimmo in macchina. Uscii dal parcheggio della biblioteca più in fretta che potei. Probabile che il ragazzino mi avesse riconosciuta dalla tv. La donna doveva essersi accorta che mi fissava da lontano. Si accorgeva sempre di tutto, lei.

«Hai visto il bambino?»

Lei mi lanciò uno sguardo che diceva chiaramente, *Certo, cogliona.* Si passò le dita tra i capelli, un gesto che faceva quand'era nervosa.

Evitai di tornare sulla I-10. Era troppo pericoloso proseguire in autostrada. Al tramonto raggiungemmo un paesino chiamato Fredericksburg, nel bel mezzo della regione dei vini del Texas, un posto tanto eccentrico quanto ci si aspetterebbe. La strada principale era fiancheggiata da botteghe in stile vecchio West e case vittoriane dai colori pastello, e illuminata da fili di lampadine. C'erano balconcini di ferro battuto simili a quelli del French Quarter di New Orleans, negozietti d'antiquariato, e splendidi, giganteschi alberi di magnolia che si slanciavano verso un cielo sterminato. C'era un numero inquietante di birrerie tedesche e su diverse case in stile Tudor campeggiavano bandiere della Germania. Mi fermai in un emporio e comprai una confezione di tinta nera per capelli, forbici e abiti invernali, più due paia di jeans, cercando di indovinare la taglia della donna. Indossava ancora i suoi anfibi semidistrutti, perciò le presi un paio di scarpe da ginnastica bianche. Presi per entrambe un cappellino da baseball e uno zuccotto – nuovi, non rubati, a differenza di come mi immaginavo si fosse procurata quello che aveva ora. Fui tentata di comprarmi un paio di stivali da cowboy, ma alla fine presi delle scarpe da ginnastica e del fondotinta per coprire il livido sul collo di lei.

Quella notte dormimmo fuori da una chiesa. Era una chiesa luterana tedesca, con finestre in stile Tudor incise profondamente nella facciata di pietra, come una zucca di Halloween. Ci addormentammo subito, sdraiate sui sedili – è legale dormire in macchina nella maggior parte dei parcheggi dei Walmart, di alcune chiese, nei campeggi e su qualsiasi terreno amministrato dall'ufficio per la Gestione del territorio.

Al mio risveglio, il mattino seguente, ero da sola.

Saltai su così veloce che per poco non sbattei la testa contro il volante. Qualcosa di bianco cadde a terra svolazzando.

Uno scontrino. Lo tirai su e lo voltai.

a prendere cibo + soldi

La grafia era minuta e ordinata.

Accesi la radio per distrarmi dall'ansia dell'attesa. Girai tra le stazioni. Nessuno parlava di noi quella mattina. Non ancora.

Presi una sigaretta dal pacchetto e la accesi con impazienza, guardando fuori dal finestrino. Finalmente la vidi arrivare dallo specchietto retrovisore. La donna aprì lo sportello e salì a bordo con in mano una busta piena di Egg McMuffin, 478 $ in contanti e un secondo documento d'identità. Il nome era "Katie Choi". Non assomigliava granché alla donna, ma quantomeno l'età e l'altezza erano più o meno credibili.

«Porca troia» mormorai tra me e me mentre contavo le banconote. Le fui grata quando mi offrì una frittella di patate dalla sua busta, e me la ficcai subito in bocca. «Ma come hai fatto? L'hai rubata a qualcuno questa roba? O hai svaligiato un McDonald's?»

Lei sollevò un solo dito. La prima.

«E non ti ha vista nessuno?»

Lei scosse la testa.

«Sei sicura?»

Lei annuì con aria impaziente.

«Fammi vedere come hai fatto.»

Mi aspettavo che lei ignorasse la mia richiesta. Invece si infilò tranquillamente la mano nella tasca dei suoi pantaloni della tuta larghi, ne estrasse una banconota e la infilò in un'altra tasca. Alzò la spalla, come a dire, *Visto? Facile!*, e bevve un gran sorso d'acqua. Mi ricordai che aveva già rubato una macchina intera. Mi sentivo bruciare di curiosità a vederla così, le guance che si stringevano con la bottiglietta premuta ancora sulle labbra. Quando non stavo a guardarla – quando era semplicemente lì accanto a me sul sedile del passeggero, un dettaglio visibile a malapena con la coda dell'occhio –, era una forma senza contorni. Col suo silenzio ostinato diventava anonima e invisibile come un'adolescente annoiata. Era solo quando la osservavo coscientemente che mettevo a fuoco una sagoma sensata. Mi ritrovavo a inventarmi dettagli biografici su di lei. Il suo passato cominciò a prendere corpo, una storia liberamente tratta da Dickens, con orribili orfanotrofi e bambini di strada e borsaioli. Lei era una clandestina, un corriere della droga, due occhioni grandi nel buio del retro di un furgone. Una fuggiasca che dormiva su un letto di cartone sotto un secchio dell'immondizia, con soltanto un cane denutrito come compagno. Inserire intermezzo commovente con una coppia di anziani poveri che le lasciano del cibo per gatti da sgranocchiare come un randagio, un poliziotto crudele che la becca a rubare, un trascorso al carcere minorile.

Poi, nella tasca dei suoi pantaloni, vidi la sagoma del coltello.

«Ti sei portata il coltello?» le chiesi bruscamente.

Lei si voltò a guardarmi con un'espressione confusa. Annuì lentamente.

«E perché?»

Le si dipinse in volto uno sguardo furbo e difensivo.

«Per usarlo?» insistetti.

Ora sembrava arrabbiata. Una rabbia fredda e sdegnosa, al contrario della mia, che era grezza ed esplosiva. Non sapevo perché stessi cercando di litigare con lei. Il senso di frustrazione mi rendeva impulsiva. Credo che fondamentalmente volessi solo provocare una reazione da parte sua. Una spinta, un pugno: qualsiasi cosa. Non avevo altro modo di sfogarmi. E non sarebbe stata la prima volta che mi spingeva.

Oggi si era portata un coltello da McDonald's. Sapeva almeno come usarlo? Se qualcuno l'avesse fermata, se fosse stata impaurita, l'avrebbe tirato fuori dalla tasca?

«Ascolta» dissi. «Se ti vuoi portare un coltello da qualche parte, almeno nascondilo. Te lo si vede benissimo lì in tasca. Non attirare l'attenzione più di quanto non sia necessario.»

Volevo sentirla difendersi. C'era qualcosa di pericoloso in quel suo autocontrollo, così freddo e studiato. Volevo vedere cosa succedeva quando lo perdeva.

Lei tirò fuori il coltello dalla tasca e me lo offrì con un'innocente alzata di sopracciglia. Come per dire, *Preferisci tenerlo tu?*

«Non lo voglio il coltello» dissi.

Il sopracciglio scattò in alto con un'aria di finta sorpresa.

«Dico solo, facci attenzione.»

Lei annuì con un'obbedienza che in qualche modo sembrava incriminarmi.

«Non sto cercando di fare la stronza» dissi, sentendomi ancora più stronza.

Lei annuì di nuovo. *Ma certo*, diceva la sua espressione. *Quello a te viene naturale.*

«Tienitelo il coltello» dissi, infilando la chiave di avviamento. «E ora andiamo.»

Non avrei avuto idea di come usarlo, in ogni caso.

10

In Louisiana vidi Peter Victor. Era al volante di un tir e si riparava gli occhi dal sole del tardo pomeriggio. Lo vidi di nuovo in un vicolo, appoggiato a una porta aperta che si aggiustava il cappello. Una donna magra in shorts lo abbracciò da dietro, sussurrandogli qualcosa all'orecchio. Lui le infilò un fascio di banconote nella tasca posteriore e le strizzò il culo. Lei rise. Un'auto suonò il clacson al semaforo dietro di me. Vidi il riflesso del conducente nello specchietto retrovisore. Era Peter Victor.

Highest Bidder. Ottocentomila dollari.

Aveva gusti "estremamente strani" ed era "freddo", aveva detto la testimone. "Ma non violento". Che diavolo significava? Cos'è che faceva? Cosa chiedeva? Di cos'è che aveva un bisogno così urgente da pagare quasi un milione di dollari per averlo?

Ripensai all'articolo sull'*LA Times*: vicepresidente di una delle banche responsabili della crisi del 2008. Lui ne era uscito pulito e si era trasferito a Los Angeles. Qualcuno gli era entrato in casa nel 2012 e aveva rubato dei documenti segreti.

Chi avevi fatto incazzare, Peter?

Dalla radio veniva una canzone di Bessie Smith, il suono gracchiante per gli anni, secco e disperato. Sognai di essere in un bar fumoso, o in cucina con mia madre. Immaginavo il tavolo bianco, i cuscini gialli che si era cucita da sola. La credenza di legno, i pavimenti di linoleum. Una confezione di pane in cassetta sul bancone della cucina, un barattolo di strutto. L'odore stantio di sigarette e olio per friggere. L'immagine delle sue unghie rosso ciliegia che mescolano la farina. Mia madre guardava soltanto Animal Planet e Golf Channel e uno dei due era sempre acceso in salotto con il volume al minimo, un'abitudine che aveva preso a sua volta da sua madre. Mia nonna era stata una cameriera. Una *shiksa*, come diceva sempre mio nonno. Mio nonno era un giovane rabbino di passaggio ad Asheville. Era il primo ebreo che mia nonna avesse mai incontrato. La mise incinta di mia madre quando lei aveva diciannove anni. La famiglia di lui non gli rivolse mai più la parola.

Mi domandai se le forze speciali della polizia si fossero accampate nel salotto di mia madre o nella cucina di mio padre. Se erano lì a respirare all'altro capo del ricevitore, in attesa di una mia chiamata.

Il muschio spagnolo pendeva dai rami degli alberi lungo l'autostrada come panni logori su uno stendino. Il cielo era di un grigio fangoso. L'aria che filtrava dalla fessura del finestrino aperto aveva un odore di fogna, di ozono e di pesce. C'erano cartelloni a pubblicizzare un panino ai gamberi Cajun e la promettente guida spirituale di un reverendo di nome Gus Peppers. «Ogni ginocchio si fletterà» diceva uno. Esattamente un chilometro dopo ne arrivava un altro: «Sfuggi a SATANA, vieni con ME. Guspeppers.com.» Il suo volto era quello di Peter Victor.

Bessie Smith cominciava a deprimermi, perciò cambiai stazione. Dalle casse partì a tutto volume *Rockin' Around the Christmas Tree*. Sulla stazione successiva c'era *Feliz Navidad*.

«Ma che cazzo...?» dissi ad alta voce.

La donna, che guardava il paesaggio scorrere con la testa appoggiata al finestrino, si scosse appena.

«Ma che giorno è?»

Resasi conto di essere stata interpellata per la prima volta da diverse ore, la donna mi rivolse uno sguardo diffidente, poi scrollò le spalle e tornò a guardare fuori dal finestrino.

Feci i conti. Domenica era stato l'11 dicembre, il giorno degli omicidi. Da allora eravamo state in viaggio per due giorni interi. Il che significava che mancavano solo dodici giorni a Natale.

L'idea mi devastò. In vita mia avevo passato le feste lontana dai miei una sola volta, quando una mia ex aveva avuto l'influenza e io mi ero offerta di prendermi cura di lei. Ero tornata a casa una settimana dopo e mia madre aveva messo su un'altra piccola festa solo per me. Aveva preparato un'altra volta il petto di manzo e aveva lasciato su tutte le decorazioni. Qualche giorno più tardi ero andata a stare da mio padre, nel suo appartamento da scapolo nelle Outer Banks, ed eravamo andati a pesca insieme. Ombrina impanata nella farina di mais e fritta, i dolcetti al cioccolato di mia nonna, uno scambio di regali in ritardo. Lui mi aveva preso una buona bottiglia di whiskey e i soliti regalini da calza – una stecca di sigarette, una tavoletta di cioccolato Hershey's al gusto Cookies'n'Creme e qualche biglietto della lotteria. Mio padre era economico e pratico: i suoi regali preferiti erano cose come cassette da pesca e prodotti per la pulizia. Gli avevo regalato un aspirapolvere portatile. Notoriamente incapace di mandare messaggi, cominciò a inviarmi dei selfie improbabili ogni volta che lo usava, persino delle foto prima/dopo della sua macchina.

Non mi era ancora entrato in mente, non sul serio, che esistesse la possibilità che non avrei rivisto mai più i miei genitori. Mio padre, che dal garage suonava i Phish a tutto volume mentre faceva dei lavoretti in giardino, che mi incoraggiava in tutte le mie imprese più folli, che mi guardava e vedeva soltanto potenziale, non importa quante volte avessi fallito. Mia madre, che lavorava sessanta ore a settimana al salone da parrucchiere e dal nulla mi mandava messaggi con scritto «Sono così fiera di te!», seguito da una dozzina di emoji. I miei genitori mi avevano dato tutto quello di cui avevo mai avuto bisogno, insistendo a spendere ogni centesimo dei loro risparmi per pagarmi un'istruzione migliore. Avevano fatto così tanti sacrifici. Non avrei mai voluto portargli dolore e tristezza – quelli potevo gestirli da sola. Volevo portargli soltanto regali.

Può darsi che un piccolo singhiozzo mi avesse tradita, ma la donna sembrò non farci caso. O magari avevo davvero un autocontrollo impeccabile. In ogni caso, le fui grata di avermi lasciato quel momento di disperazione in pace. Non ero una che piangeva molto – non lo ero mai stata. A in matematica, A in storia, F se si trattava di piangere in pubblico. Preferivo far finta di niente e controllarmi, anche se probabilmente non è una cosa sana. Ma non mi piace mettere in piazza le mie emozioni. Piangere è una cosa che fai una volta ogni tre anni sotto la doccia, oppure nel buio anonimo di un cinema durante un film gay particolarmente triste.

«È una follia» sussurrai alla strada davanti a me. Mi ci volle un momento per rendermi conto che stavo continuando a ripetere «follia, follia, follia». La donna mi fissava.

«Hai qualcosa da dire?»

Lei alzò un sopracciglio.

«Hai l'aria di voler dire qualcosa.»

Lei mi ignorò.

«Su, non essere timida, di' quello che vuoi dire. Forza, puoi farcela.»

Ero acida per cercare di farle perdere la pazienza. Io

l'avrei persa, al posto suo. Mi sarei data un pugno in faccia. Abboccavo sempre quando qualcuno provava a trascinarmi in una lite. Moderazione questa sconosciuta.

Ma lei no. Lei era composta, paziente, imperturbabile.

Provai a immaginarmi come sarebbe stato essere una persona diversa, il tipo di persona che riesce a dire ad alta voce, *Mi sento sola. Mi sento così sola che sto cominciando a pensare di averti sognata. Mi sento così sola che ho paura che se allungassi una mano per toccarti, scoprirei che accanto a me non c'è nessuno.* Magari l'avrei confessato tra le lacrime. Sarebbe stata diversa con me, se io fossi stata meno me stessa, e più come un piccolo uccellino ferito? Se fossi stata più vulnerabile avrei suscitato in lei qualche tenerezza nascosta?

Ma non potevo. Non ne ero capace. Eravamo due bruti in armatura, inflessibili, insieme e sole allo stesso tempo.

«Dobbiamo trovare da mangiare per stasera» dissi. «Prima di poter pensare a trovare un hotel.»

Seguii i cartelli in direzione di un supermercato Winn-Dixie e accostai nel parcheggio.

«Il tuo bottino del McDonald's ci farà tirare avanti per un po', ma presto ci serviranno altri soldi» dissi. «Solo la benzina ci sta spellando.»

Con mia grande sorpresa, la donna si chinò verso di me e mi prese per mano. Con il dito percorse il mio palmo, una carezza che rendeva il mio corpo teso come una corda di violino. Soltanto dopo un po' mi resi conto che stava tracciando delle lettere per scrivere un messaggio.

TU COMPRA DA MANGIARE

«Okay» dissi, cauta. Mi teneva ancora il polso, con un tocco delicato. «E tu che fai?»

Incrociò il mio sguardo. Il suo viso era così vicino. Sentii il sangue risalirmi lungo il collo.

Le sue dita ripresero a muoversi. Sentivo il mio battito accelerare mentre seguivo i suoi movimenti.

IO VADO A RUBARE

Entrammo. Ci comprai dei burger di gamberi, patatine, un po' d'uva, qualche banana e un altro pacchetto di sigarette. Quando tornai alla macchina lei era lì ad aspettarmi. Aveva un portafogli e c'era una busta ai suoi piedi. Nella busta c'erano sei lattine di Heineken.

Sulle labbra aveva quello che posso descrivere soltanto come un mezzo sorriso. A bocca chiusa, un po' storta.

«Cosa festeggiamo?» domandai.

Per una frazione di secondo, pensai che avrebbe detto qualcosa.

Quando restò muta, le offrii la mia mano.

Lei la guardò a lungo. Poi tracciò le lettere di una parola che mi diede i brividi.

VIVE

11

Ci portai a un *bayou* nelle vicinanze. La superficie dell'acqua era liscia, un perfetto specchio dei colori sgargianti del tramonto. Dall'altro lato del fiume c'erano degli alberi frondosi, con gli ultimi raggi dorati del sole che penetravano tra le fessure dei rami. C'era un odore acre e tropicale nell'aria. C'erano alghe in superficie. Ci sedemmo sulla sponda con il nostro banchetto. Finito di mangiare, ci sdraiammo sull'erba. Stappai le birre con le chiavi della macchina.

La donna sembrava contenta. Il livido che aveva sul collo cominciava a ingiallirsi, verde sbiadito al centro. Indossava il berretto che le avevo comprato in Texas, con le punte dei capelli corti che facevano capolino da sotto il bordo. Sembrava uno dei ragazzini skater che a pranzo a scuola vanno a sedersi fuori, troppo ribelli per andare a mensa con gli altri. La osservai mentre si portava la birra alle labbra.

Bevvi un lungo sorso della mia, poi mi accesi una sigaretta. Con mia sorpresa, lei mi indicò il pacchetto. Le sistemai io stessa la sigaretta tra le labbra rosa e screpolate. Lei restò a guardarmi in silenzio mentre la accendevo, proteggendo la fiamma con la mano, il viso a pochi centimetri dal suo. Le si scavavano le guance quando faceva un tiro. Teneva in mano la sigaretta con un gesto abitudinario, che di nuovo, per la centesima volta, mi portò a chiedermi chi fosse stata prima di diventare prigioniera dei Victor.

«Sei felice di essere libera» dissi piano.

Lei aspirava la sigaretta, osservandomi a lungo con un occhio aperto e uno chiuso, come se guardasse attraverso un telescopio. Alla fine curvò le labbra in un sorriso divertito. *Ma certo, cretina.*

Continuavo a scordarmelo. Tutto il mio tormento, la mia ansia, tutte le mie paure che sarei stata una fuggiasca per sempre, che il vero colpevole non sarebbe mai stato catturato, che sarei morta con questo mistero ancora irrisolto. Per tutto questo tempo, la donna accanto a me stava provando qualcosa di completamente diverso. Angoscia, sì, paranoia, certo, ma anche sollievo. La sponda di un fiume, l'aria fresca, le patatine, la birra, una sigaretta. A centinaia di chilometri di distanza dalla casa dei Victor e dagli orrori che aveva dovuto sopportare lì.

«Ho un'idea» dissi.

Tirai fuori un po' di scontrini accartocciati e una penna che avevo rubato alla cassa del Winn-Dixie.

Lei la guardò con apprensione. Forse se lo aspettava.

«Lo so che non vuoi parlare» dissi. «E lo capisco, davvero, lo capisco.»

Il suo volto rimase composto e inespressivo.

«Ma forse potrei farti qualche domanda, e se tu te la senti di rispondere... potresti scrivere qualcosa.»

Non pensavo avrebbe accettato. Dopotutto, che differenza faceva scrivere qualcosa piuttosto che dirlo ad alta voce?

«Non devi rispondere se non vuoi» le promisi. «Puoi anche buttare tutto nel fiume, come ti pare» dissi, indicando carta e penna. «Però proviamoci. Okay? Facciamo solo una prova.»

Il mio entusiasmo mi imbarazzava. Sembravo Evie l'insegnante di ripetizioni, che tenta di convincere un adolescente cocciuto che odia la matematica a fare i compiti.

Ma, inaspettatamente, lei prese gli scontrini e la penna senza proteste, sfiorandomi le dita con le sue. Cominciò a disegnare un fiore, sorprendentemente bene, oltretutto. Non sapevo abbastanza in fatto di fiori da riconoscerlo, ma non era la classica rosa. File di boccioli, come piccoli mitocondri, precisi in modo quasi inquietante. Una digitale forse. Qualcosa di velenoso.

«Dinah com'era?» Prima domanda.

Lei stava disegnando il gambo adesso, con piccoli tratti d'inchiostro. Voltò lo scontrino dall'altra parte senza cambiare espressione.

ignara

«Non sapeva niente di te?» domandai.

non lo so
prendeva troppi farmaci

«Troppi farmaci» ripetei. «Era Peter a farglieli prendere?»

Lei scrollò le spalle. Provai a far combaciare queste nuove informazioni con la Dinah che conoscevo. Non mi aveva dato l'idea di essere particolarmente intontita dai farmaci, ma alla fine io la vedevo soltanto per due ore la domenica. Forse si presentava al meglio quando arrivavo io. Alcuni genitori erano così: c'era qualcosa nel mio ruolo professionale, nella ragione che mi portava lì, che li metteva in soggezione. Come se fossero tornati studenti anche loro. Altri mi vedevano come un impiccio, un male necessario, un'imposizione. O anche peggio, un macchinario difettoso, una bocca affamata che risucchiava il loro denaro, e per cosa? I loro figlioletti erano ancora cretini quando me ne andavo.

Mi venne in mente un mio ex studente, Isaac Goldberg. Viveva a Santa Monica in una casa pacchiana, in stile Rinascimento italiano, tutti marmi bianchi. Si comportava come se vivesse in un hotel, con disinteresse. Asciugamani umidicci lasciati appesi ovunque, mucchi di bicchieroni di Starbucks di qualche giorno prima e scatole di medicine a ingombrare mobili lussuosi. Il divano era ricoperto di peli di cane e il tavolo a cui ci sedevamo per lavorare era costellato di anelli di caffè, bustine di salsa di soia del take-away, pile di numeri di *People* rovinati dall'acqua. Isaac di per sé non era neanche terribile. Era sua madre che odiavo, impasticcata e imprevedibile com'era. Non l'avevo mai vista indossare altro che leggings attillati e reggiseni sportivi che lasciavano scoperta la sua pancia piattissima, come se fosse appena venuta da un digiuno e qualcuno l'avesse salvata dalla fame. Il suo amore per il botox rendeva le sue espressioni facciali illeggibili. Non sapeva che corsi seguisse il figlio, neanche i suoi appuntamenti con me. Ogni volta che arrivavo sembrava stupirsi.

Un giorno, mi accolse alla porta con addosso quella che sembrava una cuffia da piscina. Era allacciata con il velcro a strappo sotto il mento e dietro la nuca, e le faceva sembrare il viso come se lo stessero spremendo da un tubetto. Aveva lividi di un gialloverde pallido attorno agli occhi e sulla parte visibile della mascella, e la garza che aveva sotto le orecchie era macchiata di sangue scuro. Cominciò a urlarmi contro. A quanto pare ero stata "cancellata", anche se né lei né Isaac mi avevano informata che le nostre lezioni erano state sospese. Aveva in mano il menu take-away di un ristorante di sushi, e lo sbatteva ripetutamente contro lo stipite della porta. Il suo isterismo fuori controllo sarebbe stato anche divertente, se io fossi stata il tipo di persona che sa restare calma e sprezzante quando le urli in faccia, invece di cominciare subito, automaticamente, a strillare a mia volta. Era una scena assurda, onestamente. Insegnare ai ragazzi non era assurdo: era banale, monotono, e occasionalmente commovente. La parte assurda era che ero costretta a fare le mie lezioni a casa loro. A intromettermi in uno spazio che dovrebbe restare privato. Non avrei dovuto vedere la signora Goldberg in quel momento di debolezza con addosso la calotta di compressione per la chirurgia plastica, non avrei dovuto partecipare al delirante ritmo quotidiano della sua dipendenza farmacologica. Le ripetizioni in genere capitano subito prima, dopo o persino durante l'ora di cena. Vedo quelle famiglie nel momento saliente della loro performance domestica, nel suo picco emotivo.

Se solo avessi imposto delle regole diverse. Ci si incontra solo in posti pubblici – biblioteche, caffè. E invece no. Le aziende per cui lavoravo, quelle che si rivolgevano a un pubblico di super-ricchi, pubblicizzavano la "convenienza" delle ripetizioni private a casa tua. Consegna a domicilio, direttamente sulla soglia. Lavoravamo circondati da un turbine di pratiche domestiche, i rituali della cena, le liti familiari. Gli omicidi.

Dinah, a differenza della signora Goldberg, l'avrei potuta descrivere soltanto come "carina". Gentile, educata, a modo. Non offriva l'ospitalità regale, per esempio, della signora Whitehouse, la madre di un ragazzino a cui facevo ripetizioni il martedì. La signora Whitehouse aveva un'aria magnanima, come se stesse interpretando il ruolo di una nobildonna rinomata per la sua indole empatica e generosa. La sua casa era tra le più maestose che mi fossero capitate, solenne e in stile coloniale, una presenza massiccia al termine di un vialetto privato circolare. Con suo figlio Jack lavoravamo nell'angolo della colazione: un tavolo medievale con sedie dagli schienali alti e una lunga panca foderata di cuoio bordeaux. La signora ci portava un vassoio assortito con tè e spuntini vari, che ci serviva lei stessa con un sorriso timido, come se la sua munificenza mettesse in imbarazzo pure lei. Sapevo che gli spuntini li aveva preparati qualcun altro: c'era una domestica che avevo visto di sfuggita diverse volte. Sul vassoio c'era un quarto di camembert, una ciotola di marmellata di arance e fichi con delle fettine di mela, stuzzicadenti con cubetti di melone avvolti nel prosciutto. Immagino fosse tutto pensato per essere decorativo, ma io non dico mai di no al cibo gratis.

Dinah faceva numeri simili, ma in scala minore. Una volta mi regalò una borsetta omaggio avanzata da un evento che aveva ospitato quella settimana, piena di cose di cui lei "non aveva bisogno". Perlopiù costosi prodotti per la pelle, snack gourmet, cioccolatini eleganti, olio d'oliva di una piccola produzione e creme per il viso alla menta.

Peter l'avevo visto troppo poco per farmi un'opinione concreta. Non parlava molto. A Dinah piaceva trattenersi con me, facendo due chiacchiere in attesa che Serena venisse giù dalla sua stanza. Peter salutava educatamente, ma appena mi mettevo a sedere in sala da pranzo scompariva nel suo ufficio.

«Com'era la loro relazione? Dinah e Peter?»

La donna pensò per un attimo, poi scrisse:

letti separati

«In senso letterale, intendi, dormivano in letti separati?»

Lei annuì, con un'aria annoiata.

Mi sorpresi, all'inizio, ma poi più ci pensavo e meno strano cominciava a sembrarmi. In fondo non avevo mai davvero visto i Victor interagire tra loro. Era Dinah che mi accoglieva sulla soglia, e Peter in genere era nel suo ufficio con la porta chiusa. Quando mi apriva Peter, Dinah non era in casa.

«Peter com'era? Come ti trattava?»

Il suo sguardo si mosse di scatto verso di me. Vidi qualcosa di oscuro brillare in fondo ai suoi occhi. Si fermò, poi si mosse di nuovo. Scrisse una sola parola.

male

«Cosa faceva?»

La donna mise giù la penna. Si mosse in avanti, più vicina a me.

Quando mi afferrò la gola rimasi paralizzata.

Sostenni il suo sguardo.

Lei sostenne il mio.

Piano piano, le portai una mano sul collo. Sfiorai con un dito il contorno del suo livido con l'impronta di una mano.

Highest Bidder, pensai.

«E Serena?»

Per qualche ragione, questa era la domanda che avevo più paura di fare, la risposta che ero meno pronta a sentire. L'idea di un'adolescente, costretta a confrontarsi con un padre del genere. Impotente, forse, incapace di farci qualcosa. O forse complice. Coinvolta.

O l'opzione peggiore di tutte: una vittima anche lei.

La donna rispose con la frase più lunga che avesse scritto fino a quel momento.

serena è più furba di quanto sembra

«Sapeva di te?» chiesi in un sussurro.

sì
lo sapeva

Serena che apre la porta con quei suoi vestitini da bambolina. Quella voce triste e sognante. Le unghie sempre rovinate, pezzettini di pelle che staccava tutto intorno, dandogli il tormento con i denti. Era spesso distratta – mi faceva impazzire a volte. Si presentava al tavolo della sala da pranzo senza nulla: niente quaderno, niente matita. I compiti fatti su fogli volanti sparsi. Risolveva i problemi sbagliati, faceva magari metà di quello che le avevo assegnato, oppure non faceva proprio niente e restava lì a guardarmi intontita quando le chiedevo come mai. Avevo detto a Dinah di comprarle un quaderno ad anelli, da riservare ai compiti per i test di ammissione al college. Ma non lo fece mai. Non era una priorità.

La cosa più frustrante era che in fondo in fondo sapevo bene che non aveva alcuna importanza che Serena si desse da fare o meno. Avrebbe ricevuto in ogni caso un'istruzione prestigiosa, pagando, a prescindere dai punteggi che avrebbe ottenuto nei test.

Ricordo la prima volta che la incontrai. Le feci i complimenti per la bellezza della casa, ero davvero senza parole. Avevo dato ripetizioni a tanti adolescenti come lei, ero entrata in tante case belle. Ma mai in una così.

Serena sembrava in imbarazzo, abbassò la testa timidamente e disse: «È troppo.»

Ripensai a lei e a Lukas – la sua bicicletta, il suo telefono con lo sportellino, il loro imbarazzo. Mi ricordavano alcuni dei ragazzi che erano al college con me, tormentati dal pensiero della ricchezza dei genitori. Il primo anno diventai amica di un ragazzo che era così in imbarazzo per il fatto di venire da Palo Alto che ogni volta che andavamo in città si rifiutava di comprare qualcosa di più costoso di un hot-dog dal carrettino. Lukas e Serena si offrivano l'un l'altra modelli di sofferenza adattati perfettamente alle loro specifiche situazioni. Serena in particolare mostrava il suo dolore apertamente, senza alcuna timidezza riguardo ai suoi problemi di salute mentale. Durante le nostre prime lezioni assumeva antidepressivi lì davanti a me. Si era anche presa delle pause da scuola per via della depressione, e per due volte Dinah aveva annullato le nostre ripetizioni scrivendomi in un messaggio che Serena si sentiva "un po' giù". Le ultime volte che l'avevo vista, Serena aveva gli occhi arrossati e le occhiaie. A volte si incantava a guardare un punto del muro, come i gatti quando si fissano a cercare fantasmi che vedono soltanto loro.

Questi messaggi «Serena si sente un po' giù» mi avevano fatto infuriare. In parte perché avevo dovuto arrangiarmi in fretta e furia per trovare un altro studente per compensare i mancati incassi, ma soprattutto perché non riuscivo proprio a immaginare cosa mai potesse farla sentire così triste. Malgrado mi sforzassi di ricordarmi che ognuno di noi sta combattendo le sue battaglie segrete, e altre frasi fatte, quando si trattava di Serena non riuscivo proprio a guardare oltre la casa in cui abitava. I vetri dipinti, il fossato, la piscina. Quella casa impossibile, irresistibile. Come faceva Serena a provare altro che una gioia idilliaca e incontaminata, vivendo in una casa come quella? Ogni suo desiderio esaudito, ogni capriccio, ogni gusto. Mi dava il voltastomaco vedermela arrivare mogia mogia alla porta, vederle prendere le sue pasticche di Lexapro e fare i suoi tragici disegnetti sul foglio mentre io provavo a spiegarle la geometria. Che storia ti stai raccontando, mi chiedevo, per giustificare questa tristezza? Come fai a guardare il firmamento dorato che è la tua esistenza e vederci qualcosa di deprimente?

Me li vedevo capitare davanti, questi atti di autonarrazione creativa. Anzi, spesso ero stata pagata per scriverli al posto loro. Davo appuntamento ai miei studenti alla Barnes & Noble di Calabasas per "aiutarli" a scrivere i loro saggi autobiografici per la domanda di ammissione al college. E poi in sostanza glieli scrivevo io. Sorseggiavo un chai latte tiepido di Starbucks e stavo lì ad ascoltare le loro storie lacrimevoli, poi buttavo giù cinquemila battute mentre loro facevano i compiti, e ogni tanto rispondevano alle mie domande quando avevo bisogno di qualche dettaglio o qualche sfumatura di colore in più. Alcuni di loro mi avevano parlato dell'alcolismo della madre o delle loro esperienze con la morte in modo davvero schietto. Altri vedevano le loro disgrazie con più cinismo. «Così è triste abbastanza, secondo te?»

Magari se l'erano guadagnato, quel cinismo. I ragazzini oggi imparano sin da piccoli che le loro sofferenze – non importa quanto siano profonde o inesprimibili – devono essere esternalizzate, rese coerenti e accessibili per gli altri. Gli viene insegnato sin da subito che tutte le figure che hanno un potere sul loro futuro gli chiederanno di tirar fuori tutto il loro dolore privato e di raccontarglielo, più e più volte, finché il suo valore non diventi chiaro. E una volta che imparano a rendere la loro sofferenza leggibile – o anche interessante, attraente, redditizia – possono trasformarla in moneta sonante. Gli studenti si allenano già per questa recita prima ancora di possedere i mezzzi o l'esperienza per costruirsi una concezione reale del proprio valore. Ce li abbiamo avuti tutti diciassette anni, una volta. Si spera. Se ci siamo arrivati. Le nostre identità cucite insieme con i miseri strumenti a nostra disposizione e difese a costo della vita. Informazioni che ci arrivano dai libri di scuola, dagli insegnanti e da Instagram, riflesse attraverso così tante lenti da perdere ogni sorta di integrità strutturale. Poi, se segui le direttive comunemente accettate della mobilità sociale, fai domanda per il college. Distilli tutto il tuo fragile sistema di valori e la storia ancora grezza e acerba della tua vita in un saggio autobiografico e in un punteggio nei test, e poi supplichi l'autorità che ti dia accesso alla fase successiva della tua esistenza. Oppure paghi per entrare.

Io lavoravo con – non con, io lavoravo *per* – il genere di studenti che paga per entrare. E i miei servizi erano costosi. A volte mi capitava di inserire l'indirizzo nel gps e ritrovarmi davanti una palazzina di appartamenti, una madre divorziata dolce ed esausta, un giovane atleta promettente che aveva bisogno di un piccolo aiuto accademico per raggiungere i requisiti per una borsa di studio. Ma la maggior parte delle volte erano le Serena, le Spencer e i Jagger di turno. Erano Bel-Air e le Pacific Palisades e Calabasas. Avevo una montagna di debiti da ripagare poco alla volta. E avevo un affitto da saldare.

Avevo sempre associato Serena a tutti gli altri studenti come lei. I bravi ragazzi coscienziosi. I cinici con lo sguardo da furbetto. Quelli che pensano di aver trovato il modo di fregare il sistema, e non vedono l'ora di scrollarsi mamma e papà di dosso. Ragazzi svegli, ragazzi medi, ragazzi senza speranza. Ero stata in così tante case. Avevo pisciato in così tanti bei bagni. Avevo spiegato gli stessi problemi di algebra a così tante faccette confuse, annoiate o speranzose.

E se invece per tutto questo tempo Serena fosse stata qualcosa di completamente diverso?

«Lei era coinvolta?» sussurrai.

La donna cominciò a scrivere.

sì e no

Feci una smorfia. Che diavolo significava "sì e no"? Non possono essere vere entrambe le cose. O sei coinvolta nel rapimento e nella reclusione di una donna per tenerla nel sottoscala come schiava sessuale, oppure non lo sei. Io ci credo all'ambiguità morale in genere, come tutti, ma questo mi sembrava un caso abbastanza delineato, o bianco o nero.

Il sole era quasi tramontato. Il cielo si era tinto di un rosa surreale, sullo sfondo del quale la luna sembrava un oggetto alieno.

«È ora di trovarci un albergo» dissi, raccogliendo la nostra spazzatura. Avevo la nausea. La birra, le sigarette, le cose che avevo scoperto e quelle che non ero riuscita a scoprire. Mi avevano dato il voltastomaco. «Andiamo.»

C'era qualcosa che si muoveva sotto la superficie scura dell'acqua. Un alligatore, forse. O Peter Victor. La notte si prendeva gioco dei miei pensieri.

12

Varcammo il confine del Mississippi al calar del buio. Verso le undici raggiungemmo un paese chiamato Pascagoula. C'era un motel Days Inn appena fuori dall'autostrada. La hall aveva l'aria di non essere stata ammodernata dagli anni Ottanta. C'era un albero di Natale bianco con una fila di lucine blu accanto alla macchinetta del caffè. Un terrier spelacchiato dormiva sotto una sedia di plastica pieghevole. Aprì un occhio quando il campanellino sulla porta segnalò il nostro ingresso, poi lo richiuse.

Dietro al banco della reception c'era un uomo bianco dall'aria virginale. Poteva avere un'età qualunque tra i ventinove e i quarantacinque anni. La polo da golf e gli occhiali all'antica lo facevano sembrare pronto per la casa di riposo, ma aveva la pelle liscia e rosata come quella di un bambino.

Sulla scrivania aveva un giornale. C'eravamo noi su quel giornale? Ci avrei trovato la mia faccia, sulla prima pagina?

«Sera» disse l'uomo, con le vocali dolci di un accento del Mississippi. Le sue mani si muovevano nervose tra la tazza di caffè, il mouse e la tastiera del suo computer fisso d'antiquariato. «Volete una stanza?»

«Sì. Due letti singoli, se è possibile.»

Lui annuì, spostando lo sguardo sulla donna.

«Da dove ci venite a trovare?»

«Atlanta» dissi, in un tono distratto.

«Atlanta» ripeté con un sorriso timido. «Ma tu pensa. Non ci sono mai stato.»

«È un bel posto.»

«C'è il museo della Coca-Cola.»

«Proprio così» accennai un sorriso.

«E dove siete dirette?» rivolse la domanda alla donna.

«Austin, Texas» mentii senza problemi, riportando la sua attenzione su di me.

«Per le feste?»

Suono di assenso. Sorriso educato.

«Tu devi essere la chiacchierona della coppia» mi disse, guardando la donna.

«Oh, è solo stanca» dissi.

La donna, obbediente, si produsse in un sorriso assonnato. Presentai al commesso Naomi Morgan. Lui studiò il viso di Naomi sul documento molto più a lungo di quanto avrei voluto, poi il mio. Mi feci due calcoli. Quanto in là si era diffusa la notizia? Eravamo probabilmente dei titoloni in California, magari un articolo in prima o seconda pagina in Arizona e Nevada. E in Texas invece? E nell'Ohio, nel Maine, nel Mississippi? Le trasmissioni radio e gli articoli che avevo letto freneticamente in biblioteca non mi avevano dato molti dettagli sulla caccia all'uomo in corso, ma era ragionevole dare per scontato che le autorità californiane avessero detto alla polizia autostradale di unirsi alle ricerche. Probabilmente stavano passando al setaccio la I-15, la I-25, la I-40 e la I-10 ormai, e la polizia giudiziaria avrebbe cercato qualsiasi elemento compromettente nel nostro passato. Potevamo aver raggiunto Salt Lake City o Colorado Springs o Amarillo. Gli agenti dell'Fbi disponevano forse di un algoritmo a cui dare in pasto tutti i dati che avevano su di me? E quello avrebbe tirato fuori il verdetto che ero al Days Inn di Pascagoula, Mississippi? Non avevano idea di che strada avessi fatto. A bordo della

Nissan ero abbastanza sicura del nostro anonimato. Per il momento non c'erano state segnalazioni di auto rubate, per quel che ne potevamo sapere, e nessuno aveva visto la donna quando l'aveva presa. Ma erano passati solo due giorni. Era solo una questione di tempo prima che i nostri volti finissero ovunque. Tra le stazioni che avevamo sentito alla radio, quattro programmi diversi avevano parlato degli omicidi. Un'altra giornata e le nostre facce sarebbero apparse in tv a New York, Atlanta, Chicago, Miami, Washington D.C. Non eravamo mai state tanto in pericolo come in quel preciso istante.

Il commesso sorrise e mi restituì il documento. Io dondolavo impaziente sui talloni mentre lui cliccava sulle lente pagine del sito per assegnarci una stanza. La radio suonava *White Christmas*, e l'uomo fischiettava allegro il motivetto. La sua gentilezza aveva un che di minaccioso.

Finalmente mi consegnò due chiavi arrugginite.

«Fatemi sapere se vi serve niente.» Mi offrì un sorriso premuroso.

Feci entrare la donna per prima nella nostra stanza, poi ci richiusi la porta alle spalle. Corsi ad accendere la tv, scorrendo i canali finché trovai un telegiornale in corso. Mi fermai quando sentii pronunciare il mio nome.

C'erano furgoni dei notiziari parcheggiati di fronte a una casa. Mi ci vollero diversi secondi per rendermi conto che era la casa di mia madre.

La mamma si affacciò alla porta, schermandosi il viso dalla violenta cascata di flash dei reporter con la sua borsa T.J. Maxx. L'immagine della sua camicetta zebrata e delle ballerine che indossava perché i piedi non le facessero male dopo una giornata intera passata al salone. «Perché l'ha fatto Evie?» «Dov'è Evie?» «Lei la sta proteggendo?» «Dov'è Evie?» «Perché sua figlia ha assassinato i Victor?»

I fotografi sembravano un'orda in un film di zombie,

pressati con il peso contro la macchina. Mia madre uscì a marcia indietro dal vialetto. Aveva un'espressione terrorizzata.

Al suo posto apparve una giornalista dall'aria tetra sullo sfondo di un cielo di cartone. Aveva i grandi boccoli di una stella del country di Nashville e invocava la pena di morte. Per me, in particolare: voleva proprio che io beccassi la pena di morte. Quando sarei stata catturata. Cosa che sarebbe inevitabilmente successa. Era solo questione di tempo. Il tempo scorre, Evie Gordon. Ci sono milioni di noi, un intero esercito di cittadini preoccupati, denti che brillano nel buio. Forconi in mano. *Ti troveremo. Pagherai per quello che hai fatto.*

Spensi la tv, resistendo all'impulso di scagliare il telecomando contro il muro. Avevo voglia di prendere il televisore a pestoni fino a spaccarlo e farlo esplodere. Volevo salvare mia madre dai pixel in fiamme e portarla al sicuro. Volevo che lei salvasse me da quella stanza di motel e mi portasse a casa. Avevo voglia di piangere.

E stava succedendo. Me lo sentii salire dalla gola, improvviso e bruciante.

Mi misi in tasca un pacchetto di sigarette e uscii dalla camera.

Dai boschi attorno al perimetro del parcheggio vuoto del Days Inn veniva il grido delle cicale. Non c'erano luci, neanche sopra i cassonetti. Nel Sud il buio era più fitto che in California. Meno luci, meno stelle. L'aria era così gonfia di umidità che mi sembrava di poterci passare un dito attraverso, come sabbia. Facevo respiri profondi e fissavo l'oscurità come se potessi distinguervi sagome che avessero un senso.

Mia mamma probabilmente era a nove ore di viaggio da lì. Avrei potuto raggiungerla in mattinata, guidando senza fermarmi. Potevo sgattaiolare dal retro, evitare i furgoni dei giornalisti. Non avevo le chiavi. Ma se avessi bussato, credo che lei avrebbe capito che ero io. Credo che mi avrebbe fatta entrare.

Una porta si aprì scricchiolando dal buio, facendomi quasi cadere la sigaretta di mano.

C'era qualcuno sulla soglia.

«Sei tu?» disse una voce.

Non riuscivo a vedergli il volto, con la luce che gli veniva dalle spalle.

Feci un passo indietro, allungando la mano verso la porta.

«Non preoccuparti. Non sei nei guai.»

La figura fece un altro passo avanti e i suoi lineamenti apparvero alla luce. Era il commesso dell'albergo. Sorrideva.

«Dentro non puoi fumare, naturalmente» disse, indicando la mia sigaretta. «Ma qui fuori non c'è problema. Posso scroccartene una?»

Non riuscivo a parlare. A scoppio ritardato, annuii.

Lui prese una sigaretta dal pacchetto aperto, con un sorriso ancora più largo. Aveva denti che sembravano finti. Troppo larghi, squadrati e grandi, come quelli di un cavallo.

«A me neanche piace fumare. Ma una volta ogni tanto, che male può fare?»

Sentivo il suo sguardo su di me, il suo sorriso. Chinai la testa e spensi la sigaretta, anche se avevo appena cominciato a fumarla.

Proprio quando stavo per afferrare la maniglia, il commesso disse: «Dimmi un po', che strada fate domattina, Naomi? Ti chiami Naomi, giusto?»

Annuii. Naomi, sì. Sono io. Mi chiamo Naomi.

«Probabilmente prenderemo la I-49» dissi, aprendo la porta per mettere in chiaro che me ne stavo andando. L'uomo sembrava incapace di cogliere gli indizi comportamentali. «È la strada più rapida per Dallas.»

«Ah, Dallas?» disse lui. «Pensavo steste andando a Austin.»

Cazzo.

«Oh, giusto. No, intendevo Dallas. I miei genitori si sono appena trasferiti lì da Austin. La forza dell'abitudine.»

«E anche la tua amica ha famiglia lì?»

«La mia amica?»

«La donna» disse il commesso. «Quella che viaggia con te. Com'è che si chiama? Mi è sfuggito il suo nome.»

«Oh, ehm, Katie. Viene a passare le feste con la mia famiglia.»

«Amica d'infanzia?»

«Sì. Migliore amica.»

«Oh, che carino.»

«Già.»

«Una cosa che volevo chiederti prima» disse lui, dando un colpetto pignolo alla sigaretta. «Tu che fai nella vita? Hai una faccia così familiare.»

Rimasi paralizzata.

«Sono una studentessa» riuscii a dire.

Lui sussurrò la parola "studentessa" tra sé e sé, come se fosse un fatto molto interessante. «Sei al college?»

«No» dissi io. «Faccio un dottorato.»

«Ah! E cosa studi?»

«Giurisprudenza» dissi, stringendomi alla porta.

«Quale università?»

«Emory» dissi.

Il commesso mi seguì. «Perdonami, è solo che... hai un'aria così familiare.»

«Okay» dissi, intontita. «Be', buonanotte allora.»

«Buonanotte, Naomi» disse lui allegro.

Mi ci vollero tutte le mie forze per camminare con calma mentre tornavo alla stanza.

Quando entrai la donna sbatté gli occhi, già mezzo addormentata. Cominciai a raccogliere tutte le nostre cose e a portarle accanto alla porta.

«Dobbiamo andare» sussurrai.

La donna si alzò cautamente in piedi.

«Dobbiamo andarcene, *adesso.* Subito. Il commesso chiacchierone di sotto dice che ho una faccia "familiare".» Presi le chiavi della macchina. «Non possiamo permetterci di stare ad aspettare finché non farà due più due.»

La donna mi seguì nel corridoio. Lasciammo le chiavi dentro la stanza, muovendoci più in silenzio possibile. Quando uscimmo all'esterno, il lampione sopra i cassonetti era acceso e illuminava tutto il parcheggio.

Il commesso del motel era in piedi accanto alla nostra macchina, e sbirciava attraverso i finestrini.

Aveva un telefono all'orecchio.

«... sì, signore, proprio così, non riusciva a darmi una storia sensata. E la donna che è con lei è...»

La donna fu più veloce di me. Mi superò e placcò il commesso, scagliandolo a terra e facendogli cadere il telefono.

Io le corsi dietro e calciai il telefono più lontano che potevo. Poi lo schiacciai col tacco finché non si spaccò.

Quando mi voltai, la donna e il commesso stavano lottando sull'asfalto del parcheggio. L'uomo gridava.

«Quelle» diceva affannato. «Siete quelle due, siete davvero, siete...»

La donna provava a tappargli la bocca. Lui le morse la mano. Lei cacciò un urlo selvaggio di dolore e si staccò da lui, portandosi la mano sanguinante al petto come un uccellino ferito.

Lui riuscì a tirarsi in piedi. La donna fece uno scatto, con il sangue che le colava lungo il braccio, e lo afferrò per la caviglia. Lui crollò a terra, e lei gli montò sopra.

La donna estrasse il coltello a serramanico. Lo aprì con un gesto freddo ed esperto.

Glielo portò alla gola. Sussurrò appena uno *shhh* finché lui si zittì.

Fu soltanto una volta che il commesso rimase immobile e in silenzio che mi accovacciai accanto alla sua testa. La donna aveva bloccato un braccio ossuto dell'uomo con il ginocchio, ma l'altro si agitava all'impazzata. Lo fermai con la mano e lo premetti sull'asfalto. Il coltello gli scintillava a un millimetro dalla gola, paziente e affamato. Gli occhi del commesso erano iniettati di sangue, come paralizzati nel cranio.

«Tu non hai visto niente» gli sibilai. «Hai capito?»

Il commesso emise un suono strozzato, gutturale. La punta del coltello mirava dritta al suo pomo d'Adamo. Se la donna avesse mosso la lama di un centimetro, gli avrebbe squarciato la gola.

Mi chinai sul suo viso terrorizzato, con il sangue che mi pulsava in testa come un basso elettronico.

«Mi hai capito?» gli sussurrai.

La donna incrociò il mio sguardo, frenetica e in preda al panico.

La mia era una minaccia vuota. Lo sapevo io, lo sapeva la donna, lo sapeva il commesso. Nell'istante in cui l'avremmo lasciato andare e saremmo scappate, lui sarebbe corso nella hall, avrebbe preso il telefono fisso e avrebbe chiamato il 911. E noi saremmo finite nella merda.

«Cazzo!» Rialzandomi in piedi sentii la voglia di prenderlo a calci in testa.

La donna gli sedeva ancora sul petto, premendolo a terra. Guardandola negli occhi, sapevo che l'avrebbe ucciso, se gliel'avessi chiesto. Non avevo alcun dubbio su questo. L'avrebbe fatto. Ladra di macchine. Maestra col coltello. Assassina di commessi.

Scossi la testa. Vidi dalla sua espressione che mi aveva capito.

Non potevamo ucciderlo. Non era una decisione che spettava a noi. Lui non era nessuno. Era il commesso di un motel Days Inn a Pascagoula, Mississippi. E questo magari non significava niente – magari aveva una pila di cadaveri nell'armadio, teste mozzate nel freezer.

O magari aveva una famiglia. Un neonato che lo aspettava a casa. Una fidanzata dai tempi del liceo, che faceva i turni di notte come lui così riuscivano a vedersi. Una madre ammalata, un adolescente da sfamare. Gente che aveva bisogno di lui. E lui stava solo facendo quello che riteneva giusto. Non aveva motivo di credere che fossimo innocenti. Nessuno – forse neanche la mia famiglia – pensava che fossimo innocenti.

Nessuno tranne la donna.

Incrociammo gli sguardi. Mi misi a contare.

Tra di noi si creò una scossa telepatica.

Uno, due...

Corri.

Lei saltò via dal commesso, scattando verso lo sportello dal lato del passeggero. Io aprii la macchina e mi misi al volante. Girai la chiave e uscii a tutta velocità dal parcheggio. Nello specchietto retrovisore, il commesso si alzò faticosamente in piedi e si mise a gridare chiedendo aiuto.

13

Abbandonammo le mappe, e le strade. Cominciai a trattare il piccolo santuario della nostra Nissan come fosse l'animaletto più indifeso al mondo, una preda. Dovevamo osservarci dall'alto, dall'esterno. Soltanto una piccola percentuale delle nostre menti ci appartiene; il resto sono le coscienze degli altri, i loro pensieri, le loro previsioni sul nostro comportamento. Dovevamo trattare le nostre scelte con l'indifferenza degli anarchici. Strade sterrate, strade di campagna, strade residenziali. Qualsiasi cosa che anche solo assomigliasse a un'autostrada andava evitata. Non sapevo dove fossimo o quanto continuammo a guidare. La notte erodeva indicatori geografici e temporali, lisciando la terra fino a renderla un tunnel allucinatorio fatto soltanto di cielo e strada. Di qua una stazione di servizio, di là una strada laterale dove fermarsi a pisciare o a vomitare. La donna vomitò due volte – con discrezione, imperturbabile, come fosse un gesto abituale. Nessuna delle due dormì. Quando passammo di fronte a una farmacia Cvs aperta ventiquattr'ore, la donna di colpo mi fece segno di accostare. Mi indicò di parcheggiare a qualche posto di distanza da un suv nero Gmc dall'aria malconcia. Poi prese un cacciavite da una delle buste. Non fui invitata ad assistere. Dopo qualche minuto, bussò con le nocche sul finestrino, appannando il vetro col suo respiro gelido.

Sprofondai sulla pelle screpolata del sedile del passeggero della nostra nuova macchina. Era il suo turno al volante.

Quando mi svegliai eravamo in montagna. Picchi innevati sul rosa del cielo prima dell'alba. Trovammo un Quality Inn in stile vittoriano con un parcheggio semideserto. Non era la scelta ideale, ma avevamo bisogno di dormire, ed eravamo troppo a rischio per poterci permettere un'altra sosta nel parcheggio di una chiesa. La donna fece il check-in usando il documento di Katie Choi. Io avevo addosso lo zuccotto e una sciarpa pesante, cercando di coprire il mio viso il più possibile senza destare sospetti. La hall del motel era completamente tappezzata di ghirlande natalizie, lucine e addobbi. Dalle casse veniva ad alto volume *Little Saint Nick*. Una donna anziana dagli occhi chiari, sorprendentemente arzilla per un turno all'alba, ci assegnò una stanza. Non c'erano doppie disponibili, soltanto singole con letti a una piazza e mezzo. Essendo già mattina, prenotammo la stanza per tutta la giornata e la notte seguente.

La stanza aveva moquette a fiori, copriletto a fiori e tende a fiori. Grandi stampe sgargianti in colori primari con i bordi traforati. La vasca da bagno non veniva sostituita dagli anni Novanta, ma perlomeno l'acqua era calda.

La donna andò subito alla finestra e tirò le tende.

Fu in quel momento che mi accorsi del sangue. Una macchia scura sul retro della sua maglietta, quasi sul coccige.

«Vieni qui» sussurrai.

Lei si voltò, confusa.

«La schiena. Stai sanguinando.»

Si portò una mano sulla schiena e comprese.

«Posso...?» Mi avvicinai lentamente, allungando la mano verso la sua maglia.

Lei annuì rassegnata. La maglia era incollata dal sangue, in parte fresco e in parte secco, e dovetti staccargliela dalla pelle lentamente, come un cerotto. Lei strinse i denti per sopportare il dolore.

Il taglio era profondo e irregolare, e sanguinava ancora, poco a poco. Doveva essersi rotolata su qualcosa di acuminato mentre lottava a terra col commesso.

«Vai in bagno» le dissi. «Devo lavarti questa ferita.»

Lei strinse i pugni, ma non disubbidì. Mi sfilai la giacca – nera, materiale sintetico, marca Walmart. Il riscaldamento era troppo alto nella stanza e avevo già cominciato a sudare. Provai a smanettare col termostato. Sentivo le gocce di sudore scendere sotto le braccia. Il rubinetto del bagno cominciò a scorrere mentre io frugavo nel nostro kit di pronto soccorso che avevo aperto sul letto, in cerca di bendaggi e disinfettante.

La donna era in piedi di fronte al lavabo, mi dava le spalle. In mano stringeva la maglietta intrisa di sangue. Curva in avanti, il collo chino. In attesa.

La schiena era nuda. Aveva due fossette uguali ai lati dell'osso sacro, come se qualcuno l'avesse afferrata da dietro per i fianchi e avesse premuto i pollici nella sua schiena morbida come argilla. Le fossette di Venere, le chiamano.

Le sue costole si alzavano e si abbassavano, su e giù. Mi avvicinai e mi lavai le mani. Il lavandino era di un rosa salmone vecchio stile. Vedevo ancora la donna con la coda dell'occhio. Le scapole sporgenti, la curva della sua spina dorsale che aveva qualcosa di quasi osceno. Si mosse, e i lunghi muscoli della schiena vibrarono come una tenda sul punto di afflosciarsi. Il suo tatuaggio mi invitava ad avvicinarmi. Petali scuri fin sulle costole, già appassiti alle punte. La superficie sembrava vellutata.

Bagnai un asciugamano e tamponai delicatamente il sangue rappreso. Lei non mosse un muscolo. Rimase lì di fronte al lavabo, respirando a fondo mentre io le lavavo la ferita. Le applicai un unguento, poi una garza.

Le portai una maglietta pulita. Lei la indossò lentamente e accettò la bottiglietta d'acqua che le offrivo. Nella stanza faceva un caldo insopportabile. Ci muovevamo come se dovessimo farci largo tra spessi tendaggi, lente, quasi narcotizzate. Il gomito della donna sfiorò il mio, poi il suo ginocchio. I suoi occhi vagarono confusi verso le mie labbra, come se lei non se ne fosse accorta.

Aveva una goccia di sudore sul labbro superiore. Una piccola perla. Volevo posarci sopra il pollice e spazzarla via.

«Va meglio?» gracchiai, e immediatamente me ne pentii. La stanza era rimasta in silenzio così a lungo, una completa assenza di suono se non per i nostri movimenti. Lo shock della mia voce era come sbattere di colpo una porta.

«Meglio che la finisci tutta» consigliai, indicando l'acqua col mento.

La donna annuì e distolse lo sguardo. Qualunque incantesimo si fosse creato, ormai si era spezzato.

Feci una doccia. Una volta finito, trovai un distributore automatico nel corridoio deserto. Salatini Chex Mix, biscottini Famous Amos, snack alla frutta Welch's. Avevamo ancora qualche ciambella zuccherata e le ultime birre. La donna bevve la sua velocemente e io cercai di tenere il passo. Ne bevve una seconda subito dopo e io finii le ciambelle. Quando fui sazia abbastanza da infilarmi a letto e provare a dormire, sentii di nuovo lo scorrere dell'acqua della doccia.

Mezz'ora più tardi, la donna riemerse dal bagno, umida e con gli occhi arrossati. La maglietta le restava incollata al busto, ancora umida. Si fermò ai piedi del letto, come se non fosse sicura di come entrarci. Io mi alzai a sedere e tirai indietro le coperte dall'altro lato. Un invito. Non volevo che dormisse un'altra volta nella vasca da bagno. E non volevo dormire da sola.

Lei fissò il cuscino con una sorta di vaga incertezza. Poi, piano piano, fece un passo avanti.

Non dissi una parola mentre lei si infilò sotto le coperte e si voltò su un fianco, dandomi le spalle. D'improvviso mi sentii orribilmente sveglia. La luce del mattino filtrava nella fessura tra le tende, riflessa sul soffitto come fossimo sott'acqua. Il respiro della donna al mio fianco era pesante e affannoso, il suo corpo irrequieto. Con la coda dell'occhio la vidi voltarsi sulla schiena. Supina, com'ero io. Il termosifone non faceva più rumore, la stanza era silenziosa e immobile come una camera anecoica. Ogni respiro e ogni movimento delle coperte risuonava come un colpo di pistola.

Dormimmo a tratti per tutta la giornata. Di tanto in tanto la sentivo alzarsi per andare a prendere l'acqua o per andare al bagno. Il periodo più lungo in cui riuscii a dormire fu di un'ora e mezza, fra le tre e le quattro e mezza del pomeriggio. Alle cinque, il sole era già tramontato.

Guardai fuori dalla finestra. La piscina era coperta per l'inverno, ma c'erano tre ragazzi seduti sulle sdraio di plastica che giocavano ai videogiochi con delle console portatili. Poco a poco, nel cortile dell'hotel si accesero mille luci natalizie variopinte.

Anche la donna era sveglia. Accesi l'abat-jour e presi il telecomando per cercare un telegiornale.

Lei mi afferrò di colpo il polso.

«Non pensi che dovremmo...?»

Lei scosse la testa con un'aria così supplichevole che non potei far altro che arrendermi.

«D'accordo» dissi.

Il suo volto si tinse di sollievo.

«Niente telegiornali. Ma troviamo almeno qualcosa da guardare, va bene?» Le lanciai il telecomando. Non potevo restare lì seduta in silenzio per tutta la notte.

La lasciai a scorrere tra i canali e tornai al distributore automatico, controllando prima che non ci fosse nessuno in giro. Cracker al burro d'arachidi, patatine Ruffles, pacchettini di Frosties monoporzione, due Coca-Cola, due bottigliette d'acqua. Quando tornai nella stanza, la donna stava sorseggiando una birra e guardando *Mamma, ho perso l'aereo*.

Misi giù gli snack sul letto e mi aprii anch'io una birra. Finito *Mamma, ho perso l'aereo*, guardammo *L'amore non va in vacanza*. Poi *Festa in casa Muppet*. Finimmo le ultime birre e tutti gli snack. Verso le nove feci un'altra doccia.

Uscita dalla doccia, trovai la donna al lavabo con indosso soltanto le mutande, quelle economiche da ragazzo che le avevo comprato al Walmart, della Fruit of the Loom. Stava asciugando una pozza d'acqua dal pavimento. In tutta la stanza del motel erano appesi vestiti bagnati – magliette e pantaloni della tuta e calzini che la donna doveva aver lavato nel bagno mentre io facevo la doccia.

«Oh» dissi intontita. La donna si alzò con cautela. «Grazie di aver lavato le cose.»

Mi sentivo rigida e goffa in un modo che non mi piaceva. Essere educata mi faceva sentire più distante da lei. Mi mancava il ritmo non-verbale, quasi primitivo che ci aveva legate durante il viaggio in macchina.

Lei alzò le spalle, imbarazzata.

La lasciai sola in bagno, con l'asciugamano ancora avvolto sotto le ascelle. Lei si sfilò le mutande e cominciò a sciacquarle nel lavandino. Il suo corpo era percorso da muscoli tesi e sottili, angoli sporgenti. Distolsi lo sguardo e lasciai cadere l'asciugamano, poi mi infilai sotto le coperte.

Spensi la luce e la sentii raggiungermi a letto. La luna brillava oltre i tendaggi. Era più vicina a me di quanto fosse stata durante il giorno; non proprio a contatto, ma vicina abbastanza che a ogni respiro avvertivo il suo fiato sfiorarmi il collo.

Quando percepii un dito carezzarmi le nocche, pensai di essermelo immaginato. Quando accadde di nuovo, mi voltai verso di lei.

«Che c'è?»

La donna mi guardava fissa negli occhi, intenta a cercarci qualcosa.

Tremava.

«Che c'è?» ripetei. «Hai freddo? Vuoi che alzi il riscaldamento?»

Lei scosse la testa. Chiuse gli occhi. Fece un respiro profondo e poi li aprì di nuovo. Il suo viso era così vicino al mio che distinguevo le punte delle sue ciglia.

«Jae» disse nel silenzio della stanza. «Mi chiamo Jae.»

PARTE SECONDA

Da zero

14

Il fumo del caffè bollente della stazione di servizio faceva appannare il parabrezza. Sul cruscotto c'erano due banane annerite, coperte di pelucchi dopo essere state in tasca, e una mela avvolta nella plastica portata via dal buffet della colazione del Quality Inn. La macchina era un suv GMC rubato del 2005 circa. Sul sedile posteriore c'era un borsone pieno di vestiti da football puzzolenti, una barretta Clif Bar pietrificata, e una lattina vuota di Mike's Hard Lemonade all'amarena. I tappetini erano sporchi di fango e nel bagagliaio c'era una tenda da campeggio sudicia e un paio di scarponi da montagna da uomo, taglia 44. Nevicava. Oggi sarebbe stato il nostro quinto giorno in viaggio.

Eravamo sui monti Ozark, ferme a una stazione di servizio all'uscita dell'autostrada. Jae aveva rimediato una cartina al Quality Inn prima di andar via, e io ero abbastanza brava con le mappe. Per il momento l'unica cosa importante era mettere più distanza possibile tra noi e il commesso del motel. Guadagnare tempo finché il vero assassino dei Victor non sarebbe stato scoperto, oppure finché non saremmo state costrette a elaborare un piano più ambizioso. Tracciai un percorso che ci avrebbe portate ancora più a sud. Avevo paura di cos'avremmo trovato se ci fossimo spinte a nord. Il freddo. Le città congestionate del Nord-Est, tutta quella gente. Tutti quegli occhi.

«Che ne pensi?» domandai a Jae.

Non aveva ancora detto una parola oggi. Non dalla sera precedente. Non da quel "Jae".

Cominciavo ad aver paura di essermelo sognata.

Jae emise un suono affermativo. Né un "sì" né un "no".

Continuai a guidare. C'era silenzio in macchina a parte i nostri sorsi di caffè, il mio picchiettare nervoso sul volante, i tergicristalli che grattavano il parabrezza duellando con la neve. Ressi soltanto qualche minuto prima che le urla del commesso del motel squarciassero il silenzio. Lo vidi barcollare sul ciglio della strada, il protagonista di un film dell'orrore che è finalmente riuscito a fuggire dalla casetta nel bosco, dal pazzo con la sega elettrica. Dalla ragazza muta con il coltello.

Feci un giro delle stazioni radio. Dalle casse venne fuori una canzone country: qualcosa tipo salvare un cavallo, cavalcare un cowboy.

Jae spense la radio.

«Non ce la faccio a stare in silenzio» la avvisai.

«Lo so» disse Jae. «Non sei proprio capace.»

Scoppiai in una risata così forte che mi mise in imbarazzo. Ero così contenta di sentirla parlare di nuovo. Di avere la conferma che non fosse stata la mia immaginazione, un nuovo stadio della follia in cui stavo entrando. La sua voce non assomigliava affatto a quella che mi ero immaginata. Era una voce cupa, quasi un sibilo. C'era qualcosa di arrugginito nel suono, come se le venisse fuori da un posto dentro di sé che era ferito.

Arrischiai uno sguardo al sedile del passeggero. Tra le nuvole provavano a farsi largo sottili raggi di sole. Uno tagliava il parabrezza, illuminandole il viso. I suoi occhi brillavano di una luce ambrata. Sostenne il mio sguardo un istante troppo a lungo, poi si voltò.

Tu sei Jae, pensai, studiando i lineamenti acuti del suo volto magro. Le sue lunghe mani sottili e le unghie mangiucchiate. *Jae è chi sei.*

«Allora raccontami una storia» dissi. «Se non mi vuoi far sentire la radio.»

Non avevo pianificato di chiederle nulla del genere. Riservatezza e pazienza erano tra le poche cose che ero nelle condizioni di offrirle. La storia della sua vita, non importa quanto fosse tragica o banale, apparteneva a lei soltanto, se è questo che voleva. Non l'avrei costretta a trasformare la sua vita in una moneta di scambio, un prezzo che richiedevo in cambio della mia fedeltà.

Ma è facile essere coraggiosi in macchina, quando non sei costretta a guardare in faccia l'altra persona. Dire cose che normalmente non potresti. Chiedere cose che non chiederesti mai.

«Che genere di storia?» disse Jae piano.

Sentii un altro piccolo brivido.

«Di qualunque genere.»

Sentii lo schiocco della sua gola mentre era voltata a guardare le montagne. «Non ho nessuna bella storia da raccontare.»

Il coraggio si stava sgretolando in fretta. Apprendere il suo nome non mi aveva saziata: mi aveva resa ancora più affamata. Dopo così tanti giorni di compagnia silente, solitaria. Mi sarebbe andata bene qualunque cosa.

«Dimmene una brutta allora.»

«Sono fuori allenamento.»

«Va bene, non importa.» Tirai fuori una sigaretta dal pacchetto e provai maldestramente ad accenderla. Il suo rifiuto mi metteva in imbarazzo – avevo insistito troppo, troppo in fretta. «Era un'idea stupida.»

Jae si avvicinò per aiutarmi. Protesse la fiamma tenendo ferma la mia mano con la sua. Contavo i miei respiri, il loro ritmo così goffo. Ero lieta di avere cose con cui rimanere occupata – specchietti retrovisori da controllare, altre macchine da tenere d'occhio, frecce da azionare. Volevo desiderarlo di meno. Volevo conoscerla di meno. E dato che questo era impossibile, colmavo io stessa i buchi. I suoi genitori erano atleti olimpionici, oppure musicisti itineranti, oppure reporter di guerra in fuga da una persecuzione politica. Lei era stata spedita avanti e indietro tra crudeli governanti a Parigi, trascurata da parenti in Malesia. Era sfuggita alla loro custodia oppressiva e si era cresciuta da sola. Si arrampicava sugli alberi nei frutteti per procurarsi il cibo, oppure lo prendeva senza pagare dalle cassette del mercato quando c'era tanta gente. Si era nascosta in un barile e aveva viaggiato per mare da clandestina. Era stata una pugile nei match illegali in Spagna, una ladra di macchine a Busan. Era stata la musa di un pittore in Marocco, un'artista di strada a Cartagena. Era Jae. Oltre a quello, non sapevo assolutamente nulla di lei.

«Mi sono allenata, sai» disse Jae.

Parlava a voce bassa. Mi stavo impegnando così tanto a ignorarla, che quasi non mi accorsi che aveva detto di nuovo qualcosa.

«Sussurravo» proseguì. «In segreto. Quando tu andavi a prenderci da mangiare. Nella vasca da bagno, la prima notte.»

«Ti allenavi... a parlare?»

«Sì, per essere sicura di riuscirci ancora. La mia voce mi sembrava... strana.» Parlava lentamente. Sentivo che sceglieva ogni parola con attenzione, per assicurarsi che sarebbe stata capita. «Era così tanto che non la sentivo, non mi piaceva come suonava.»

«A me piace la tua voce» dissi, d'impulso.

Jae mi guardò severa, come se pensasse che la stavo prendendo in giro.

«Dico sul serio.»

Era vero. Era una voce bassa e graffiata, profonda come la voce che ti viene appena sveglia, quando sei a letto con un amante. Un pubblico di una persona sola.

«Non sono mai stata una chiacchierona» disse Jae, una volta che ebbe accettato che ero stata sincera. «Stavo sempre zitta, quando ero bambina. I miei genitori pensavano che mi sarebbe passata crescendo. Ma non fu così. E poi, in quella casa...»

Sentii che aveva un nodo alla gola.

«Non è che mi fossi scordata come si fa. Non ci si scorda come si fa a parlare. Ma mi ero così abituata a stare da sola che quando hai spaccato la porta e sei entrata è stato come se... come se una parte del meccanismo si fosse inceppata, e non sapevo più come farlo funzionare di nuovo. Sapevo di poter parlare ancora. Dovevo solo trovare la leva giusta. Ma... è stato difficile trovare la leva.»

«Non voglio costringerti a parlare» dissi.

Sentii lo sguardo di Jae studiare il mio profilo.

Dopo una lunga pausa, disse: «Lo so che ti ho reso le cose difficili.»

Non sapevo cosa rispondere, perciò rimasi in silenzio.

«Ma tu sei rimasta lo stesso con me» aggiunse. «E mi hai tenuta al sicuro.»

«Sei stata *tu* a farlo» la corressi. «Io non ho idea di quello che faccio. Tutto quello che abbiamo, le macchine, i documenti... hai fatto tutto tu.»

«Io posso procurarmi della roba» ammise Jae. «Ma sei tu che fai succedere le cose. Sei brava a parlare. La gente ti ascolta.»

«Solo perché tu non parli.»

«Perché la gente a me non mi ascolta» disse Jae. «Ascoltano te.»

Non potei fare a meno di ridere, incredula.

«*Io* ti ascolto» sussurrò Jae.

Suonava come una confessione.

«Raccontami una storia» dissi.

«Ma a che scopo?» disse lei.
«A che scopo?» Non capivo.
«A te che te ne viene?»
«Che vuol dire "che me ne viene"? Ti conosco meglio. È questa la ricompensa. Conoscerti meglio.»
«Conoscere me non è una gran ricompensa.»
Ebbi una visione della casa dei Victor, dove tutto era transazionale, valutato soltanto in virtù del suo prezzo. Questo costa più di quello. Io costo più di te.
«Voglio soltanto una storia» dissi. «Per rendere più facile la guida. Non devi raccontarmi niente di te. Dammi solo qualcosa da ascoltare.»
Era quello il punto. Mi sentivo come un vecchio capitano di mare, sperduto su un'isola deserta. Soltanto io e la mia palla da pallavolo. Era un aereo che mi veniva a salvare che sentivo lassù, o soltanto la mia immaginazione che mi ingannava? Non sapevo quanto ancora avrei potuto resistere nel secondo caso.
Ti prego, pensai. Parlami.
«E va bene» disse Jae. «Ce l'ho una storia.»

C'era una volta un'artista di nome Mila. Veniva dall'Ucraina, ed era bellissima. Il tipo di bellezza che rende gli uomini stupidi. Era sposata con un uomo ricco in Germania, ma lui non la rendeva felice. Quando si trasferirono in America, il ricco marito non permetteva a Mila di lavorare, perciò lei passava le sue giornate a visitare un negozio di fiori, per comprare i bouquet più costosi e complicati che ci fossero e portarli a casa per dipingerli.
Nel negozio di fiori c'era un bel fioraio di nome Jordan Park. Raccontò a Mila che si era trasferito in America dalla Corea del Sud, e che aveva scelto il nome "Jordan" per via di un giocatore di basket che ammirava tanto. Mila non sapeva nulla di Michael Jordan, di fiori, della musica dei Beatles, di nessuna delle altre cose di cui a Jordan piaceva

parlare e che le mostrava, ma andava comunque quasi tutti i giorni al negozio per vederlo. Il suo inglese non era un granché, ma con Jordan provava sempre a parlarlo, per fargli una buona impressione. L'inglese di Jordan era eccellente. A Mila piaceva passare in rassegna i fiori uno per uno, e domandare a Jordan che significato avessero. Il loto, simbolo di rinascita. Il rododendro, simbolo di pericolo. La bocca di leone, l'inganno. Il garofano dei poeti era il preferito di Jordan, simbolo di galanteria. Mila preferiva la rudbeckia hirta, simbolo di giustizia.

Divennero amanti. Jordan viveva in un piccolo monolocale, che Mila trovava adorabile. Lasciò Marito Numero Uno e si trasferì da Jordan. Ci volle molto tempo prima che Jordan si sentisse a suo agio a raccontarle i dettagli della sua infanzia, una vita di cui parlava in modo così impersonale che sembrava quasi che fosse successa a qualcun altro. Il suo vero nome era Sung-ho, ed era nato a Seul. Sua madre era stata una cantante, ma si era ritirata dalle scene alla sua nascita. Suo padre era un uomo d'affari, ed era morto in un incidente stradale quando Jordan aveva quattro anni. Quando Jordan era bambino sua madre aveva sofferto di frequenti crisi di nervi, perciò era stata perlopiù sua nonna a crescerlo. Sua nonna coltivava le angurie a Jeju Island. Jordan disse che era il posto più bello del mondo.

Più bello della California?, domandò Mila, sorpresa, e in tutta risposta Jordan rise. *Sì. Più bello della California.*

Mila non riusciva a immaginare un luogo più bello della California. Di certo non l'Ucraina, che era fredda e grigia, o Berlino, che era fredda e grigia e tutti erano fatti di ketamina. Mila si chiedeva spesso come mai, se la amava così tanto, Jordan non parlasse mai della sua terra. Diceva che la bellezza non può sostituire la libertà. Presto a Mila divenne chiaro che per Jordan "libertà" era un altro modo di dire "denaro". Le raccontò di una rivelazione che aveva avuto un giorno dopo uno scambio con un turista americano a cui aveva venduto un'anguria. Ce n'erano tanti di turisti che andavano a Jeju Island ad ammirare i colori del mare e ad assaggiare con aria sospettosa il cibo locale, meravigliandosi sempre nello scoprire che era buonissimo. Ma questo turista americano era diverso. Camminava e faceva acquisti con sicurezza: parlava persino un pochino di coreano. Con lui c'era una donna bellissima che indossava un lungo abito blu. Lui era vestito di bianco da capo a piedi, con scarpe di pelle e un orologio d'oro che brillava sotto i raggi del sole. Comprarono un'anguria dal banchetto al mercato della nonna di Jordan. Senza nemmeno chiedere il prezzo reale, vollero pagarla duecentomila won – circa centocinquanta dollari. Il turista gli diede le banconote come se niente fosse. La donna che teneva sottobraccio gli sorrise, poi sorrise a Jordan, e lui pensò, *Un giorno, un giorno.* Lì dov'era, Jordan lavorava senza sosta, ma la sua situazione non cambiava mai, e non sarebbe cambiata neanche con un lavoro diverso. Sapeva che suo padre non era stato ucciso da un pirata della strada, come gli aveva detto sua nonna: aveva guidato la macchina giù dal ciglio dell'autostrada di proposito, per scappare dal suo lavoro massacrante e da tutti i suoi debiti. Ma in America c'era tanta gente ricca. Centinaia di migliaia di ricchi, così dicevano, forse milioni – e non erano i discendenti di re e regine, ma di contadini, come lui. C'erano più ricchi in America che in qualsiasi altro posto al mondo.

Jordan si era trasferito in America all'età di ventun anni. Ne erano passati cinque da allora: non era ancora ricco, ma lo sarebbe diventato. Ascoltava un sacco di programmi sugli affari alla radio, condotti da uomini con voci potenti che facevano saltare i nervi a Mila. Comprò un libro intitolato *Padre ricco, padre povero* e lesse a Mila dei passaggi. Lei trovava che fosse un libro piuttosto stupido, ma se lo tenne per sé. Che pericolo c'era se suo marito si teneva in testa qualche pensiero stupido? Una donna poteva diventarci matta a provare a estirpare tutti i pensieri stupidi dalla testa del marito. E quel pensiero lì, perlomeno, rendeva felice Jordan e gli dava una direzione a cui tendere. Poteva andare sicuramente peggio.

Per quanto Mila non avesse mai espresso alcuna nostalgia per il lusso che aveva posseduto in passato, Jordan cominciò a sviluppare l'ossessione di comprarle una casa. Lei si offrì di trovarsi un lavoro, ma lui non le permetteva di lavorare. Diceva che era perché il suo inglese non era sufficientemente buono, ma Mila sospettava sempre che il vero motivo fosse che l'idea di non essere capace di mantenere sua moglie sarebbe stata un'umiliazione troppo grande per lui.

Jordan si trovò un secondo lavoro come macellaio. Continuava ad ascoltare programmi sugli affari alla radio americana che predicavano l'importanza delle proprietà immobiliari e degli investimenti. Da ogni stipendio risparmiava più che poteva, sperando di riuscire a mettere da parte abbastanza per l'anticipo di un mutuo. C'erano tantissimi nuovi palazzi in costruzione, a Irvine e ad Anaheim. Trilocali e quadrilocali, pubblicizzati con foto dai colori sgargianti di famiglie borghesi sorridenti.

Mila rimase incinta. La bambina era un imprevisto, ed era costosa, e quando arrivò alle elementari Mila precipitò in una profonda depressione. Jordan era convinto che la depressione di sua moglie fosse colpa sua. Non aveva ancora guadagnato abbastanza da comprarle una casa, mentre molti dei suoi amici ci erano riusciti. Questo Jordan non se lo riusciva a spiegare. I suoi amici non potevano guadagnare poi molto più di lui.

Li abbiamo presi in prestito, gli spiegarono loro, come fosse una cosa ovvia. Jordan, mortificato, fece lo stesso. Si era preoccupato perché non aveva un buon punteggio di credito. Ma con sua sorpresa, la banca gli concesse un prestito comunque.

Fu così che Jordan trasferì la sua famiglia in un quadrilocale a Irvine. La richiesta era di 245.000 $ e il prestito, stando a lui, gli permetteva di non pagare praticamente nulla. Gli interessi sarebbero stati semplicemente aggiunti al saldo del capitale. La casa si trovava in Carmel Avenue, perciò la chiamarono la Casa Carmel.

Ci fermammo a un'altra stazione di servizio in Arkansas, appena prima di Little Rock. La neve aveva ceduto il passo a una pioggia gelida. Fu Jae a procurarci nuove scorte di cibo – cose facili da infilarsi in tasca: bustine di frutta secca, carne essiccata – mentre io facevo benzina. Jae aprì il pacchetto di frutta secca con i denti e me ne versò una manciata sul palmo della mano. Io riportai la macchina sull'autostrada, cercando di mantenere in volto un'espressione più neutra possibile. Non volevo rischiare che la mia curiosità la spaventasse e la facesse tornare al suo silenzio.

«Mila e Jordan» azzardai lentamente. «Sono i tuoi genitori.» Jae annuì con un'alzata di spalle.

Non riuscivo a immaginare Jae da bambina. Era così competente in ogni situazione. Era difficile pensare che fosse mai stata piccola o che avesse mai dovuto dipendere da qualcuno o da qualcosa che non fosse la sua astuzia.

«Com'eri da piccola?»

«Ero una cleptomane» rispose, con la bocca piena di carne. «Dico sul serio» aggiunse, quando io scoppiai a ridere. «Le carte dei Pokémon – è da lì che è iniziato tutto. A scuola le avevano tutti, tranne me. Mio padre diceva che erano un "lusso inutile". Io gli ripetevo quello che mi dicevano gli altri bambini durante la ricreazione: un giorno quelle carte sarebbero valse un sacco di soldi. Ma lui di quel tipo di speculazione si fidava soltanto quando veniva dagli opinionisti di borsa che ascoltava alla radio. Non da me.»

«Perciò tu rubavi.»

«Era facile. Non capivo perché non lo facesse anche mio padre. Lui voleva comprare a mia madre questi piccoli orecchini di perle e io mi ricordo di aver pensato, ma perché non se li infila semplicemente in tasca? È così che facevo io. Non dovevo neanche fare attenzione a non farmi beccare. Da bambina, pensavo davvero di avere un superpotere. Potevo camminare liberamente in giro per un negozio e prendere le cose dagli scaffali e nessuno mi vedeva mai.»

«E i tuoi genitori? Se ne sono mai accorti loro?»

Jae scosse la testa. «Nascondevo il mio bottino nella scrivania della mamma, dove teneva i colori e i pennelli. Lì era al sicuro: ormai non la usava più quella roba, passava tutto il giorno a dormire.»

«La depressione migliorò un po', dopo il trasloco?»

«A Carmel House intendi?» Jae rimase in silenzio. «Forse un pochino. Credo che la nuova casa le piacesse. Aveva ritrovato la sua energia. Passò un sacco di tempo ad abbellirla. Tirò giù la carta da parati dal salotto e ridipinse le pareti, poi le coprì con le sue opere d'arte. Uccelli ad acquerello. Una volta ne appese anche uno che avevo fatto io. I miei non erano belli come i suoi, ma lo appese lo stesso. Una gru. Non durò molto però, la sua felicità. Perché aveva un segreto.»

Cancro alle ovaie. Era un po' che Mila lo sapeva. L'aveva tenuto nascosto a Jordan e Jae finché aveva potuto. Jae riusciva a capirne il motivo: suo padre credeva nel duro lavoro, nei frutti del proprio impegno. Quella fede e la sua fede in Dio per lui erano la stessa cosa. Se avesse saputo della diagnosi di Mila, si sarebbe trovato un altro lavoro per pagarle le cure, si sarebbe ammazzato di fatica. Già così lo vedevano poco. Se Jae fosse stata al posto di sua madre, avrebbe mentito anche lei.

Mila tornò in Ucraina per stare con i suoi genitori. Con Jordan parlava a malapena. Anche Jae non parlava quasi mai con suo padre. Lui era sempre al lavoro. Quando le rivolgeva la parola, voleva parlare soltanto dell'università. Era ossessionato dall'idea che Jae fosse presa a Ucla, l'Università della California. Lei si preoccupava del costo, ma Jordan le assicurò che i prestiti l'avrebbero aiutata, come avevano aiutato con la casa. Non frequentare l'università non le fu mai presentata come opzione. Andando al college, Jae avrebbe ottenuto un lavoro ad alto reddito; suo padre non ci era andato, ed era per questo che lui non ce l'aveva. È così che funzionava. Ogni domenica Jordan svegliava Jae alle sei di mattina per farle fare una simulazione integrale di un test di ammissione. Con un punteggio abbastanza alto avrebbe potuto ambire a una grossa borsa di studio. Era il 2009. Jae era al terzo anno di liceo. Prenotarono il primo vero test di ammissione per ottobre.

«Come ti andò?»

«Mai fatto» disse Jae, con uno strano tono di voce.

La guardai. Teneva in mano una sigaretta spenta. Il muscolo della mascella faceva un movimento circolare.

«Un mese prima del test» disse, «ci sfrattarono.»

Jae non aveva avuto il tempo di metabolizzare la parola "sfratto" che già la polizia cominciava a spostare le loro cose nel cortile del palazzo. Gli dissero che la banca reclamava trecentomila dollari di arretrati. Il padre di Jae era sconvolto.

Era troppo in imbarazzo per chiamare uno dei suoi amici della parrocchia, perciò costrinse Jae a chiamare il suo amico Kevin Ahn, che Jordan sapeva venire da una famiglia ricca. Era un gesto umiliante, ma non le fu data scelta. Il signor Ahn trovò un complesso residenziale nella città di Irvine che rientrava nella categoria "domicili agevolati". Jordan aveva i requisiti per ottenere un credito d'imposta per l'edilizia abitativa destinata ai cittadini a basso reddito, spiegò il signor Ahn, un fatto che il padre di Jae prese come un insulto personale.

Il nuovo appartamento era in un palazzo chiamato "Woodbury Inn", un nome che lasciava intendere che fosse una sistemazione provvisoria. Ogni sera, Jordan passava in rassegna gli estratti conto della banca, cercando di capire dove avesse sbagliato. Arrivò alla conclusione che la sua comprensione del sistema dei mutui fosse sostanzialmente fallace. Jae gli propose la sua personale teoria, cioè che erano stati truffati. Credeva che in qualche modo perverso questa spiegazione potesse portare un po' di conforto a suo padre. Invece ebbe l'effetto opposto. Un errore personale di cui lui – un semplice macellaio, fioraio e addetto alle pulizie da Target – era l'unico responsabile non intaccava il suo sistema di valori. Ma l'idea che una banca americana li avesse fregati consapevolmente – e con loro migliaia di altre persone? Era eresia, quella.

Jordan non picchiò Jae quando lei gli disse che erano stati truffati. Fu la seconda cosa che lei suggerì – il fatto che adesso erano senza fissa dimora – a procurarle uno schiaffo. Non uno schiaffo forte, ma abbastanza da lasciare un livido. Preso dai sensi di colpa, suo padre la fece restare a casa da scuola per qualche giorno. Non servì granché a consolare Jae. Non era una ragazza popolare, ma aveva Kevin Ahn e Minho, con cui andava sullo skate dopo la scuola. E perlomeno lì poteva incutere timore: i suoi vestiti larghi, gli aloni di trucco scuro, il suo sguardo impassibile. Aveva buoni voti a scuola, anche se agli insegnanti non piaceva, perché interpretavano il suo silenzio imbronciato come una provocazione. In ogni caso, preferiva di gran lunga passare il tempo a scuola piuttosto che a casa. A casa c'erano soltanto lei e suo padre in quello strano appartamento-stanza d'albergo, con le pareti bianche e la tv posata sulla moquette, e le pile di libri con i test di ammissione che la aspettavano.

Riuscirono a prenotare un altro test per il marzo successivo. Ottenne il massimo del punteggio.

15

«Il massimo del punteggio?»

Il mio azzardo aveva pagato. Stare ad ascoltare Jae mi aveva distratta efficacemente per tutto il mio turno di guida mattutino. Mezzogiorno era arrivato e passato. Il sole aveva finalmente trionfato sulle nuvole scure e splendeva con aria innocente sul parabrezza. Era difficile credere che soltanto trentasei ore prima avessimo puntato un coltello alla gola di qualcuno.

Jae sembrava in imbarazzo. «Avevo fatto simulazioni di test a tempo una volta a settimana per tipo quattro anni. Che ti aspettavi?»

«Ma ogni anno ci sono solo mille persone in tutto il paese che ottengono il massimo del punteggio.»

«Ora vorresti raccontarmi che tu hai preso un punteggio basso? Eri un'insegnante di ripetizioni per i test.»

«Be', non ho preso il massimo.»

«E tuo padre ti faceva allenare tutte le domeniche?»

«No, l'ho fatto una volta sola.»

«Ah. Eri una di quegli stronzi lì.»

Non riuscii a trattenere un sorriso.

«Sono brava a fare i test» dissi, per difendermi. «Il che, tra parentesi, è una delle competenze più inutili al mondo. Longevità dei vantaggi, zero. Il peggior superpotere che esista.»

«Di sicuro ti ha fatto comodo al college.»

«No, invece. Il mio college era troppo speciale per utilizzare i test.»

«E i voti come ve li davano?»

«Niente voti» ammisi.

Jae scosse la testa incredula. «A Ucla non era così.»

«Perciò alla fine ci sei andata a Ucla. Com'era lì?»

Jae scosse di nuovo la testa. «Adesso tocca a te.»

«Tocca a me fare cosa?»

«Raccontare una storia.»

«Ah. È questo che stiamo facendo? Tipo un gioco? Occhio per occhio?»

«Le storie non sono gratis» disse Jae, come se fossi matta solo a pensare il contrario. «Ne voglio una in cambio. La mia ricompensa.»

Conoscere te è una gran ricompensa.

Guardai Jae, ancora incapace di credere che mi stesse parlando davvero. Aveva un'aria esausta. Ma c'era anche sollievo nei suoi occhi, come se fosse stupita della qualità dei suoi discorsi. Parlava con un ritmo lento e regolare, ma a volte accelerava in alcuni punti, come per sbrigarsi, come se si aspettasse che da un momento all'altro potessi cambiare idea e rendermi conto che starla a sentire era una completa perdita di tempo.

«Non è così che fa la gente durante i viaggi in macchina?»

«Perché, tu non ne hai mai fatto uno?»

«Non avevo mai lasciato la California prima d'ora.»

Aggrottai la fronte. Non mi sembrava possibile, ma l'espressione leggermente imbarazzata sul suo volto confermava che era vero. Tutto quel tempo, tutti gli stati che avevamo attraversato – Jae non li aveva mai visti prima.

«Io ne ho fatti un po'» dissi. «L'ultimo è stato veramente terribile.»

«Peggio di questo?» domandò.

«Era con un mio ex.»

Jae sembrava interessata ora.

«Racconta.»

«Lui si chiamava Christian St. Clare. Siamo stati insieme quattro anni. Eravamo al college insieme, nel Nord-Est, un'università umanistica, di quelle che costano un sacco. Non c'erano molti altri studenti che venivano dal Sud.»

«Tu sei del Sud?»

«Sì. Della North Carolina, un paesino vicino ad Asheville. Sembrava che tutti gli studenti del mio anno fossero di Manhattan o Boston o Los Angeles. Ero l'unica della North Carolina. C'erano due persone che venivano dalla Louisiana, e Christian era uno dei due. Ci mettemmo insieme alla fine dell'ultimo anno. Era ricco, lui. Gli ci è voluta una vita per ammetterlo. Aveva un fondo fiduciario – lo metteva così in imbarazzo questa cosa.»

«E perché?» domandò Jae, con genuina curiosità.

Io risi, un po' goffa. «Be', perché io non lo ero. E... non lo so, non voleva che lo vedessi come uno stronzo che era cresciuto nella bambagia.»

«E tu è così che lo vedevi?»

«No. Onestamente, arrivata a quel punto, mi ero abituata a quelli come lui.» Ero un'esperta di patrimoni ereditati. Avevo fatto le amicizie giuste, e sono una che impara in fretta. Ero capace di stare in mezzo a loro, anche se non avevo i soldi necessari. A questo serve frequentare le università esclusive, ed è questo che mi sono guadagnata con la mia costosissima laurea: la capacità di stare in mezzo ai ricchi. Perciò, per farla breve, no, non ci avevo neanche pensato che potessimo essere incompatibili da quel punto di vista. Ero diventata così brava a destreggiarmi nel mondo di Christian che mi ero completamente dimenticata che i miei genitori non erano venuti con me. Erano rimasti come li avevo lasciati, la stessa splendida coppia che fa la spesa al Walmart e la raccolta dei buoni sconto.

Raccontai a Jae che era stato il Natale in cui i nostri genitori si erano incontrati che aveva reso tutto strano. Dopo tre anni che stavamo insieme, la mamma di Christian venne a passare le feste con la mia famiglia in North Carolina. Fu maleducata con loro, anche se lo fece con grande educazione. Le donne del Sud hanno talento nell'insultarti senza fartelo capire. «Wow, non mi era mai capitato di bere questo vino "Barefoot" – da che regione proviene? Dalla California? Dall'Italia?» Feci una pessima imitazione dell'accento della signora St. Clare. Se n'era andata via un giorno prima del previsto, malgrado il fatto che i miei avessero prenotato un tavolo alla steakhouse più costosa della città e avessero pagato un anticipo non rimborsabile. Loro ci rimasero uno schifo per questa storia. Avevano paura di aver fatto qualcosa di sbagliato.

Quello che successe dopo fu colpa mia. Io e Christian avevamo progettato da mesi un viaggio in macchina per la prima settimana di gennaio. Avrei dovuto disdire tutto. Passammo giornate intere a evitare di parlare di quanto fossero andate male le feste.

«Quando alla fine ho tirato fuori io l'argomento, lui lo sai che mi ha detto? "Hai ragione. Mia madre avrebbe dovuto organizzare a casa sua. Le cose sarebbero andate molto meglio." L'ho lasciato appena siamo tornati a Los Angeles.»

Eravamo quasi arrivate a Birmingham, in Alabama, e stavamo morendo di fame, ma avevamo troppa paura che qualcuno ci notasse mentre ordinavamo a un drive-thru, o mentre rubavamo di nuovo qualcosa in una stazione di servizio. Mi fermai in un angolo del parcheggio di un Walmart e studiai la cartina, ignorando i crampi della fame. Eravamo a circa quattro ore dal confine con la Florida. La domanda era quanto a sud volessimo spingerci una volta entrate in Florida. Per quella notte ci saremmo dovute trovare un posto dove dormire nella parte nord dello stato. Un posto che non fosse un hotel.

E poi mi venne in mente.

«E se ti dicessi che conosco una casa dove potremmo sistemarci?» dissi. «Una casa vuota. So esattamente dove si trova e so per certo che è vuota. Ci sono stata tipo quattro volte – loro non passano mai il Natale lì, mai.»

«Di chi è?» domandò Jae, con una nota di sfiducia nella voce.

Io aprii bocca, poi la richiusi. Jae strizzò gli occhi, sospettosa.

«Dei St. Clare» ammisi.

Jae scoppiò in una risata.

«Che c'è?» dissi io.

«Quindi ora ti vuoi vendicare?»

«Cosa? Oddio, proprio no. Ma che pensi di me? Non sono mica matta.»

Jae aveva un'aria scettica.

«Oddio, non sono matta, che cazzo!» Più insistevo, meno sana sembravo. «Senti, è una casa grande, bellissima e vuota. Possiamo nasconderci lì per qualche giorno mentre progettiamo la prossima mossa. È più sicuro che stare per strada. Soprattutto adesso che qualcuno ci ha identificate.»

E in più, sapevo dove la signora St. Clare teneva i suoi gioielli.

Quindi forse sì, un pochino volevo anche vendicarmi. La casa una volta era stata descritta dalla rivista *Southern Living* come "La perla in stile Indie Occidentali del Sud". L'indirizzo, dico sul serio, era una strada che si chiamava Olde Plantation Road. Era veramente ora che qualcuno ci entrasse con la forza.

Jae non sembrava ancora del tutto convinta.

«Sono solo quattro ore da qui, se non ci fermiamo più» dissi. «Ed è nella direzione in cui stavamo già andando, in ogni caso. Se ci sembra tutto a posto, ci fermiamo per una notte o due, altrimenti ce ne andiamo da qualche altra parte.»

A questo Jae non poteva davvero ribattere.

Attraversammo il confine con la Florida al calar del buio. Le nuvole sopra di noi erano gonfie di pioggia, cumuli scuri nel cielo notturno. Superai veloce Pensacola, Tiger Point, Navarre e Wynnehaven.

Mary Esther, Florida. Le querce, con i rami appesantiti dai licheni, apparivano e scomparivano alla luce dei lampi come fantasmi dell'anteguerra. Erano anni che non ci tornavo, ma riconobbi alcuni luoghi familiari: un Target in cui ero entrata un paio di volte per prendere un costume da bagno di riserva, sei lattine di birra, qualche ingrediente dell'ultimo minuto per una ricetta che io e Christian volevamo provare. Con l'eccezione del Target, tutto sembrava non essere cambiato di una virgola dagli anni Ottanta. Una stazione di servizio coperta di graffiti, un discount alimentare, un negozio di tatuaggi e uno di attrezzatura da immersioni che condividevano lo spazio di una piazzola commerciale. I quartieri fatti di un'unica strada con nomi come Sleepy Hollow e Plantation Oaks. C'erano tre chiese nello spazio di meno di un chilometro: una battista, una greca ortodossa e una metodista. Eravamo nella striscia a nord-ovest della Florida, non uno di quei villaggi che attraggono studenti a frotte durante il ponte di primavera.

Proprio accanto al cimitero – senza dubbio infestato dai fantasmi – c'era la casa dei St. Clare. Non avevano nessun vicino, sul lato opposto c'era soltanto un terreno paludoso. C'era un cancello all'ingresso della proprietà, ma era aperto, come sempre. Percorsi il familiare vialetto d'accesso finché non ci trovammo avvolte dall'oscurità, sottili raggi di luce lunare che provavano a farsi largo tra le fronde degli alberi.

Alla fine del vialetto c'era una casa. La facciata esterna in assi color crema, un po' Nantucket e un po' Charleston, bordate di una delicata sfumatura del colore della spuma del mare. Sul tetto c'erano due comignoli di mattoni, come gli occhi ad antenna di un granchio. Una veranda accogliente piena di sedie a dondolo, tralicci di bougainvillea. Felci frondose appese in ceste che dondolavano nell'aria carica di tempesta. Nel vialetto era parcheggiato un motoscafo sconosciuto, agganciato a un pick-up altrettanto sconosciuto. Tutto il resto era rimasto uguale.

Scendemmo dall'auto. Si sentiva lo scroscio delle onde del mare e lo scricchiolio del legno del molo dei St. Clare.

La porta era chiusa a chiave, come mi ero aspettata. Le finestre no. Ci mettemmo un po' a trovarne una aperta – dovetti caricarmi Jae sulle spalle, con le suole delle scarpe che mi premevano dolorosamente sul collo –, ma alla fine ci riuscimmo, era quella della stanza da letto al piano di sopra. Jae scivolò all'interno, agile come un rapinatore acrobata. Rimasi a guardare da fuori la sua sagoma che si muoveva veloce attraverso la casa.

Mi aprì la porta d'ingresso come fossi un ospite atteso.

Sbattei le palpebre. I St. Clare non amavano le cose moderne. Preferivano le finestre aperte all'aria condizionata, pomeriggi di caldo tropicale e soporifero, robusti cocktail a mezzogiorno. Il piacere nostalgico della grande ricchezza, il sogno di tempi andati in cui tutto era più semplice, un rigido sistema di caste, l'aristocrazia terriera. Erano ricchi da tanto, tanto tempo. Il pavimento di marmo a scacchi bianchi e neri, placide palme dalle grandi foglie verdi, un tocco di stile coloniale inglese nell'arredamento. Tende bianche e sottili, soffitti con travi di legno scuro, mobili di rattan con cuscini color crema. Una cassapanca di pelle al centro del grande salotto ricoperta di pesanti libri di fotografie e riviste d'epoca. Pannelli di legno, persiane scure e rovinate alle finestre. Costose sedie di canne intrecciate, letti a baldacchino in bambù. Verde dappertutto.

C'era qualcosa che non andava. Era tutto diverso.

Un enorme televisore aveva invaso il soggiorno. Tutti i mobili erano stati sostituiti con pezzi generici dai colori neutri: un divano in camoscio beige, un tavolino da caffè di Pottery Barn, una consolle piena di videogiochi e dvd. *Fratellastri a 40 anni*, *Rambo* e *Platoon*. Sul muro una maglia da football dell'Università dell'Alabama incorniciata, una stampa di una spiaggia generica presa da Ikea, e una targa con su scritto GRATI RICONOSCENTI BENEDETTI. L'architettura di base era la stessa, i pavimenti di legno di pino, le maioliche blu del caminetto, le porte a vetri. Gli elettrodomestici vibravano, in funzione, come un branco di animali che abbia avvistato un intruso.

Jae notò la mia espressione. «Che c'è che non va?»

«Questa non è la casa dei St. Clare.»

16

«Hai sbagliato casa?» sussurrò rabbiosa Jae.

«No, la casa è quella giusta» dissi io. «Ma devono averla venduta. Non lo so chi ci vive adesso. Sono tre anni che mi sono lasciata con Christian.»

Avevo a malapena finito di parlare che Jae si precipitò verso la porta.

«Dove vai?» dissi.

«Dobbiamo *andarcene*» sibilò lei.

Io mi sentivo esausta. Avevo passato tutta la giornata a guidare. Senza sosta, in continua allerta. Non riuscivo davvero a pensare di rimetterci in macchina ora, di notte, in un mondo di detective e polizia autostradale e agenti dell'Fbi e commessi di motel. Era un miracolo che non ci avessero già arrestate. L'uomo del Days Inn si era messo a urlare chiedendo aiuto. Quanto tempo ci era voluto prima che arrivasse qualcuno? Quanto tempo prima che un altro ospite del motel scendesse giù nel parcheggio? Quanto prima che estraesse in fretta il telefono e chiamasse il 911? Nella testa mi ronzava il suono di sirene fantasma.

«Diamo almeno un'occhiata in giro» supplicai.

Jae sembrava preoccupata, ma era stanca anche lei. Annuì, riluttante.

Controllammo ogni stanza. Due delle camere da letto sembravano appartenere a maschi adolescenti: copriletto in plaid, mazze da lacrosse e palloni da football dimenticati lì. Altre due erano stanze per gli ospiti. La camera da letto principale aveva una folta moquette, un letto king size in stile californiano e un arredamento a tema vagamente marino.

Presi in mano la posta dal piano della cassettiera. Un catalogo – *Simple Surroundings* – indirizzato alla signora Abigail Carlisle. Sul comodino c'erano una Bibbia e un thriller di guerra, di quelli che si comprano all'aeroporto.

L'unico pezzo di arredamento che si facesse notare nella stanza era una testa d'alce sistemata sopra il letto. Le corna, di dimensioni sconvolgenti in un ambiente così anonimo, sembravano le mascelle di un'antica creatura marina, un megalodonte o una balena. Mi allungai per toccarle, aspettandomi di scoprirle vuote, la superficie perfettamente liscia di un falso.

Erano pesanti. Anche la pelliccia, era grezza. Gli occhi erano stati rimpiazzati da biglie luccicanti. Quello era stato un alce vero una volta, e ora era impagliato e appeso sopra al letto.

Vedermi riflessa negli occhi inespressivi dell'alce mi diede i brividi. Sentii un movimento dalla finestra.

Era Jae.

«Ci sono un bel po' di pacchi davanti alla porta d'ingresso» disse. «Hanno l'aria di star lì da parecchio. E c'è la cuccia di un cane, ma è vuota. Secondo me sono via perlomeno da qualche giorno. Tra quanti giorni è Natale, una settimana e mezza? Meno? Saranno andati da qualche parte per le feste.»

«Perciò vuoi restare?»

Jae sbuffò rassegnata. «Un posto migliore dove andare non ce l'abbiamo.»

Ci mettemmo al lavoro per chiudere tutte le tende. Ci volle del tempo – la casa era enorme. Raggiunsi Jae in quello che pareva uno studio. Pannelli di legno lucido, una grossa scrivania di quercia. Lei mi dava le spalle e aveva in mano una fotografia. Mi sporsi per guardare anch'io.

Era la copertina incorniciata di una rivista. Al centro c'era una foto della famiglia, con sotto scritti i loro nomi, da sinistra a destra. Padre, madre e due figli adolescenti. Michael e Abigail i genitori, Garret e Devin i ragazzi. Portavano polo di colori sgargianti, giallo e verde menta e rosa, con sopra i simboli di animaletti graziosi: il piccolo coccodrillo Lacoste, l'alce di Abercrombie, la balena di Vineyard Vines. Sopra le loro teste un cielo azzurro e i rami larghi di un albero. Garret – il figlio maggiore, a quanto pare – imbracciava un fucile. Ai loro piedi giaceva l'enorme carcassa muscolosa di un leone.

«E guarda» sussurrò Jae, posando la foto. Ci voltammo.

Alle nostre spalle c'era tutta una collezione di armi. Fucili e mitragliatori e piccole pistole. C'erano anche coltelli. Coltelli da caccia, coltelli Bowie. Un machete.

«Andiamo» dissi, cercando di non rabbrividire. Volevo solo uscire da lì. «Cerchiamo qualcosa da mangiare.»

Andammo in cucina e svaligiammo il frigo e la credenza. Non c'era granché – i Carlisle si erano premurati di non lasciare nulla che potesse andare a male – ma divorammo quello che era disponibile. Cereali per bambini un po' raffermi dalla credenza, Froot Loops e Choco Krispies, latte a un giorno dalla scadenza che scolammo dritto dalla bottiglia. Qualche sottiletta Kraft e un po' di pesche fuori stagione. Un'arancia che Jae sbucciò e divise in fretta e che mangiammo con la polpa e il succo che ci colavano giù sul mento. Mangiammo inginocchiate per terra nella luce bluastra del frigo aperto, scagliandoci sul cibo con la foga di un lupo che trovi un animale morto sul ciglio della strada – in silenzio, senza guardarci l'un l'altra.

Nel freezer c'era qualcosa di più. Mini-calzoni surgelati Totino's, una pizza al salame DiGiorno, *mac and cheese*

Stouffer's. Buttammo tutto in forno e aspettammo di banchettare, mezzo addormentate sul pavimento della cucina. Aveva iniziato a piovere. Guardammo le gocce battere sul vetro del lucernario, da cui filtrava l'unico raggio di luna a cui avessimo permesso di entrare. Avevo vissuto così a lungo in California ormai che mi sembrava fossero anni dall'ultima volta che mi ero trovata in mezzo a un vero temporale. Di tanto in tanto vedevamo brillare un lampo all'esterno, e anche quello era stranamente piacevole, a guardarlo dalla casa.

Eravamo al sicuro.

Il mattino seguente giocammo a fare le padrone di casa.

Per quanto ci fossero molti letti disponibili, avevamo deciso che fosse meglio condividere il letto matrimoniale nella stanza principale. Se una delle due avesse sentito un rumore sarebbe stato più sicuro stare insieme al piano terra, vicino a una via di fuga.

Dormimmo fino a tardi, godendoci quel lusso. Facemmo la doccia nel bagno grande. Pavimenti di marmo bianco, venati di rosa pallido e oro. Vassoi di articoli da bagno colmi di bottiglie perlacee. Jae nuda dietro il vetro, in un casto velo di vapore. Io al lavandino a lavarmi i denti, con la mente che vagava. Che tipo di persone saremmo state, mi chiedevo, se avessimo vissuto qui? Io sarei stata un medico? Un'atleta in pensione? Un'ereditiera? Jae una milionaria del settore della tecnologia? O un'avvocata? Come ci eravamo conosciute? Cosa eravamo l'una per l'altra? La mia mente viaggiava troppo lontano.

Jae riemerse dalla doccia. Le passai un asciugamano, facendo attenzione a non guardarla. Ma senza guardare non era anche peggio? Non dava ancora di più nell'occhio?

In cucina Jae tirò fuori dei bagel surgelati di Costco. Era come una messinscena di benessere coniugale: Jae che prepara la colazione; io che faccio il caffè e leggo le notizie sul giornale. Era vecchio di una settimana. Il mondo era diverso allora. Io ero un'insegnante di ripetizioni per i test di ammissione al college. Jae era un ostaggio. Un mondo diverso, non migliore.

Il cibo e una buona notte di sonno ci avevano dato energia a sufficienza per affrontare la nostra situazione disperata. Era stato un sollievo prendersi una vacanza dai notiziari – i notiziari veri, con le notizie di oggi – ma non potevamo più permetterci di aspettare.

Eccole lì sulla Abc. La mia foto dal sito per le ammissioni del college: quel mio sorriso che aveva un'aria quasi sinistra. L'identikit di Jae, imbronciata, al mio fianco. Una donna di mezza età stava dando una conferenza stampa. La sovraimpressione sullo schermo recitava: REBECCA FITZGERALD. Era una donna minuta, con un elegante caschetto alla francese e occhi di un azzurro intenso. C'era qualcosa nel suo aspetto, qualcosa di strano, che mi metteva paura. L'avevo già vista da qualche parte – ma dove?

Alzai il volume.

«... molto delusa di come l'Fbi e la polizia stradale non siano riuscite a rintracciare Evie Gordon e la sua complice. Ed è per questo motivo che sono disposta a offrire centoventicinquemila dollari di ricompensa a chiunque possa fornire informazioni utili che conducano a un arresto.»

Jae imprecò. Incrociammo lo sguardo, in preda al panico.

«Com'è stato rivelato la mattina di mercoledì, abbiamo una nuova pista da seguire» proseguì Rebecca. «Tom Craddock, hotel manager al Days Inn di Pascagoula, Mississippi, ha raccontato alla polizia locale di aver avuto uno scontro quasi letale con Gordon e la sua complice nella notte di martedì, 13 dicembre.»

La tv mostrò una clip da un'altra conferenza stampa, fuori da un commissariato di polizia nel Mississippi. Tom Craddock era visibile dietro uno degli agenti. Era stata diffusa una registrazione del nostro alterco.

Ma certo. Craddock era al telefono con la polizia quando ci aveva beccate. Io avevo schiacciato il telefono a calci, ma era probabile che fossero riusciti comunque a salvare l'audio della chiamata.

Le voci e il rumore della lotta formavano un caos incomprensibile, come se la registrazione venisse da sott'acqua. Sembrava di ascoltare una rissa tra cani di strada. O il verso degli animali allo zoo. Poi, tra le urla, i colpi e il fruscio...

«... *quelle, siete quelle due, siete davvero, siete...*»

Jae gli aveva tappato la bocca, e lui l'aveva morsa. Dalla registrazione si sentiva il suo urlo furioso.

Non ci guardammo l'un l'altra mentre ascoltavamo. Guardavamo fisse il viso di Tom e degli agenti della polizia, che ci fissavano a loro volta.

Un botto, quando lui aveva provato a scappare e Jae lo aveva abbattuto. Un sibilo. Forse il coltello. Ricordavo il gesto freddo ed esperto con cui Jae lo aveva aperto e gliel'aveva puntato alla gola. I secondi passavano, tanti, sempre di più. Ne erano davvero passati così tanti? E poi...

«*Tu non hai visto niente. Hai capito?*»

Lo shock di sentire la mia voce venir fuori dalla registrazione gracchiante come il suono di un serpente nell'erba alta. La voce di un cattivo in un film di serie B. Tom rispose con un gorgoglio patetico. Passò un minuto intero. Al mio fianco, con una coscia premuta contro la mia, Jae era così perfettamente immobile che ero certa stesse trattenendo il respiro.

Mi sentii imprecare, un suono penoso, flebile, arrivato all'orecchio dell'agente del 911.

Poi la nostra fuga.

Quando la registrazione finì non ci scambiammo una parola. Non c'era niente da dire. Non appena provavamo a descriverlo a voce, a spiegare cosa avessimo fatto per sopravvivere, la logica si inceppava e il racconto crollava su se stesso. Non perché non fosse vero. Ma perché non sarebbe sembrato vero, a sentirlo. Quello che era successo e quello che sembrava essere successo erano due cose molto diverse.

Tom tornò al microfono.

«Per quanto quella notte sia stata terrificante» disse tremando, con le mani incrociate sul podio e lo sguardo basso, «Dio deve avermi guardato dall'alto. Non so perché Evie Gordon e la sua complice mi abbiano risparmiato la vita. È da allora che continuo a fare a Dio questa domanda. Perché non mi hanno ucciso? Io non lo so. Non lo so.»

Il poliziotto riprese il microfono.

«Fortunatamente il signor Craddock è stato in grado di offrirci una descrizione più completa della complice di Gordon, e noi l'abbiamo passata al nostro disegnatore. Ecco il risultato.»

Sullo schermo apparve un nuovo identikit, stavolta molto più somigliante all'originale.

«Il signor Craddock ci ha comunicato che Gordon e la sua complice hanno effettuato il check-in con il nome "Naomi Morgan", ma a quanto pare si tratta di un documento rubato. L'Fbi ha seguito la pista e ha confermato che la signora Morgan è una studentessa di Medicina all'Università della California. Ritiene che la sua carta d'identità le sia stata sottratta domenica scorsa durante una gita a Palm Springs per il weekend con il suo compagno.»

Il servizio del telegiornale della Abc terminò con un'ultima dichiarazione di Rebecca.

«Se avete qualunque tipo di indizio» disse, «per favore, continuate a informarci alla nostra linea telefonica dedicata, 1-800-VICTOR. I funerali di Dinah sono previsti tra due giorni. Non avrò pace» concluse Rebecca, «finché le assassine di mia sorella non saranno assicurate alla giustizia.»

Ecco perché Rebecca sembrava così familiare.

Scorremmo tra gli altri notiziari. Il nostro viso era in tutti quanti, con sotto scritto: OFFERTA RICOMPENSA DI 125.000 $ PER GORDON E COMPLICE.

17

«Ci serve un piano» disse Jae.

Eravamo sul bordo della piscina – dopo il telegiornale avevamo sentito un disperato bisogno di una boccata d'aria. Faceva freddo, ma era un freddo piacevole. Jae indossava una felpa col cappuccio di qualche taglia più grande che aveva trovato nella stanza di uno dei ragazzi: UNITED CHRISTIAN ACADEMY LACROSSE. Anche i pantaloni larghi che portava erano appartenuti a uno dei ragazzi, come pure il cappellino della squadra di baseball dell'Università della Florida. Accarezzando con le dita la superficie dell'acqua, prese una vespa morta dalle ali e la depositò delicatamente sul bordo di pietra calcarea. Tra le labbra teneva una sigaretta spenta.

«Un piano» ripetei io con voce vuota, girando la rotellina dell'accendino.

Era più facile dire "ci serve un piano" che formularne davvero uno. A dir la verità, una parte di me sperava ancora che potessimo evitarcelo del tutto. Non riuscivo ad abbandonare la fantasia che i migliori detective amatoriali del paese si fossero riuniti insieme per scoprire la verità. Forse era stata una prostituta ribelle che voleva vendicarsi di Peter Victor? O qualcuno che lui aveva fregato a Wall Street? Qualcuno che aveva perso tutto nella crisi? Oppure Serena stessa, portata alla disperazione, che si era fatta giustizia da sola? O Lukas, per proteggere la sua ragazza dalla crudeltà del padre?

Se solo Serena si fosse risvegliata e avesse detto la verità. Le sue ciglia avevano avuto una vibrazione, l'avevano detto al telegiornale.

Con Serena fuori gioco e senza uno stabile accesso a internet – avevamo provato il pc in cucina e il portatile nello studio, ma erano bloccati con la password – era impossible giocare a fare Sherlock Holmes per conto nostro. La nostra unica speranza restava un immaginario Hercule Poirot o una Nancy Drew che avessero intuito l'ingiustizia delle accuse nei nostri confronti. Un hacker adolescente dai capelli blu che passasse in rassegna i conti in banca di Peter dalla sua cameretta buia. Una casalinga annoiata che andasse a cercare nei registri telefonici. Magari la mia famiglia e i miei amici ci si erano messi d'impegno. Sarebbero andati dritti al commissariato rovesciando uno scatolone di prove e fine del discorso. Vai con le sirene da pezzo hip hop.

Il capo dell'Fbi sarebbe apparso in tv per fare le sue pubbliche scuse. Io e Jae saremmo tornate alla società civile. I miei genitori mi avrebbero abbracciata dal vivo in tv. Poi una causa gigantesca. Un milionario assegno riparatore. Un film di Hollywood sulla nostra storia. Il mio ruolo sarebbe andato a qualche giovane attrice emergente. Una stella della scrittura appena uscita da un master prestigioso avrebbe scritto al mio posto la mia autobiografia. *Caccia alla donna: la storia di Evie Gordon.* Sottotitolo: *Making a Murderer (la versione di Evie).*

Sentivo che c'era abbastanza intimità tra me e Jae per condividere con lei le mie fantasie. In fondo era possibile che anche lei covasse le stesse speranze.

Ma con mia somma delusione, lei rispose soltanto con un sorriso compassionevole.

«Ma è *davvero* possibile» mi difesi. «Perché non dovrebbe esserlo? Io sono innocente e tu eri la loro *vittima.*

Se solo sapessi qualcosa di più, tu...» Mi interruppi e aggrottai la fronte. «Tu me lo diresti, *vero*? Se ci fosse qualcosa che potesse aiutarci, tu lo diresti. Ora che stai... ora che parli.»

L'espressione di Jae rimase impassibile. «Certo che lo direi.»

Calò il silenzio. Per quanto Jae si sforzasse di non apparire offesa dalle implicazioni di ciò che avevo detto, mi sentivo comunque un pochino in colpa.

«Non sto dicendo che un'assoluzione è del tutto impossibile» disse Jae, con voce gentile. «La polizia potrebbe effettivamente scoprire il vero colpevole. Ma...»

Io non volevo sentirlo un "ma".

«Ma probabilmente dovremmo cominciare a pensare a un piano B.»

«Un piano B» ripetei. «E quale sarebbe il piano B?»

«Il Canada?» suggerì Jae.

Il palloncino delle mie fantasie scoppiò di colpo.

«Vorresti scappare in *Canada*?»

Jae alzò le spalle. «Non lo so. Il Canada è grande. Quasi tutto disabitato. Mi sembra un posto in cui sia facile scomparire. E al confine non c'è tanta polizia quanto al confine col Messico.»

Mi sfregai il viso con le mani e chiusi gli occhi, provando a immaginarmelo. Il *Canada*.

«Il punto è» proseguì Jae, «che è incredibile che siamo riuscite a sfuggire alla polizia così a lungo. Ma sarà tutto molto più facile quando avremo lasciato il paese.»

«*Lasciato il paese*» ripetei incredula.

Mi tornò in mente la giornalista in tv con l'acconciatura da cantante di Nashville degli anni Ottanta, le sue labbra rosa che reclamavano furiosamente la mia testa su un piatto d'argento. E i suoi seguaci, pazzi di gioia per le disgrazie altrui e allettati dalla promessa di 125.000 $ di ricompensa.

Jae aveva ragione. In Canada restare invisibili sembrava plausibile. Non avevo idea di come fare ad attraversare il confine. Ma Jae, così capace, esperta, ladra di macchine, maestra col coltello? Forse lei sì.

«Se ci prendono» dissi, «possono riportarci dritte dritte in America con l'estradizione.»

«E allora sarà meglio che non ci prendano. Non ci hanno prese finora, no?»

«Perciò che facciamo... se non viene fuori il vero assassino, che succede? Scompariamo e basta? Per sempre?»

L'enormità di ciò che proponeva era a malapena comprensibile.

Non potevo concepire il resto della mia vita da fuggitiva. Cosa poteva significare? Come sarebbe stato? Come si fa a immaginare una cosa del genere? I ritmi di una giornata, il passaggio delle stagioni, gli alti e bassi della vita. Sarei andata avanti senza esistere da nessuna parte nel registro dell'esistenza. Come una viaggiatrice nel tempo, esclusa dalle cronache storiche.

Eppure...

Non potevamo andare avanti in questo modo. Guidare senza meta, passare la notte nei motel. Non poteva essere questa la nostra vita. Potevamo soltanto costituirci e sperare che avrebbero capito che noi non avevamo fatto niente (non l'avrebbero capito) o che avrebbero trovato il vero assassino (non l'avrebbero trovato). Oppure potevamo crearci dal nulla delle nuove identità. Ricominciare da capo. Nuovo nome, nuovo passato, nuovo futuro.

Cominciai a fantasticare di trovare una cara vecchina che ci avrebbe affittato una stanza sottobanco. Saremmo andate ad abitare in una palazzina fatiscente, avremmo lavato piatti e aggiustato macchine e guadagnato qualche soldo. E se mai qualcuno avesse cominciato ad avere sospetti, ci saremmo trasferite da qualche altra parte. Nebbiosi paesini di montagna nella British Columbia. Un fiume in

Ontario. E alla fine, il mondo si sarebbe scordato di noi. Le piste si sarebbero raffreddate, la polizia sarebbe diventata impaziente. E un nuovo crimine più sensazionale ancora avrebbe monopolizzato i notiziari. Passato un numero sufficiente di anni, avremmo potuto piano piano rientrare in silenzio nelle nostre vecchie vite. Avrei parlato con mia madre al telefono, di tanto in tanto. E avrei ancora lasciato un'impronta a terra con i miei passi. Avrei scambiato ossigeno con anidride carbonica. Avrei ancora avuto il mio impatto sull'ambiente. Avrei toccato e sarei stata toccata. Avrei baciato e sarei stata baciata.

Come si fa a sparire? Quali nuove dimensioni esistenziali avrei potuto raggiungere, come fantasma? Senza nessuna responsabilità verso nessuno. Libera di fare qualsiasi cosa volessi.

Qualsiasi cosa tranne rivedere la mia famiglia. I miei amici. La gente che conoscevo e che amavo. Non sarei più esistita come creatura sociale. Non avrei potuto più andare al ristorante o al cinema, in un bar per guardare la vita che mi turbinava accanto, senza potervi partecipare. Non avrei mai più potuto vivere tra la gente. Tutto il mio potenziale, sprecato.

«Non importa» mormorò Jae. « È un'idea stupida.»

«Tu ci hai pensato però, vero?» dissi, studiandole il volto. «Tu un piano l'hai già formulato.»

Cominciavo a capire come funzionava Jae, la velocità con cui si muoveva la sua mente. Un computer che giocava a scacchi contro se stesso, alla ricerca dell'unica via verso la vittoria tra un milione di contingenze fatali. Se c'era un modo di farcela, lei ci aveva già pensato. Non avrebbe tirato fuori un'idea tanto impossibile se così non fosse stato.

«Sì, ci ho pensato» ammise. «Stavo studiando la mappa... credo di aver trovato un modo, passando dallo stato di Washington. Non dico che sarà facile. Ma se stiamo attente, se facciamo le cose per bene...»

«Washington? Ma è lontanissimo! Dovremmo attraversare tutto il paese un'altra volta.»

«Non è una soluzione ideale, lo so. Ma è il modo più sicuro. A est non possiamo andare: quasi tutte le zone di confine saranno congelate o troppo densamente popolate. Anche il Midwest è pericoloso – troppe foreste. Troppa neve. Nello stato di Washington farà più caldo. Non ci spingeremo a ovest fino a Seattle, ci sono un sacco di paesini al confine che non saranno coperti di ghiaccio.»

Provai ad affrontare la logica del suo progetto, a guardarla da vicino. Avremmo dovuto attraversare il cuore del paese. Ci sarebbero voluti giorni. Ci sarebbero state mille occasioni per farci scoprire. Le nostre facce erano su tutti i canali tv, su ogni sito e su ogni giornale.

«Dobbiamo cambiare aspetto» dissi.

«Abbiamo ancora la tinta per capelli e le forbici» mi ricordò Jae. «Da quando eravamo in Texas.»

Era un'idea folle, quella che proponeva. Sembrava di star dentro una lunga barzelletta, che diventava sempre più assurda man mano che continuavamo a raccontarla.

«Non dev'essere per sempre» disse Jae. «Ma per il momento... non credo ci sia un'altra soluzione.»

«Quando vorresti partire?» Non riuscivo a credere di averlo chiesto sul serio.

«Domani mattina» disse Jae. «Stanotte ci trasformiamo i capelli. Facciamo i bagagli, ci prepariamo. E domani mattina presto partiamo per lo stato di Washington.»

Tornai a studiare la sua espressione. Mi fidavo davvero di lei per un piano del genere? E lei davvero si fidava di me?

E in fondo, avevamo davvero scelta?

Mi alzai dalla sdraio a bordo piscina. Si alzò anche Jae, esitante, in attesa del verdetto.

«Andiamo» dissi, raccogliendo le nostre cose. «Li taglio io i capelli a entrambe.»

18

Riccioli di capelli coprivano il lavandino. Avevo tagliato prima i miei, il mio folto taglio scalato anni Settanta, ridotto fino a poco sotto le orecchie. Io avrei voluto rasarmi del tutto – capelli ricci come i miei richiedevano cure diligenti che non potevo permettermi durante il nostro viaggio –, ma Jae disse che avrei dato troppo nell'occhio.

«Qui, dietro la testa» dissi, voltandomi verso di lei. «Puoi darmi una mano tu?»

Le forbici la rendevano nervosa. Non c'era nulla della furbizia composta e quasi pigra con cui approcciava qualunque altra attività. Qui non si trattava di un guasto al motore o di una lattina di zuppa da aprire. La sua espressione ora aveva una concentrazione chirurgica. Mi spostò la testa per raggiungere i capelli sulla nuca. Il gelo delle sue dita sul collo mi colse di sorpresa, ma fu lei a ritrarsi dal contatto.

«Stai andando bene» le dissi, ma questo sembrò mortificarla ancora di più. Le era tornata in viso l'espressione da adolescente imbronciata, e aveva le orecchie rosse.

Completò l'opera. C'erano ciuffi di capelli su tutto il pavimento. Lei si chinò a raccoglierli con un asciugamano.

«Posso farlo io» dissi.

D'improvviso il suo sguardo fu su di me, e vidi qualcosa cambiare sul suo volto. Senza volerlo, avevo fatto un passo in avanti verso di lei; ora i miei fianchi erano proprio all'altezza dei suoi occhi, a pochi centimetri dal suo viso. Si mosse di scatto all'indietro, con lo sguardo che mi arrivava al collo, non riuscendo a guardarmi negli occhi.

Si alzò in piedi, faticosamente.

«Ti tingo i capelli ora, poi li tagliamo, dopo che li abbiamo lavati. Puliamo tutto alla fine.»

Jae alzò le spalle, con uno sforzo di noncuranza.

Avevo tinto i capelli a un sacco di amiche negli anni, e avevo visto mia madre farlo migliaia di volte. Preparai la mistura col prodotto da due soldi che avevamo e indossai i guanti di lattice. Ero brava a fare queste cose.

Con un pettine trovato in uno dei cassetti dei Carlisle sciolsi delicatamente i nodi tra i capelli di Jae.

«Non c'è bisogno che lo fai tu» borbottò Jae. «Posso farlo da sola.»

«Non c'è problema» dissi io, raccogliendo con una mano i suoi capelli e sollevandoglieli dal collo. La sua gola si muoveva agitata.

«Abbassa la testa» dissi.

Cominciai dalla riga al centro, tracciando una spessa linea di tinta lungo le radici. Separando i capelli con le dita vedevo affiorare il cuoio capelluto, bianco e vulnerabile. Usai il mignolo per dividere le ciocche, lavorando sezione per sezione. Jae stringeva forte il lavandino con le mani, le dita serrate fino a sbiancarsi le nocche. Mi sembrava di essere un cacciatore, in silenzio, concentrato sui suoi movimenti. Ogni respiro, ogni scatto era il sussurro di un'informazione, un'istruzione, una risposta, una richiesta eseguita. Le mie dita sul suo collo, il battito del suo cuore sotto il mio pollice, il mio respiro sul suo orecchio. Il suo essere vigile e inquieta, il movimento irregolare della gola, ritmico e agitato come quello di una biglia che rotola in una scodella. Non era esattamente fiducia, quella che mi stava concedendo – dovevamo trasformare il nostro aspetto, avevamo poca scelta –, ma la sentivo arrendersi un po' di più ogni minuto che passava. Quando con le dita ero arrivata a scorrerle tra le punte dei capelli, era diventata quasi docile.

«Finito» dissi, sfilandomi i guanti. «Resta ferma ora.»

Bagnai l'angolo di un panno umido sotto il rubinetto e mi sistemai davanti a lei, prendendole il mento per guidarla dove avevo bisogno. Con delicatezza, le ripulii la tinta dalla fronte e dalle orecchie. Poi la presi per un fianco e la girai di nuovo verso lo specchio per ripulirle la nuca. Sentii un brivido attraversarle il corpo.

Jae mi osservava dallo specchio con un'espressione turbata, quasi pensierosa.

«Non ti ho fatto male, vero?»

Lei scosse la testa.

«Okay» dissi, facendo un passo indietro. «Allora abbiamo fatto. Ora dobbiamo solo aspettare mezz'ora e poi puoi farti una doccia.»

Nell'attesa, spazzammo da terra i capelli e li gettammo nel water. Ripulimmo bene il lavandino. Con ancora venti minuti da aspettare prima che potesse farsi la doccia, scendemmo in cucina e svitammo il tappo di una delle tante, tante bottiglie di Chardonnay dei Carlisle.

Il vino rese Jae meno cauta. Sorrideva di più. I suoi arti si sciolsero. La fissavo, e sapevo che la stavo fissando, ma non riuscivo a smettere.

Jae era bellissima.

Fino a quel momento non avevo mai dato il permesso alla mia mente di formulare quel pensiero. L'avevo sentito emergere tante di quelle volte negli ultimi giorni, da qualche oscuro e vergognoso recesso del mio cervello, che avevo imparato a ignorarlo. La sua era una bellezza silenziosa, pericolosa.

Era più difficile ignorarla, quella sera.

«Oh...» Guardai l'orologio sulla parete. «Abbiamo sforato di sette minuti.»

Jae si infilò sotto la doccia. Io aspettai in camera da letto finché non sentii spegnersi il flusso dell'acqua, e le diedi il tempo di cambiarsi. Quando rientrai, il bagno era annebbiato dal vapore.

«Vieni qui» dissi.

Jae mi si mise davanti, con il viso rivolto verso lo specchio.

«No, no» dissi a voce bassa. La presi di nuovo per un fianco e la girai. Lei non oppose resistenza, lasciò che la guidassi finché non ci trovammo faccia a faccia. Eravamo di nuovo vicine, vicine come quando avevo sciolto i nodi sui suoi polsi che la legavano alla trave del soffitto nel buio del sottoscala. Mi ricordai di quanta paura avevo provato allora. Quanto disgusto. Il suo alito acre, i denti e la lingua neri. Le sue labbra erano rosa adesso, e leggermente gonfie. Jae evitava il mio sguardo, tenendo gli occhi fissi su un punto imprecisato vicino al mio orecchio.

«Te li accorcio» dissi. «Fino a qui magari.» Feci il gesto delle forbici su un ciuffo di capelli bagnati all'altezza dei suoi zigomi. «E qui.» Sul collo.

Jae mi guardò negli occhi in modo attento e circospetto. Più si comportava da dura, più mi faceva venir voglia di trattarla con dolcezza.

«Ti staranno benissimo» la rassicurai. «Non preoccuparti.»

Le passai un po' le dita tra i capelli, poi sollevai una ciocca all'altezza dei suoi occhi e ne tagliai la punta. Le cadde sulla guancia e io la spazzai via con la mano. Aveva le guance incredibilmente morbide.

Jae annuì in modo appena percettibile. Iniziai dai capelli che le incorniciavano il volto. Poi la presi per una spalla, la girai verso lo specchio e tagliai i capelli dietro fino alla nuca. Cominciavano già ad asciugarsi mentre io lavoravo con le forbici. Jae aveva già un taglio piuttosto corto, a malapena fino al mento. Mi domandai quanto fossero stati corti prima che i Victor la rapissero. A giudicare dallo stato in cui l'avevo trovata, dubitavo fortemente che glieli avessero mai tagliati loro. Non le permettevano neanche di lavarsi.

La voltai di nuovo verso di me per completare l'opera, sperimentando diverse angolazioni. Lei rimaneva impassibile mentre la maneggiavo, lasciandomi libera di muoverla qua e là.

Mi fermai e la studiai attentamente. Avevo fatto un buon lavoro.

Quando Jae si guardò allo specchio il suo volto si dipinse di sorpresa. Aveva ancora qualche ciuffo che le scendeva sugli occhi. Sembrava un giovane ribelle degli anni Cinquanta, torvo e poco raccomandabile.

I capelli le piacevano, si vedeva. Riflesse una accanto all'altra nello specchio, sembravamo una coppia di banditi di terz'ordine di un'altra epoca. Due briganti in un vecchio western. Due attori che fanno le prove di uno spettacolo per il quale sono vergognosamente poco preparati. Era come se stessi provando a prendermi gioco della mia stessa psiche. Come se, senza i miei capelli normali, il costume della mia vecchia vita, potessi davvero entrare in una pelle nuova.

Un nome nuovo, un nuovo passato. Mi ero già reinventata altre volte, al liceo e all'università. Pensare di poterci riuscire ancora sembrava come sfidare la sorte.

«Stai bene così, Jae» dissi, passandole una seconda bottiglia di Chardonnay.

Jae se la portò alla bocca e il suo collo si colorì.

«Anche tu, Evie» sussurrò, e bevve.

19

Caricammo la macchina in modo da essere pronte a partire appena sveglie il mattino seguente. Jae radunò tutto il cibo che ci potesse essere utile – barrette di granola, frutta secca, prodotti in scatola a lunga conservazione – e lo sistemò ordinatamente accanto ai vestiti piegati dei figli dei Carlisle. Nell'armadio della camera dei genitori io trovai accessori per l'inverno: cappotti, guanti, sciarpe, cappelli. Per cena preparammo l'ultimo surgelato rimasto, un pasticcio di pollo. Poi, portandoci dietro la bottiglia di vino, scendemmo in spiaggia.

Avevamo evitato la spiaggia per tutto il giorno. Ci sembrava troppo pericoloso. La proprietà dei Carlisle si estendeva per ettari ed ettari di boschi e terreni paludosi, e la casa successiva era a un chilometro e mezzo di distanza, perciò non c'era il rischio di essere beccate da un vicino. Ma in spiaggia? Lì avremmo corso il rischio di essere viste da una barca di passaggio, o da qualcuno che stesse facendo una passeggiata lungo la spiaggia pubblica qualche chilometro più avanti. Famiglie che giocano felici con un cane, gente che va a correre nel tardo pomeriggio.

Quella sera, però, volevamo goderci i nostri ultimi momenti di vacanza prima di essere costrette a tornare al clima della caccia. Dubitavamo che avremmo incontrato qualcuno – e se fosse successo, potevamo sempre correre in casa. Se davvero qualcosa ci avesse spaventate, avremmo sempre potuto saltare in macchina e andar via. Il suv era carico: potevamo partire oggi stesso, se volevamo.

Avanzammo silenziose sull'erba stropicciata. C'era vento, ma le querce erano immobili, i rami come vene contorte e stregate contro il cielo notturno. L'erba lasciò il posto a dune di sabbia. La spiaggia era stretta, un'insenatura, tecnicamente. Una volta io e Christian ci eravamo avventurati in acqua con dei gonfiabili e lui si era quasi ribaltato quando aveva visto una piccola razza scivolare leggera sulla sabbia. L'acqua era turchese di giorno, trasparente e tranquilla.

Di notte era uno specchio nero. La luna ci sguazzava in lontananza. Scendemmo sulla sabbia, affondando le dita dei piedi nella sua umidità. La schiuma del mare risaliva la riva, bagnandole. Non faceva freddo quanto mi sarei aspettata. Si poteva fare il bagno, con un po' di coraggio.

Accesi due sigarette e ne passai una a Jae. Lei bevve un sorso di vino e mi passò la bottiglia. Vidi un granchio sgambettare non lontano dalla mia mano.

«Posso farti una domanda?» disse lei piano.

Io corrugai la fronte. «Okay.»

«Hai mai...» Scelse con attenzione le parole. «Hai mai fatto qualcosa di brutto? Qualcosa che poi non si può più cancellare?»

«Ma certo» dissi con noncuranza e un'alzata di spalle. «Abbiamo fatto tutti qualcosa di brutto.»

«Qual è la cosa peggiore che tu abbia mai fatto?»

«La cosa peggiore che io abbia mai fatto?» ripetei, incredula.

Jae aveva un'aria divertita. «Non devi rispondere per forza.»

«Pensavo che mi avresti chiesto, che ne so, "Qual è il tuo animale preferito?" "Qual è il tuo colore preferito?" Oppure: "Se potessi avere un superpotere, quale sceglieresti?"» dissi. «Anche se, a essere onesti, anch'io l'ho fatta questa domanda a qualcuno, una volta. La cosa peggiore che avessero mai fatto.»

«A chi l'hai chiesto?»

«Era...» Cercai di evitare il suo sguardo. «Era un appuntamento. Ero così annoiata. Mi sono detta, fammi chiedere la cosa più assurda che posso chiedere. E devo darle atto che lei mi ha risposto. Disse che con la macchina aveva colpito un ciclista a Laurel Canyon e non si era fermata a controllare che fosse tutto okay. Era stato un incidente. Però insomma...»

«E vi siete frequentate alla fine?»

«Sì.» Alzai le spalle. Jae sollevò un sopracciglio con aria sorpresa. «Cioè, era veramente figa. Siamo uscite solo qualche volta però.»

«E cosa le hai raccontato come cosa peggiore che hai fatto tu?»

«Niente. Non me l'ha chiesto. Non credo che le interessassi moltissimo, in generale.»

«Io te lo sto chiedendo.»

Incrociai il suo sguardo. Jae aveva già assistito a così tanta rabbia da parte mia. Serena, il commesso del motel. Non è che potesse avere la minima illusione sul fatto che fossi un angioletto ormai.

«Da adolescente ero una bulla, abbastanza terribile in effetti» ammisi.

«In che senso? Chiudevi gli altri ragazzini negli armadietti? Gli rubavi i soldi per il pranzo?»

«Tutta qui la tua immaginazione?»

«E che ne so» disse Jae con un sorriso timido. «Io non ho mai bullizzato nessuno.»

«Una santa.»

«Lo dici come fosse una cosa brutta.»

E forse la intendevo davvero come una cosa brutta. La gente troppo gentile mi faceva sempre sentire una merda.

Christian era così, per esempio. Ogni volta che litigavamo, aveva sempre questo modo accondiscendente di ritornare subito ai suoi modi da bravo ragazzo, oppure faceva la vittima.

«Insomma è una cosa brutta?» domandò Jae.

«No» le dissi. «Pensavo solo che forse neanche tu fossi proprio una santa.»

«E non lo ero infatti» disse Jae. «Non lo sono. Io rubo. Sin da quando ero piccola, sono sempre stata... sono stata cattiva.»

«Ma tu rubi dai grandi magazzini, dalle catene commerciali» ribattei io. «Non lo fai per divertimento. Non sei mica come quelle di *Bling Ring*, non vai a rubare la Birkin di Lindsay Lohan per postare un selfie mandando un bacino all'obiettivo – che onestamente, chissenefrega. Fate pure. Ma tu? Jae, tu rubi da mangiare. Rubi contanti. Stai solo provando a sopravvivere.»

«E tu pensi che quello che hai fatto tu sia peggio di quello che ho fatto io? La cosa peggiore che tu abbia mai fatto è stata bullizzare qualcuno. Ed eri una ragazzina.»

«Questo sarebbe il tuo metro di giudizio?»

«Ci sono cose peggiori» disse Jae.

«Sicuro» dissi, scrollando la cenere dalla sigaretta. «Ma soltanto perché non sono una serial killer non vuol dire che non sia comunque una merda.»

«Ci tieni tanto a quest'idea che sei una merda.»

Non sapevo cosa rispondere. Forse aveva ragione.

«Okay, un'altra domanda allora» disse Jae. «Qual è la cosa peggiore che abbiano mai fatto a te?»

«Oh, queste domande...»

«Anche stavolta non devi rispondere per forza» disse Jae, bevendo un altro sorso di vino.

«La cosa peggiore in che senso?» le chiesi. «La più ingiusta? La più terribile? La più crudele? Di che stiamo parlando adesso? Stupri da parte di un partner? Qualche molestia sul bus della scuola? O cose su scala più grande? I crimini di aziende tipo la Sallie Mae? A che scala di misura facciamo riferimento? Dio mio, senti che stronza che sono...» Mi interruppi, imbarazzata, vedendo l'espressione sul volto di Jae.

«Tutte ottime domande» disse Jae.

«Sembri un'insegnante ora.»

«Be', lo volevo diventare, una volta» ammise Jae, sorprendendomi.

«Davvero?»

«Sì» disse. «Cioè, insomma, non ho mai finito l'università, quindi non so bene come avrebbe potuto funzionare. Però sì, volevo fare l'insegnante, a un certo punto.»

«Perché hai lasciato l'università?»

«È una storia lunga» disse lei.

«Ci torneresti, se potessi?»

Lei scrollò le spalle. «Forse.»

«Io volevo tornarci» ammisi. «Ci ho pensato un sacco. Per fare un dottorato o qualcosa del genere. Stavo pensando di fare domanda al prossimo ciclo di ammissioni.»

«Un dottorato in cosa?»

«Non lo so. Storia dell'Arte, probabilmente. Con un focus in architettura. Ho già il master, alla fine, quindi perché no.»

«*Wow.*»

«Che c'è, vuoi farmi il discorsetto "a che serve una laurea in una facoltà umanistica" ora?»

«No, a me sembra una figata.»

«Non è vero, non lo pensi» la rimproverai, ma senza grande convinzione. «Pensi siano tutte cazzate. E va bene così, è vero, sono cazzate. Ma è quello che mi interessava. Mi interessa tutt'ora. E mi piace insegnare. Non mi piaceva insegnare per i test di ammissione, ma insegnare in generale sì.»

Non avevo mai davvero parlato di questo progetto a

qualcuno. Mi sembrava giusto raccontarlo a Jae. Progettare un futuro. Naturalmente ormai pensare a quel futuro era ridicolo, ma era piacevole dimenticarsene, almeno per qualche minuto.

«Quanti studenti avevi quando davi ripetizioni?» domandò Jae.

«Cinque a settimana, più o meno.»

«E avevi dei preferiti?»

«Ma certo. Tutti gli insegnanti hanno dei preferiti. A me piacevano i pigri dalle buone intenzioni e i ragazzi sportivi. I secchioni e i leccaculo mi facevano sentire in imbarazzo per loro: i loro desideri erano troppo palesi. Ti davano troppe armi, troppo potere su di loro, e io non ero mai sicura che non ne avrei abusato. Mi piacevano quelli che erano troppo occupati dallo sport o dai videogame o dal loro canale YouTube per volere davvero la mia attenzione. Mi piacevano gli skater svagati, che si meravigliavano di tutto ed erano contentissimi ogni volta che azzeccavano qualcosa. Erano così diversi da me.»

«È questo il motivo principale per cui vuoi tornare all'università? Per poter insegnare?»

«Non lo so.» Mi sembrava da sfigati ammetterlo, ma la scuola mi era sempre piaciuta. Era una recita che conoscevo bene, un vestito comodo da indossare. «Forse sì. Cioè, voglio dire, sono brava a farlo. E mi piace. La paga fa schifo, ma sai com'è. È troppo tardi per me, non mi assumerebbe nessuno da nessun'altra parte. Ormai è questo il mio percorso – non c'è nient'altro sul mio curriculum.»

«Ti ci vedo come insegnante» disse Jae. «Ti piace dare ordini alla gente.»

«Non è vero.»

«Non è una cosa brutta, va bene così.» Jae si chinò indietro, poggiandosi sui gomiti. Il modo in cui mi guardava era pericoloso. Un bisogno liquido dentro di me cominciò a solidificarsi, atomi che vibravano insieme come il carico nella stiva di una nave. «Va bene dare ordini alla gente.»

«Ora li do a te, però...» la avvisai.

Lei inarcò un angolo delle labbra. «Tutto quello che vuoi.»

Strinsi in pugno una manciata di sabbia, per dare alle mani qualcosa da fare. Il vino era stata una pessima idea. Lo sentivo muoversi tra i recessi bui del mio corpo come un'anguilla. Mi dava coraggio.

Ma non era il coraggio che mi serviva. Era la disciplina. Quello che desideravo non era possibile. Non con Jae.

Mi sforzai di distogliere lo sguardo. Il mare era una lunga autostrada blu increspata di onde da cui a un tratto sbucava la luna. Tutto il resto era buio e c'era qualche rumore. Le onde. Il vento.

«Facciamo un bagno?» sussurrò Jae.

Si stava già alzando in piedi, dopo aver rovesciato sulla sabbia la bottiglia di vino vuota. Si tolse prima la felpa, abbandonandola sulla spiaggia. Sentii, più che vedere, l'impatto dei suoi pantaloni della tuta sul terreno. Quando non riuscii più a trattenermi dal guardare, mi permisi di fissarla.

La sua nudità era crudele. Nel modo in cui soltanto la bellezza sa esserlo.

«Che stai facendo?» dissi.

«Siamo state tappate in casa un sacco di tempo.» Era più ubriaca di quanto mi fossi resa conto, glielo sentivo nella voce. «Ho voglia di fare un bagno.»

L'acqua le accarezzava le caviglie. Andò più avanti, con la pelle d'oca sulle braccia. Si passò le dita tra i capelli, scombinando il suo taglio da ragazzino ribelle.

Si voltò a guardarmi e mi fece segno di seguirla, ma io la stavo già seguendo. Mi ero già tolta i vestiti. L'acqua era fredda, ma non mi importava. Non mi importava di niente.

Jae proseguì davanti a me finché l'acqua non le arrivò alla vita, poi si tuffò. Nuotò per qualche metro, poi rispuntò in superficie, scrollandosi l'acqua dai capelli con una risata che riecheggiò nella notte. Rimasi ad ascoltarla, poi mi tuffai per raggiungerla. Le corsi dietro, lei corse dietro di me, con la corrente che ci remava contro, o a favore, a seconda di come la si guardi. Mi sfiorò un ginocchio con il suo, poi i gomiti – ci intrecciavamo come fili d'alghe marine, era impossibile scappare. Forse lo era sempre stato. Forse era sbagliato provare a resistere.

Forse non ero sola.

In alto su di noi c'era una falce di luna. Una spuma di stelle, così vicine nel manto di velluto della notte che avrei potuto coglierne una con le dita come un gioiello per darla a Jae.

Le nostre labbra erano a pochi centimetri di distanza. Sotto la superficie, sentii la mano di Jae posarsi sul mio fianco. Le sue ciglia erano ispide, gli occhi così scuri e umidi che riflettevano ogni cosa. Anche me. Sentii uno strappo secco, come se il mio ultimo filo di autocontrollo si stesse sciogliendo.

«Evie» mi ordinò Jae a voce bassa. «Non muoverti.»

Non mi mossi. Lei si avvicinò. Sentii il freddo della sua pelle quando con la mano mi afferrò dietro il collo. Chiusi lentamente gli occhi. Sentii il suo respiro che mi aleggiava sulle labbra, poi sul collo. Ebbi un brivido, e scivolai automaticamente verso il calore del suo corpo.

Lei mi portò le labbra accanto all'orecchio.

«Dietro di te» sussurrò, e fu soltanto allora che sentii il terrore nella sua voce. «C'è una barca.»

20

Il motore ronzava dolcemente. La barca era grande, un incrocio tra un motoscafo e una casa galleggiante. La lunga lama della prua fendeva l'acqua creando increspature di cristallo.

Non esiste un modo aggraziato di uscire dall'acqua in fretta. Qualsiasi cosa provi, apparirai comunque ridicolo, arrancando come se stessi perdendo una lotta contro il vento. Ci affrettammo a uscire, ributtandoci addosso i vestiti sui nostri corpi bagnati e tremanti, e infilando le scarpe più in fretta che potevamo.

La barca puntava dritta verso il molo dei Carlisle. Avanzammo strisciando a quattro zampe attraverso le dune di sabbia, poi ci mettemmo a correre.

«Ehi!» gridò una voce alle nostre spalle. «EHI!»

Sentivo i muscoli molli come carne cruda.

«CHI CAZZO È CHE...»

«GARRET, PRENDI LA BICI E VAI...»

«SONO ENTRATE IN *CASA*...»

«HAI ANCORA IL CELLULARE SCARICO, COGLIONE...»

«SIRI, CHIAMA LA POLIZIA...»

«MA CHE CAZZO...»

«CHIAMA PAPÀ CHIAMA PAPÀ CHIAMA PAPÀ...»

«MA CHE CAZZO...»

«SIRI, CHIAMA PAPÀ...»

«NON CHIAMARE PAPÀ, CHIAMA LA...»

Uno sguardo terrorizzato alle nostre spalle ci confermò che i ragazzi erano i due adolescenti della foto. Le polo in colori pastello di Abercrombie e Vineyard Vines. Le guance rosse, i capelli chiarissimi, biondi e rossi. Due ragazzi adolescenti, che imbracciavano fucili automatici. Due ragazzi adolescenti, con un leone morto ai piedi. Stasera c'era un terzo adolescente con loro. Saltò lui per primo giù dalla barca sulla banchina, seguito subito dopo dagli altri due.

Eravamo in inferiorità numerica.

«La macchina» rantolai, superando di corsa la piscina e quasi inciampando su una sedia a sdraio. «Dobbiamo, dobbiamo...»

Salimmo gli scalini che portavano alla casa a due a due e afferrai la maniglia della porta con una mano sudata. Mi ci vollero due o tre tentativi per riuscire ad aprirla e correre dentro. Sbattei contro il tavolino da caffè e sentii una fitta di dolore al ginocchio.

Alle nostre spalle non sentivo più i ragazzi, ma questo non faceva altro che spaventarmi di più. Dov'erano finiti? Non c'era tempo di cercare. Corsi dritta verso la porta d'ingresso.

Il suv GMC era ancora nel vialetto. Saltammo a bordo. Piantai il cacciavite nell'accensione e schiacciai il piede sull'acceleratore. Il bosco ci sfrecciava accanto.

«Va tutto bene» mormorava Jae, come una preghiera, come un incantesimo, come se ripeterlo potesse renderlo vero. «Va tutto bene, va tutto bene, va tutto...»

La parola "bene" le restò schiacciata tra i denti. I ragazzi erano così veloci che vidi soltanto i lampi sfocati dei fari nello specchietto retrovisore, splendenti come la luna – poi finimmo entrambe scaraventate contro il parabrezza.

L'odore del sangue era forte e denso. Mi colava lungo il viso, nelle orecchie e nel naso. Mi scendeva dalle labbra a grosse gocce scure.

Strisciai in avanti alla cieca sui miei gomiti distrutti, sputando un grumo di sangue.

Una scarpa mi si piantò sul collo.

Per quasi dieci secondi non vidi più nulla. Avevo gli occhi aperti, credo, ma non vedevo niente. Chissà perché. Mi ero appena schiantata contro un cazzo di parabrezza.

«Cristo santo, ma è...»

«Come cazzo si chiama...»

«COMECAZZOSICHIAMA!»

«EVIE!»

«... non la ammazzare...»

«... ricompensa...»

«... l'altra dov'è...»

«... la complice...»

«... ho detto *non la ammazzare...*»

«... *centoventicinquemila dollari...*»

«... *DOVE STA QUELL'ALTRA...*»

«*DOVE! CAZZO! STA! IL! MIO! TELEFONO!*»

Erano ubriachi. Biascicavano, e le loro voci si confondevano l'una con l'altra. Inutili petali di suono, che non penetravano i miei sensi. Sbattei le palpebre. Avevo il viso premuto nella terra. Vidi delle scarpe. Cinque mocassini Sperry Top-Sider. Caviglie magre e pelose da ragazzo. Piedi che arrancavano sul terriccio. Dov'era la sesta Sperry?

Ah sì, ce l'avevo sul collo.

«Toby, valla a cercare» sibilò uno di loro.

«Cazzo, non sono il tuo maggiordomo, Garret» disse Toby. Dalla voce sembrava più sobrio degli altri.

«TOBY» esplose Garret. «VALLA! A! CERCARE!»

I dati a mia disposizione: c'era un adolescente sobrio di nome Toby – che *non era* un maggiordomo – e un adolescente completamente fuori di testa di nome Garret. Più un terzo che mi schiacciava un piede sul collo.

«Levati...» riuscii a dire, strisciando in avanti, con le mani a scavare nella terra, «di... dosso... *cazzo...*»

Un mocassino Sperry Top-Sider mi colpì così forte sul costato che non riuscii neanche a urlare. Sentii il suono propagarsi dai recessi più bui del mio corpo e restarmi strozzato in gola.

D'un tratto il piede mi lasciò libero il collo. Riuscii ad alzarmi in ginocchio, ansimando, con una mano premuta sulle costole.

«Prendila, Devin» ordinò Garret al ragazzo alle mie spalle. «Portiamole tutte e due alla rimessa della piscina. C'è un telefono fisso lì, possiamo chiamare la polizia.»

Mi trascinarono dalla maglietta, con le braccia bloccate dietro la schiena. L'impalcatura del mio corpo aveva perso ogni solidità strutturale.

Un ragazzo apparve nel mio campo visivo. Era così pieno di lentiggini da sembrare quasi abbronzato. Aveva i capelli di un biondo rossastro, gli occhiali da sole del padre appesi al collo, e indossava dei bermuda rosa salmone e una camicia a righe sbottonata. Non portava nulla sotto, soltanto la pancia floscia e ustionata dal sole. Aveva un collo lungo e magro e una testa piccolina, come una tartaruga. Gli occhi, quando finalmente riuscii a metterli a fuoco, erano come macchie di vernice azzurra. Bottoni vitrei, incapaci di vedere.

Era estremamente ubriaco.

«Tu» disse, «sei *morta*!»

«No, Garret» disse Devin, con un ghigno di irritazione. «La polizia la vuole *viva*.»

«E CHI LO DICE» esplose Garret, sputacchiando saliva che odorava di tequila.

«Lasciami *stare*...» gemetti io.

D'un tratto, il ragazzo che mi bloccava mi tappò la bocca con una mano, forte abbastanza da farmi vibrare tutto il cranio.

«*Stai zitta!*» sibilò, attraverso la foschia aspra del suo alito di birra.

Io chiusi gli occhi, provando a respirare più lentamente. Se fossi riuscita a calmarmi, avrei potuto provare a pensare. *Jae.* Quella era la prima cosa. Dov'era Jae?

Quando riaprii gli occhi, c'era la lama di un coltello a un centimetro dalla mia gola.

La punta mi premeva sulla carne. Bastava respirare troppo a fondo e mi avrebbe squarciato la pelle. La *mia* pelle.

Sentii il terrore impossessarsi di me, come una droga. Il cuore mi rullava così veloce che sembrava quasi che fosse scomparso, che avesse scavato nella terra umida e si fosse infossato.

«Io non ho fatto niente.» La mia voce sembrava distante, sconnessa dal corpo. «Non ho fatto niente, non ho fatto niente...»

Il ragazzo alle mie spalle – Devin – mi tappò di nuovo la bocca con uno schiaffo. La mia mente e il mio corpo si separarono. Quando ritornarono insieme, appiccicati alla bell'e meglio, i ragazzi stavano litigando su cosa fare di me.

Garret si scagliò su suo fratello, con gli occhi che bruciavano d'odio.

Io approfittai dell'occasione e mi buttai a terra. Devin lasciò scivolare il coltello e io riuscii a scappare. Sentivo il sangue risalirmi dalla gola e scendermi lungo il collo, ma correvo troppo veloce per curarmene. Sentii gridare in lontananza. Rumore di passi sul terriccio dietro di me. Un urlo. Forse una caduta.

Una gioia selvaggia mi esplose nel petto.

Era Jae, sbucata dal bosco correndo a perdifiato, le mani sporche di sangue. Correva così veloce che quasi ci schiantammo l'una contro l'altra. La fermai giusto in tempo, prendendola per un braccio, reso scivoloso da tutto quel sangue.

Continuammo a correre. Sentii un peso battermi forte sulla schiena. Gli assi del paesaggio si inclinarono. Vidi la luce della luna sopra di noi. Il cielo a mezzanotte. Un viso arrossato che non riconoscevo, incorniciato di capelli biondissimi. Occhi di un azzurro così chiaro da sembrare quasi trasparenti.

Devin era molto più grosso di suo fratello.

Mi tirò su e poi mi sbatté a terra così forte che sentii qualcosa rompersi. Ceramica in frantumi, pezzi che vagavano tra i corridoi bui del mio corpo. Chiusi gli occhi. Li riaprii. Il pugno di Jae sfrecciò a lato del mio campo visivo e finì dritto sul volto di Devin. Li chiusi. Ogni respiro era faticoso, come tirare su l'acqua da un pozzo con un secchio.

Mi sforzai di riaprire gli occhi. Sapevo che a pochi passi da me stavano lottando – Jae contro Devin – perciò voltai il collo verso di loro, stringendo i denti per il dolore. Jae e Devin combattevano a pugni, ginocchiate e morsi. Era una coreografia lenta e primordiale, come se lottassero in condizioni meteorologiche estreme. Pugni al rallentatore. Jae era forte e feroce, c'era qualcosa di animalesco nel modo in cui si scagliava contro Devin. Non sapevo dove fosse Garret – in casa probabilmente, a chiamare la polizia. Ero sicura che sarebbero arrivati da un momento all'altro. Con uno sforzo mi tirai su con i gomiti. Il dolore si ridusse a una pulsazione in sordina.

Jae aveva bloccato Devin a terra con il suo peso. Lui si agitava selvaggiamente, ma lei era riuscita a strappargli di mano il coltello, e ora glielo premeva sulla gola. Devin si afflosciò sotto di lei, ansimando come un toro.

«Evie» chiamò Jae con voce roca. «Evie, nella mia tasca c'è... c'è...»

La vidi.

Una pistola.
La presi dalla sua tasca posteriore, tenendo gli occhi sempre su Devin. Era una piccola Glock. Mi domandai se Jae l'avesse presa dallo studio dei Carlisle.
Sentii un fruscio tra le fronde alle mie spalle.
Mi girai di scatto, puntando la pistola.
Garret rimase paralizzato. Aveva un filo di vomito che gli scendeva lungo il mento – doveva essere caduto. Aveva uno sguardo allucinato – fissava la pistola, a bocca aperta per lo shock.
«In ginocchio» dissi.
Garret si buttò a terra con un rigurgito patetico.
Gli premetti la pistola alla tempia. Mi tremava tutto il braccio.
Qualcosa si era scatenato in me. Qualcosa di enorme e viscido, che digrignava i denti. Ero così furiosa che era difficile tenerlo sotto controllo. La mia rabbia aveva cominciato a montare sin dalla nostra fuga dalla casa dei Victor. Stringevo già i pugni, la gola secca, la pressione a 100, 200, di più. L'ingiustizia della situazione. Che ci facevo lì? Perché era capitato a me? Non ero una santa, questo è vero. Ma era davvero a questo che doveva portare la traiettoria della mia vita? Era sempre stata questa la destinazione? Avrei voluto saperlo prima. Avrei studiato di meno. Lavorato di meno. Passato meno tempo lontana dalle persone che amo.
Il labbro di Garret prese a tremare. Non so cos'avesse visto sul mio volto, ma era stato abbastanza.
«Non farlo, ti prego... ti prego, *ti prego...*»
Era bello ridurlo a supplicare.
Alle mie spalle sentivo Devin supplicare a sua volta. Jae lo aveva fatto voltare a pancia in giù ora, con le mani dietro la schiena. Garret era a testa bassa, con le mani incrociate dietro il collo. Piangeva.
Facevano compassione, davvero. Erano ragazzini.

Rivolsi uno sguardo a Jae alle mie spalle. Lei mi guardò e annuì.

Cominciammo a correre. Jae ci guidò attorno al perimetro della casa, verso la piscina. Scavalcammo un terzo corpo, che gemeva debolmente trascinandosi fuori dalla piscina. Doveva essere Toby. Cominciò a gridare quando vide Jae e saltò fuori dall'acqua di corsa, in preda al panico.

«Dove stiamo andando?» gridai. «Come facciamo a... la macchina...»

Fu allora che la vidi.

La barca.

21

Fu un viaggio silenzioso. Il borbottio del motore, lo sciabordio delle onde. Non era la prima volta che guidavo una barca. Un amico al liceo aveva una casa sul lago, ci andavamo in gruppo quasi ogni fine settimana in estate: bevevamo, fumavamo erba, giravamo in tondo con un motoscafo, galleggiavamo aggrappati a un tubo gonfiabile.

La casa dei Carlisle era sparita, ormai c'erano chilometri e chilometri d'acqua a separarci. Mi venne fuori una risata involontaria – come uno scarico di tensione. E una volta iniziato, non riuscivo più a smettere. Era una risata tremenda, di pancia, da convulsioni.

«Che hai da ridere?» disse Jae. Ma sorrideva anche lei.

Si avvicinò e con un dito mi ripulì il sangue dal labbro. Ne sentivo il sapore in bocca. Lei aveva un aspetto terribile, le nocche distrutte da graffi e tagli, sangue che per qualche motivo le usciva ancora dal labbro e da un sopracciglio. Di sicuro io non stavo meglio. Guardai il mio riflesso sullo schermo di navigazione. Avevo sangue sul collo. Gli occhi vuoti, come i buchi di una maschera di Halloween.

Ma ero viva. Ed era viva anche Jae.

Eravamo libere.

Qualsiasi cosa si fosse impadronita di me in quel bosco, me la sentivo ancora ruggire dentro, il suo cuore di parassita batteva a un ritmo diverso dal mio.

«Come va la testa?» le domandai, con lo sguardo sulla macchia di grumi scuri che aveva all'attaccatura dei capelli. Jae alzò le spalle, stoica, e cominciò a ripulirmi dal sangue con un asciugamano che aveva trovato in un cassetto sotto il cuscino del sedile. Aveva un leggero odore di muffa.

Era chiaro che la barca costasse un sacco di soldi. I sedili erano foderati di pelle color crema e il sistema di navigazione era ipermoderno. Era un motoscafo sportivo, con una cabina letto nello scafo. A giudicare dalle sue condizioni, i ragazzi dovevano aver passato diversi giorni in mare. La barca era uno schifo. Lattine di birra vuote, mini-frigo pieni di ghiaccio sciolto, patatine umidicce, un panino per hamburger a mollo in una pozza d'acqua. Costumi da bagno bagnati, macchie appiccicose di rum e cola, bicchieri di plastica con un fondo di tequila vecchio di giorni.

Non potevamo restare a bordo a lungo. Era probabile che la polizia sarebbe arrivata a casa dei Carlisle da un momento all'altro. Avrebbero avvisato i genitori. La polizia stradale avrebbe saputo che eravamo fuggite in barca, e anche la marca e il modello. Avrebbero contattato la guardia costiera. Non avremmo avuto scampo.

Guardai il sistema di navigazione. Avevamo attraversato lo stretto di Santa Rosa e superato Navarre. Jae trovò in cabina dei vestiti che puzzavano di deodorante Axe e birra. Era strano vederla con pantaloni beige e un pullover di J. Crew. Io mi infilai una polo blu larga e mi tenni i miei pantaloni – non c'era troppo sangue, in fondo. Cappellini da baseball maleodoranti calati sugli occhi: UNITED CHRISTIAN ACADEMY e UNIVERSITY OF ALABAMA. Viste da lontano, sembravamo due ragazzi adolescenti.

Di fronte a noi apparve un ponte. Una baia. Ristoranti affollati sul lungomare, con file di lampadine gialle, corpi assiepati, musica country a tutto volume. Una torre cisterna dipinta di rosa e arancio che sembrava una mongolfiera con su scritto PENSACOLA BEACH.

Guidai la barca verso un attracco libero sul molo. I ristoranti erano stretti l'uno accanto all'altro, crostacei su tutti i menu, ombrelloni battuti dalla pioggia. Lunghi tavoli da picnic con su brocche di birra, vassoi pieni di gusci d'ostrica e bucce di limoni spremuti, zampe di granchio staccate a mani nude. Sentivo in lontananza la voce di qualcuno che cantava una pessima versione di *Santa Baby*. Era una serata di karaoke.

Ci avvicinammo al molo. Il lungomare era pieno di barche ormeggiate. Alcune erano addobbate di lucine come alberi di Natale, e quelle le evitammo, davano troppo nell'occhio.

Almeno uno di questi avventori ubriachi doveva per forza aver lasciato le chiavi attaccate.

Jae avanzò carponi verso una Formula Bowrider mentre io rimasi di vedetta, con le mani in tasca e l'aria rilassata, la piccola Glock stretta nel palmo. Jae salì la scaletta e raggiunse il sedile del capitano.

Mi fece segno di avvicinarmi e salii a bordo anch'io. La barca era molto più vecchia di quella dei Carlisle, la pelle dei sedili era spaccata e alcune delle scritte sbiadite. Ma tutte le superfici erano oliate a dovere e il ponte profumava di detersivo al limone.

Sotto il sedile del capitano c'era una chiave.

Seguimmo un lungo, solitario raggio di luna verso il mare mosso oltre la baia. Discutemmo l'opzione di fuggire verso sud, lasciando il paese nella direzione opposta a quella che avevamo pensato. Cancún era appena a un golfo di distanza. E se avessimo raggiunto la punta più meridionale della Florida, da lì Nassau o L'Avana erano al massimo a un'ora di distanza in barca. Ma l'idea di portare quella barca in mare aperto – e non in uno stretto o in un'insenatura come sarebbe accaduto nello stato di Washington, ma in mare aperto vero – terrorizzava entrambe. Ci vedevamo già inghiottite da onde alte come montagne, squali a pasteggiare sulle nostre carni, i nostri scheletri che affondavano per chilometri e chilometri fino al buio sul fondo dell'oceano. E oltretutto, in una piccola isola dei Caraibi o in una città dell'America centrale saremmo state molto più riconoscibili, specialmente in quelle strapiene di turisti americani.

Il Canada era l'unica soluzione. Il che significava avventurarsi di nuovo nel cuore del paese, attraversare stati dove ci attendevano folle inferocite con i forconi, una ghigliottina che non aspettava altro che noi – ancora più di prima, adesso che avevamo quasi ammazzato due ricchi adolescenti.

Ma quella notte, soltanto per una notte, ci saremmo concesse di restare in barca.

Aspettai a calare l'ancora finché non raggiungemmo Mobile Bay – a qualche chilometro dalla costa di Fairhope, in Alabama, con le luci delle case già visibili in lontananza. Spegnemmo le nostre luci. A meno che qualcuno non ci avesse puntato addosso un faro – e non c'erano fari in vista – avremmo dovuto riuscire a mimetizzarci nel buio senza problemi.

Jae si premette contro di me sul sedile del capitano. Io mi premetti contro di lei. Anca contro anca, le ginocchia che si toccavano, tremanti. Jae aveva trovato una bottiglia di Malibù e cominciammo a passarcela avanti e indietro, lasciando che la costa si facesse sempre più sfocata, un'immagine oscillante in lontananza. Bere era una cosa stupida, ma la tentazione dell'oblio era troppo forte. Sentivo ancora la testa come un frutto ammaccato, caduto da un ramo troppo alto dell'albero. Ma non era il dolore che mi faceva sentire così fuori controllo. Era l'umiliazione, la fondamentale ingiustizia di tutto quanto. Era quello che avevo gridato, senza senso, come una bambina, quando mi avevano puntato il coltello alla gola: *Non sono stata io. Io non ho fatto niente. Perché sta capitando a me?* Per tutta la vita avevo pensato di avere di fronte delle scelte, una mappa con mille percorsi diversi da tracciare. Potevo fare la scelta giusta o la scelta sbagliata – e in genere avevo fatto quella sbagliata –, ma almeno la scelta restava mia.

Quella notte non c'era una mappa. C'era soltanto una strada solitaria che conduceva a una destinazione solitaria: la porta di una gabbia, senza altra possibilità se non di entrarci.

Eppure ero ancora lì.

Jae mi sfiorò con le dita il taglio che avevo sul collo, la pelle tenera sopra l'osso del polso. Il livido sulla nuca, con l'impronta della scarpa di Devin. Il suo tocco era così delicato, e io mi sentivo nuda, senza più la mia corazza.

Con un dito mi prese sotto il mento. Mi lasciai sollevare il viso.

«Evie» disse Jae con un sospiro.

Io accorciai la distanza che ci divideva e la baciai.

Jae emise un piccolo gemito, quasi feroce. Mi tirai indietro, con una vampata di calore sul collo e sul viso.

Saltai giù dal sedile di comando e scesi i gradini per aprire la porta della cabina, ignorando Jae che chiamava il mio nome. Lei mi seguì sottocoperta.

La luce della luna dipingeva la cabina di azzurro. Jae si chiuse la porta alle spalle, esitando sull'ultimo gradino. L'attento barometro dei suoi umori e dei suoi pensieri che tenevo in testa era saltato. Jae era una creatura del tutto nuova. E lo ero anch'io, smarrita e priva di difese. Ci guardammo l'un l'altra con l'attenzione di due predatori separati da una piccola distanza. Tentennanti, terrorizzate, in attesa di scoprire chi avrebbe fatto la prima mossa.

Fu Jae.

Attraversò la cabina, mi spinse contro il muro, e premette le labbra sulle mie. La mia bocca era immobile sotto la sua. Jae non cercò di toccarmi; c'erano soltanto le nostre labbra. Sentivo che stava trattenendo il respiro. Lo trattenni anch'io, finché non potei più resistere. Mi sfuggì un sospiro caldo, che mi fece socchiudere le labbra. E finalmente il contatto divenne un bacio. Non appena le offrii il mio permesso, Jae mi avvolse con un'urgenza quasi disperata. Gliene fui riconoscente. Non c'era altro di cui mi sentissi capace: baciarla ed essere baciata, stringerla ed essere stretta.

22

Ci addormentammo cullate dalle onde. Fu un gabbiano a svegliarci, battendo il becco contro l'oblò della cabina. Il cielo era grigio, e in lontananza si scorgevano nuvole temporalesche. Dovevamo tenerle sott'occhio.

Le lenzuola erano ammonticchiate all'altezza dei nostri fianchi. I ricordi della notte trascorsa mi tornarono a spezzoni. Una pistola. Una barca. Rum al cocco. Le labbra di Jae. Le mie. Yo-ho, una vita da pirati.

Addormentarsi era stato più facile del previsto, rannicchiata nella curva del collo di Jae.

Ma poi era arrivato quel sogno. Al mattino mi girava ancora minaccioso attorno alla mente, cercando un modo di insinuarsi di nuovo. Nel sogno seguo una Range Rover verde scuro. La macchina si ferma in un vialetto e ne viene fuori una famiglia. Io li seguo dentro casa. Non mi vedono. C'è uno specchio nell'ingresso, e riesco a vedere il mio riflesso: ho in mano un coltello. Indosso una maschera veneziana, con il naso lungo come i medici della peste.

«Sei sveglia» sussurrai, passandole le dita tra i capelli.

Jae annuì e socchiuse un occhio, quello senza lividi. L'altro era gonfio e umido, di un violaceo malsano. Mi chinai per baciarle la tempia, e lei mi tirò più vicina. Era ancora troppo magra, ma quando mi strinse le sue braccia erano forti, tutte muscoli, tutta competenza, fremènti di potenziale violenza. Se qualcuno fosse salito a bordo e avesse sfondato con un calcio la porta della cabina, ero sicura che Jae sarebbe riuscita a sbarazzarsene.

«Credo che faremmo meglio a restare qui fino al tramonto. Aspettare che passi...» Feci un gesto vago con la mano indicando la finestra. Che passi l'esercito di cavalleria che ci aspettava a terra. Carri armati. Cannoni, arieti. Forconi. «Quelli.»

Jae annuì. «C'è da mangiare?»

«Qualcosa. Uova, pancetta. Qualche merendina nella credenza.»

«Cosa facciamo se qualcuno sale a bordo?»

«Sale a bordo? Jae, siamo in mare aperto.»

«Se la guardia costiera sta perquisendo tutte le barche e ferma anche noi. Che facciamo?»

«Abbiamo la pistola.»

«Evie.»

«Che c'è?»

«Qualcuno sale a bordo e tu... che fai?»

«Gli sparo in testa.»

Jae scoppiò a ridere.

«Va bene, allora facciamo che *tu* gli spari in testa.»

«Ti ho vista ieri notte. Secondo me sei meglio tu con la pistola.»

Era divertente giocare, parlare come due fuorilegge in un film. La violenza ribolle nascosta in tutti noi. Per tirarla fuori basta solo aprire una porta.

«Mi è venuta in mente una cosa che ho fatto che è peggio di bullizzare qualcuno» dissi, alzandomi per andare a preparare il caffè.

«Evie, lascia stare.»

«Lascia stare cosa?»

«Non darti addosso.»

Mi voltai per guardarla in faccia. «Secondo te sto parlando dei Carlisle?»

«Non è così?»

«Io non mi sento in colpa per quello che abbiamo fatto. E tu?»

Jae scosse la testa.

«Stavo pensando a... ti ricordi? Me l'hai chiesto quando eravamo in spiaggia. La cosa peggiore che io abbia mai fatto.»

«Mi ricordo» disse Jae, cauta.

«È una cosa che facevamo con gli amici al liceo.»

«Okay.»

«La prima volta eravamo tutti ubriachi» dissi. «Non c'era molto da fare lì dove sono cresciuta io, perciò fondamentalmente bevevamo e giravamo in macchina. Adolescenti cretini in un paesino. Una volta stavamo guidando e abbiamo visto questa Range Rover verde. Non so di chi sia stata l'idea, ma abbiamo deciso di seguirla.»

«La Range Rover?»

«Sì. L'abbiamo seguita per tutto il percorso fino a casa. Cioè, non era casa loro, in realtà – avevano soltanto accostato nel vialetto di qualcuno, ma non è sceso nessuno dalla macchina. Noi aspettavamo all'ingresso del viale. Abbiamo spento pure i fanali della macchina, per mettergli ancora più paura.»

«Chi c'era al volante?»

«Io» ammisi, passandole una tazza di caffè.

«E la Range Rover, cosa ha fatto?»

«Niente, sono rimasti soltanto lì ad aspettare. Dopo un po' ci siamo annoiati e ce ne siamo andati. Ci sentivamo in colpa. Eravamo ragazzini... volevamo solo spaventarli un po'.»

«L'avete più rifatto?»

«Un po' di volte, con gli amici, sì. E una volta anche da sola» dissi. «Anche se non credo che quella volta stessi cercando di fare paura a nessuno. C'era questa comunità residenziale con un cancello d'ingresso e dentro era pieno di case enormi e io volevo tanto vederle. Quando ero bambina, con mio padre, partecipavamo sempre alle visite immobiliari aperte. A quelle di case immense intendo, case che non ci saremmo mai potuti permettere nella vita. Era il nostro rituale della domenica pomeriggio. Ma in questo residence qui, l'unico modo di entrare era aspettare che qualcuno digitasse il codice e andargli dietro. Perciò così ho fatto. Volevo soltanto vedere le case. Mi faceva sentire...» Non sapevo come descriverlo. Era come mettere il dito su una ferita. Non per masochismo, ma per capirne le origini, come uno scienziato che fa un esperimento.

«Lo so come ti faceva sentire» sussurrò Jae.

Mi sedetti accanto a lei sul letto, con la tazza di caffè in mano. «Davvero?»

«Una volta lavoravo per una società di catering. Ogni tanto capitava di fare degli eventi: hotel, sale convegni, cose del genere. Ma perlopiù portavamo il catering a casa della gente. Case enormi, ridicole. Lavorarci dentro era... era come se mi avessero dato in mano una pistola carica. Potevo rubare anche solo un braccialetto, un pezzo d'antiquariato, ed ero a posto per mesi. A volte mi intrufolavo in qualche stanza in cui non dovevo. Non mi hanno mai beccata. Ma c'era una parte di me che quasi voleva essere scoperta.»

«E perché?»

Jae alzò le spalle. «Non lo so. Per vedere che faccia avrebbero fatto.»

La paura. È questo che era. E non aveva importanza, alla fine. Qualcuno avrebbe chiamato la polizia e mi avrebbero cacciata fuori dal residence privato. Qualcuno avrebbe licenziato Jae, o l'avrebbe messa alla porta. Ma quella scintilla di paura, nell'attimo prima di chiamare il 911. Quella era vera.

«Quando hai lavorato nel catering?» le domandai.

«Quando ho lasciato Ucla.»

«Cos'è successo?»

Jae aveva lo sguardo fisso sulla sua tazza. «Un giorno mi arrivò una chiamata dal mio amico Kevin. Non ci parlavamo dai tempi del liceo. Mi disse che mio padre si era presentato all'autorimessa di suo padre chiedendo se c'era lavoro per lui. Era ubriaco fradicio. Era stato licenziato da entrambi i suoi lavori per insubordinazione, e non mi aveva detto niente.»

«Cazzo.»

«Già. Mi trasferii a Irvine, per poterlo tenere sotto controllo. Lo aiutai a fare domanda per i buoni pasto e i sussidi di disoccupazione e l'assicurazione sanitaria agevolata. Mi arrivò un rimborso sulle tasse giusto in tempo – ci fece tirare avanti per un po'. Lui riuscì a trovare lavoro in una fabbrica dell'Ontario dove producevano lo sciroppo per la Coca-Cola, faceva il turno di notte. Lo accompagnavo in macchina tutti i giorni, perché avevamo una macchina soltanto. Io cominciai a fare le consegne per DoorDash e a guidare per Lyft – era l'unica cosa che aveva senso. Mollai anche Irvine, era difficile pensare a studiare in quel momento. Pensavo solo a guadagnare qualche soldo. Volevo andare a vivere da sola. Mio padre era sempre ubriaco. Io lavoravo di continuo: era meglio che stare a casa.»

Dall'espressione di Jae era evidente che non aveva voglia di parlare di suo padre più del necessario.

«Com'era Ucla?» le domandai.

«Non mi ricordo granché, a essere onesta. È tutto un po' confuso.»

«Fammi indovinare: avevi un taglio super-mascolino» dissi. «Un doppio taglio magari. E portavi quelle camicie a maniche corte dai motivi assurdi perché è così che fanno tutte le lesbiche per rendersi riconoscibili come lesbiche.»

Jae scosse la testa con un sorriso imbarazzato che mi confermò che avevo ragione.

Mi stavo divertendo. «Con quante ragazze etero sei andata a letto?»

«Qualcuna.» Jae distolse lo sguardo. «Ma non è che tutte volessero avere una storia con me.»

«Volevano solo portarti a letto.»

«Sì.»

«Io una storia con te l'avrei avuta eccome.»

Jae incrociò il mio sguardo. Sulle sue labbra si dipinse una smorfia strana, che cancellò il sorriso.

«No» disse. «Non credo sarebbe successo.»

«E perché no?»

«Perché...» Stava lottando per evitare di imbronciarsi, ma il sorriso sul quale approdò era forzato e poco convincente. «Perché non sarebbe successo. I nostri percorsi non si sarebbero mai incrociati, nel mondo reale.»

«Che vuoi dire?» Non mi piaceva molto il senso sottinteso dalle sue parole.

«Lo sai che intendo. Due mondi diversi.»

«Due mondi diversi... ma dai, lo fai sembrare *Aladdin*. E io sarei Jasmine?»

«Tu sei la scimmietta che ruba il cappello.»

«Si chiama Abu. Porta rispetto.»

Jae aveva un'espressione esasperata e divertita. Ma si sbagliava. Per come la vedevo io, i nostri percorsi avrebbero potuto incrociarsi molto facilmente. Un'app di incontri, un matrimonio, un bar. Una stanza buia affollata di corpi, un basso potente che vibra contro le pareti. I suoi occhi da uno dei tavoli che mi scoprono. Mi scelgono. Gli sguardi che si incrociano, un fuoco lento. Quel suo modo affascinante di passarsi le dita tra i capelli, con il ciuffo ostinato che continuava a scenderle sugli occhi.

L'avrei portata a casa da me a East Hollywood. Una casetta a due piani gialla in stile coloniale spagnolo degli anni Trenta. Ci vivevo da quattro anni con il mio coinquilino, Harvey, un operaio edile di Boyle Heights, e recentemente con il suo ragazzo Van. Ripensai agli alberi di limoni, alle rose color pesca e ai tulipani blu che sbucavano tra le fessure della recinzione di metallo. Le mattonelle arancioni della cucina e i pavimenti in pietra, la luce del sole che entrava in casa così intensa da creare come una foschia onirica. Pensai al vecchio ristorante colombiano davanti al quale passavo sempre andando al bar del quartiere, alle lucine di Natale rosse e blu appese lì tutto l'anno, alle coppie anziane che ogni sera dopo le dieci ballavano la *cumbia* insieme. Il centro culturale ucraino, la *pupuseria*, il banchetto dei *tacos* all'angolo della strada.

Di fianco alla nostra c'era una casa abbandonata. In passato ci abitava una famiglia armena – io e Harvey li sentivamo spesso quando avevano ospiti a cena. Poi un giorno, dal nulla, spariti. Le finestre rimasero buie per mesi. E poi una notte vidi una luce accendersi nella cucina dei vicini. Al mattino c'erano vetri rotti nel cortile e qualcuno aveva portato sugli scalini dell'ingresso un vecchio materasso ingiallito. Da un residente abusivo si passò a due. Da due a decine. A volte io e Harvey li vedevamo riempire un secchio d'acqua dalla nostra pompa. In generale non ci davano fastidio, a parte la volta in cui beccai un uomo a gemere sotto la mia finestra, che si masturbava. Sentivamo le urla di quando un trip andava male, liti che diventavano violente, incursioni della polizia. Una settimana prima dell'omicidio dei Victor, il municipio aveva sgomberato la casa e alzato una recinzione attorno. C'era sempre una macchina della polizia di pattuglia sulla strada.

Mi chiesi se qualcuno ormai avesse scavalcato la recinzione. Mi chiesi se Harvey stesse già cercando un nuovo coinquilino. Mi chiesi cosa avesse fatto con i miei mobili. Il letto Ikea pagato trenta dollari su Facebook Marketplace, la cassettiera blu rimediata di seconda mano al Rose Bowl Flea Market. Come ci sarebbe stata Jae in quell'appartamento? Provai a immaginarmela in cucina, a fare il caffè, a lavarsi i denti nel bagno. Jae al supermercato Trader Joe's, che sceglie la banana meno rovinata. La curva della sua schiena sotto le mie lenzuola. Tornai ancora più indietro. Jae in North Carolina, nella mia scuola privata, con addosso l'uniforme con la gonnellina a pieghe che avevo portato anch'io per anni. Fissava i miei insegnanti con uno sdegno pigro e annoiato. Jae con i capelli scombinati da maschiaccio e il corpo lungo e scavato, l'elegante semplicità di una macchina sportiva spogliata di tutto tranne l'essenziale. Le ginocchia sbucciate che sbucavano sopra i calzettoni alti e i mocassini. C'era qualcosa di così sporco e così sbagliato in quell'immagine, sbagliato in un modo incredibilmente erotico. Avevo voglia di baciarla di nuovo.

E così feci. Le sue mani percorsero tutta la mia schiena. Dall'oblò della cabina vedevo il cielo scurirsi. Dovevamo avvicinarci alla costa.

Un tuono fece sobbalzare la barca.

Mi staccai da lei. «Andiamo. Troverò un posto vuoto al molo. Non dobbiamo scendere subito a terra, ma è troppo rischioso restare in mare aperto durante una tempesta.»

Le offrii la mano e la aiutai a scendere dal letto. Recuperai uno dei due cappellini e glielo sistemai in testa. Poi la baciai. Quando mi allontanai, vidi il livido che aveva ancora sul collo, e mi sentii in colpa. Lo voleva anche lei come lo volevo io? Era giusto volere questo da lei, dopo tutto quello che aveva passato – dopo che i Victor, dopo che *lui*...

Jae incrociò le dita sulla mia nuca e mi baciò, forte.

«Non farlo» sussurrò. «Lo vedo che stai pensando. Non farlo.»

Ma il mio bacio seguente fu comunque più timido, e Jae non aveva voglia di pazientare. Rese il bacio più profondo, guidandomi, rendendo esplicito il suo desiderio.

Seguii con la mano la curva in fondo alla sua schiena, gliela infilai nei pantaloni e lei rispose con un gemito roco di approvazione, offrendosi al mio tocco. La baciai sul collo e sentii il suo cuore battere più forte.

«Dopo ti voglio scopare» dissi.

Jae chiuse gli occhi e sorrise – un sorriso vero, senza difese, come non lo avevo mai visto.

23

La casa lungo la spiaggia di fronte alla quale attraccammo era buia. La barca oscillava violentemente per le onde, e Jae si stava sforzando di non vomitare. La corrente si calmò un po' man mano che ci avvicinammo alla riva, ma non molto.

«Non sarebbe meglio se provassimo a entrare in quella casa?» Jae gridò per farsi sentire oltre l'ululato del vento. «Non è troppo pericoloso restare sulla barca?»

«Andrà tutto bene – attracchiamo qui e restiamo chiuse in cabina» le urlai io. «Non voglio rischiare con la casa – se non riusciamo a entrare poi siamo bloccate in mezzo alla tempesta.»

Con la pioggia che ci sferzava il viso, rientrammo veloci sottocoperta. Il vento faceva vibrare gli oblò. Jae tremava, e tremavo anch'io. I vestiti che avevamo addosso erano bagnati, ma non ne avevamo altri. Lei si passò un asciugamano tra i capelli, scombinandoli. Un lampo all'esterno le incoronò il viso con un'aureola di luce, poi sparì dopo un istante.

«Dicevi sul serio prima?» disse Jae piano.

«Cos'è che ho detto?» Lo sapevo benissimo.

Jae si premette contro la parete di fronte a me con le mani incrociate dietro la schiena, come se non si fidasse a lasciarle libere.

Il rombo di un tuono. Entrambe ci abbassammo istintivamente, per proteggerci.

«Dobbiamo avere un piano di fuga» disse Jae, ignorando la mia domanda.

«Te l'ho detto» dissi. «Abbiamo la pistola.»

«Una pistola non ci può proteggere dalla tempesta.»

«Se si mette davvero male, scendiamo dalla barca e troviamo una macchina. Tu fai una delle tue magie stile *Grand Theft Auto*, e siamo a posto.»

«Certo, come no» disse Jae, stando al gioco. «Tanto è facilissimo.»

«Dimmi cosa ho detto prima.»

«Hai detto...» Jae si raddrizzò, come un soldato sull'attenti. «Hai detto che mi volevi scopare.»

Sentii una fitta di desiderio pulsarmi in mezzo alle gambe. Jae contro la parete, le mani ancora dietro la schiena, in attesa che io le dicessi cosa sarebbe successo ora.

«Dicevi sul serio?» domandò.

Il piacere di sentirglielo chiedere era quasi troppo da sopportare. Volevo prolungare la suspense il più a lungo possibile, stamparmi la sua immagine nella memoria. I suoi capelli bagnati, il ritmo rapido del suo respiro.

«Tu vuoi che dica sul serio?» dissi.

Jae annuì veloce, come se avesse paura che l'offerta potesse essere revocata se ci avesse messo troppo tempo a rispondere. O forse mi leggeva dentro a sufficienza da sapere che con lei il mio coraggio era sempre una funzione di quello che mi offriva lei. Che potevo essere sfrontata con lei soltanto se lei creava le condizioni perché lo fossi.

Accorciai la distanza tra di noi. Le mie dita accarezzarono la sua nuca bagnata. Sentivo il suo respiro caldo contro il mio. Non la baciai ancora. Quella era la parte migliore, l'attesa, la sua capacità di aspettare che io le dessi ciò che voleva. Le sfiorai con le labbra il profilo netto della mascella e la curva della gola. Le insinuai le dita sotto la maglietta bagnata e sentii il torace espandersi e comprimersi. Le infilai la mano sotto l'elastico dei pantaloni, in mezzo alle gambe. La pelle era fredda. Poi trovai il posto in cui era calda. Bollente, come una febbre.

«Jae» dissi.

Lei incrociò il mio sguardo.

La baciai. Il suo corpo si inarcò in avanti verso il mio. Le premetti un dito sulle labbra e lei aprì la bocca per accoglierlo, senza smettere di guardarmi.

Le studiavo il volto. Sentii il morbido della sua lingua, il bordo acuto dei denti. Il cuore mi batteva come un tamburo. Dopo qualche secondo, lo sentii riverberare dentro di lei come un diapason.

Jae mi sfilò i vestiti bagnati di dosso. Quando con le labbra mi raggiunse il collo, ogni terminazione nervosa sulla mia pelle sembrò prendere vita, ipersensibile.

Quando fui nuda del tutto, Jae si inginocchiò sul pavimento della cabina e mi premette le labbra sul ventre dandomi un leggero, dolcissimo bacio sull'ombelico. Tirai indietro la pancia di riflesso. Le passai le dita tra i capelli, e Jae emise un gemito affamato. Mi diede un altro bacio, ancora più delicato, poco sotto il primo, poi scese sempre di più, e sentii la mia pancia contrarsi ancora e il calore in mezzo alle gambe pulsare e farsi più intenso. Una diga che stava per crollare. Il piacere era insopportabile. È così a volte, con le cose belle. Un tocco così leggero da far male.

Mi sentivo debole sulle gambe quando finalmente Jae si rialzò e mi premette contro il muro per baciarmi. Sentii il mio sapore sulle sue labbra. Jae aveva ancora addosso i suoi vestiti bagnati. Glieli sfilai impaziente.

Ci spostammo sul letto. Scesi in mezzo alle sue gambe, tenendola dalle ginocchia, aprendola. Lei si alzò sui gomiti, con i capelli che le ricadevano sul viso. Mi guardò portarle le labbra sul seno, prenderle un capezzolo tra i denti, accarezzarlo con la lingua. Sollevò i fianchi, sfregandoli contro i miei, supplicante. Le infilai la mano in mezzo alle gambe e la sentii calda e bagnata. Le sue ciglia vibrarono, i suoi occhi ancora incollati sui miei. Sfiorai il clitoride con un dito e sentii tutto il suo corpo tremare.

«Ti piace?»

In tutta risposta lei mi prese il polso e lo tirò verso di sé. La penetrai con un dito e premetti le labbra sulle sue. Un bacio bagnato, a bocca aperta, quasi un respirarsi addosso. Le sue labbra mi arrivarono sulle guance, affamate, poi sul collo. Entrai con un altro dito e sentii il suo corpo irrigidirsi come una fune. Con l'altra mano le afferrai i capelli e le tirai indietro la testa.

«Guardami» dissi.

Sentii uno schiocco nella sua gola quando i nostri sguardi si incrociarono.

La scopai così, guardandola negli occhi, portandola all'orgasmo con movimenti lenti e profondi. I suoi occhi erano scuri e splendenti come una perdita d'olio nell'oceano. Era troppo, guardare qualcuno negli occhi in questo modo, essere guardata così. Avere il permesso di vedere così tanto in un'altra persona.

Il suo corpo scattò in avanti e vibrò senza pace contro il mio finché non ricadde senza forze tra le lenzuola. Le sue labbra accarezzavano pigramente le mie, piccoli baci mentre riprendevamo fiato. Le affondai la testa su una spalla. Lei mi posò la mano sulla nuca, come se temesse che potessi fuggire.

24

Tornare a terra fu come risvegliarsi da un coma lungo mesi e scoprire che il mondo in nostra assenza era stato sconvolto da un'apocalisse. Non c'era nessuno. Non c'erano macchine. C'era soltanto la pioggia. I lampi e i tuoni si calmarono un po' dopo le cinque del mattino, ma la pioggia non si arrese.

Raggiungemmo la strada di corsa. Nel grigiore del mattino brillavano luci natalizie variopinte. Camminando in salita attraverso il bosco, il nostro respiro formava nuvole bianche. Quattrocento metri più avanti apparve la sagoma di quello che sembrava un riparo.

Un nuovo complesso residenziale, ancora in costruzione. Dalla cima della collina, il perimetro metallico dei lavori aveva quasi l'aspetto di uno scavo archeologico. Uno scheletro riemerso alla luce, immerso ancora per metà nell'argilla rossa del terreno. Al centro del complesso c'era un circolo ricreativo, con una piscina di forma oblunga e un campo da tennis di un verde brillante. Tutto intorno c'erano case non ultimate. Le strutture di legno nudo tremavano al vento, che batteva senza sosta contro la superficie rosa e spugnosa dei pannelli isolanti. I teloni protettivi si agitavano come un torace che si gonfia e si comprime. Scendemmo per la collina, scivolando sugli aghi di pino bagnati.

In fondo alla collina c'era un vialetto con tre case già completate. Jae si portò un dito alle labbra e studiò le macchine una a una. Ci accovacciammo e aggirammo veloci il perimetro della casa di sinistra. Premetti un orecchio alla parete e sentii i suoni di una famiglia al risveglio: l'acqua che scorre nei tubi, il cigolio di un letto, il *clac clac* delle zampe di un costoso goldendoodle sul parquet del pavimento.

Jae si inginocchiò sull'erba bagnata. Sulla barca avevamo trovato una piccola cassetta degli attrezzi. L'avevamo infilata in una borsa da viaggio color crema, insieme a cibo in scatola e a qualche vestito di scorta – due felpe con su scritto LIFE IS A BEACH e IT'S MARGARITA O'CLOCK.

Jae prese il cacciavite e lo strinse tra i denti. Avanzò carponi verso la macchina parcheggiata nel vialetto: una Kia Forte bianca. Dopo qualche passo mi fece cenno di seguirla. Aprì la portiera con il cacciavite. Il leggero *clic* dello sblocco mi sembrò rimbombare come un tuono.

Restammo immobili. In ascolto. In attesa. Il sorgere del sole era come il timer di una bomba, un conto alla rovescia. La pioggia era diminuita fino a trasformarsi in una foschia leggera. Tutto intorno il cinguettio degli uccelli, il fruscio delle foglie, rametti spezzati.

Jae aprì la portiera dal lato del conducente e salì svelta a bordo. La seguii.

Infilò il cacciavite nell'accensione. C'era qualcosa di erotico nei suoi movimenti esperti, nella dolcezza della cura con cui cercava un punto sensibile all'interno, la frizione giusta tra i perni e i cavi.

«Con parecchie macchine, se sono più vecchie del 2006, non c'è bisogno di fare un ponte sui fili dell'accensione. Basta girare il cacciavite e...»

Lo sforzo le fece irrigidire la mascella, mentre faceva leva con il cacciavite a un'angolazione diversa.

Il motore prese a vibrare sotto di noi.

Mi abbassai sul sedile, per paura che il rumore della macchina potesse svegliare i vicini. La polizia cercava due donne. Jae si sfilò la giacca – un bomber dei Florida Gators che avevamo trovato sulla barca – e me lo stese sopra per coprirmi mentre uscivamo dalla zona residenziale. Aspettai più di dieci minuti prima di venir fuori, sdraiata più in basso possibile, con il cappello a nascondermi il viso, le ginocchia piegate e i piedi sul cruscotto.

Poi mi alzai a sedere e mi stirai un po'. Pianure assolate e cariche di frutti ci scorrevano accanto al finestrino. Il paese aveva un'aria meno minacciosa di quanto mi sarei aspettata, quasi ci accettasse. Non era così, naturalmente – le apparenze ingannano. Ma per un'ora soltanto, mentre bevevamo caffè freddo e mangiavamo Egg McMuffin dal drive-thru di un McDonald's e guardavamo sorgere il sole mentre ci spingevamo più a fondo nel cuore dell'Alabama, non provai paura.

Feci il pieno a un distributore di benzina deserto fuori da Montgomery, con il cappellino calcato basso a coprire il viso. Dal riflesso sul finestrino della macchina diedi uno sguardo fugace alla mia nuova, bizzarra acconciatura. Jae fece ritorno con delle Pop-Tart rubate e un fascio di giornali. Era domenica 18 dicembre. Eravamo in fuga da una settimana intera.

La prima pagina mi provocò una smorfia.

«"Cacciati come animali": adolescenti in Florida raccontano il loro terrificante incontro con la killer di Hollywood Evie Gordon.»

«E ti pareva» sussurrai. Jae era riuscita a procurarsi tre quotidiani diversi, più due tabloid. Si mise lei al volante mentre io scorrevo tra le notizie, leggendo i titoli più interessanti ad alta voce.

«I figli dei Carlisle raccontano: cosa sappiamo del loro incontro da incubo con Evie Gordon.»

«Chi è la complice di Gordon? Le ipotesi dei detective.»

«I Victor, i Carlisle e Tate-LaBianca: le strane somiglianze tra Evie Gordon e Charles Manson.»

«"I ragazzi sono fortunati a essere vivi" dichiara agente di Okaloosa County, Florida.»

«Gordon prende di mira le famiglie ricche: agente speciale dell'Fbi condivide le sue teorie.»

«Rabbia e violenza femminile: l'opinione dello psicologo.»

«"Male assoluto": il governatore della California vuole "la sentenza più severa possibile" per Evie Gordon.»

«Gordon, Wuornos e le ragazze di Manson: perché le donne uccidono.»

«Già, perché?» disse Jae sarcastica.

Le lessi gli articoli a voce alta uno per uno. E più leggevo, più divertente mi sembrava. Potevo relazionarmi alle storie con obiettività, come se fossi uno dei tanti fan del true crime senza alcun coinvolgimento emotivo. Un'adolescente un po' dark, assetata di dettagli violenti. "Evie Gordon" non ero io. Era un personaggio. La nuova Aileen Wuornos, Charles Manson 2.0. Un mostruoso cattivo da film horror, da Grand Guignol. Evie Gordon: la killer del *Capitale*. Il suo movente ha preso molto dalla scuola di schizofrenia di Charles Manson. Manson credeva che il *White Album* dei Beatles profetizzasse un'apocalittica guerra tra le razze, e gli omicidi Tate-LaBianca ne sarebbero stati i primi colpi. Evie Gordon aveva semplicemente raccolto il testimone da dove si era fermato lui. Un editoriale aveva addirittura tirato fuori una mappa, tracciando una spessa linea rossa dalla casa dei LaBianca a Los Feliz fino a quella dei Victor, poco più di un chilometro più a nord alle pendici di Griffith Park. La maggior parte dei giornalisti sembravano fissati con le iconografie più ovvie: un'attrice di Hollywood, un violento omicidio a bordo piscina, due giovani assassine.

Altri invece si sbizzarrivano con la fantasia. Evie Gordon era un incubo. Un uomo nero. Nascondete i Rolex, signori. Signore, lasciate a casa le borsette firmate. Gordon sente l'odore dei vostri prodotti per la pelle di lusso, il collagene artificiale, i denti laccati, l'argento. In questo preciso istante potrebbe essere distesa su una scalinata ricurva, a succhiare il midollo dalla clavicola della sua ultima vittima. Ai suoi piedi ci sono i resti distrutti di un lampadario, le gambe spezzate di mobili d'importazione, i brandelli di un quadro proveniente da un'asta riservata. In ginocchio, nell'ingresso della casa, ci sono i suoi discepoli. Credete davvero che l'Anonima Complice sia una soltanto? Oh no. La sua Famiglia cresce. La ragazza gentile che ha la chiave di casa tua, che fa la babysitter ai tuoi figli? Potrebbe essere Evie. L'uomo anziano il cui nome ti sfugge al momento, anche se ogni settimana viene a sfoltire le siepi e rasare il prato? Potrebbe essere Evie anche lui.

Un giornalista si era fissato col fatto che avessi partecipato allo sciopero del sindacato degli insegnanti quando avevo lavorato per un po' come assistente didattica: la prova che ero la reincarnazione di Lev Trockij. L'articolo citava Vera Duarte, il mio ex capo, che diceva che avevo "una spiccata tendenza a descrivere i clienti con parole crudeli". Vera Duarte era una casalinga di Beverly Hills che aveva sposato un aristocratico portoghese novantenne sulla sedia a rotelle. Avevano una casa da ventidue milioni di dollari. La sua società di ripetizioni private, West Side Tutoring, era solo un vezzo per darsi arie da donna in carriera. Credevo andassimo d'accordo. A quanto pare no. Aveva raccontato a *USA Today* che una volta avevo chiamato la mamma di uno studente "la Marie Antoinette della Jersey Shore".

Un altro editoriale si faceva beffe della mia patetica situazione economica, i miei novantanovemila dollari di debiti. Ero una fallita, che sfogava la sua frustrazione su gente per bene che lavorava. Per dimostrarlo, l'articolo elencava tutti i milionari venuti dal popolo prima di me. Uomini che erano partiti da zero, che si erano fatti da soli, che si erano "tirati su dalle cinghie degli stivali" e avevano vinto il grande gioco del capitalismo. Un esercito di cowboy che avevano scalato montagne facendosi largo nella neve alta, per poi piantare la loro bandiera a Wall Street. Io ero il bersaglio dello scherno dell'articolo, ma ero soltanto un sintomo di un male più diffuso. Queste piaghe aperte si aggirano in mezzo a noi, avvisava il giornalista – i debitori, gli affittuari, le generazioni alla fine dell'alfabeto, nati per la fine del mondo.

«Lo sai da dove viene quell'espressione?» disse Jae. «Tirarsi su dalle cinghie degli stivali?»

Io scossi la testa e accesi una sigaretta.

«Era una battuta, in origine. Il punto della metafora era proprio di sbeffeggiare un narcisista. Viene da uno scrittore satirico tedesco – non mi ricordo il nome ora, l'ho studiato in un seminario di economia – che scriveva tutti questi racconti con protagonista un personaggio particolare, un barone, che si vantava di continuo delle sue imprese. E il barone raccontava queste storie incredibili delle sue avventure, esagerando sempre quanto fosse stato straordinario ed eroico. In una di queste storie, il barone riesce a liberarsi dalle sabbie mobili tirandosi dai suoi stessi capelli. In una traduzione americana, cambiarono l'aneddoto e misero che il barone si era tirato su dalle cinghie dei suoi stivali. Ma il punto è che il barone è un cialtrone. La storia ti vuole far ridere di lui. L'impresa di cui si vanta è letteralmente contraria alle leggi della fisica. Una volta ho raccontato questa cosa a mio padre. Lui si è infuriato con me, come se me lo fossi inventato solo per farlo sentire stupido. Però lo capisco, in fondo. Non c'era modo per noi due di capirci. Quello che eravamo – cioè poveri, anche se lui non l'avrebbe mai ammesso, eravamo *poveri* – era solo una situazione temporanea. Un momento di passaggio sul cammino verso i verdi pascoli del successo.» Jae si accorse dell'espressione sul mio volto. «Che... che c'è che non va?»

Io alzai le spalle, senza dire nulla. Ero in imbarazzo all'idea di trovarmi allineata con l'ingenuità di suo padre. Eppure la fantasia delle cinghie degli stivali era radicata nel mio cervello, e non potevo liberarmene tanto facilmente. Avevo lavorato duro. Avevo fatto tantissimi debiti. Avevo venduto i miei ovuli. Ero stata a cena con uomini più vecchi. Ero stata seduta di fronte a ragazzini dagli occhi spenti e avevo provato a esercitare tutta la mia compassione. Avevo tirato e tirato le cinghie dei miei stivali e mi ero mossa appena. Che stupida che sembravo: come Scooby-Doo che corre e corre e non si muove di un passo; come un nugolo di elettroni, in orbita attorno al nulla.

25

«Ti va di imparare a rubare una macchina?» mi domandò Jae mentre varcavamo il confine col Tennessee. «Questa qui fa schifo, continua ad accendersi la luce del motore.»

Io non vedevo l'ora di imparare a rubare una macchina.

Trovammo una sonnolenta piazzola commerciale – un Target, un Home Depot, un Marshalls. Lei entrò nel parcheggio e ne percorse il perimetro in cerca di un'opzione valida.

«Cosa stiamo cercando?»

«Una Hyundai o una Kia, idealmente. Anche una Ford andrebbe bene – specialmente quelle più vecchie.»

«Lì c'è un'Elantra. Col finestrino mezzo aperto.»

«Dove?»

«Ore tre. Davanti al cespuglio di rose.»

Parcheggiammo poco distante.

«Prendi il cacciavite» disse Jae.

Lo misi in tasca e mi caricai la borsa da viaggio su una spalla, pronta ad abbandonare la macchina che avevamo.

Era tardo pomeriggio. I lampioni del parcheggio erano ricoperti di ghirlande. Dall'interno del Target arrivava l'eco di una musica natalizia.

«Sì, questa va bene.»

Si appoggiò con nonchalance alla fiancata dell'auto mentre io forzavo la portiera.

«Vedi quella copertura di plastica sotto il volante?» disse Jae salendo a bordo dal lato del passeggero. «Quella roba si stacca con niente. Infilaci le dita e tira forte. Brava, così.»

Ci volle un po' di forza, ma dopo qualche minuto riuscii nell'impresa.

«Vedi il blocchetto di accensione? Tiralo fuori. Ora infilaci il cacciavite – non così, più piano.»

Infilai dolcemente il cacciavite come avevo visto fare altre volte a Jae, poi lo girai attentamente.

Il motore si accese con un borbottio.

Jae consultò la mappa e mi guidò verso una stradina secondaria. Io reclinai il sedile del conducente e aprii un po' il finestrino.

Senza neanche accorgermene, avevo tirato fuori dalla tasca la pistola e ora ce l'avevo in grembo, accarezzando l'impugnatura con un dito in un modo che mi ricordava un po' troppo *il mio tesssssoro* di Gollum, per i miei gusti. La rimisi in tasca e presi una bibita dall'ultimo bottino di Jae alla stazione di servizio. Mi sentivo bene. Senza paura, cosa un po' preoccupante forse, perché non aveva davvero senso non averne. C'era tutto il paese a darci la caccia – non è questo che tante donne dicono di volere? Uomini che gli corrono dietro, che gli fanno la corte, che aspettano svegli fino a tardi di fianco al telefono in attesa di sapere dove sono, giocherellando con i capelli con le dita. Le luci di due fanali che spuntano da dietro l'angolo: che sia Evie?

È curioso quanto il linguaggio del corteggiamento rispecchi quello della caccia. Inseguire. Puntare. Colpire. E noi eravamo l'oggetto di tutto questo. Oggetto del desiderio, oggetto della paura. Che differenza faceva, in fondo? Lo vedevo il modo in cui parlavano di me ai telegiornali e sui quotidiani – scandalizzati, isterici. Io non ero nessuno. I giornalisti non avevano altro che qualche immagine da mettere in circolazione, per poi analizzarle al microscopio, dissezionarle, divorarle. Il volto di una donna non è mai soltanto una cosa. È sempre denso di potere metaforico. Un lago di significato da osservare, una superficie che riflette le tue paure, le tue gelosie, i tuoi desideri. Solo a partire dalla mia faccia e dai pochi dati biografici disponibili on-line, erano già stati scritti lunghi saggi sui miei moventi (malvagi) e sulle mie carenze morali (troppe da elencare). Il mio volto era come una di quelle illusioni ottiche, un test di Rorschach. Quanto tempo puoi passare a fissare una quasi-trentenne per nulla eccezionale prima di cominciare a vedere il demonio che si cela dentro di lei? Aspetta. Dagli tempo di venir fuori. Il mio sorriso blando nella foto del sito per le ammissioni del college: visto sotto una certa luce, non mostra un indubbio potenziale per la devianza sessuale? Avevano preso i miei post su Instagram e li avevano analizzati in ogni minuscolo dettaglio, cercandoci le prove della mia psicopatia, le vaghe tracce della *femme fatale* in quel viso da brunetta dei cartoni animati.

Per la prima volta, quel giorno, sentii che il potere di stabilire il valore di un altro essere umano non spettava soltanto a loro. Guardavo la strada davanti a noi, accarezzando di nuovo la pistola che tenevo in grembo. L'uomo con il vestito elegante al volante di quella Bmw: lui lo sapeva il mio nome? Aveva paura? La donna con quella coda seriosa, il rossetto scuro al volante di quel suv Porsche – studiava forse ogni incrocio cercando Evie Gordon? Lo sapeva che ero a due macchine di distanza? Sapeva che la stavo guardando?

Mi voltai verso Jae. Il sole del pomeriggio brillava allegro dietro i suoi capelli scompigliati, arricciati attorno alle tempie e alle orecchie. La curva delle sue labbra era un invito al peccato. Sentii un fremito di euforia, come se ci stessimo mettendo in marcia per una vacanza. Una catena era stata spezzata. In vacanza puoi essere chi vuoi. Jae poteva essere la sconosciuta incontrata al tiki bar, in un rifugio di montagna, nel posto finestrino di un aereo, sedotta per una relazione appassionata. Avevo già detto una cosa del genere a Jae in passato, ma lei non sembrava godersi molto la fantasia. *Questa non è una vacanza. Questa è la nostra vita ora.* Ma era questo il problema di Jae: era troppo razionale, troppo logica. Non si concedeva di fantasticare. Aveva i piedi fermamente ancorati a terra.

Io vagavo con i pensieri. La maggior parte delle mie fantasie erano cose innocenti. Scene di vita invernale in una baita in Canada. Un orticello. Un cane, un gatto, una ringhiera per tenere lontani i predatori. Dividere un letto. Andare a dormire con lei, risvegliarmi con lei.

Ma c'erano anche altre fantasie. Io e Jae che entriamo d'improvviso in una grande banca – colonne di marmo, pavimenti di marmo. Puntiamo al cielo i mitragliatori. Abbiamo cinture di proiettili a tracolla come fasce di un concorso di bellezza. Spariamo qualche colpo di avvertimento e tutti si buttano in ginocchio. Il rumore dei nostri passi sul marmo. Abbiamo addosso due maschere di Halloween. Pellicce e provocanti abiti a tre pezzi sbottonati. Ci portiamo pile e pile di contanti nel nostro covo sotterraneo. A inseguirci c'è Batman, ma noi lo facciamo fuori (non ci vuole niente a ucciderlo, perché questo mito che è così difficile?). Devastiamo le nostre camere in alberghi di lusso. Scopiamo su un letto di contanti. Fantasie da supercattivo nei colori sgargianti dei fumetti, nella bassa risoluzione squallida dei peggiori porno, nel gusto trash dei video musicali.

«A cosa pensi?» disse Jae, strizzandomi pigramente una coscia.

Io stappai la lattina di una bibita. «Sesso orale in autostrada.»

Memphis aveva un odore di pane in cassetta e merendine Hostess. C'era una fabbrica in città. Sotto il sentore dello zucchero e dei lieviti si sentiva ancora il fertile, primordiale ribollire del Delta del Mississippi. Comprammo carne al barbecue da un banchetto per strada e mangiammo più a nord, fuori città, sulla banchina del fiume. L'acqua aveva il colore sanguigno del tramonto. La superficie era striata di alghe verdi come caramelle aspre. La carne era buona.

Jae aveva guidato per gran parte della giornata, perciò la lasciai dormire per tutta la notte. Avevamo deciso di non fare più soste finché non avessimo raggiunto lo stato di Washington. Tremila e ottocento chilometri. Circa quattro giorni di viaggio.

Mi fermai per un caffè veloce a Kansas City, sfogliando le pagine di *Time Magazine*. Ero arrivata quasi in fondo alla rivista quando trovai il titolo: «Evie Gordon: una ragazza di talento diventata assassina.»

La prima foto mi ritraeva a sette anni, con i miei genitori. Era un'intervista, e il sottotitolo diceva: «La famiglia Gordon finalmente parla della figlia omicida.»

Fissai le lettere finché si confusero tra loro, sfocate e illeggibili. Non ce la facevo a leggere l'articolo. Cosa dicevano di me? Che elogio funebre avevano scritto per la figlia che conoscevano una volta? *La credevamo diversa. Pensavamo di averla cresciuta bene.*

Richiusi la rivista e la lanciai sul sedile di dietro, ignorando il desiderio di stringermi la foto dei miei genitori al petto, di preservare il ricordo di come eravamo, di come erano loro, di come ero io. Rimandando per sempre il momento in cui avrei scoperto chi credevano che fossi diventata.

Guidare la notte era più difficile, specialmente quando Jae dormiva. Provavo a distrarmi con la radio, ma quando sentivo la testa inclinarsi pericolosamente su un lato, dovevo trovare strategie più creative per tenermi sveglia. Cominciai a prendere nota di nomi buffi di città da dire a Jae quando si fosse svegliata. McCool Junction. Funk. Republican City. Madrid.

Il sole stava sorgendo su Madrid quando sentii pronunciare il mio nome.

Alzai il volume della radio.

«... la sorella di Dinah Victor, Rebecca Fitzgerald, si è rifiutata di seppellirla nella tomba di famiglia dei Victor a Palo Alto, dove Peter Victor è stato sepolto venerdì. Fitzgerald ha predisposto un funerale separato per Dinah da tenersi in Francia con la sua famiglia, e ha stabilito che Dinah verrà cremata.»

Mi irrigidii. Un funerale separato? In Francia?

Sentii scricchiolare il sedile del passeggero. Jae si stava svegliando.

Perché mai Peter e Dinah avrebbero dovuto avere funerali separati?

Mi tornò in mente uno scontrino stropicciato, la calligrafia minuta e ordinata di Jae.

«Letti separati» scandii lentamente.

«Che?» borbottò Jae con la voce assonnata.

«Al *bayou*. Hai scritto che Peter e Dinah dormivano in letti separati.»

D'un tratto Jae era perfettamente sveglia.

«E Dinah... Dinah non era in casa» dissi. «Da un sacco di tempo. Era Peter ad aprirmi la porta. Quel pomeriggio allo stagno delle carpe koi è stata la prima volta che la vedevo da settimane.»

Mi voltai verso Jae. Aveva un'espressione completamente concentrata.

«La valigia» dissi. «C'era una valigia sulla porta del giardino. Dinah doveva essere appena tornata.»

Jae aggrottò le sopracciglia. «Già.»

«Dov'era stata? In Francia?»

«Magari aveva un ruolo in qualche film.»

«No, no, fosse stato così l'avrebbero scritto, non pensi?

Dinah non recitava da anni. Si è ritirata dalle scene quando è nata Serena – mi ha detto che non le interessava più. Che voleva soltanto fare la mamma.»

Non aveva senso.

«E neanche Serena mi ha mai detto nulla» dissi.

Ripensai a quanto Serena sembrasse sfinita. Il suo sguardo perso nel vuoto. I suoi scatti nervosi. Lei e Peter che si aggiravano l'uno intorno all'altra come due estranei.

Serena è più furba di quanto sembra.

L'aveva scritto Jae quando le avevo fatto quelle domande al *bayou.* I suoi antidepressivi, i suoi attacchi di tristezza, le sue assenze a scuola. Il suo comportamento doveva avere qualcosa a che fare con quello che stava succedendo tra i suoi genitori. Serena era l'unica persona che fosse a conoscenza di quello che accadeva dentro quella casa. Se solo avesse potuto parlarcene.

Ma prima avrebbe dovuto risvegliarsi.

«Serena lo sa» dissi. «Qualsiasi cosa stesse succedendo a quella famiglia... Serena lo saprà spiegare, quando si sveglierà. *Se* si sveglierà.»

«Si sveglierà.»

Sentii un familiare senso di impazienza – di impotenza.

Jae si risistemò a sedere sul sedile del passeggero, stropicciandosi gli occhi. In lontananza all'orizzonte apparve uno Starbucks.

Jae sparì all'interno per comprare due caffè, dandomi qualche minuto per riflettere. Poi fu il suo turno di guidare. Quando tornammo sull'autostrada, mi voltai verso di lei con uno sguardo determinato.

«Esiste un'alternativa, sai?» dissi, provando a suonare gentile.

«Sarebbe?»

«Potresti dirmelo tu.»

«Dirti cosa?» disse Jae, lo sguardo vuoto, fisso sulla grigia neve del Nebraska.

«Jae, ti ho trovata legata nel loro sottoscala.»

«Sì, me lo ricordo questo» disse Jae, sterzando veloce per evitare del ghiaccio sulla strada.

«Perciò, voglio dire, avrai per forza almeno *qualche* informazione su...»

«Evie...»

Non mi fermai. «L'ultima cosa che mi hai raccontato è di quando hai lasciato il college. Tuo padre aveva problemi con l'alcol. Tu lavoravi per DoorDash e Lyft» riassunsi. «E poi? Aiutami a unire i puntini.»

«No.»

«No?» ripetei, sorpresa.

«Non voglio parlarne.»

«È a quel punto che hai incontrato i Victor?»

«Cosa ti ho appena detto?» scattò lei.

Aprii la bocca, pronta a insistere, pronta a dare il tormento a Jae finché non avesse vuotato il sacco su tutta la sua esperienza traumatica. Ma poi la vidi portarsi istintivamente le dita alla gola. Il livido ancora verdastro, del colore della bigiotteria da quattro soldi.

Dopo un silenzio colpevole, Jae fece un sospiro.

«Sì» disse. «È stato allora che li ho incontrati.»

«E come?»

«Lavoravo per loro.»

«Facevi la cameriera per una società di catering» mi ricordai.

Jae annuì.

Ma certo. Ci sono soltanto due modi per una persona come Jae di vedere l'interno di una casa come quella, di penetrare la membrana che separa i due mondi. Il primo modo è la violenza. Il secondo è il servizio.

«Per quanto tempo?»

«Abbastanza. L'azienda per cui lavoravo mi ha licenziata.»

«È successo qualcosa?»

Jae sospirò. «No, è solo che... non ha funzionato.»

«Tu abitavi ancora con tuo padre?»
«A volte.»
«E adesso dov'è lui?»
«Morto.» La sua voce non vacillò.
Io la fissai, sconvolta. Jae mi guardò, come sfidandomi a parlare.
«Non farlo» disse. «Non dirlo. Non dire niente.»
L'istinto di chiedere scusa, di impicciarmi, di scoprire la verità – il come, il quando, il perché – era quasi impossibile da reprimere. Ma dovevo. Non c'era altra scelta.
«E tu dove abitavi?» dissi. «Dove sei andata?»
Jae strinse forte il volante e scosse la testa.
«Da qualche amico?»
«Vivevo in macchina.»
Dopo restammo in silenzio. Quando Jae parlò di nuovo era quasi l'ora di pranzo.
«Ero disperata» disse. «Ormai ero disperata.»
La sua voce era roca e uniforme. Nel frattempo eravamo arrivate a Cheyenne, nel Wyoming. Ad accoglierci trovammo un'attrazione turistica sul ciglio della strada: una giraffa costruita con barili di benzina dipinti, con le ciglia fatte con un pettine a denti lunghi; un elefante fatto di rottami. I bordi dell'autostrada erano coperti di neve limpida e spumosa.
«Ci sono tornata» sussurrò Jae.
«Sei tornata dai Victor?» Ero confusa.
Jae annuì.
«E cos'è successo?»
Lei non sentì la mia domanda e proseguì, come se fosse persa nella sua memoria. «Non mi ricordo come ci sono arrivata. Però ero davanti al loro portone. Ero così stanca. E avevo fame, mio padre era *appena*...» Un muscolo si contrasse sulla sua mascella. Jae tornò in silenzio. Qualche minuto dopo disse: «Ero disperata.»
Io avrei voluto sapere ogni dettaglio – com'è stato, la-

vorare per i Victor? e cos'è successo a tuo padre? – eppure, contenuto in quella parola soltanto, c'era tutto un universo. *Disperata.*

«Chi ti ha aperto la porta?» dissi. «Serena?»

Jae scosse la testa.

«Dinah?»

Di nuovo scosse la testa.

«Peter quindi» dissi io.

Nei suoi occhi balenò un odio grezzo, viscido, ancora vivo.

«Non mi ha riconosciuta» disse Jae. «Non avevamo mai interagito granché quando ero andata a lavorare a casa sua. Perciò ha pensato che fossi... una di loro.»

«Una di loro?» Non capivo.

«Le donne» disse Jae.

Highest Bidder. Ma certo.

«Non avevo la forza... ero così *stanca*... io...»

Jae rimase a lungo in silenzio.

«Mi ha invitata a entrare» disse. «E poi si è reso conto che non ero... che non ero lì per *quello*. Si è reso conto che non ero nessuno.» La sua voce tremava. «È stato tutto così facile per lui.»

Smise di parlare. Guardammo la neve che scorreva veloce ai lati del finestrino. Io fissai il livido sbiadito che aveva sul collo. Ripensai a quanto fosse fresco quando l'avevo trovata. Ancora sporco di sangue ai margini, di un viola intenso al centro.

«Non c'era nessuno che mi cercasse» disse Jae piano. «Nessuno sapeva neanche che ero scomparsa.»

26

La lasciai dormire tutta la notte. Nel Montana passammo davanti a un carcere statale. Erano le tre del mattino, ma qualche luce era ancora accesa. In un altro universo, avrei potuto esserci anch'io chiusa lì dentro, o nel suo equivalente in California. Se Jae non avesse rubato la Nissan e non mi avesse trovato una nuova carta d'identità nel deserto. Se Jae non fosse tornata a prendermi. Se Jae non avesse fermato il commesso del motel. Se Jae non fosse stata al mio fianco in Florida, se non avesse respinto i giovani Carlisle.

Era Jae il punto di divergenza. Il bivio lungo il percorso. La differenza tra la vita che avevo ora e una vita di carni misteriose in sala mensa e tute arancioni, alcol distillato nello scarico del water, coltelli artigianali. Ero ricercata per omicidio, non per furto o evasione fiscale o possesso di droga. C'erano concrete possibilità che la mia vita in prigione sarebbe stata più simile al *Silenzio degli innocenti* che a *Orange Is the New Black*. Avrei istruito irrequieti agenti dell'Fbi sulle abitudini di criminali come me. Avrei convinto un agente delle squadre speciali a infilare la mano nella serrandina da cui mi serviva il cibo e l'avrei intrappolato. Gli avrei strappato via la pelle del viso con un'unghia, tagliandola sottile come una fetta di prosciutto per indossarla come una maschera di Halloween. E sarei scappata.

Oppure sarei rimasta lì ad appassire giorno per giorno, per decine di migliaia di giorni, e poi sarei morta.

Esisteva anche un'altra possibilità: la possibilità che mi dichiarassero innocente. In aula potevo invocare la legittima difesa. Serena voleva uccidermi. I ragazzi dei Carlisle volevano uccidermi. Avevo il diritto di difendermi, no? L'avvocato di Robert Durst aveva invocato con successo la legittima difesa, e il suo cliente aveva decapitato un uomo e gli aveva tagliato braccia e gambe con una sega. Io non ero un astro nascente dello sport e non ero O.J. Simpson, ma forse qualche giovane avvocato di talento si sarebbe comunque fatto avanti per rappresentarmi in tribunale.

Ma questo cosa avrebbe significato per Jae? Aveva già passato settimane in una prigione di un altro tipo. Non avrebbe accettato di finirci di nuovo. E io non gliel'avrei mai chiesto.

Perciò, Scilla: l'ergastolo in una prigione federale o, nel caso più fortunato, un futuro in stile Amanda Knox, circondata dall'odio della gente e dai sospetti. Ma almeno avrei avuto un certo accesso (limitato) alla mia famiglia, ai miei amici, al mondo che conoscevo.

Oppure Cariddi: esilio permanente e senza fissa dimora, un mondo di ombre, un purgatorio solitario fatto di occupazioni abusive e cibo in scatola. E Jae.

All'alba eravamo ancora nel Montana, non lontane dal confine con il Canada. Jae fece il pieno a una stazione di servizio. Il chiosco era deserto, perciò mi concessi il rischio di sfogliare le riviste sullo scaffale. C'era soltanto un ragazzo con gli occhi arrossati al bancone – tra i venti e i trenta, zuccotto arancione da pescatore, tatuaggi sul collo, barba folta, una canna sistemata con noncuranza dietro l'orecchio.

Studiai i titoli più recenti. Un parlamentare della Florida ci aveva chiamate "le donne più mostruose d'America". Uno pseudo-filosofo *incel* con molto seguito ci voleva giustiziate in diretta tv. Il governatore della California ci chiamava "il Male assoluto". Eravamo disgustose, crudeli, a malapena due esseri umani. Ogni descrizione degli omicidi ricordava ai lettori che non eravamo semplici killer: eravamo *donne* killer. La nostra trasgressione ci rendeva immediatamente figure mitologiche. Simboli di un male misterioso e femminile. Vedove nere, *femmes fatales*, streghe. Oggetti di odio, di fantasie di vendetta, di erotismo perverso. *Bonnie e Bonnie.* Clyde non pervenuto.

Nel mezzo di tante descrizioni della mia disgustosa crudeltà c'era l'articolo di *Time Magazine*, il cui sottotitolo mi sfidava e che ancora non riuscivo a sforzarmi di leggere: «La famiglia Gordon finalmente parla.»

Voltai lo sguardo, passando all'espositore delle cartine. *British Columbia: la guida essenziale. Avventure a Vancouver Island.* Erano abbastanza piccole da poterle infilare in tasca. Non ero una ladra esperta come Jae, ma questo furto sembrava facile persino per me.

Diedi di nuovo uno sguardo al ragazzo con gli occhi rossi alla cassa. Ma lui mi stava già fissando.

Rimasi paralizzata.

Lentamente vidi dipingerglisi in volto un sorriso: mi aveva riconosciuta.

Portai goffamente la mano alla tasca dove tenevo la pistola.

«Lo sai che hanno i sensori di calore, al confine?» disse.

Indicò con un gesto del mento la cartina che avevo ancora in mano, *Passeggiate in British Columbia.*

I campanelli di legno alla porta suonarono. Era Jae.

Vide me e il ragazzo alla cassa, che ci fissavamo.

«I sensori captano il segnale di qualsiasi fonte di calore non-animale» disse il commesso, con un circospetto cenno di saluto a Jae. «Lo so che sembra facile varcare il confine, ma fidati, quei sensori ti fottono. Dico sul serio. La polizia doganale vi sarebbe addosso in cinque minuti.»

Era un ragazzo attraente, a modo suo, con quell'aria trasandata e poco raccomandabile. Sul cartellino col nome c'era scritto GABE.

Jae estrasse il suo coltello.

Gabe alzò le mani in segno di resa.

«Ascolta, non mi devi neanche rispondere. Senza offesa, eh, ma è piuttosto chiaro cosa avete in mente di fare. Voglio dire, per quale altro motivo sareste qui?»

Jae fece un passo avanti.

«Non ho alcuna intenzione di chiamare la polizia» disse Gabe.

«E perché dovrei crederti?» dissi io.

«Perché? Perché Patrick Bateman rispetto a voi se la prende *nel culo*.» Fece un leggero fischio di ammirazione, con la mano sul petto. «Chi è il prossimo obiettivo? Accettate suggerimenti? Potrei darvi qualche nome io.»

«Tu non sai nulla di noi.» Mi tremava la voce.

Lasciai che intravvedesse la pistola che mi sbucava dalla tasca. Sperai che non si accorgesse di quanto mi tremava la mano.

«Okay, okay, va bene, è come dicono, non dovresti mai incontrare i tuoi idoli. Posso darvi solo un consiglio?»

La pistola fece un leggero *clic* quanto tolsi la sicura. Nessuno si mosse.

«Anacortes» disse svelto Gabe. «Nello stato di Washington. C'è un traghetto lì. Non dovete neanche abbandonare la macchina, la potete imbarcare. Rimanete in disparte. Poi scendete su una delle San Juan Islands. Vancouver Island è proprio dall'altra parte dello stretto. Ci potete arrivare a nuoto.»

Jae strinse gli occhi con aria scettica.

«Era una battuta, Jesse James» disse Gabe. «Non andate a nuoto, cazzo. Trovate una casa con un molo e una barca. Sono tutte case vacanza in quella zona – fidatevi, almeno la metà saranno vuote. Prendetevi la barca e andate il più lontano possibile. Ho un amico che ha portato oltre il confine un sacco di...»

I suoi occhi si volsero di scatto verso il parcheggio. Un'altra macchina era arrivata alla stazione di servizio. Jae e io cominciammo ad avvicinarci alla porta.

Quando passammo davanti al bancone, Gabe fece un buffo inchino e mi consegnò un sacchetto unto di Burger King. Io lo presi in fretta e aprii la porta, attraversando il freddo del parcheggio con Jae alle mie spalle.

Lasciammo la stazione di servizio più in fretta che potevamo, con Jae al volante.

«Che cosa *stupida* che hai fatto, Evie» sibilò lei. «Che diavolo ti è saltato in mente?»

Io la ignorai e aprii il sacchetto. C'era un hamburger intonso e delle patatine. Scartai veloce l'hamburger e gli diedi un morso.

«E quello cos'è?» disse Jae.

«A te cosa sembra? Colazione gratis» dissi io, con una fetta di cetriolo tra i denti. «E non è stata una cosa stupida.»

Le passai il sacchetto unto. Con riluttanza, Jae prese una manciata di patatine.

«Come fai a essere così tranquilla su quel tizio?» insistette.

«Se tu avessi pensato che era veramente un problema» dissi io, «avresti fatto di più per impedirmelo, non pensi?»

Jae rimase in silenzio un istante.

«D'accordo» ammise. «Ma non puoi fidarti ciecamente di chiunque ti dica di essere un tuo fan.»

«Un *fan*?»

«Mi meraviglio del fatto che non ti abbia chiesto un autografo» disse Jae, sarcastica. «E ce ne sono anche altri come lui, ne sono sicura.»

Non riuscii a nascondere il mio stupore. Era così difficile procurarsi delle notizie che avevamo dovuto accontentarci dell'essenziale, del minimo comune denominatore: i soliti quotidiani nazionali, i notiziari gracchianti dalle tv delle camere dei motel. Le prediche dei presentatori dal pulpito di un tg, senatori e procuratori e agenti dell'Fbi che chiedevano le nostre teste. Non mi era mai neanche venuto in mente che l'opinione pubblica su di noi potesse essere più complessa, più sfaccettata. Fazioni opposte, disertori, eretici. Era piacevole, a essere onesti, pensare che c'era qualcuno lì fuori – qualche sconosciuto – che non voleva vederci marcire in prigione per il resto della nostra vita.

«Ha senso» dissi, «quello che ci consigliava. Il traghetto. Raggiungere le isole e prendere una barca. Alla fine è una cosa che abbiamo già fatto.»

Jae mi riconsegnò quel che restava dell'hamburger. Mangiando, studiai la cartina e trovai il paese che Gabe aveva menzionato: «Anacortes.»

«E dove sarebbe?»

«A nord di Seattle. Proprio sulla costa.»

«Perciò che facciamo, troviamo una casa vuota che abbia una barca nel molo, rubiamo la barca...»

«Spegniamo il sistema di navigazione, come abbiamo fatto in Florida, diventiamo completamente irrintracciabili.»

«Ma come facciamo ad arrivare in Canada?»

«Non è lontano» dissi io, studiando la mappa. «Guarda, c'è lo stretto di Haro. E poi sul versante canadese ci sono altri paesini. Possiamo seguire la costa finché non troviamo un punto in cui si può attraccare in sicurezza.»

«E poi?»

«E poi troviamo una macchina e ce ne andiamo.»

Dal buio dell'autostrada spuntò un'uscita poco più avanti. Jae la imboccò e ci guidò verso una strada solitaria, dove accostò sotto un cavalcavia. Diede anche lei uno sguardo alla mappa. Io uscii dalla macchina per andare a fare la pipì, lieta dell'aria gelida che mi schiariva le idee.

Tremavo dal freddo quando tornai alla macchina e Jae alzò il riscaldamento.

«Mi piace» disse a voce bassa. «L'idea del traghetto. Anacortes. Ha senso» ammise. «Ed è meno pericoloso che attraversare le foreste via terra. Almeno questo è un male che conosciamo già.»

Opzioni migliori non ce n'erano. Le alternative erano farci inseguire dagli orsi e magari morire congelate, oppure rischiare il mare aperto.

Eravamo d'accordo: saremmo andate in Canada in barca.

27

Guidammo a turno attraverso tutto lo stato di Washington. Le montagne del Cascade Range, a guardarle di sfuggita, potevano quasi passare per le Alpi svizzere. O le catene montuose delle saghe fantasy ambientate in Nuova Zelanda. L'Austria medievale, con le sue colline cariche di bambini biondi, cantanti soprano e pellicce, tutti insieme appassionatamente. Al tramonto arrivammo a uno strano villaggio in stile bavarese, una vecchia stazione ferroviaria trasformata in un'attrazione turistica. Sembrava il paesino natalizio di quelle palle di cristallo con la neve. C'era un Festival delle Luci, sotto un gazebo addobbato da ghirlande. Era tutto così grazioso da sembrare un po' sinistro. Sotto i tetti barocchi dai colori pastello, mi aspettavo quasi di vedere spuntare Biancaneve o un elfo o una delle Gilmore Girls.

Il parcheggio deserto di un motel ci concesse un'ora di sonno. Era di gran lunga il paese più affollato in cui ci fossimo fermate fino a quel momento, perciò decisi di restare in macchina mentre Jae andava a procurarci da mangiare. Tornò con birra tedesca, pretzel morbidi e una nuova manciata di giornali e riviste.

«C'è un'intervista a Lukas» lessi ad alta voce, sorpresa di trovare il suo volto magro che mi fissava da una delle prime pagine. «Era in tv ieri sera.»

«Chi?» disse Jae distratta.

«Il ragazzo di Serena.»

«Serena si è svegliata?» chiese Jae, prendendomi di mano il giornale, d'un tratto interessata. Io continuai a leggere da sopra le sue spalle.

«A quanto pare ha avuto soltanto una leggera contrazione di un mignolo.»

«C'è un estratto dell'intervista» disse Jae. «Gli chiedono di Highest Bidder. Se lui o Serena sapessero che Peter si portava le escort a casa.»

«E lui che dice?»

Le rubai il giornale prima che potesse rispondermi e mi misi a leggere freneticamente.

Lukas Taylor-Hogg: Di quello non ne so nulla. Forse Serena sì. Ma non avevano un gran rapporto. Diceva che a suo padre importava solo dei soldi. Voleva essere, tipo, ricco come Epstein. Talmente ricco da potersi comprare un'isola privata. Serena diceva che lui incolpava sempre sua madre – che il fatto che lei fosse stata tipo un'attrice famosa gli portava molte più attenzioni addosso, dopo le indagini.
Abc: Le indagini?
LTH: Dopo la crisi dei mutui immobiliari. Serena disse che un sacco di altri vicepresidenti nella sua banca erano rimasti, ma a lui non era stato permesso. Per quello si erano trasferiti a Los Angeles.
Abc: Peter come trattava Serena?
LTH: Non credo che il signor Victor, cioè, abbia mai fatto nulla a Serena. Ma lei aveva sentito un po' di cose. Non lo so – credo che una volta l'aveva visto con una di quelle ragazze, quelle donne. Le, ehm, prostitute. Una volta è venuta a casa mia che era tardissimo, ed era sconvolta. Ha detto che non si sentiva al sicuro a casa. Continuava a ripetere: «Ho visto qualcuno.» E poi il giorno dopo mi ha detto che sua madre aveva chiesto il divorzio.
Abc: E questo quando è stato?

LTH: Tipo un mese fa? La signora Victor se n'era andata a Parigi. Non poteva ancora far lasciare la scuola a Serena, ma il piano era di avere tutto pronto in modo che potessero andare via non appena al signor Victor fossero stati recapitati i documenti del divorzio.
Abc: E il signor Victor come reagì alla notizia del divorzio?
LTH: Be', non credo che la signora Victor abbia mai avuto modo di dirglielo. Stava aspettando il momento giusto. Avevano tutte e due parecchia paura – lei e Serena. Ma Serena mi ha detto che sua madre aveva un bravo avvocato. Cioè, per gli alimenti e quelle cose lì, no? Da quello che ho capito è l'avvocato che aveva rappresentato la moglie di Mel Gibson. O i Murdoch, ora non mi ricordo.
Abc: Quello è stato un accordo da un miliardo di dollari di alimenti.
LTH: Sul serio? Porca miseria. Be', ecco, credo che la signora Victor avesse preso quel tizio lì.

Divorzio. Sentivo un ronzio nelle orecchie.
Dinah aveva chiesto il divorzio.
Ma certo.
Letti separati.
Funerali separati.
«È stato quel giorno lì, vero?» dissi. «Domenica scorsa. L'11 dicembre. È quello il giorno in cui Dinah è tornata da Parigi. Per dire a Peter che avrebbero divorziato.»
Mi venne in mente la valigia sulla porta del giardino. La borsa gettata a terra.
Uno sguardo di comprensione apparve sul volto di Jae.
Io ero arrivata alle tre del pomeriggio per fare lezione a Serena. Da quante ore era già avvenuto il delitto? Tre? Due? Una? Il sangue era ancora liquido quando l'avevo visto io.
Chiusi gli occhi. Visualizzavo tutto perfettamente.

Peter entra in cucina. È stupito di vedere sua moglie lì che lo aspetta. Sono settimane che non la vede. Lei non ha mai risposto ai suoi messaggi o alle sue chiamate. Peter non è un cretino. Lo sa cosa sta facendo sua moglie. Ma Dinah è furba: lo sa che non è una buona idea trascinarlo in tribunale. Non oserebbe.

Peter guarda i documenti che gli dà Dinah. Lei ha un'espressione determinata, ma le tremano le mani. Lui guarda la cifra che lei gli chiede. La firma è quella di un avvocato che riconosce. Un avvocato che ha già rovinato la vita a tanti altri uomini. Uomini per bene, uomini che lavoravano: uomini che avevano soltanto provato a tenere le mogli al riparo dai propri istinti peggiori. Un uomo ha dei bisogni. Dinah era una sorgente di montagna, pura e fredda e pulita. Ma a volte un uomo ha bisogno di abbeverarsi a un altro tipo di fonte. Peter ha dei gusti particolari. È lui il primo ad ammetterlo. Dinah non lo avrebbe capito.

No, le dice semplicemente, restituendole i documenti.

L'iter è già cominciato.

Chiedi troppo.

Dinah ha l'aria di volergli dare uno schiaffo.

E Peter non vede l'ora che glielo dia. Perché, se lo facesse, aprirebbe una porta che lui non ha mai osato aprire. E dietro quella porta esiste un mondo in cui lui risponde al suo schiaffo con un altro schiaffo. Un mondo in cui lui le mette le mani al collo – come faceva con le donne che pagava, e con quelle che non pagava – e le dice, No, Dinah. Stammi a sentire.

E lei starebbe a sentire, eccome.

Me ne vado, dice lei. L'avvocato penserà al resto.

Qualcosa attraversa il viso di Peter. Qualcosa che si riflette sul volto di lei, distorto, come negli specchi di un luna park. Paura.

Dinah fa un passo indietro.

Peter fa un passo avanti.

Il giardino. Lei raggiunge l'edera e la menta, le braccia conserte, tremante di rabbia, il telefono già stretto in pugno.

Lui la segue.

Lei dice, Lasciami stare.

Lui dice, Fammi parlare.

Lei dice, No.

Lui dice, Fammi solo...

E poi le porta una mano sul collo. È così morbido, con tutte le creme che usa. Persino troppo morbido. Peter stringe.

Nella lotta, finiscono nello stagno delle carpe koi. Dinah gli sta sopra.

Furioso, faticando a respirare, fradicio, afferra la prima cosa che gli capita a tiro.

Un sasso.

La colpisce col sasso. Furiosa, urlante, lei scatta all'indietro, poi si ributta avanti, con il sangue agli occhi. Peter non l'ha mai vista così prima d'ora. Per quanto tempo sua moglie ha sognato, a letto accanto a lui nelle sue pudiche camicie da notte, per quanto tempo ha immaginato di mettergli le mani al collo?

Peter non riesce a respirare. Raccoglie tutte le forze e la colpisce di nuovo. Il suo cranio si spacca. Lui la colpisce, ancora e ancora. Anche lui vede solo bianco ora. Ma sta vincendo. Lei barcolla all'indietro. Oh sì, Peter ha vinto. Ce l'ha in pugno. Come ha osato pensare di poter... che lui sarebbe stato lì buono buono, *a subire...*

Se solo potesse sollevare la testa. Sente che sta affogando. Non vede più.

Deve soltanto alzarsi.

Se soltanto il suo cervello riuscisse a... se solo potesse...

Se...

Un urlo, inghiottito dagli alberi tutto intorno.

Se un albero cade a terra e non c'è nessuno a sentirlo...

Se un assassino uccide un assassino uccide un assassino uccide un...

Era una battutaccia. Assassino e assassinato: un circuito chiuso. Nessun testimone. Nessuno che potesse discolpare noi. Ovviamente era per questo che non era venuto fuori nessun altro sospetto. Nessun cattivo che potesse apparire dalle tenebre, rigirandosi i baffi con le dita. Serena non si sarebbe risvegliata per rivelare il suo diabolico piano. Lukas non poteva aprire il sipario e mostrarci come aveva fatto. Nessun agente dell'Fbi o detective avrebbe dissentito con tutti gli altri e si sarebbe messo a seguire una nuova pista. Persino l'investigatore amatoriale più intelligente non sarebbe mai riuscito a mettere insieme i pezzi del puzzle.

«Forse» disse Jae disperata. «Forse non è andata così. Forse...»

Forse. Forse Peter e Dinah non si erano uccisi a vicenda. Ma una cosa era chiara adesso – anzi, una cosa era sempre stata chiara, ma io ero sempre stata incapace di vederla – ed era che in ogni caso non aveva importanza. Non aveva mai avuto importanza.

Perché c'era Evie Gordon.

28

Erano le due di notte quando finalmente mi arresi.

Jae dormiva con la testa poggiata al finestrino, la bocca aperta, la fronte corrugata come se stesse facendo un brutto sogno. Avevo insistito a guidare io quella notte, malgrado lei si fosse offerta. Non sarei riuscita a dormire comunque. Tanto valeva darmi un compito da svolgere. Lasciata a se stessa, chi lo sa dove sarebbe andata la mia mente. La speranza è una cosa pericolosa da perdere. Chi ero io senza speranza? Avevo paura di scoprirlo.

Mi fermai in un'area di servizio e feci il pieno. Rimasi a sedere nella macchina parcheggiata, a fissare la copia di *Time Magazine* che tenevo in grembo. L'articolo che avevo davanti, la mela avvelenata alla quale resistevo da due giorni, era sempre: «La famiglia Gordon finalmente parla.»

Al centro c'era una foto di me da piccola. Grandi boccoli da Shirley Temple, lentiggini. Era una foto di Halloween, ed ero vestita da squalo. La mia faccina spuntava sotto i grandi denti di gommapiuma. Sembravo contenta di essere stata divorata – un gran sorriso sdentato, un Tootsie Pop rosso mezzo mangiucchiato stretto in pugno. Con l'altra mano reggevo un secchiello a forma di zucca. Mio padre mi stringeva le spalle, altissimo anche così chinato in avanti. Era vestito da Dracula. Mia mamma aveva un generico costume da strega preso al centro commerciale. Indossavano gli stessi costumi ogni anno prima del divorzio. Mio padre riempiva il giardino di casa di finte lapidi che aveva ricavato dalla legna di scarto e sulle quali scriveva nomi che facevano ridere soltanto lui. Rockstar o presidenti morti, come Jimi Hendrix e Jim Morrison o Nixon e Reagan. Era un bambinone che giocava. Si era persino costruito una bara apposta e quando i bambini arrivavano alla porta lui ci si nascondeva dentro. Quelli suonavano il campanello e aspettavano che qualcuno venisse ad aprirgli. E a quel punto, quando loro meno se lo aspettavano, lui sbucava fuori dalla bara e li spaventava.

C'erano altre foto. Io il primo giorno della quarta elementare, con il quaderno Lisa Frank in mano. Io e mia madre a Destin, in Florida, a mangiare pancake in un posto affacciato sul mare chiamato Frisky Dolphin. Mia madre era ossessionata dai delfini: ce li avevamo ovunque in casa, sulla carta da parati, in una miriade di souvenir appesi.

«Crede che Evie sia ancora viva?»

Era questa la prima domanda che il giornalista aveva rivolto a mia madre.

«Sì» aveva risposto mia madre con sicurezza. Il reporter descriveva il suo sorriso come *coraggioso* e *precario*. «Naturalmente! È intelligente, Evie. Lo è sempre stata.»

«E voi due insistete ancora che ci siano zero possibilità che sia colpevole?»

«Certo che insistiamo!» interveniva mio padre. «Non abbiamo alcun dubbio che la nostra Evie sia innocente.»

«E allora perché non si è costituita alla polizia? Non sarebbe la cosa giusta affidarsi a un regolare processo? Si potrebbe sostenere che più a lungo continua a evadere la legge, più appare colpevole.»

«Be', il fatto è che il sistema giudiziario in questo paese è estremamente problematico» disse mio padre.

«Le prove a suo carico sono pesanti però, dovete ammetterlo» disse il giornalista. «E non ci sono altri sospettati...»

«A quanto ne sappiamo noi» lo interruppe mio padre. Immaginavo le sue manone espressive alla Jeff Goldblum che agitavano un dito ammonitore, la V corrucciata delle sue sopracciglia.

«Io voglio soltanto sapere che Evie è al sicuro» disse mia madre. «Voglio che la gente la smetta di dire le cose orribili che stanno dicendo in tv. E voglio che *la smettano di accamparsi fuori da casa mia.*»

Qualcosa non andava.

Guidando, mi sentivo avvolta da un'oscurità claustrofobica, pulsante, come se fossi intrappolata all'interno della pelle di un animale. Tutti i miei organi pressati insieme. Ogni vena e via respiratoria cucite in un unico canale.

Accostai in un'area di sosta e aprii la portiera, ansimante. Barcollai verso il bagno, appoggiai la fronte al freddo di un distributore automatico e cercai di ignorare il formicolio che sentivo nelle dita e nei piedi. Presi a calci la macchinetta finché non sputò fuori una bottiglietta d'acqua, che mi scolai d'un fiato. Non servì a niente. Provai a vomitare, ma non riuscii a tirar fuori altro che qualche filamento di bile. Tornai alla macchina, respirando a scatti. Presi a testate il volante per la frustrazione, *bang bang bang.* Jae socchiuse gli occhi. Le baciai i capelli. *Torna a dormire.*

Scesi di nuovo dalla macchina e seguii il fruscio di un ruscello dietro la stazione di servizio. Tirai fuori dalla tasca una sigaretta e feci qualche tiro infreddolito. I fari della macchina offuscavano il cielo stellato della notte. Mi sembrava di essere seduta sotto una ciotola a forma di mondo, deserta, senza stelle né pianeti né persone. Soltanto un nucleo di oscurità, che si estendeva sempre di più. Neanche il freddo mi raggiungeva più. Mi guardai le dita. Tre erano intorpidite. Ne succhiai una scaldandola col calore della bocca, come una bambina, per risvegliarla. Se fossi rimasta a lungo lì fuori, ero certa che altre parti del mio corpo avrebbero perso sensibilità. La disperazione era come un iceberg. Era sempre in attesa del nostro incontro fatale.

L'adrenalina era una droga più potente di tutte quelle che avevo mai provato nelle stanze dei dormitori al college. Ti faceva innamorare. Ti immunizzava dal dolore. Ti rendeva pronta a marciare sul campo di battaglia, col miraggio dell'immortalità che splendeva all'orizzonte. La ricaduta alla fine era peggio dell'astinenza da nicotina.

E poi l'orologio riparte. La clessidra si rovescia. Cade l'ultimo granello di sabbia, e tu ti risvegli col viso incrostato di bava, con addosso i vestiti di qualcun altro, in una macchina scassata, in una terra sconosciuta.

29

Quando finalmente tornai alla macchina, Jae era sveglia ed era al volante. Senza dire niente mi sedetti sul sedile del passeggero e dormii per una mezz'ora. Per il resto del tempo, facevo solo finta. Avevo le orecchie tappate dall'altitudine e non riuscivo a sbloccarle. Mi stavo massaggiando la pelle sotto la mandibola, quando vidi spuntare il sole dietro un gruppo di nuvole bianche, come una fioca candela arrivata alla fine dello stoppino.

«Che c'è che non va?» disse Jae.

«Niente.»

Era una bugia, ovviamente. C'era qualcosa che proprio non andava. Ma quello che non andava era la mia testa, e finché non avessi rimesso in ordine i pensieri, non sarei riuscita a dire niente neanche se ci avessi provato. Stringevo in pugno l'articolo di *Time Magazine*. Ormai sapevo a memoria quasi tutte le risposte dei miei genitori.

Cercai di nuovo di dormire. Visto che non ci riuscii, provai a mangiare qualcosa. Ma non avevo fame. Una lista delle cose che non avevo: fame, un futuro, un letto in cui dormire, un tetto sulla testa, la possibilità di rivedere la mia famiglia, la certezza di trovare da mangiare per il mio prossimo pasto, e una cosa qualunque che potessi dire "mia". E non avrei mai più avuto nessuna di queste cose. Persino Jae quel giorno sembrava un'ombra. Frammenti di lei entravano e uscivano dalla mia messa a fuoco, come pezzetti di cristallo sotto una lente d'ingrandimento – ecco la sua bocca furba, e qui le sue dita intelligenti, e la curva scura ed elegante delle sue sopracciglia –, ma nella sua totalità non riuscivo mai a vederla. La carezza delle sue labbra sulle nocche della mia mano mentre io fingevo di dormire mi scatenò un'onda spaventosa sotto il costato. Non siamo fatti per provare emozioni così intense.

Non ero una fuorilegge o un pirata o la nuova grande serial killer d'America. Ero un'insegnante di ripetizioni di ventinove anni originaria di Hendersonville, North Carolina. A maggio volevo andare con gli amici a Big Sur e fermarmi con loro al Madonna Inn, come facevamo tutti gli anni. Volevo risparmiare i soldi per andare a New Orleans a giugno con i miei compagni del liceo, che vivevano ancora in North Carolina. Due di loro avevano dei bambini, o li avrebbero avuti a breve. Tre erano sposati. Io non ero sicura di volere un figlio, e non ero sicura di volermi sposare. Sospettavo di no. Ma mi sarebbe piaciuto avere la possibilità di continuare a chiedermelo. Di fare domanda per un dottorato o trasferirmi in un'altra parte del paese – o magari di tornare a casa. Forse mi sarei trovata una casetta. Una stanza e un letto che fosse mio. Un cane in giardino. Una ragazza da amare. Sarebbe stata una criminale competente ed esperta. Avrebbe avuto una bocca furba e dita intelligenti e una fila di fiori tatuati lungo i fianchi.

Jae si fermò per frugare nella spazzatura fuori da un'ipermercato Safeway, e io mi costrinsi a mangiare qualcosa. Pane raffermo, un'arancia, carote a bastoncini. Jae si prese cura dei miei bisogni diligentemente. Dopo mangiato fumai qualche altra sigaretta, bevvi un altro po' di birra e accarezzai distrattamente la pistola che tenevo in grembo finché non mi addormentai di nuovo. Al risveglio mi sentivo un pochino meglio, ma avevo ancora mal di testa. Senza una parola, Jae tirò fuori una confezione di paracetamolo. Mandai giù un paio di pasticche senza bere nulla. Con la stessa clinica premura, Jae aprì una bottiglietta d'acqua. Il suo gesto mi fece venire un nodo alla gola.

Lei se la caverà, pensai, guardando le sue guance che si scavavano ogni volta che aspirava la sigaretta. Lei non ha mai avuto bisogno di me, alla fine. La fredda e cinica Jae, maestra col coltello, ladra di macchine. Quando glielo dirò, anzi, sarà sollevata. Libera dalla sua zavorra di celebrità.

«Scusami» dissi.

«Di cosa?» disse Jae.

Di non essere una fuorilegge o un pirata o la nuova grande serial killer d'America.

E di averti abbandonata, pensai, anche se ancora non l'avevo fatto.

30

Il mio umore era leggermente migliorato quando raggiungemmo Anacortes. Gocce di pioggia sfioravano i finestrini. Un mondo verde e umido, fatto di felci e del rombo del tuono. Arrivammo poco prima di mezzogiorno. Il porto era avvolto in una spessa coltre di foschia, ma si riusciva comunque a intravvedere il profilo elegante di Fidalgo Bay. Isole fitte di cedri e abeti balsamici, barche a vela ferme nei fondali bassi sotto le scogliere.

Ad accoglierci nella baia trovammo un battello storico a ruota: il W.T. Preston. Sembrava un incrocio tra una chiatta industriale e una barca fluviale vecchio stile, alla Tom Sawyer, di quelle con la grande ruota a pale. Il porto era ampio, popolato perlopiù da barche a vela e pescherecci. Qua e là qualche casa galleggiante e qualche motoscafo. C'era un gran numero di caffè turistici: Dockside Dogs, Zaza Turkish Coffee (in un capanno turchese), un banchetto di carne al barbecue. Dal parcheggio per roulotte a poca distanza si alzava il fumo dei falò. Comprammo qualche snack a un alimentari. Tramezzini in confezioni di plastica, vaschette di hummus, banane annerite. Jae prese altre scorte per il viaggio: frutta secca, cracker, noci e carne essiccata. Vaschette di noodles e barattoli di zuppa.

Arrivammo all'imbarco dei traghetti a mezzogiorno e cominciammo ad aspettare. C'era un traghetto alle sei, il

Samish, che poteva portarci a Lopez Island. Consultai la mappa, studiando il percorso da lì a Nanaimo, in British Columbia. In macchina, Jae passò in rassegna un cumulo di dépliant e cataloghi immobiliari in cerca di un obiettivo promettente. Una casa vuota, una barca sul molo. Avevamo una soluzione d'emergenza pronta nel caso non avessimo trovato nulla: c'era un'area di campeggio non lontana dalla stazione dei traghetti a Lopez Island. Ci saremmo rifugiate lì per la notte, poi, alle sei del mattino, potevamo risalire sul traghetto e provare un'isola diversa, le Orcas o San Juan.

Anche il mio piano stava già prendendo forma, nonostante a Jae non avessi ancora detto nulla. La mia priorità era assicurarmi che lei avesse le maggiori probabilità di successo possibili. Avrei aspettato di trovare una casa vuota che andasse bene, con una barca, e mi sarei accertata che Jae fosse in grado di guidarla e che le condizioni meteo fossero adatte alla traversata. E poi l'avrei guardata sparire all'orizzonte. Allora, e soltanto allora, avrei preso la macchina e sarei andata al commissariato a costituirmi.

Non sarei scappata via nella notte senza dirle nulla, non avrei fatto una cosa così crudele. Al momento giusto, l'avrei informata della mia decisione con calma, e le avrei spiegato che non avrei cambiato idea. Naturalmente l'avrei protetta per tutto l'iter legale della faccenda. Non avrei mai fatto il suo nome o detto dove si trovasse, avrei soltanto detto la verità su cosa le aveva fatto Peter Victor. Avrei raccontato la mia teoria, che Peter e Dinah si erano uccisi a vicenda, e se fossi riuscita nel mio intento Jae avrebbe potuto riprendere una vita del tutto normale. Io ovviamente avrei comunque dovuto sottomettermi alle bizze del sistema giudiziario americano, ma avevo avuto una lunga notte insonne per farmene una ragione.

C'erano quattro file di macchine all'imbarco del traghetto, con più o meno otto veicoli in ognuna. Mi rannicchiai sul pavimento del sedile posteriore avvolta in una coperta. Una volta arrivate alla biglietteria me la sarei tirata fin sopra la testa per coprirmi del tutto. Era improbabile che ci perquisissero la macchina, ma era meglio abbondare con la prudenza, arrivate ormai a quel punto. E anche se la mia storia da fuggitiva tecnicamente stava per concludersi, volevo che lo facesse a modo mio – e volevo che Jae fosse molto, molto lontana quando sarebbe successo.

La macchina, con Jae al volante, avanzò piano piano. Dal sedile posteriore, mi abbandonai sognante al silenzio della mia decisione. Sono sempre stata brava a compartimentare. Non è niente male, come patologia. Stavo bene: mi sorpresi persino a fischiettare.

«Tirati la coperta sopra la testa» disse Jae bruscamente.

«Siamo già alla biglietteria?»

«Tu fallo e basta.»

Obbedii, con una punta d'ansia.

Jae cominciò a fingere di parlare a un telefono immaginario. Mormorava "mmmh" e "sì" e "no". Rideva per finta. Ci vollero quasi dieci minuti prima che la macchina riprendesse a muoversi. Da sotto la mia sottile coperta, guardai Jae pagare il biglietto in contanti e salire a bordo con la macchina.

«Mi dici cos'è stato?»

«Resta giù.»

«Jae, che succede?»

«Niente, sono solo un po' paranoica.»

«Cioè?»

«C'erano due uomini su una macchina. Una Ferrari, rossa. Non lo so, avevo la sensazione che mi stessero fissando.»

«Dove sono adesso?»

«Subito dietro di noi.»

«Quindi probabilmente ora vedranno che stai muovendo le labbra per parlare con me.»

«Merda.»

La fila di auto prese posto nel garage sottocoperta.

«Non mi piace questa cosa» mormorò Jae, con gli occhi fissi sullo specchietto retrovisore. «Tutti gli altri sono scesi dalle macchine, tranne quei due.»

Era vero. Ora che il traghetto era partito, la maggior parte dei passeggeri si dirigeva verso il salone.

«Puoi andare anche tu, sai, se quei due ti mettono a disagio» dissi io, risistemandomi la coperta sotto il mento. «Non ti preoccupare, io resto qui e dormo un po'. Non mi farebbe male riposarmi, in ogni caso.»

«Non ti lascio da sola» mormorò Jae.

Le parole "ti lascio da sola" erano una piccola crepa sulla superficie liscia come il cristallo della mia mente. Le ignorai.

«Ti sto dando il permesso io.»

Sapevo che Jae aveva voglia di voltarsi e guardarmi negli occhi, ma non poteva: non con i due uomini nella Ferrari che controllavano.

«Che c'è?»

Jae mordicchiava il tappo di plastica di una bottiglietta d'acqua. Aveva una leggera fissazione orale. Sigarette, unghie, pezzetti di plastica.

«Me lo puoi dire, comunque» disse Jae, muovendo appena le labbra. «Me lo puoi dire se hai paura.»

«Io non ho paura. E tu?»

Jae non rispose. Tamburellava con le dita sul volante. Mi alzai un po', il più che potessi, per guardarla.

«Ti ho sentita ieri notte» disse lei piano. «Hai avuto un attacco di panico.»

Mi venne un nodo allo stomaco a ripensarci. Il senso di soffocamento. L'affannosa solitudine.

«Non ne avevi mai avuto uno prima, vero?»

«Va tutto bene.»

«Evie.»

«Non ho voglia di parlarne.»

«Io penso che sia il caso invece.»

«Io non ti ho mai costretta a parlare delle cose che *tu* non mi volevi dire, ti ricordi?» D'un tratto ero furiosa. La rabbia affiorava così in fretta, ultimamente.

Jae non reagì. «Te l'ho chiesto soltanto perché sapevo che tu volevi che lo facessi.»

Per un po', nessuna delle due disse nulla. Rimasi lì ad ascoltare Jae che mangiava una mela, cercando di addormentarmi.

«Scendono dalla macchina» mi avvisò Jae con un sussurro. «Copriti bene.»

Mi rannicchiai più giù che potei e rimasi immobile. Sentii un rumore di passi, voci maschili profonde, una risata. Poi il suono si allontanò. Sbirciai timorosa dalla coperta.

«Se ne sono andati» disse Jae. «Uno dei due mi ha fatto un cenno con la testa quando mi sono passati accanto. Magari era un gesto amichevole. Probabilmente sono solo io che sono paranoica.»

Si stropicciò il viso con le mani. Era raro vedere Jae così spaventata.

Poco a poco, tutti gli altri passeggeri fecero ritorno alle macchine. Io rimasi nascosta sotto la coperta finché ci lasciarono sbarcare. Sentii lo scricchiolio della ghiaia sotto gli pneumatici, il *tic tic tic* della freccia.

«Non muoverti ancora» disse Jae. «Voglio liberarmi di questa Ferrari.»

«Ci stanno seguendo?»

«Sono nella corsia accanto, ci vedono ancora. E pensano che io sia da sola. Non possono di colpo vedere un'altra passeggera.»

Rimasi giù fino a che Jae mi disse che eravamo al sicuro. E anche allora rimasi rannicchiata sul sedile posteriore, pronta a rifugiarmi sotto la coperta nel caso i due uomini fossero riapparsi.

Jae studiava gli annunci immobiliari. Le prime due case che valutammo avevano un molo vuoto, perciò ne raggiungemmo una terza. Era isolata, in stile anni Cinquanta, immersa in un grande prato. Al di là si vedeva il mare illuminato dalla luna. Nel vialetto c'era soltanto una moto da cross coperta dalle ragnatele. Provammo le porte e le finestre, ma erano tutte chiuse. Il garage sembrava più promettente: la saracinesca non era automatica, aveva soltanto due grosse maniglie arrugginite dalle quali si poteva sollevare, con un po' di forza bruta.

Come criminale, la forza bruta era uno dei miei pochi talenti. Jae si infilò sotto la fessura che avevo creato.

«Cazzo...» sibilò. Sentii qualcosa cadere a terra.

«Tutto bene?»

«È tutto buio qui.»

Sentii uno scricchiolio di cardini.

«La porta è aperta.»

Prima che potessi celebrare questo colpo di fortuna, due fanali spuntarono da dietro l'angolo, illuminando la strada. Mi pressai contro la saracinesca del garage, che si richiuse rumorosamente.

«Evie?» chiamò Jae.

Mi tenni una mano sul cuore, cercando di far calmare i battiti. I fanali erano spariti.

Stava cominciando a piovere.

«Sto bene» riuscii a dire.

«Vai alla porta d'ingresso» disse Jae. «Ti apro io.»

L'ingresso era coperto da una gigantesca ragnatela che brillava di gocce di pioggia. Un indizio promettente sul fatto che la casa fosse deserta.

La porta si aprì, rivelando Jae. Dentro faceva un po' più caldo, ma non molto. Alla luce della luna si riusciva a distinguere l'interno: tutte le superfici erano di legno scuro come cognac, liscio come la guancia di un bambino. Sembrava più uno yacht che una casa. Pavimenti in piastrelle esagonali, un lucernario, pareti interamente finestrate. Il camino in salotto era alto come una chiesa medievale. L'arredamento stonava: divani floreali della nonna, pesanti tavoli di mogano. Il giardino era un tappeto di verde ben curato, punteggiato qua e là di abbastanza alberi da consentire a un assassino di intrufolarsi senza problemi. Cominciammo saccheggiando la cucina. Il frigorifero era vuoto eccetto un cartone di latte scaduto. Nella credenza c'era solo l'essenziale: qualche cartone di brodo di pollo, pacchi di pasta, un barattolo ancora chiuso di sugo al pomodoro.

Attraverso i vetri bagnati dalla pioggia si intravvedeva la ragione per la quale avevamo scelto quella casa: un elegante motoscafo bianco che dondolava sull'acqua del molo. Decidemmo di riposarci per qualche ora prima di imbarcarci per il Canada. Saremmo partite nel cuore della notte.

Preparammo la pasta al buio. Dopo mangiato, avanzammo a tastoni per il corridoio e raggiungemmo la camera da letto. Jae preparò la vasca da bagno. Ci immergemmo insieme nell'acqua bollente, l'una di fronte all'altra. Le ginocchia sottili di Jae contro le mie, le nostre caviglie intrecciate. Tenni la pistola sul bordo della vasca.

L'acqua ondeggiava sui bordi. Il rubinetto gocciolava ancora. La pioggia batteva sui vetri delle finestre.

«Tu non vieni con me, vero?» disse Jae.

I suoi occhi mi guardavano senza giudicarmi. Un rigagnolo d'acqua le scese dall'attaccatura dei capelli fin sul mento. Lo osservai rimanere sospeso sul suo zigomo, poi gocciolare giù nell'acqua della vasca.

«Da quant'è che lo sai?»

Lei si sdraiò all'indietro, con i gomiti sul bordo della vasca, le dita lunghe ad accarezzare la superficie dell'acqua.

«Da quando ci siamo fermate alla stazione di servizio ieri notte.»

«Volevo solo assicurarmi che tu stessi bene.»
«Oh, io sto bene» disse Jae con una voce inespressiva.
«Okay. Bene.»
«E *tu* stai bene?»
«Oh. Io me la caverò.»
Jae allontanò le gambe dalle mie. Tutto il sentimento le sparì dal volto. La curva delle sue labbra era spietata.
Uscì d'improvviso dalla vasca e io la seguii.
«Jae.»
Prese un asciugamano e se lo passò addosso in fretta.
«Jae» ripetei, afferrandole il polso.
Lei si tirò indietro con forza, ma non si mosse, il suo corpo ancora inclinato verso il mio. La baciai. Jae si aggrappò ai miei capelli, intrecciando le dita. Tutta la rabbia che era così brava a tenere nascosta salì in superficie con grandi fiammate bollenti che mi segnarono la nuca e le spalle. La spinsi con forza contro il muro, mordendola sul collo. La tensione dei nostri corpi vibrava tra due stati opposti: il desiderio di combattere e quello di arrendersi.
In qualche modo riuscimmo a raggiungere il letto, illuminato dalla luce della luna, e con i capelli fradici e i corpi ancora umidi lo riducemmo un disastro. La baciai sul clitoride. Il suo viso si contrasse di sofferenza. La baciai in bocca. Lei rispose baciandomi con più forza. Io la baciai ancora, più teneramente di quanto avessi mai osato.
Dopo restammo sdraiate l'una accanto all'altra, a osservare la pioggia battere sul vetro del lucernario. Un silenzio inquieto e pensieroso, lei con le mani strette in un pugno, le spalle acute e immobili.
«Vado al commissariato» dissi. «Da sola.»
Lei non rispose.
«Non gli dico nulla di te» continuai. «Non sapranno il tuo nome e non sapranno dove stai andando. E aspetterò che sia mattina. Tu a quel punto te ne sarai già andata via da un pezzo. Sarai al sicuro.»

«No» disse Jae, con lo sguardo sul soffitto.

«Non ti tradirò, Jae. Non gli darò nulla. Soltanto me.»

«Se te ne devi andare, vattene adesso.»

Fu allora che finalmente si girò a guardarmi. Il suo stoicismo si arrese, per un brevissimo istante, a qualcosa di più umido e solo. Un battito di ciglia bagnato, poi più nulla.

«Vado via stanotte» le dissi. «Dopo che ti sarai addormentata.»

«Io non mi addormento» disse Jae, e sapevo che era ciò che di più vicino a una confessione avremmo avuto entrambe.

Jae rimase sempre sveglia, ma chiuse gli occhi e mi voltò le spalle, un modo silenzioso di darmi il permesso di andare via.

Avevamo già controllato la barca. Era migliore di tutte quelle che avevamo usato fino ad allora. Jae sapeva come spegnere il sistema di navigazione, in modo da non essere rintracciabile, come avevamo già fatto in Florida. Non mi preparai neanche una borsa, e le lasciai la pistola.

Aveva smesso di piovere quando scivolai fuori dalla porta. Decisi di lasciarle anche la macchina, nel caso qualcosa fosse andato storto e Jae avesse dovuto formulare un piano alternativo. Il commissariato era a più di sei chilometri di distanza a piedi.

Il vento freddo mi sferzava le guance. Dopo neanche due chilometri di cammino vidi spuntare da dietro una curva una coppia di fanali. Il panico arrivò puntuale, istantaneo, ma stavolta fu seguito da un senso di sollievo. Non c'era più bisogno di avere paura. Se un poliziotto mi avesse scoperta non ci sarebbe stato nulla di male; anzi, mi avrebbe risparmiato il resto della camminata.

Ma le luci che avevo visto non erano quelle di una volante della polizia. Erano i fari di una Ferrari rossa.

Due uomini sulla quarantina, vestiti in abiti costosi, che avanzavano a un'andatura minacciosamente lenta.

Si fermarono del tutto e abbassarono il finestrino.

Mi sistemai la sciarpa per coprirmi la parte inferiore del viso.

«Un po' tardi per farsi una passeggiata, no?» disse l'uomo alla guida.

Sorrideva. Era dicembre, ma l'uomo aveva l'aria di essere appena tornato da una lunga vacanza estiva in un'esclusiva isola greca. Abbronzatura color nocciola, capelli scuri scintillanti, settemila dollari di cure dentali. Indossava un paio di guanti perfettamente bianchi, come se avesse appena finito di giocare a golf. Erano quasi le due di notte.

«Potrei dire lo stesso di voi» risposi io, con il tono più gentile di cui fossi capace.

«Che ci fai in giro?»

«Non credo siano affari vostri.»

«Vogliamo solo essere dei bravi vicini» disse l'uomo, sorridendo ancora. «Non ti abbiamo mai vista da queste parti.»

«Sono stata a letto malata.»

«La tua famiglia ha una casa sull'isola?»

«Sì.»

«Davvero? Quale?»

Aggrottai la fronte. Sul sedile del passeggero, l'altro uomo stappò una piccola bottiglia di un liquore ambrato e bevve un sorso. Mandava un messaggio con il telefono, con un'aria annoiata.

«Sai che c'è» disse l'uomo alla guida, stanco di aspettare una mia risposta. «Il fatto è che *tutte* le case su questo versante dell'isola sono di proprietà della mia famiglia.»

«Ma io non ti ho mai detto che casa nostra era su questo versante, no?» dissi con voce tremante.

«No» ammise l'uomo. «Però abbiamo visto un veicolo

che non abbiamo riconosciuto in giro da queste parti. Macchina tutta scassata, una sconosciuta al volante.»

Jae.

«Perciò stiamo facendo un giro di ricognizione – per controllare che non ci sia nessuno di poco raccomandabile nei paraggi. Sono certo che mi capirai. In questo periodo dell'anno, con le vacanze, i furti nelle case sono un problema. La gente si fa venire in testa strane idee. E quest'isola significa tanto per le persone che ci vivono.»

Serrai i denti, sforzandomi di sorridere.

La Ferrari proseguì lungo la strada, lasciandosi dietro uno sbuffo di carburante che mi fece tossire. Restai ad ascoltare il rumore delle gomme finché non scomparvero alla vista. Nell'aria rimase il suono delle onde del mare che si schiantavano sugli scogli, il richiamo dei gufi tra i rami più alti degli alberi. La luna splendeva tra le nuvole. A ogni mio respiro affannoso una nuvoletta bianca si alzava nell'aria. In un altro mondo, corro dritta al commissariato, senza fermarmi. Una donna anziana alla reception resta a bocca spalancata quando mi vede e rovescia il caffè mentre cerca ansimando il telefono. Io offro i polsi e mi arrendo pacificamente. In un altro mondo, passo la notte in cella. Telefoni squillano in tutto il paese. In un altro mondo, la mia foto segnaletica appare su tutti i telegiornali del mattino.

31

Cominciai a correre. Il bosco era un manto di velluto nero agitato dal vento. Il debole fruscio degli animali, il ritmo dei miei passi e dei miei polmoni in affanno. Una foresta di ossa dissotterrate, radici che spuntavano dal terreno come tante ginocchia e gomiti. Un ramo mi sferzò il volto, lasciando una scia di sangue. Non riuscivo a respirare e non potevo fermarmi.

Quando raggiunsi la casa, la Ferrari rossa era già parcheggiata nel vialetto. Vidi l'uomo che prima era sul sedile del passeggero osservare la nostra macchina rubata attraverso i finestrini. Poi spiò in casa dalla finestra, premendoci il viso contro e facendo una conca con le mani sulla fronte. Non riuscivo a capire il perché, visto che la porta d'ingresso era spalancata. L'uomo che era stato alla guida, ne ero certa, era già entrato in casa.

«Oh, sei tu» disse l'altro quando mi avvicinai alle sue spalle, rossa in viso e ansimante.

«Sono io» risposi, afferrandolo per la camicia e sbattendogli la faccia contro il muro.

Jae e il conducente della Ferrari erano in camera da letto. Lei era premuta contro la parete, con l'uomo che la bloccava. Le puntava al collo una semiautomatica. Sulle braccia di Jae, le vene erano gonfie e tese. Teneva il mento sollevato con un'aria di sfida. Aveva un aspetto feroce. Ma che differenza faceva, con una pistola puntata alla testa?

«Lo sapevo» disse l'uomo, quando il suo sguardo incrociò il mio sulla porta della stanza. La sua voce vibrava del piacere di aver avuto ragione, anni e anni di paure infondate di ladri immaginari finalmente confermate. «Lo sapevo.»

«Che cosa sapevi?» dissi io.

«*Lo sapevo!*» sbottò lui. «*Lo sapevo!*»

«Be', congratulazioni» dissi io.

«Questa casa è di mia proprietà. Lo sai cosa ti farebbero per una cosa del genere se fossimo, che ne so, in Alabama? Se entri senza permesso in casa altrui, il proprietario ha il diritto di ucciderti.»

«Non abbiamo fatto del male a nessuno.» Era una casa. Non sentiva dolore. Non gliene fregava niente che ci fossimo.

Rimasi immobile quando l'uomo spostò la pistola da Jae a me. La sua mano tremava. Il sorriso minaccioso che aveva avuto in strada era sparito. Fino al momento in cui aveva dovuto affrontare davvero il problema di dover forse uccidere un intruso, era stato soltanto contento di aver avuto ragione.

«Pensate di poter semplicemente...» disse con un tono affannoso. «Pensate di poter... pensate di poter...»

«L'abbiamo fatto» dissi io.

L'uomo aveva commesso un errore a perdere di vista Jae. Mentre lui fissava il suo sguardo su di me, Jae afferrò veloce la Glock dal comodino. Gli premette la canna sulla nuca, mentre lui continuava a puntare la sua pistola su di me. Sembravamo una specie di assurda messinscena di un'eclissi solare.

«SEBASTIAN!» gridò una voce roca dal piano di sotto, attraverso la cucina. «SEBASTIAN!»

Era l'altro uomo. Avevo distrutto il suo telefono e l'avevo lasciato accasciato a terra nel vialetto. A quanto pare non aveva perso i sensi come avevo pensato.

L'uomo che era stato al volante – Sebastian – fece un passo avanti verso di me.

«Non farlo» lo minacciò Jae. «Ti sparo.»

L'altro uomo entrò nella stanza correndo alla cieca e brandendo un coltello da cucina. Il suo viso era una maschera di sangue.

Jae gli sparò mentre lui veniva verso di me. L'uomo cadde a terra come un pesce sul ponte di un peschereccio.

Dovetti scansarmi per evitarlo, e quello fu l'unico motivo per cui il proiettile sparato da Sebastian non mi colpì. Jae sparò anche a lui, ma non lo prese in pieno. Il proiettile lo colpì alla spalla, un fiotto di sangue che sgorgava dalla ferita. Sebastian si toccò la spalla con una mano, in stato di shock, e il suo guanto bianco si tinse di rosso intenso. L'altra mano tremava così tanto che quasi lasciò cadere la pistola. Cercò di scappare. Jae e io lo seguimmo fuori, sul prato umido di rugiada. La pistola di Jae aveva finito i proiettili. Io avevo raccolto da terra il coltello da cucina con cui l'amico di Sebastian aveva cercato di uccidermi. Lui aveva una pessima mira, e raggiungerlo non fu difficile. Jae lo premette a terra e gli strappò via la pistola. A parte questo, non ricordo altro. Soltanto il fatto, l'esecuzione. Quando compi un atto così innaturale, le sinapsi hanno un corto circuito d'emergenza, un'ingegnosa soluzione elettrica che interviene per salvare i tuoi fusibili danneggiati. Il fatto accade, e tu allo stesso tempo sei lì e altrove. È soltanto una volta finito che le luci tornano ad accendersi e la tua memoria riparte. Ma poiché hai rotto qualcosa di così fondamentale dentro di te, i ricordi ti arrivano solo a frammenti. Qualcuno oggi, qualcuno domani, qualcuno tra dieci anni, quando sei al supermercato e prendi dallo scaffale una boccettina di salsa piccante e la fai cadere perché sei un po' goffa e la salsa ti si rovescia sulle mani e un ragazzo con un grembiule corre per aiutarti a pulirti e ti dice non pianga signora è una cosa che succede sempre e a te torna in mente quanto tempo ci vuole a uccidere qualcuno con un coltello, e il suono che fa, lo strappo secco e viscido dei tessuti che si lacerano.

Jae si inginocchiò sul prato, ansimando. La sentii avvicinarmi le mani al viso, prendermi la testa e premere la fronte contro la mia. Avevamo così tanto sangue addosso. Con le dita mi aggrappavo alla maglietta di Jae, cercando di tenermi su. La testa mi scivolò tra le sue mani.

Non ricordo più come tornammo dentro. Se non si fosse mossa per prima Jae, io sarei ancora lì su quel prato, con la rugiada e il corpo dell'uomo e un singolo guanto bianco, ormai rosso, abbandonato a qualche metro di distanza. Jae mi guidò in casa, preparò una borsa piena di vestiti invernali rubati. Non avevamo tempo di lavarci per bene – soltanto una sciacquata veloce nel lavandino, per toglierci di dosso più sangue possibile. Le chiavi erano appese a un gancio accanto alla porta d'ingresso.

La barca splendeva alla luce della luna, accettando di buon grado il nostro peso. La chiave girò senza problemi nel blocchetto di accensione. Il mare era mosso, ma si vedeva la costa all'orizzonte. In ogni direzione, uno sciame di isolette. Se ci fossimo dirette a sud, avremmo potuto colonizzarne una di quelle deserte e vivere lì come fuorilegge in esilio. La barca aveva una piccola cabina, con un letto, un bagno e un fornello. Jae uscì da sottocoperta con una tazza di noodles bollenti. La avvolse in un calzino spesso, perché non mi scottassi le dita, poi ci soffiò sopra e me la passò.

«Come ti senti?» disse, premendosi accanto a me sul sedile di guida.

Io scossi la testa, incapace di parlare.

Sebastian voleva uccidere Jae, perciò l'avevo ucciso. Il suo amico voleva uccidere me, perciò Jae aveva ucciso lui. Non avrebbe dovuto essere così semplice. Invece lo era. Sentivo che avrei potuto uccidere Sebastian e il suo amico cento volte, in cento modi diversi. Se non avessi avuto un'arma, avrei potuto stringergli il collo finché la testa non gli fosse scoppiata come un palloncino. I suoi occhi, come chicchi d'uva carichi di odio sotto i miei pollici. Avrei potuto infilargli le dita in bocca e aprirgli la mascella come fosse fatta di balsa. Se avessi avuto tempo, avrei potuto farlo con più calma. Magari sarei stata più creativa.

Fino ad allora, quello era stato per me il Rubicone che era impossibile oltrepassare: l'idea di uccidere qualcuno a sangue freddo. Mi ero sempre aggrappata all'idea che il bene e il male fossero identità stabili, una questione di fibra morale intrinseca, pazientemente distribuita a ciascuno alla nascita da un dio onnisciente – non decisioni che si prendono in ogni minuto della nostra vita, soggette ad alti e bassi improvvisi come un elettrocardiogramma.

Ma togliere la vita a qualcuno non è un gesto ipotetico. È una cosa che fai, o che non fai. E finché non ti trovi lì con il coltello in mano ed è la vita di Sebastian o quella di lei, tu non lo sai. Non lo sai.

Io lo so. Il non sapere non era più un rifugio nel quale nascondermi.

«A cosa stai pensando?» sussurrò Jae. «Parlami.»

Provai a dire qualcosa, ma non ci riuscii. Le parole mi sembravano elastiche, misteriose; viaggiavano senza forma su per la mia gola e poi tornavano giù, guizzanti come tanti pesciolini. Nel momento in cui provavo a pronunciarne una, la sentivo perdere qualunque significato. Mi tornò in mente quello che mi aveva detto Jae in macchina, quando mi aveva spiegato perché le ci era voluto così tanto tempo per parlare: era soltanto questione di trovare la leva giusta. C'erano così tante cose da dire e da urlare che mi sentivo impotente al loro cospetto. Ma potevo baciarla. Baciare Jae suonava una campana dentro di me che continuava a rintoccare senza sosta, e che, non so come, produceva più comprensione delle parole.

32

Tremavo così forte che sentivo la mascella sul punto di spezzarsi. Avevamo superato il confine marittimo canadese, ma eravamo troppo esauste per provare sollievo. Prima era arrivato il vento gelido, come tanti pugni coperti di aghi che ci colpivano il viso. Poi arrivò l'intorpidimento. Poi l'intorpidimento stesso si trasformò in una specie di livido morbido modellato sulla forma del nostro viso. Non riuscivo a parlare. Jae stava solo leggermente meglio di me. Eravamo l'una dentro i vestiti dell'altra, per scaldarci col calore dei nostri corpi. Il vento e le onde non ci davano tregua. Non restava altro da fare che resistere. Correre contro il tempo. Altri avevano sopportato di peggio: trincee, ratti, neve e baionette. Non so perché, ma erano queste le immagini che mi riaffioravano alla mente: raffiche incessanti di proiettili, uomini blu dal freddo in una terra di nessuno, rannicchiati accanto a un cadavere. A una folata gelida o una granata di distanza dal diventarlo anche loro.

Sorse il sole, e il vento si calmò. Facemmo a turno a scendere sottocoperta, per preparare una tazza dopo l'altra di acqua bollente con le mani avvolte nei guanti, lasciando che il vapore ci scongelasse gli organi interni. Il paesaggio era bellissimo, ora ce ne rendevamo conto. Ma non avevamo ancora trovato un molo dove attraccare. Ne avevamo passato uno, nel cuore della notte, ma il timone era rigido per il gelo e troppo duro da manovrare, e al buio e con quel vento non vedevamo neanche dove stavamo andando.

«Ho un'idea» disse Jae, soffiando il vapore dalla sua tazza bollente. «Ma non ti piacerà.»

«Farei qualsiasi cosa pur di scendere da questa cazzo di barca.»

«Gettiamo l'ancora e andiamo a nuoto» disse Jae.

Eravamo vicinissime alla costa. C'era una spiaggia, una spiaggia vera. La maggior parte della costa era inavvicinabile, soltanto scogli e alberi ovunque. Chiusi gli occhi. Li riaprii. La spiaggia era ancora lì.

«Ci congeleremo.»

«Ormai è giorno» disse Jae. «Se proseguiamo, anche se troviamo un molo non possiamo avvicinarci. Lo sai che non possiamo. E se la polizia nel frattempo avesse già trovato Sebastian e l'altro tizio della Ferrari? Staranno cercando questa barca. Non ci resta molto tempo. E non possiamo passare un'altra notte come questa.» Un'altra notte di tortura nel freddo artico del Pacifico. Non ne saremmo uscite vive.

«C'è un salvagente in cabina» proseguì Jae. «Possiamo usarlo per tenere la borsa fuori dall'acqua. Così, quando arriveremo a riva, avremo scarpe e vestiti asciutti. E guarda, la spiaggia è deserta, completamente vuota. Potrebbe non ricapitarci più un'altra occasione come questa. Possiamo avvicinare la barca il più possibile alla costa. Mi tuffo io per prima. Tu mi lanci il salvagente e ci caliamo sopra la borsa. Poi ti tuffi anche tu.»

Aveva un'espressione così risoluta, così sicura di sé. È una cosa strana, quanto contagioso possa essere il coraggio degli altri. Se hai davvero fiducia in qualcuno, non c'è praticamente nulla che non possano convincerti a fare.

Non ricordo come arrivammo a riva. Sulla mia mente era calato un sipario nero, e la realtà sembrava proseguire al di là, nascosta. Mi arrivavano soltanto dei flash di quello che stava accadendo al mio corpo: i miei polmoni schiacciati, l'acqua così gelida che mi sembrò diventare solida nel momento stesso in cui penetrai la superficie. Una volta a riva, gettammo via i vestiti bagnati e, tremanti, ci mettemmo addosso quelli asciutti.

Camminammo attraverso l'umido dei boschi. Faceva freddo, ma neanche lontanamente quanto la notte prima, in mare aperto. Una foschia sonnacchiosa era discesa sugli alberi sempreverdi. Dopo ore di cammino, anche il più bel panorama diventa monotono. Le nostre menti vuote trascinavano avanti il corpo attraverso le più basilari funzioni meccaniche, il prossimo respiro, il prossimo passo. Quando il capanno rosso apparve all'orizzonte, ero sicura che si trattasse di un miraggio.

Era una fattoria ovina. Le pecore si voltarono con aria indifferente verso di noi, poi distolsero lo sguardo. Ci nascondemmo dentro un capanno, tra le balle di fieno, e guardammo fuori dalla finestra. A una cinquantina di metri di distanza c'era una casetta. C'erano due macchine nel vialetto d'ingresso. Una donna anziana che lavava i piatti. Di tanto in tanto, alzava lo sguardo e diceva qualcosa a qualcuno che non vedevamo, poi ricominciava a lavare. D'un tratto, da una porta laterale uscì un uomo anziano. Indossava un berretto di lana da hipster di Brooklyn. Era alto, con un aspetto nordico. Quando si sfilò il berretto per grattarsi la testa, da sotto spuntarono grandi ciuffi di capelli bianchi. Indossava una giacca che sembrava troppo leggera per quel freddo, e sembrava dirigersi verso di noi.

«Merda» sussurrò Jae, prendendomi per il polso e trascinandomi fuori.

La porta del capanno fece un rumore assordante quando si richiuse.

«C'è qualcuno?» chiamò l'uomo, e Jae mi spinse a forza nella piccola legnaia dietro il capanno. Ci pressammo come sardine, come due cadaveri in una bara sola, evitando solo per poco di finire infilzate da un rastrello da giardino.

La legnaia era buia e senza finestre. Trattenemmo il respiro, sentendo l'uomo che borbottava tra sé e sé all'interno del capanno.

Alla fine la porta del capanno si richiuse. La testa che Jae mi teneva premuta sul collo era così immobile che avevo paura che fosse morta sul serio, finché non sentii le sue dita stringermi da dietro la giacca.

Udimmo i passi dell'uomo che si allontanavano.

«Aspetta» mi sussurrò Jae all'orecchio. «Aspetta.»

Passò mezz'ora prima che ci decidessimo a uscire dalla legnaia e tornare in punta di piedi dentro il capanno. Le balle di fieno ci tenevano al caldo, e anche le pecore. Jae mi posò la testa sulla spalla, mentre entrambe fissavamo la casa.

«Qual è il piano, capo?» chiesi a bassa voce.

«Aspettiamo che faccia buio» disse Jae, «e poi prendiamo una delle macchine.»

«Mi sento in colpa a rubare a questi due» ammisi.

«Stavo pensando che potremmo lasciargli l'orologio.»

«Che orologio?»

«L'ho preso dalla casa di Sebastian» ammise Jae. «È un Cartier, era lì dimenticato in uno dei cassetti.»

Non era la soluzione perfetta, ma dovevamo farcela andar bene. Non saremmo sopravvissute senza una macchina.

Così aspettammo. Per un'ora circa il sole batté forte e faceva quasi caldo. Ma appena cominciò a calare, la temperatura precipitò di nuovo. Tremavamo insieme tra le balle di fieno, ascoltando il rimo lento e costante del russare delle pecore. In casa le luci erano accese in cucina e nel salotto. La coppia anziana si muoveva tra le stanze al ritmo della sua routine domestica. La televisione trasmetteva una partita di hockey. L'uomo la guardava in piedi, camminando su e giù per la stanza e bevendo da una bottiglia. Di tanto in tanto andava in cucina ad aiutare la moglie con qualche operazione culinaria, poi tornava alla tv. Io e Jae parlavamo sussurrando, con lei che mi teneva le gambe stese in grembo. Ci dividemmo una barretta di cioccolato Hershey's per festeggiare il nostro successo nel varcare il confine.

Gli occhi di Jae indugiarono sul mio viso.

«Che c'è?»

«Niente.» Si sforzava di sembrare tranquilla, il che la faceva apparire ancora più timida. Mi piaceva essere in grado di farla sentire così.

«Cosa vuoi?» dissi, desiderando disperatamente guardarle dentro il cervello, impaziente di trovare una distrazione. «Se in questo momento potessi avere qualunque cosa, cosa vorresti?»

Jae diede un morso alla barretta di cioccolato, riflettendo. «Una casa.»

«Una casa» ripetei io, annuendo. «E come dovrebbe essere?»

«Piccola. Non troppo piccola – intima, diciamo. Con una bella cucina.»

«Sai cosa ho sempre desiderato io? Un angolo per la colazione. Un tavolino con una panca e una lampada Tiffany che pende dal soffitto. Pavimento a scacchi bianchi e neri, stile classico.»

«Ci hai pensato per bene a questa cosa.»

«La cucina della casa che io e mio padre andavamo sempre a vedere era così. Dicevamo all'agente immobiliare che eravamo "alla ricerca", ma credo che lei sapesse che era una bugia. Però dicevamo sempre, se potessimo mettere insieme una casa dei sogni tipo Frankenstein, prenderemmo la cucina di quella casa lì e ci appiccicheremmo l'esterno della casa accanto.»

«E com'era la casa accanto?»

«In stile Tudor inglese. Era vecchia, degli anni Venti credo, e non era grande – un quadrilocale forse. Ma era così bella. Così luminosa. Aveva una piccola serra, e una fontana.»

«E un giardino?»

«Credo di sì.»

«Anche la mia casa ce l'avrà» disse Jae. Qualcosa le si mosse in gola. «Un giardino, con un sacco di fiori.»

La barretta di cioccolato era quasi finita. Diedi a Jae l'ultimo pezzetto.

«Che tipo di fiori?»

«Aspetta un attimo. Mi sembra che le luci siano spente.»

«Eh?»

«Nella casa, guarda.»

«Oh, hai ragione» dissi, scrollandomi di dosso la paglia. «Le finestre sono buie.»

Jae lasciò l'orologio Cartier sul cofano del furgone. Prendemmo l'altra macchina, una Toyota Corolla. Nello specchietto retrovisore, vidi una luce accendersi al piano superiore della casa. Dopo qualche secondo, si spense di nuovo. La strada era fiancheggiata su entrambi i lati da alberi frondosi, abeti, pini e sempreverdi. Di tanto in tanto si intravvedeva uno scorcio di mare, e al di là la punta dei ghiacciai sulle montagne della British Columbia.

Il viaggio aveva il tono sfocato di un sogno. Come se fossimo sott'acqua, o sulla luna. Un mondo disabitato fatto di flora e acqua e montagne. Eravamo due astronauti. Gli astronauti devono essere pronti alla solitudine. Si allenano alla solitudine come gli atleti olimpici si allenano per una maratona.

Ci dirigemmo verso l'entroterra. All'imbocco di un'insenatura trovammo un paesino di boscaioli che aveva visto giorni migliori. C'era una piazzola commerciale accanto a un McDonald's, con un DollarTree, un negozio di materassi, un negozio di vestiti che pubblicizzava saldi al 70% per chiusura attività, un negozio di elettronica fallito e un negozio di mobili chiuso da tempo chiamato Brick. Le vetrine erano coperte di cartone.

Jae parcheggiò sul retro della piazzola. C'era un ingresso per il personale del Brick, ma la porta era sprangata con una catena.

«Mi servono delle tronchesi» disse Jae.

«Vuoi che ci fermiamo qui?»

«Perché no? Il negozio è chiuso, e c'è il cartone su tutte le vetrine. Potremmo nasconderci qui per un paio di giorni, che ne pensi?»

Alzai le spalle. «Come vuoi. Io pensavo che avremmo cercato un'altra casa.»

«Non ancora» disse Jae. «Non prima di un paio di settimane, minimo. Appena trovano Sebastian le case saranno il primo posto dove andranno a guardare. Dopo loro e i Carlisle, ormai il nostro modus operandi è evidente. Per non parlare del fatto che siamo scappate da entrambi i posti in barca.»

Aveva ragione. Accanto alla piazzola c'era un negozio di ferramenta dove Jae andò a cercare delle tronchesi. Io ci presi da mangiare da McDonald's e aspettai in macchina. Tornò qualche minuto dopo con una cassetta degli attrezzi. Entrammo nel negozio dalla porta sul retro.

Dentro c'erano pile di scatole di cartone appiattite e umide, accatastate accanto al bagno del personale. Nella saletta relax c'era un divano con la fodera bucata, un forno a microonde appiccicoso e un bustone di spazzatura. Una scatola di ciambelle vuota sul tavolo e un palloncino di buon compleanno sgonfio legato a una sedia. Un tavolo da ping pong. Una piccola tv che sembrava star lì dagli anni Novanta.

Il magazzino non era molto meglio. Dai pannelli di cartone alle finestre filtravano nastri di luce. La maggior parte dei mobili erano spariti, ma c'era ancora un letto matrimoniale con la testiera curva e un salottino allestito, un brutto tavolo da pranzo e qualche sedia. Nel resto dell'area espositiva polverosa spuntava qua e là qualche mobile: un tavolo da buffet, con sopra ancora una targa che diceva CHIUSURA TOTALE: SCONTO DEL 90%!, una poltrona reclinabile, una catasta di tappeti di Boemia.

«Io vado ad abbandonare la macchina dei vecchi contadini» disse Jae, la bocca piena del suo Big Mac. «Ce ne trovo un'altra.»

Non volevo che mi lasciasse sola, ma non lo ammisi ad alta voce.

«Non me la prendo, se non è questo che vuoi» disse Jae. «Puoi ancora tornartene a casa.»

Non è vero, non potevo. Era stato soltanto un capriccio da bambina, un'ultima crisi di nervi prima di accettare definitivamente il mio destino. Casa era Prima. Adesso c'era soltanto il Dopo. Forse, in un altro mondo, io e Jae siamo due brave persone che si incontrano come si deve a un mercato biologico, o in libreria, o su un'app di incontri, e prendiamo solo decisioni giuste, e veniamo ricompensate con una lunga vita, una casa di proprietà e tanti begli animali che ci adorano. In quel mondo nessuna di noi due sa che aspetto ha l'altra dopo che ha appena ucciso qualcuno. In quel mondo, non ci laviamo mai l'un l'altra il sangue di uno sconosciuto dalle mani.

33

Il tempo scorreva in modo strano nel negozio di mobili. C'erano giorni in cui sgocciolava poco a poco, incredibilmente lento. Altri giorni sembravano accumularsi alle mie spalle senza lasciarmi il minimo ricordo di come li avevo trascorsi.

Il Brick non assomigliava di certo alla mia casa dei sogni in stile Tudor con il giardino e l'angolo per la colazione, ma almeno era un rifugio. Appena divenne evidente che il negozio era del tutto abbandonato, decidemmo di fermarci per un paio di settimane. Jae, sempre pronta al peggio, aveva progettato una via di fuga passando dalla finestra del bagno del personale, nel caso ci servisse dileguarci in fretta. Una volta ogni tre giorni usciva di nascosto a bordo del nostro nuovo pick-up rubato per andare da McDonald's o al supermercato Save-On-Foods a comprare da mangiare.

Natale fu tranquillo: fu qualche giorno dopo il nostro arrivo. Una bottiglia di Sangiovese rubato, una gita clandestina al drive-in. Condividemmo patatine condite e un frullato al cioccolato. Capodanno fu ancora più tranquillo: prosecco e una partita a ping pong nella sala relax, sesso sulla pila di tappeti, una torta di mele di McDonald's. Riuscimmo ad aggiustare la tv nella sala relax, lo schermo pieno di interferenze, per poter almeno seguire le notizie.

Com'era naturale, gli omicidi di Sebastian Onasis ed Evan Barclay – l'uomo che avevo sbattuto con la faccia contro il muro, l'uomo a cui Jae aveva sparato – erano su tutti i notiziari, ma fino a quel momento nessuno li aveva collegati a noi due. Qualche opinionista azzardava la teoria, facendo un parallelo tra il tentato omicidio dei Carlisle e quello riuscito a Lopez Island. La giornalista con i boccoli da stella del country ci dedicò un servizio, criticando "quegli idioti" dell'Fbi per non aver collegato i due fatti. Eravamo grate del fatto che le feste sembravano aver distratto l'attenzione ossessiva della gente per i nostri crimini, ma sapevamo che era soltanto una questione di tempo prima che le autorità avrebbero confrontato i residui di dna e fatto due più due.

Io speravo ancora che Serena si svegliasse e raccontasse al mondo del difficile divorzio dei suoi genitori, delle escort che vedeva entrare e uscire, degli assegni di mantenimento che sua madre aveva preteso. Ma per il momento restava in coma. Sua zia Rebecca rilasciò un'intervista strappalacrime dicendo che non avrebbe "mai, mai, in nessuna circostanza staccato la spina". Non finché il mignolo di Serena di tanto in tanto si contraeva ancora, o le sopracciglia vibravano. Da un giorno all'altro, diceva la zia Rebecca, la sua bellissima nipote avrebbe aperto gli occhi.

I nostri giorni presero una certa routine. Jae era mattiniera, io no. Quando finalmente mi trascinavo fuori dal letto matrimoniale, nel pomeriggio, Jae aveva in genere già mangiato un qualche genere di colazione – caffè e cereali secchi, a meno che non fosse andata da McDonald's, nel qual caso era possibile che avessimo un McMuffin. Nell'area relax c'era una vecchissima macchinetta del caffè tutta sporca, che avevamo passato ore a disinfettare nel bagno prima di stabilire che fosse di nuovo utilizzabile. La sera giocavamo a fare la vita domestica: cena davanti alla tv, sfogliare le pagine dei libri da edicola rubati al DollarTree, sesso sul letto con la testiera curva. Non fosse stato per il brivido che ci prendeva ogni volta che il vento faceva tremare la porta, per il modo in cui le nostre dita correvano ad accarezzare la pistola, la scena avrebbe potuto sembrare quasi ordinaria. Due amanti che vanno a letto insieme, condividono la quotidianità di una vita borghese, gioia domestica. Ma giocare a fare la vita di casa non era diverso dal giocare ai pirati o ai banditi. Era una fantasia altrettanto impossibile.

In quei giorni sentivo spesso di non sapermi davvero prendere cura di Jae. Lei aveva un rapporto strano con la tenerezza, la riceveva come fosse un attacco. Io provavo comunque a offrirgliene un po' di contrabbando, ma sempre di più mi sembrava che la gentilezza non fosse ciò che desiderava da me. C'era solo una forma di affetto che permetteva: il sesso, portato quasi al confine con la brutalità. Jae non era la prima partner che avessi avuto a cui piaceva un po' di cattiveria a letto, ma lei la gestiva meglio di chiunque altro. Il dolore la faceva sorridere, e la sua capacità di sopportarlo mi spaventava. Jae era una dura, questo lo sapevo già. Ma perché sentiva il bisogno di continuare a dimostrarlo? Sembrava quasi che stesse cercando un'espiazione, che cercasse una punizione, ma io non capivo per cosa, né perché dovessi essere io a infliggergliela. Ma dare a Jae quello che voleva era una cosa che amavo. Era così bella quando lo riceveva.

È strano quanto la sua mente mi fosse ancora misteriosa. Avrei potuto dedicare la vita a studiarla, riempiendo quaderno dopo quaderno con le mie osservazioni. Ma poi l'avrei conosciuta meglio? Conosciamo davvero un musicista famoso dopo esserci letti la sua biografia di cinquecento pagine? L'analista conosce davvero il paziente dopo aver portato in superficie una profonda ferita psichica? E la moglie conosce davvero il coniuge con cui dorme ogni notte, la persona con cui condivide la vita? Ci ho pensato spesso a questa cosa: "condividere la vita". *Voglio condividere la mia vita con te.* Magari è possibile. Si può condividere una vita, ma non un corpo. Puoi passare tutto il tuo tempo assieme a un'altra persona, ma non sarai mai dentro la sua pelle, non ti avventurerai mai per i sentieri della sua mente. Puoi sentirti di conoscerla fino in fondo alle ossa, ma non è che quello, un sentimento. Un sentimento che in fondo potrebbe essere più simile a una finzione, o a una proiezione. Le tue certezze sul tuo partner, su chi sia e cosa possa essere – ciò che chiami conoscenza – potrebbero essere soltanto un altro modo di rimpicciolirlo a una dimensione che sei in grado di comprendere. È questo il tipo di partner a cui sono abituata, un partner che vuole darmi un'etichetta in relazione a sé, per compensare una qualche mancanza personale, yin e yang. Ma le persone non sono specchi deformanti: non possiamo stargli davanti cercandoci solo noi stessi, o la nostra assenza. "Gli opposti si attraggono" suonava come una reliquia, medievale e inerte, destinata all'obsolescenza. Una profezia che si autoavvera per gente etero senza immaginazione.

Jae non mi ha mai etichettata come Questo per dare a se stessa il nome di Quello. Nella sua infinita, misteriosa possibilità, aveva trovato un modo di preservare la mia. Essere conoscibili non è ciò che ci rende degni di essere amati. Non sarebbe meglio tenere qualche tenda abbassata, qualche porta chiusa? Da quando la trasparenza assoluta è diventata una precondizione necessaria per l'amore?

Forse la mia era una visione utopistica. O forse queste erano semplicemente le condizioni che mi era richiesto di accettare, escludendo tutte le altre. In ogni caso, io accettai le condizioni di Jae. E lei accettò le mie.

34

Alla fine fu il 7 gennaio che gli omicidi di Sebastian Onasis ed Evan Barclay vennero collegati a noi. Il dna rinvenuto sulla scena del crimine coincideva con quello trovato a casa dei Carlisle. Da lì, non ci voleva certo un genio a tirare le somme: eravamo fuggite in Canada.

Ci preparammo all'inevitabile arrivo della polizia da un momento all'altro. Jae continuò a rifinire il nostro piano di fuga. Il pick-up era parcheggiato in una discarica non lontana, invisibile seppur in bella vista. Sul pianale del furgone era nascosta una borsa con provviste di emergenza. Ci barricammo nel negozio di mobili per altri tre giorni, sopravvivendo grazie al cibo che avevamo già.

L'11 gennaio Jae osò finalmente mettere il naso all'esterno, in cerca di cibo. Io preparai il caffè e tornai davanti alla tv.

Mi ci volle un minuto per riconoscere la ragazza sullo schermo. Capelli biondi lisci a incorniciare un volto smagrito, del colore del latte inacidito. Una lingua spinta fuori per bagnare le labbra secche e screpolate. Un letto d'ospedale. Una flebo.

La ragazza alzò gli occhi verso l'obiettivo. Erano gli occhi azzurri di Serena Victor.

C'era Lukas accanto a lei. Serena gli teneva la mano inerte in grembo, e lui la accarezzava con devozione, come fosse un gattino. Lo sguardo di Serena si perdeva fuori dalla finestra.

«Raccontami le ultime quarantotto ore: come sono state?» domandò la giornalista con una voce gentile. Era giovane, bionda e carina: Serena tra dieci anni.

«Non saprei dove cominciare» disse Serena con voce roca.

«Non posso neanche immaginare come dev'essere per te. Svegliarsi da un coma dopo quasi quattro settimane e scoprire che i tuoi genitori sono morti.»

«Non morti» la corresse Serena. «Assassinati.»

Eccolo lì. Il momento che avevo sognato per settimane, il momento che avrebbe potuto finalmente scagionarmi. Non sembrava vero.

La giornalista scosse la testa comprensiva e si portò una mano al petto. Lukas sembrava disorientato, come se fosse tutto troppo per lui. La macchinetta fece un *bip* per avvertirmi che il caffè era pronto, ma non osavo muovermi.

Serena fece un respiro profondo, cercando le parole. «Mia madre... mia madre era stata a Parigi per qualche settimana. Con sua sorella. Ci dovevamo trasferire lì insieme. Io e lei.»

«E tuo padre?»

«Ehm, no. Mia madre... cioè, i miei genitori stavano divorziando. Mia madre lo voleva già da un po'. Era per me soprattutto, credo. Non pensava che ci fosse un buon ambiente in casa.»

«Com'era la situazione?»

Serena abbassò lo sguardo. «Non saprei davvero come parlarne.»

Lukas le accarezzò il dorso della mano.

«I giornali hanno scritto degli articoli» disse la giornalista in un tono circospetto, «sul fatto che tuo padre era cliente di un sito di escort chiamato Highest Bidder. Puoi raccontarci qualcosa al riguardo?»

Serena alzò la testa, confusa. «Che?»

La giornalista rivolse uno sguardo nervoso a Lukas.

«Be', è una cosa che... cioè, è venuto fuori, dopo la sua morte» disse Lukas, «che tuo padre, cioè...»

«Mio padre? *Mio* padre?»

La giornalista sembrava sconvolta. «Tu non ne sapevi niente?»

Serena sembrava indecisa se ridere o fare una smorfia di disgusto. «Mio padre è morto. Mio padre è stato *assassinato* e tu stai... tu provi a...»

«Io pensavo che tu lo sapessi» disse Lukas.

«Lukas, ma sei serio? Lo conoscevi mio padre. Non è... non è così lui...»

«Tua madre lo sapeva?» domandò la giornalista.

«E io come dovrei fare a saperlo?» rispose di scatto Serena. «Mia madre è morta.»

Il tono dell'intervista era cambiato. La ragazza silenziosa e inferma era sparita. Serena aveva l'aria di volersi strappare la flebo dal braccio e uscire dalla stanza sbattendo la porta.

«Quando tua madre ti ha detto di voler chiedere il divorzio a tuo padre» provò la giornalista in tono gentile, «ti ha spiegato il perché?»

La rabbia di Serena poco a poco si dissolse e sul volto riapparve la sua espressione fragile.

«Ha detto solo che non era felice. Io sapevo... cioè, sapevo che dormivano in letti separati.» Serena deglutì. «Ma lei non mi ha mai raccontato dettagli specifici. Non voleva caricarmi di un altro peso. Ero già abbastanza infelice di mio. Lo odiavo quel posto.»

«Quel posto?»

«Quella casa» sussurrò Serena.

Stavolta fu Lukas a interromperla. «Aspetta, adesso sono confuso. Tu hai detto... c'è stata quella notte, ti ricordi, che sei venuta da me e mi hai detto che "avevi visto qualcuno".»

«Infatti avevo visto qualcuno.»
«E chi?» domandò Lukas.
Serena scosse la testa. «Penserete che sono pazza.»
«Nessuno penserà che sei pazza, Serena» disse la giornalista.
Serena fece un respiro profondo. «È cominciato tutto lo scorso autunno. Tipo un paio di settimane dopo l'inizio della scuola, non mi ricordo di preciso.»
«Cosa è cominciato?»
«I rumori.»
«I rumori? Che genere di rumori? Cioè, li sentivi nella testa?»
«No» disse Serena impaziente. «*No*, non nella mia testa. Non sono pazza. Sono sicura che erano veri. I miei genitori si rifiutavano di crederci – ma vi giuro che erano veri.»
«Puoi descriverci questi rumori?»
«Erano...» Serena guardò fuori dalla finestra per un lungo istante. «Erano nei muri.»
«Sentivi dei rumori nelle pareti di casa?» ripeté lentamente la giornalista. «Come se ci fosse un animale?»
«Questo è quello che ho pensato anch'io, all'inizio. Scoiattoli magari. Oppure un opossum. Continuavo a chiedere ai miei genitori se li sentivano anche loro. Loro dicevano di no. Provai a ignorarli, ma continuavo a sentirli – piccoli movimenti veloci e un rumore di passi. La nostra è una casa molto vecchia, l'acustica può essere bizzarra: a volte c'è un rumore in fondo al corridoio e tu lo senti come se fosse a un centimetro dal tuo orecchio. E un paio di volte è stato proprio così. Come se avessi il respiro di un animale che mi entrava dritto nel cervello.»
«Quindi tu cosa pensavi che fosse?»
Serena sembrava in imbarazzo. «Non lo so. Un fantasma. Ci sono un sacco di storie strane su quella casa. Gente che ci è morta, tipo attori famosi e roba così. Corridoi

che non esistono – cioè, tra parentesi, secondo una leggenda in casa mia ci sono tutta una serie di cunicoli segreti. A quanto pare, l'architetto li voleva costruire tipo per la servitù, credo. Ma poi ovviamente non l'ha fatto davvero, è solo una storia che si racconta. Ma a quel punto, ne avevo sentite così tante che anche se non ci credevo davvero... cioè, insomma, non escludevo niente a priori.»

«E i tuoi genitori cosa hanno fatto?»

Serena fece un sorriso triste e freddo. «Mi hanno portata dallo psicologo.»

«E cos'ha detto lo psicologo?»

«Che non era un problema psicologico.»

«Be', però sappiamo che tu prendi dei farmaci» disse la giornalista, con delicatezza. «Per la depressione, giusto?»

«Sì, ma non è proprio come immaginarsi di sentire delle cose che si muovono nei muri, non credi? È per quello che ho smesso di parlarne con i miei genitori. Pensavano anche loro che fossi pazza. Ma i rumori c'erano ancora, non smettevano. I passi, il... il respiro. È stato a quel punto che ho cominciato a pensare che magari avessero ragione. Forse stavo *davvero* impazzendo. E dopo un po' andava così male che riuscivo a malapena ad alzarmi dal letto. Non volevo più uscire dalla mia stanza. Il resto della casa mi faceva paura. Mia madre per un periodo mi ha persino tenuta a casa da scuola.»

Serena smise di guardare fuori dalla finestra e abbassò gli occhi.

«Ma poi...» Si passò la lingua sulle labbra. «Ma poi scoprii che non ero pazza per niente. C'era davvero qualcosa nei muri. Una persona.»

«Una... una persona?»

Serena annuì. «Una sera ero rimasta sveglia fino a tardi, per studiare per le verifiche del primo semestre. Scesi in cucina nel cuore della notte per farmi un caffè e...», sul suo volto si dipinse un'espressione confusa, «e il frigo era già aperto. Non vidi nessuno, perciò pensai semplicemente che mia madre o mio padre l'avessero lasciato aperto per sbaglio, ma di solito, quando uno si scorda di chiudere lo sportello, il frigo emette questa canzoncina fastidiosa finché non lo richiudi. Non è che fossi spaventata, all'inizio. Ma poi ho visto questa... creatura.»

Serena respirava affannosamente. Lukas le accarezzava la mano.

«All'inizio» disse, «pensavo fosse qualche specie di grosso animale, perché era sul pavimento, a quattro zampe, rannicchiata come... non lo so. Come una lince. Come un lupo. Ci sono dei coyote a Griffith Park, sai?, e anche dei puma, un sacco anzi. Ma poi la creatura si mosse, di scatto, come se volesse mettersi a correre. Provava a muoversi come un animale, ma c'era qualcosa di sbagliato. Il nostro frigo ha una luce blu che è abbastanza forte, quindi l'ho vista bene. Era una figura umana. Non un animale. C'era una persona nella nostra cucina.»

«Un intruso» disse la giornalista.

Serena annuì. «E poi è corso via. Io non l'ho inseguito, avevo troppa paura. È uscito dalla porta del giardino, sul retro. Sono andata subito a svegliare i miei genitori, ma non mi hanno creduta. Cioè, dicevano che mi credevano, ma io lo sapevo che non era vero. Non mi prendevano per niente sul serio. Alla fine hanno cambiato le serrature di casa, ma poi, non lo so, tipo tre giorni dopo forse?, ho risentito un'altra volta i rumori nei muri. E stavolta...» Serena si toccò una pellicina sull'unghia del pollice e scosse la testa, sofferente. «Stavolta non riuscivo a smettere di pensare al fatto che fosse *una persona*. C'era una persona che viveva nelle pareti di casa nostra. Che ci rubava il cibo nel cuore della notte. Che mi guardava mentre dormivo.»

«E cos'hai fatto?»

«Ho cercato in tutta la casa. Ho pensato che magari ci

fosse, non lo so, una porticina segreta, o qualcosa del genere. Lo so che sembra una cosa fuori di testa.»

«E hai trovato qualcosa?»

«Niente.» Serena scosse la testa. «Ho cercato in tutti gli armadi, in soffitta. Niente. E questo mi ha spaventata ancora di più. Stavo impazzendo. Mia madre insisteva che ci dovevamo trasferire, ma mio padre si rifiutava. Mi chiamava tutti i giorni da Parigi per aggiornarmi sul suo piano. La scuola alla quale mi voleva iscrivere, cose così. Io mi sentivo in colpa, all'idea di lasciare te.» Serena guardò Lukas con un'aria di scusa. «Ma dovevo andarmene. Sentivo che stavo andando fuori di testa. E poi... e poi per la seconda volta ho visto lei.»

«Lei?» disse la giornalista, allarmata. «Vuoi dire la stessa persona che avevi visto in cucina?»

Alle mie spalle sentii la porta cigolare. Era Jae, che stringeva in pugno una busta di McDonald's, l'altra mano inerte lungo il corpo. Io mi alzai per salutarla, facendole cenno di venire di corsa alla tv, ma Jae non si mosse. I suoi occhi erano fissi sullo schermo, il corpo paralizzato sulla soglia.

Serena annuì. «La vidi nel cortile sul retro. Stava scavalcando il cancelletto, e stavolta la riconobbi immediatamente. La conoscevo: era la mia insegnante di ripetizioni.»

«Evie Gordon» suggerì la giornalista.

«No.» Serena scosse la testa. «Non Evie. Si chiamava Jae. Jae Park. L'avevamo licenziata. Evie Gordon era la sua sostituta.»

La macchinetta del caffè fece un altro *bip*.

«Credo che non fosse mai andata via da casa nostra. Credo... credo fosse rimasta lì.» La voce di Serena tremava. «E poi ha ammazzato i miei genitori.»

La porta era aperta a casa dei Victor quando ero arrivata. Che strano. La sala da pranzo era deserta: ancora più strano. Tutta la casa, in effetti, era deserta. Dinah e Peter non li conto: erano solo pezzi di carne, a quel punto. Una casa vuota.

Ma non era vuota. C'era una persona in un ripostiglio. Legata con un cavo elettrico, puntellato da segni di morsi. Avevo buttato giù la porta per liberarla. Forse era stato chiunque avesse ucciso i Victor a legarla lì, avevo pensato. O peggio, forse erano stati *i Victor*. Lei non rispondeva: era traumatizzata e non riusciva a parlare. E io ero stata paziente.

Jae mise giù lentamente la busta del McDonald's. Rimase sulla porta, lo sguardo su di me. Dalla televisione, ignara di tutto, fischiettava il jingle di un'assicurazione automobilistica. La macchinetta del caffè fece un altro *bip*. Avevo voglia di farla a pezzi con le mie mani.

«Jae» dissi alla fine, rompendo il silenzio.

Jae era paralizzata. Il petto le andava su e giù. Non si mosse da dov'era.

«Sta mentendo» dissi io lentamente, come per darle un suggerimento. «Va tutto bene. Pensavamo... pensavamo che magari ci avrebbe aiutate. Ma tu sei sempre stata scettica, e alla fine avevi ragione.»

Jae non si mosse.

Non capivo.

«Sta *mentendo*» ripetei.

Jae continuava a non dire una parola.

E io continuavo a non capire.

«Che succede?» dissi.

Jae non si mosse.

«No. No. Non ci ricasco un'altra volta» dissi. «Non puoi rimetterti a fare così adesso. *Parlami.*»

Jae socchiuse le labbra, ma non uscì nessun suono.

«Serena sta mentendo» provai di nuovo, con tutta la pazienza di cui ero capace. «Jae, non è vero che tu *vivevi nei muri di casa loro.*» Sembrava una follia anche solo dirlo. «Non è... cioè, tu non sei... Jae, se lo sta inventando, ti fa sembrare una uscita da... da un film horror, che cazzo.»

La mia voce aveva un suono orribile che riecheggiava nella sala relax.

«Di' qualcosa» dissi.

Jae scosse la testa. Con grande cura, estrasse il coltello che teneva nel suo calzino. Lo sguardo fisso, che mi seguiva intorno alla stanza.

Ora cominciavo a capire.

Jae fece un passo indietro.

«No.» Attraversai di scatto la stanza e provai ad afferrare la sua maglia dalla schiena, ma lei mi allontanò con una forza che non avrebbe dovuto sorprendermi, eppure lo fece.

Mi premette contro il muro e mi puntò il coltello alla gola.

Il suo respiro era affannoso, in preda al panico. Anche il mio.

Volevo urlare. Volevo raccogliere tutta la rabbia che avevo in corpo, dargli forma materiale e scatenarla per devastare il mondo. Ero così furiosa da essere paralizzata. Così furiosa che non sembrava neanche rabbia. Sembrava più dolore. Oppure orrore. Qualcosa che non avevo mai provato prima, qualcosa che non aveva ancora un nome. Il mio corpo provava a opporsi a quella sensazione, i muscoli e le ossa si stringevano insieme per spingerla via.

«Che cosa hai fatto?» sussurrai. Ma lo sapevo già.

Lo sapevo.

È sempre stata Jae.

Jae nel giardino. Jae nello stagno delle carpe koi. Era Jae accanto alla piscina con un sasso. Era Jae nel sottoscala, con il cavo che si era legata addosso lei stessa.

Era Jae, che mi aspettava.

I suoi occhi fissavano i miei, smarriti. Mi sentivo tutto il corpo poroso, permeabile, trasparente.

Rilassò la mano che stringeva il coltello. Continuava a fissarmi con quegli occhi grandi, feriti. Jae stava soffrendo. Ero io che la stavo facendo soffrire. Povera Jae. Povera Jae, che li ha ammazzati tutti quanti. Povera Jae, che mi ha raccontato così tante bugie – c'era niente di vero, in fondo? Povera Jae, che mi ha lasciato credere che fosse lei la vittima.

Mi tornò in mente la voce che avevo sentito venire dal sottoscala.

Aiuto.

Ero quasi arrivata alla mia macchina.

Sarei andata via. Sarei andata a chiamare la polizia, lontana abbastanza da sentirmi al sicuro. Sarei tornata a casa e avrei chiamato i miei genitori. Mi sarei fatta una canna con il mio coinquilino e avremmo guardato *RuPaul*. Mi sarei infilata a letto, nel mio letto, non il letto di un motel, non il sedile di una macchina rubata, non il letto matrimoniale di una villa in Florida dell'anteguerra, non un letto con la testiera curva in un negozio di mobili fallito. Il mattino seguente, mi sarei svegliata nello stesso letto. E poi di nuovo il mattino dopo ancora.

La mia vita. Tutta la mia vita era proprio lì.

E poi avevo sentito «ti prego».

Avrei potuto prendere il coltello. Non sarebbe stato difficile. Che cosa straordinaria, pensai, il modo in cui si ritrasse all'indietro, vederla leggermi in faccia la violenza che provavo. La violenza che avrei potuto infliggerle se soltanto fossi stata più veloce.

Ma fu Jae la più veloce, naturalmente. Si mise a correre prima ancora che io ne avessi la possibilità. A ripensarci, non mi sorprende tanto. Io ero furba, ma Jae era più furba. I miei talenti e le mie doti non potevano competere con quelli di Jae Park.

PARTE TERZA

La casa dei sogni

35

Mi è sempre stato difficile parlare. Scrivere è più facile, o almeno così ho sempre pensato. Tenevo sempre un diario, una volta.

Ora sono fuori allenamento. Ho dovuto cancellare tantissimi inizi e ricominciare da capo. Ma voglio trovare le parole giuste, per te.

Comincerò da qui: sono brava ad ascoltare. Non sono brava a fare la maggior parte delle cose, ma questa so che è vera. Quando ero piccola i miei insegnanti scrivevano nei commenti alle mie pagelle: «Brava ad ascoltare. Brava a seguire le istruzioni che riceve. Silenziosa.» Questo prima che diventassi cattiva.

Quando ero piccola e me lo dicevano, io pensavo che ascoltare fosse una cosa stupida in cui essere brava, come essere brava a mangiare o a respirare. Ma ascoltare è un'arte. La voce contiene tutta la vita sotterranea che abbiamo dentro e che vuole venire fuori. La voce è uno strumento potente, anche se non è leggibile quanto un volto, con tutti quei muscoli e quei meccanismi interni. Pensa a quella strana sensazione che provi quando senti la tua voce in un video o in un messaggio vocale. Non ha lo stesso suono di come la senti nella tua testa. Ma l'immediatezza della voce – quelle vibrazioni impreviste, quelle microfrequenze così delicate – contiene informazioni. A volte penso che la voce sia più comprensibile persino delle parole stesse. La voce viene prima delle parole, che in ogni caso la maggior parte di noi è del tutto incapace di usare, non importa quanto ampio sia il tuo vocabolario o quanti libri tu abbia letto. Chi è che dice le cose giuste? Ma la voce. La voce è la materia grezza. L'antecedente. Un tremolio, un sussurro, una pausa. Se sei capace di ascoltare, la voce dice già abbastanza. E io sono brava ad ascoltare.

Da piccola, quando ti dicono che sei brava ad ascoltare è un'espressione in codice per dire che sei obbediente. Essere bravi ad ascoltare da adulti è un'arte più raffinata. Richiede pazienza e allenamento. E io ho avuto un sacco di tempo per allenarmi, a casa dei Victor.

Peter Victor aveva la voce calma di un negoziatore di ostaggi, circondato da mine antiuomo. La voce di Dinah aveva una leggerezza da fatina, era affettata, sembrava le venisse fuori soltanto dalla gola. Quella di Serena era più bassa, in un modo studiato, come se si sforzasse di suonare matura quanto sperava di essere. E poi c'erano voci nuove che andavano e venivano. Un vociare continuo dai book-club del venerdì sera. Coppie di voci, maschili, rigide e a disagio, quando erano necessarie riparazioni idrauliche o se il giardino aveva bisogno di cure. Ero grata per queste nuove voci, ogni volta che arrivavano. Mi piaceva il gioco di indovinare chi fossero. Immaginare la persona dietro la voce, unire i puntini.

La tua fu una di quelle voci nuove. E anche se la sentivo soltanto una volta alla settimana, la domenica, divenne subito la mia preferita. La tua voce era come la corda più bassa di una chitarra, risuonava con un tono di autorità e serietà. Mi faceva venire in mente calici di vino rosso e sigari e *femmes fatales* dagli occhi scuri in un film in bianco e nero. Era graffiante, roca. Che viso poteva avere una voce come quella? Volevo tanto saperlo.

Ascoltami, Evie. Lo so cosa pensi di me. Che sono un incubo. Mi nascondo nei muri delle case. Mi prendo gioco delle brave ragazze, facendogli credere che sono come loro. Di tutto questo sono colpevole, ma una cosa che non sono è ingenua. Ho sempre saputo che questa storia non sarebbe mai potuta finire bene per me. Serena prima o poi si sarebbe risvegliata e avrebbe raccontato al mondo quello che sapeva. Non potevo rimanere per sempre "Faccia nell'identikit" o "Complice ignota". E in fondo una complice non lo sono mai neanche stata. Magari non sarò un genio del crimine, ma di sicuro non sono lo scagnozzo di nessuno. No, sono sempre stata io il Nemico Pubblico Numero Uno. Dovevi saperlo anche tu che c'era un'altra storia che si stava svolgendo poco a poco, invisibile, accanto alla tua.

Lo so che suona come una cosa cattiva. Ed è una cosa cattiva. Mi affido a te per essere giudicata, odiata, presa a calci, quello che vuoi. Qualsiasi cosa ti faccia sentire meglio. Empatia e comprensione sono orizzonti che non mi sarà mai concesso di raggiungere. Ma porterò la mia barchetta il più vicino possibile a quella riva. Non mi importa se nessuno mi capirà mai. Non mi importa neanche se tu non mi capirai mai. Voglio soltanto dirtelo. Ci sono così tante cose che non ti ho mai potuto dire.

36

Primo: vomitare, poi vomitare di nuovo.

Secondo: distruggere finalmente la macchinetta del caffè e i suoi maledetti *bip*.

Terzo: divorare la roba di McDonald's abbandonata a terra.

Quarto: vomitare immediatamente un'altra volta.

Rimasi seduta sul pavimento del bagno con la testa tra le mani, le ginocchia troppo deboli per reggermi in piedi. Pensai di andare dritta al DollarTree, prendere in prestito il telefono dalla cassa e chiamare il 911.

Poi mi ricordai che ero nel cazzo di Canada.

Andai a piedi fino al pick-up che Jae aveva lasciato alla discarica. Sarà stata pure una bugiarda manipolatrice stronza assassina, ma almeno aveva avuto la decenza di non prenderlo lei. Ero certa che non avrebbe avuto problemi a rubarne un altro, dopotutto. Jae era capace di rubare un portafogli o due e ricomprarsi tutto il nostro armamentario in una giornata, se voleva. Lasciarmi il pick-up era stato probabilmente un gesto di compassione, una compassione che non ero nella posizione di rifiutare, malgrado quanto ferisse quel poco di orgoglio che mi era rimasto. E d'accordo, Jae me l'aveva anche insegnata l'arte di rubare le macchine, ma non avevo mai veramente provato a farlo da sola, tantomeno nello stato isterico in cui ero.

Una volta le avevo chiesto, come hai fatto a diventare così brava a rubare? Non a rubare, a sopravvivere. Me lo aveva spiegato così: quando non hai un soldo, la povertà non trasforma soltanto il tuo modo di pensare, il modo in cui sei vista dagli altri, il modo in cui navighi il mondo. Trasforma anche lo spazio vero e proprio. Vivi sotto un cielo completamente diverso. Il sole che splende per te è un altro. E anche la luna. Quello che per gli altri è luce per te è buio, e forse è vero anche il contrario. La differenza è sensoriale. La vista, l'udito, il gusto: tutto si conforma alle circostanze in cui ti trovi. Ciò che è commestibile, udibile e visibile per te potrebbe non esserlo per loro. Gli angoli ciechi dell'architettura e i punti vulnerabili ti prendono vita davanti come se li vedessi con gli infrarossi. Qualunque luogo è penetrabile. Qualunque luogo è abitabile, se hai abbastanza immaginazione. Quando non hai un soldo, la tua immaginazione è costretta a espandersi oltre i limiti di ciò che è tollerabile per la gente ricca, a cui l'immaginazione non serve affatto. Quando sei ricco, accade l'opposto: il mondo si restringe a una serie di particolarità e forme ricorrenti. Posso bere l'acqua soltanto a questa temperatura. Posso dormire soltanto sotto lenzuola con questo numero di fili, soltanto su materassi di questa precisa altezza. Non posso vivere in una casa che non abbia una lavastoviglie, una lavatrice/asciugatrice, una vista sul mare. L'immaginazione si ripiega su se stessa. Lo spazio si cristallizza e diventa impossibile da manipolare, opaco. Quando sei povero, lo spazio fa l'inverso: si svuota all'interno. Qualsiasi cosa può essere una porta. Qualsiasi cosa può essere un letto.

Io annuii, come se avessi capito, perché detestavo non capire qualcosa. Mi piaceva pensarmi scaltra quanto lei, come se potessi contrarre la sua saggezza come una malattia. Ma non potevo. Crescendo, avevo sempre pensato di essere quella che aveva di meno, mi ero concessa il lusso di compatirmi un po', e di portarmi dietro quella compassione insieme al mio cocciuto orgoglio: le mie insicurezze sul fatto di avere una borsa di studio, i miei lavoretti per arrotondare e i miei trucchetti per fare qualche soldo in fretta. All'università ero quella che viveva degli aiuti finanziari per meriti scolastici, quella che doveva indebitarsi per pagare la retta, che non poteva su due piedi prendere un aereo per Parigi per le vacanze di Natale, perché invece doveva mettere da parte i soldi guadagnati con le ripetizioni per comprarsi un biglietto low cost per Asheville. Quanto ero stata cieca a pensare che era questo che significava vivere *senza.*

Andavo a una scuola privata, santiddio. Ho frequentato una delle migliori e più costose università del paese. Ho sempre avuto un letto caldo a casa a cui tornare, tre pasti al giorno, genitori ancora vivi. Genitori che mi volevano bene.

Presi la macchina. Jae mi aveva lasciato anche tutti i soldi che avevamo, e ne avevamo messi da parte un bel po', circa novecento dollari. Guidai senza una destinazione in mente. Guidai senza curarmi del codice stradale. Guidai come se stessi cercando di ammazzarmi, e non era così, sul serio, anche se non posso neanche dire che nelle ore dopo la fuga di Jae avessi una grande considerazione per la mia vita. Non andavo da nessuna parte in particolare, ma se me l'avessero chiesto, con una pistola puntata alla tempia, probabilmente avrei ammesso che stavo provando a tornare a casa. Non a Los Angeles. A Hendersonville, North Carolina. Come intendessi arrivare in North Carolina da Vancouver Island resta un mistero per me – perdonatemi, non ci stavo molto con la testa. Pensavo più a come mi avrebbero ricevuta quando sarei arrivata. Mi avrebbero accolta ancora a braccia aperte i miei genitori, dopo che la mia faccia era stata su tutte le tv d'America con sotto scritto a caratteri cubitali ASSASSINA? Prima che uccidessi Sebastian erano stati convinti della mia innocenza – ma adesso lo erano ancora?

Eppure non potevo fare a meno di conservare un filo di speranza che se fossi riuscita a raggiungere furtivamente la porta di casa di mia madre, lei mi avrebbe aperto. Ero stata una persona buona, una volta. O quantomeno ero stata brava a fingere. Mi sarebbe stata a sentire, se le avessi spiegato esattamente tutto quello che era successo, per quanto improbabile fosse la mia storia? E quali altre opzioni mi restavano, ora che Jae aveva confessato di essere *lei* Evie Gordon, la Robin Hood di Hollywood, di esserlo sempre stata? Jae mi aveva ingannata. Mi aveva mentito. E forse, anzi con ogni probabilità, aveva programmato fin dall'inizio di incastrarmi. In fondo lo sapeva che andavo in quella casa ogni domenica. Sapeva anche l'orario. Che altra conclusione dovevo trarre?

Mentre guidavo senza meta in una terra sconosciuta, nella mia mente provavo un discorso che non avrei mai potuto pronunciare. *Sono stata fregata, mamma.* Un genio del crimine è stato più furbo di me. Fatico a crederci anch'io, ma è la verità. Comincio dall'inizio. Sono stata io a scoprire i corpi insanguinati dei Victor nel giardino. Il sangue era ancora liquido per quanto era fresco, cosa che probabilmente avrebbe dovuto darmi il primo indizio del fatto che l'assassino fosse ancora nei paraggi. Avrei chiamato la polizia, ma ho sentito la voce di qualcuno chiedere aiuto: c'era una donna legata nel sottoscala – non voglio saltare in avanti con la storia per non rovinare la suspense, ma lei tienila d'occhio, mamma, e non dico altro –, e poi la ragazzina a cui davo ripetizioni è tornata a casa, ha dedotto che io e la donna la stavamo rapinando, e mi ha aggredita. Io le ho dato una botta in testa per legittima difesa. È stato un incidente, giuro. Il problema è che subito dopo è arrivato il suo ragazzo e mi ha vista lì in piedi davanti al suo "cadavere". Ovviamente siamo scappate. Avevo appena visto dei cadaveri per la prima volta in vita mia. Avevo appena liberato una persona che pensavo essere vittima di una tratta di esseri umani a scopo sessuale o di un rapimento oppure, davvero non so – lei non me l'ha mai detto, ha lasciato che fossi io a tirare le somme –, e complimenti a Jae – è così che si chiama, Jae – perché io ci sono cascata completamente. Non è tutta colpa sua: sono io l'imbecille che le ha fatto le domande sbagliate. Quella che poi ha smesso del tutto di farle domande. Una cosa importante da capire su Jae – e davvero, non c'è modo di esagerare quanto sia importante questo fatto – è che Jae è veramente una figa, okay? Specialmente una volta ripulita. Colpo di scena! Okay, senti, non c'è verso di evitare di parlarne: è possibile che io abbia avuto dei rapporti carnali con lei. Dai, mamma, non fare quella faccia. Mi sentivo sola, e come ti ho detto, il bozzetto dell'identikit davvero non le rende giustizia. Comunque sia, quel viaggio è stato folle, non te lo puoi immaginare. Il panico, l'adrenalina. La paura. Abbiamo rubato una barca. Ho puntato una pistola alla tempia di un adolescente. Ho ucciso un uomo. Fa ridere a ripensarci: quante volte mi hanno chiamata assassina in tv? Quanto tempo ci vuole a diventare la cosa che tutti pensano che tu sia? A me ci sono voluti dieci giorni. E non c'era nessuno che avrebbe mai provato la mia innocenza, vero? È patetico che sia quella la fantasia a cui mi sono aggrappata così a lungo. E forse non era neanche un'accusa ingiusta: era un richiamo. Il vero nucleo attorno al quale ho orbitato per tutto questo tempo. Una profezia in attesa di avverarsi, pronta ad accettare la realtà della persona che sono sempre stata destinata a essere.

Un'assassina. Ero un'assassina.

Almeno adesso sarei andata in galera per un crimine che avevo commesso davvero. Sto provando a seguire il tuo consiglio, mamma. Tu lo dici sempre, non importa quanto si mettano male le cose, cerca sempre il lato positivo.

Sull'autostrada sbandai e finii in un fosso. Non di proposito, soltanto ordinaria idiozia. Un cuore spezzato, la rabbia, la disperazione eccetera eccetera, che cosa imbarazzante, non serve che sto a spiegare – anche quelli sicuramente svolsero un ruolo. Accadde tutto in un attimo. Un momento fantasticavo sulla mia stanzetta di bambina; il momento dopo fantasticavo di mettere a Jae le mani al collo. E il momento dopo ancora ero in un fosso, e usciva fumo dal cofano.

«Merda» borbottai. «Merda, merda, merda.»

Premetti a fondo sull'acceleratore. Il motore emise un suono penoso.

Ero su un'autostrada vera e propria. Attorno a me c'erano solo boschi e montagne.

Scesi dalla macchina e aprii il cofano per guardare l'intrico meccanico nascosto sotto, sforzandomi di trovarci un senso.

Alle mie spalle presero a danzare luci rosse e blu.

Una sirena.

Scoppiai a ridere.

Il poliziotto accostò accanto a me. Sentii lo sportello aprirsi e richiudersi.

«Signora?» disse l'agente. «Le serve aiuto?»

Io mi voltai, sollevando gli occhiali da sole sulla testa. Gli rivolsi un sorriso smagliante.

«Salve, agente» dissi. «Come vede, sono finita in un fosso.»

La sua espressione cambiò di colpo alla vista della mia faccia così famosa.

«Oh no...» Tastò alla cieca alla ricerca del walkie-talkie. «Oh no...»

«Non mi dispiacerebbe un po' d'aiuto.»

«Rinforzi» balbettò l'agente. «Mi servono rinforzi, io...»

Io alzai lentamente le mani in segno di resa.

«A terra» sbraitò lui. «Mettiti in ginocchio.»

Feci come voleva. Non aveva senso provare a rimandare l'inevitabile. I rinforzi arrivarono di lì a poco, in pompa magna, elicotteri e cani e macchine che rallentavano in autostrada per fermarsi a guardare. Lo capisco. Avrei rallentato anch'io. Non ti capita tutti i giorni di assistere alla cattura di un serial killer.

«Dov'è Jae Park?» mi strillò in faccia un agente. «Dov'è? Dov'è Jae Park? Dov'è Jae?»

Dov'è Jae?, mi chiesi oziosamente, guardando fuori dal finestrino della volante della polizia. Poteva essere ovunque. Mi venne in mente di mentire, semplicemente – soltanto per prendermi gioco di loro come Jae si era presa gioco di me. Che sentiero di molliche inventate potevo seminargli davanti?

Il problema era questo: come si fa a mentire parlando di un bugiardo? Da dove cominciare?

37

La prima cosa che ho bisogno che tu sappia è che quasi tutto quello che ti ho raccontato era vero, Evie. Ovviamente lo so che non significherà molto per te, se a dirlo sono io. Non ti ho mentito quando ti ho parlato della mia infanzia, o dei miei genitori o di Carmel House. Non ti ho mentito sul nostro sfratto o sul cancro di mia madre. Quando ho mentito è stato per omissione, nello specifico sul fatto che ero anch'io un'insegnante di ripetizioni. In altri casi, in particolare riguardo ai Victor, ho mentito seguendo il copione che tu hai scritto per me. Tu eri sempre incredibilmente credulona quando si trattava dei Victor, sempre pronta a vedere il peggio in loro e il meglio in me.

È vero che per un po' ho lavorato per un'azienda di catering durante l'università, ma non è così che ho incontrato i Victor. Ero l'insegnante di ripetizioni per i test di ammissione al college di Serena. Era il mio terzo lavoro una volta lasciata l'università, insieme alle consegne su DoorDash e a fare l'autista per Lyft. A Serena piacevo tanto. Anzi, a dir la verità le piacevo troppo. Arrossiva ogni volta che parlavo. Riusciva a malapena a guardarmi negli occhi. Mi chiedeva sempre di fare lezione in camera sua. Quando una volta mi complimentai con lei per la sua collezione di vinili, lei cominciò a presentarsi ai nostri incontri con addosso magliette di band che avevo menzionato di sfuggita. I suoi gusti musicali erano gotici e sognanti, shoegaze e post-punk dai toni ovattati anni Ottanta e Novanta. Diceva cose apposta per stupirmi o per farmi ridere. I suoi genitori mi pagavano, perciò io mi mostravo stupita e ridevo. Mi lusingava all'inizio, quell'attenzione che mi riservava con gli occhi a cuoricino. Ma mi è passata presto. Il cambiamento è stato invisibile, una sottile alterazione dei miei livelli di sopportazione. Serena era sempre sulle spine e preoccupata di piacere, metterla a suo agio era una faticaccia. Ogni lezione era come un numero da equilibrista: sii gentile, ma non indulgente. Distaccata, ma non fredda. Il problema era che ormai io avevo un gran bisogno di quelle lezioni. Ci vedevamo due volte alla settimana, due ore ogni volta. Serena costituiva quasi metà del mio reddito settimanale.

Alla fine, avvenne l'inevitabile: Serena tirò fuori tutto il suo coraggio e mi invitò ad andare a un concerto delle Breeders con lei. Aveva comprato due biglietti. Io accampai la mediocre scusa che avevo già un impegno per quella sera. Mi mostrai dispiaciuta e provai a sembrare sincera.

Il giorno dopo ricevetti un messaggio dalla signora Victor. Mi licenziava per "comportamento inappropriato". Il mio capo all'agenzia di ripetizioni mi scrisse una mail subito dopo: mi licenziava anche lui. Quando feci domanda ad altre agenzie non mi rispose nessuno. Mi avevano messa nella lista nera.

Fu soltanto qualche settimana dopo che ricevetti una telefonata dal carcere. Era mio padre.

Il commissariato di polizia sembrava un liceo di periferia, con siepi curate a motivi geometrici e mattoni color caffè. Dissi alla reception che ero venuta a prendere Jordan Park. L'impiegata mi rispose che non c'era nessun Jordan Park nel sistema. Ma mi ha chiamato lui da qui, insistetti io.

Una donna dalla sala d'attesa si intromise dicendo che probabilmente lo avevano portato a Santa Ana.

«È così che fanno a Irvine» disse con voce squillante, rivolta più alla donna della reception che a me. «I loro problemi li buttano da un'altra parte.»

Era una cosa che avevo già sentito dire a Orange County. Gente presa per strada dalle panchine, costretta a lasciare le sue cose, i carrelli e le tende, e trascinata in cittadine nei dintorni.

Erano le otto di sera quando lo trovai. Si era addormentato sui gradini della biblioteca pubblica. Aveva la testa piegata in un angolo innaturale e gli occhi socchiusi, una cosa che faceva sempre quando dormiva e che da piccola mi spaventava a morte. Lo scossi per svegliarlo. Lui mi rivolse uno sguardo vuoto, poi mi vomitò sulle scarpe. Una volta finito cominciò a tremare.

L'ambulanza ci mise un'ora ad arrivare. Il viaggio verso l'ospedale durò altri venti minuti. Lo portarono al pronto soccorso, dove fu trattato come una seccatura. Io persi le staffe. Non mi pare troppo da chiedere, insistetti, che mio padre venga trattato con un po' di gentilezza. Un po' di dignità.

Sei ore più tardi, l'infermiera dichiarò il decesso.

Era stato un attacco convulsivo. L'intossicazione da alcol aveva causato danni cerebrali irreparabili.

Non avevo i soldi per pagare la fattura. Diedi all'ospedale l'indirizzo del monolocale di mio padre, dove solo più tardi scoprii che lui non stava più da sei giorni. Io da settimane abitavo a casa del mio amico Minho, a Northridge. Le sere in cui la sua ragazza si lamentava di quanto spesso mi fermassi lì, dormivo in macchina.

Per una settimana intera, mio padre aveva passato la notte da qualche altra parte. Dove, non ne avevo davvero idea.

Una volta che il suo corpo fu ripulito, all'obitorio mi diedero il numero di un servizio di pompe funebri, ma io sapevo già che non potevo permettermelo. C'erano altre opzioni, mi dissero. L'ospedale poteva tenere il corpo fino a due settimane. Era possibile donare il defunto a una società di ricerca, oppure la contea poteva organizzare una sepoltura o una cremazione, senza spese a mio carico. Io non conoscevo nessuna società di ricerca a cui donarlo, perciò scelsi la seconda opzione.

Le ore che seguirono non le ricordo. Guidai. Il sole inondava la macchina di luce splendente, quasi a prendermi in giro. Non mangiai né bevvi nulla. Non mi lavai e non piansi. Se qualcuno mi fosse passato davanti e mi avesse chiesto il mio nome, non sono sicura che avrei saputo rispondergli.

Accettai una corsa con Lyft per Silver Lake. Ne accettai una per Eagle Rock. Accettai corse per Pasadena, Alhambra e Burbank. Mi ricordo che ero seduta al volante, con la testa che girava per gli stessi circuiti senza uscita, senza arrivare da nessuna parte. Alla fine mi ritrovai davanti alla porta dei Victor.

Fu Peter ad aprirmi. Anche su quello non ti ho mentito.

Vedermi lo confuse. Gli ci volle qualche minuto per ricordarsi che ero l'insegnante di ripetizioni di Serena. Lui non sapeva che Dinah mi aveva licenziata. Mi disse che era una giornata di scuola, che Serena non era a casa. E mi disse che quel fine settimana sarebbero partiti per l'Europa per fare un giro delle università lì, durante le vacanze autunnali di Serena. Io feci finta di saperlo già e dissi che me n'ero dimenticata.

Andai da Starbucks per ricaricare il telefono. Non c'erano nuovi messaggi. Chiesi a Minho se potevo andare da lui, ma lui disse di no. La sua ragazza era arrabbiata. Lo supplicai, ma lui non cambiò idea. Scrissi le parole "mio padre è morto", con il pollice che aleggiava sopra il bottone di invio. Fissai quella strana disposizione di lettere. P-A-D-R-E. M-O-R-T-O. Più le guardavo, più sembravano buffe e irreali. Provai a chiamare Kevin Ahn, ma aveva bloccato il mio numero. Mandai un messaggio a una ragazza con cui andavo a letto a Ucla, anche se non ci parlavamo da cinque anni. Non mi rispose.

Quando tornai in strada, la mia macchina era sparita. Confusa com'ero, avevo parcheggiato in una zona riservata, e me l'avevano portata via. La multa, più il costo del carro attrezzi, ammontava a 560 $. Non ce li avevo, perciò tornai da Starbucks. Mi misi a dormire all'esterno, sotto un rifugio fatto di sedie impilate. Incontrai una donna più grande, Sylvia, che si impietosì. Mi insegnò come rubare vari tipi di macchine. La maggior parte delle volte lei le prendeva soltanto per avere un posto caldo dove dormire, poi le abbandonava al mattino. Feci anch'io così per sette giorni.

Poi mi ricordai cosa mi aveva detto Peter. Stavano per partire per una vacanza.

Lo sai come nascono le idee. Idee cattive, idee buone, cominciano tutte allo stesso modo. Da piccoli germi sporchi. Questo germe trovò un terreno fertile, una foresta folta e tenebrosa dove crescere e farsi spuntare denti e tentacoli. A Los Angeles non è mai davvero buio, ma l'ora più scura è intorno alle tre di notte. Io andai a piedi e arrivai prima dell'alba. Scavalcai la ringhiera del giardino sul retro, superai lo stagno delle carpe koi e il ponte, la piscina, l'edera e la menta. Feci per forzare la maniglia della porta, ma si aprì spontaneamente, quasi a invitarmi in quegli interni freschi e bui. Mi ricordai di una cosa che Serena mi aveva raccontato tanto tempo prima, sull'architetto che aveva progettato la casa, che aveva sognato di costruire dei passaggi segreti dietro le pareti per la servitù. Quei cunicoli sono una leggenda, disse.

Non sono una leggenda. Io li ho trovati. A differenza dei Victor, io sapevo dove cercare.

38

C'è una cosa divertente che capita quando sei ricercata in tanti stati diversi: nessuno sa di preciso dove mandarti. La California mi voleva per via dei Victor. La Florida per l'aggressione ai Carlisle. Washington mi voleva per Sebastian Onasis ed Evan Barclay, e il Canada non mi voleva per niente. Era coinvolta l'Fbi, il che mi lusingò. La mia avventura criminale aveva attraversato stati diversi e confini internazionali. Ero un pericolo a livello globale.

In una prigione nello stato di Victoria, un agente speciale dell'Fbi mi interrogò in una stanza luminosa. Ero ammanettata con una catena molto larga, e mi portarono caffè caldo e qualcosa da mangiare. L'uomo si presentò come agente speciale Cruz. Era basso e robusto come un lottatore, aveva dei bellissimi capelli e denti dritti. Sorrideva spesso. Ero spaventata, e lui questo lo sapeva. L'interrogatorio fu più che altro uno scambio di superficiali informazioni biografiche, per farmi sentire tranquilla e a mio agio così che quando sarebbe arrivato il coltello avrei offerto la gola senza protestare. Sì, vengo dalla North Carolina. Sì, ho frequentato un'università molto costosa. Sì, ho vissuto a New York. Sì, mi sono trasferita a Los Angeles. Sì, davo ripetizioni per i test di ammissione al college.

«E com'era dare ripetizioni?» mi domandò lui.

«Non lo so. Era un lavoro come un altro. Ci pagavo le bollette.»

«Ti piaceva insegnare per gli esami del college?»

«Era okay.»

«Io li ho odiati quei test di ammissione» disse lui con un sorriso di complicità che serviva a mettermi a mio agio. Ma io non ero affatto a mio agio. «Andai malissimo.»

Malgrado ciò, sembrava essersela cavata niente male nella vita. Questo non lo dissi ad alta voce. Da quel giorno in poi, mi sarei tenuta tutti i miei commentini sarcastici per me. Ero una donna nuova. Buone maniere, comprensiva, innocente. Non c'erano specchi nella stanza dell'interrogatorio, ma diedi al viso un'espressione che speravo risultasse a modo.

«Quanti studenti seguivi?» Cruz era del tutto rilassato ora. Aveva condotto così tanti interrogatori simili che magari era davvero convinto che fossi rilassata anch'io. Il caffè, le patatine, la stanza luminosa con le grandi finestre – non una cameretta da interrogatori buia, con una sedia malferma e un termosifone gocciolante. Siamo solo due persone che parlano. Le manette sono soltanto un accessorio buffo. Ignorale. Siamo due amici che si fanno una chiacchierata.

«In genere cinque alla settimana.»

«Dare ripetizioni era quello che volevi fare?»

«Ero brava a farlo» dissi io.

«Ma non è la stessa cosa che volerlo, no? Vedo qui che hai un sacco di titoli di studio. Laurea in Scienze Umanistiche, laurea magistrale in Storia dell'Arte. Al tuo liceo hai fatto il discorso finale alla cerimonia dei diplomi. Una studentessa da dieci in pagella per tutta la vita. Cos'è che volevi diventare? Chi volevi essere?»

Che cosa l'hai fatta a fare tutta quella fatica? È questo che mi stava chiedendo. La verità è che non lo sapevo. Non l'ho mai saputo. Semplicemente, mi piaceva andare a scuola. Era la cosa più simile che avessi a una rete di sicurezza. O magari era una specie di sindrome di Stoccolma. La scuola era la cosa che capivo meglio. Il suo progetto lineare, gli obiettivi così facili da gestire. Ogni settimana mi venivano offerte dozzine di opportunità di successo. Io lo facevo per le A in pagella. La stellina d'oro. Era ciò che mi separava dagli altri. E i successi scolastici erano una specie di droga. Le A non erano cumulative. Non stavo mettendo da parte un credito per riscuoterlo tutto insieme nel nome di una più grande *raison d'être*. Volevo avere successo – un termine vago, che restava sempre monodimensionale –, ma non avevo in testa un'immagine di che aspetto avesse quel successo fuori dalla scuola. La scuola era il mio dominio, e io ne ero l'imperatrice. Fuori da quelle mura, non ero nessuno.

«Penso che fossi semplicemente brava a scuola.»

«Volevi insegnare?» domandò Cruz.

«Mi piace insegnare.»

«Ti piaceva insegnare a Serena Victor?»

Sostenni il suo sguardo. Era la prima volta che menzionava i Victor, e malgrado la tranquillità che si sforzava di mostrare, non c'era modo di girare intorno all'importanza di quel momento. Qualcosa di nuovo era entrato nella stanza.

«Sì» dissi in un tono neutro. «Era molto facile lavorare con lei.»

Cruz mi sorrise. Io sorrisi a lui. Posò la guancia su un pugno chiuso. Io posai la guancia sul mio. Ci guardammo negli occhi, come due amanti in un duello. Quando neanche questo portò a nulla, nella stanza entrò un'altra agente dell'Fbi. Il suo nome era agente speciale Afuye.

«Senti un po' come stanno le cose» disse Afuye, in piedi di fronte a me. Cruz rimase dov'era, e continuava a guardarmi come se fossi il dipinto più interessante in tutto il museo. «La California ha già avviato il processo di estradizione. Il Canada sta collaborando. Loro qui non ti vogliono, e io lo so che a te dei miei consigli non te ne importa niente, ma credimi: non vuoi restare qui neanche tu.»

«Vorrei un avvocato.»

Afuye aveva un'aria annoiata. Si mise a sedere di fronte a me.

«Tutta questa storia sarà una procedura lunghissima. Sei pronta a questo fatto? Perché noi possiamo semplificarti di gran lunga le cose. Noi possiamo aiutarti, ma perché ci sia possibile farlo, tu devi collaborare. Per esempio, potresti dirci dove si trova Jae Park.»

Feci una risata. Ancora non capivano.

«Non la troverete mai.»

«Abbiamo molte risorse.»

«Non ha nessuna importanza. Non la troverete. Potrebbe essere ovunque» dissi. «È rimasta nascosta per settimane in casa di una famiglia intera senza farsi beccare.»

«Non può sfuggire per sempre alla cattura.»

Ingenui. Ero stata anch'io così, una volta. Mi dispiaceva quasi per loro, ma dovevano imparare la lezione come l'avevo imparata io, con le maniere forti. Mai sottovalutare Jae Park.

39

Nella casa si diffuse un odore di marcio. Sarebbe stato facile arrivare alla conclusione che quell'odore fossi io, ma non lo pensavo. Poteva essere il pollo arrosto di Whole Foods che i Victor avevano lasciato troppo a lungo nella spazzatura, oppure la vaschetta di plastica con il melone a fette che Serena si era scordata di buttare via prima di partire per il suo giro delle università europee, e che ora si decomponeva poco a poco sul suo comodino. Una domestica venne per tre volte durante la mia permanenza, e buttò via tutti quei rifiuti. Quando ebbe finito di pulire, non si infilò nei cunicoli dietro le pareti. Entrò e uscì di casa dalla porta d'ingresso. Quando se ne fu andata, l'odore di marcio rimase. Forse ero davvero io, alla fine.

Io sono ancora convinta che fosse la casa stessa, finalmente libera di sprigionare il suo fetore naturale. Senza i Victor, la casa si afflosciò come una donna libera dal suo corsetto. Non doveva più recitare per nessuno. Macchie d'umidità, cartongesso che si disintegra. Scale che gemono senza nessuno che ne salga gli scalini. Pavimenti che scricchiolano senza essere calpestati. Era una casa molto vecchia, e io credo che avesse voglia di morire.

Naturalmente esisteva anche un'altra possibilità: forse non ero l'unico fantasma lì dentro. Ce n'erano altri. Servitù, magari, o bambini. Una vecchia attrice di Hollywood, un ubriacone. Un fratello ammattito di ritorno dalla guerra che vaneggiava da una camera da letto chiusa a chiave. Mi capitava di vedere figure del genere, di tanto in tanto, ma la mia vista in quei giorni non era così affidabile. E anche se i Victor se n'erano andati, io passavo comunque la maggior parte del tempo dietro le pareti, nel buio, nel caso ritornassero in anticipo.

Anche dentro i muri c'era un sacco di strada da fare. La casa aveva un labirinto di corridoi segreti, come un controcanto strutturale, un reticolo di spazi che non seguiva alcuno schema. A volte, un corridoio sbucava fuori dal nulla. Una volta trovai il vano di un ascensore che andava dalla soffitta allo studio di Peter Victor. Quando tornai a cercarlo una seconda volta, era sparito. Non c'era una logica a governare l'architettura del posto, se non il nichilismo. La mancanza di logica stessa era la regola. I cunicoli erano larghi abbastanza perché ci potesse passare un uomo dalle spalle larghe senza toccare le pareti, e i soffitti erano alti quanto tutte le altre stanze. Erano ovunque, si facevano spazio come tanti organi anatomici, reclamando a gran voce la propria importanza strutturale.

Ben presto arrivai a conoscere ogni palmo della casa come se fosse mia. Sapevo quale fosse l'angolazione geometrica perfetta a cui tenere la manopola del rubinetto per fare una doccia calda esattamente al punto giusto. Sapevo che i Victor non usavano mai il bagnetto per gli ospiti al piano terra, perciò ero al sicuro a usarlo nel cuore della notte, oppure anche di giorno, quando la casa era vuota. Divenni bravissima a controllare i miei bisogni corporei. Conoscevo la data di scadenza della loro costosa senape al tartufo e delle marmellate di fichi, del formaggio di soia e delle strisce di tempeh, gli sfizi vegani di Serena. Sviluppai dei gusti tutti miei: quali dipinti a olio preferivo, quali candele, quali cracker gourmet e quali saponette. Stavo attenta, naturalmente. Non prendevo mai abbastanza da destare sospetti. Sapevo che prima o poi sarebbero tornati, e infatti così accadde. Inizialmente il piano era di restare soltanto qualche altra notte, per prendermi il tempo per studiare come tornare alla mia vita di prima. Avevo vissuto di busta paga in busta paga, senza mai risparmiare nulla. E avevo dei debiti. Da dove potevo cominciare? Chi mi avrebbe concesso un prestito, come potevo fare a ripartire? Chi mi avrebbe dato un lavoro, dove avrei dormito la notte? Ora che ero in casa dei Victor, vedevo bene quanto spazio ci fosse per me, e quanto sarebbe stato facile restare. Non serviva neanche che vivessi sottoterra. Ero una residente intestina, rannicchiata al loro interno come una matrioska.

Una volta che i Victor furono tornati, la casa raddrizzò di nuovo la schiena. Tirò indietro la pancia e si comportò bene. Non sentivo più il suo respiro. C'erano troppi altri rumori. Era ancora abbastanza facile nutrirmi dei loro avanzi, bere l'acqua dei rubinetti e poi tornare di nuovo nei miei cunicoli segreti. I Victor erano creature abitudinarie. Prima di fuggirsene a Parigi, Dinah aveva tracciato lo stesso percorso ogni giorno: dal letto alla doccia, dalla doccia alla cucina, dalla teiera al cortile. Andava a yoga. Faceva meditazione accanto allo stagno delle carpe koi. Preparava complicatissime insalate che non finiva mai. Tutto questo lo seguivo soltanto attraverso l'udito. L'unico membro della famiglia che spiavo regolarmente era Peter.

Scoprii un piccolo pertugio in uno dei corridoi. Col mignolo della mano riuscii pian piano a ingrandire il buco. Dava direttamente sullo studio di Peter, nascosto tra gli scaffali di una libreria. Il suo studio non era particolarmente interessante. Ci lavorava la sera, dopo cena, al computer. A volte ci lavorava la mattina, in genere al telefono. Volevo sapere di più di come facesse i suoi soldi, ma per quante telefonate rimanessi ad ascoltare, non riuscivo ancora a capirci niente. Il corso di laurea in Economia che avevo abbandonato non mi era servito a comprendere il nostro sfratto, e non mi fu di aiuto neanche lì. Qualunque dettaglio significativo spariva in una nuvola di gergo, un linguaggio impossibile da tradurre: *cdo*, *subprime*, *tranche*, *triple B*. Alla fine arrivai alla conclusione che questa impossibilità di traduzione fosse un elemento studiato di proposito. Il gergo del mondo della finanza era semplicemente un metodo per nascondere il filo rosso dei nessi causali. Per trasformare in un gioco la relazione tra il banchiere e il richiedente del prestito, la fitta rete dei rapporti interdipendenti. Ricordo ancora mio padre che aggrottava la fronte leggendo pagine e pagine di estratti conto dopo lo sfratto. Passava le pagine a me, sperando che io ci capissi qualcosa di più. E perché non avrei dovuto? Avevo a disposizione tutte le risorse della mia istruzione, ma non capivo neanche io, e questo mi faceva sentire stupida. Ora sono convinta che non lo capisca nessuno. Né Peter, né nessuno di quegli altri. È tutta una recita. Anche i peggiori attori sono capaci di imparare qualche battuta. Salgono sul palco e parlano con convinzione, come un bambino a una lezione di lingua straniera: memorizzazione senza comprensione. Parole, numeri, persone: non c'era niente di reale per loro.

C'era un quadro appeso a una parete nel suo ufficio che mi interessava. Era una stampa di David Hockney, così famosa che la riconoscevo anch'io. C'era una piscina. Una figura nuota nella vasca con addosso quelli che sembrano mutandoni bianchi. È immersa sott'acqua e pare che stia per sbattere la testa contro il muro. L'altra figura è in piedi sul bordo della piscina, sopra di lui. Ha i capelli biondi e liscissimi, come il cattivo in un film degli anni Ottanta ambientato in un liceo. Indossa pantaloni bianchi immacolati e una giacca rosa salmone, e ha le mani sui fianchi mentre osserva tranquillo l'uomo che nuota. La cosa interessante non era il dipinto in sé, ma il fatto che Peter Victor ricreasse abitualmente quella scena in maniera assolutamente letterale.

Tutti i lunedì, Dinah se ne andava da qualche parte e stava fuori tutto il giorno. Erano questi i giorni in cui Peter "lavorava da casa". Cominciava nel suo ufficio, dove io potevo osservarlo dal buco. Non appena la macchina di Dinah lasciava il vialetto d'ingresso, lui faceva una telefonata. A volte si masturbava nell'attesa. Poi alla fine si alzava dalla sua sedia e andava da qualche altra parte della casa. A questo punto io seguivo il corridoio per raggiungere la camera da letto grande, che aveva una vista sul giardino e la piscina. Ero al sicuro a guardare da lì. Dinah era via e Serena era a scuola. Si sentiva bene quello che accadeva all'esterno, perché Peter e Dinah generalmente tenevano la finestra aperta.

Per prima cosa, Peter faceva entrare la sua ospite dal cancello sul retro. Un qualche genere di prostituta, sempre donna. L'aspetto femminile pareva essere l'unico requisito richiesto: a parte quello, le donne erano tutte diverse. Donne nere, bianche, coreane, messicane. Giovani, vecchie, di mezza età. Donne magre, grasse, basse, alte, e tutte le sfumature in mezzo. Notai che alcune delle donne tornavano più volte. La maggior parte le vedevo una volta sola.

Peter Victor non faceva sesso con queste donne, ma chiedeva comunque loro di spogliarsi del tutto. Una volta nude, le faceva entrare in piscina. Una volta una donna di mezza età protestò dicendo che non sapeva nuotare, ma Peter le disse che questo non aveva alcuna importanza, che poteva rimanere nel lato della vasca con il fondale basso. Poi chiedeva alle donne di immergersi sott'acqua e trattenere il respiro. Lui restava lì in piedi sul bordo di fronte a loro, e le cronometrava. Non si masturbava. Non le spingeva. Anzi, a dire il vero non le toccava affatto. Le donne restavano immerse sotto la superficie per conto loro. Quando riemergevano, ansimanti e sputando acqua, Peter chiedeva loro se stavano bene. Loro rispondevano sempre di sì. E lui gli chiedeva di rifarlo, più e più volte, e le cronometrava. Una volta una donna trattenne il respiro per quasi quattro minuti. Era giovane e abbronzata, con capelli lisci e scuri e il seno piatto. Dopo un'ora circa, le donne uscivano dalla piscina e Peter dava loro un asciugamano. A nessuna era mai permesso di entrare in casa, neanche per usare il bagno. Quando andavano via, Peter tornava dentro, e io ripercorrevo all'indietro il cunicolo. In genere era a questo punto che Peter si masturbava nel suo ufficio. Una volta che capii che questo atto segnava la fine della procedura, smisi di guardarlo e cominciai ad andarmene da qualche altra parte.

Il rituale di Peter in piscina mi portò a chiedermi quanto avrei resistito io, se fossi stata una delle sue donne. Un sabato, dopo che Dinah era partita per Parigi e mentre Peter e Serena stavano passando un weekend lungo a Monterey, andai alla piscina nel giardino sul retro. Erano settimane che non uscivo di casa. Mi concessi di godermi il sole in faccia per quasi un'ora prima di sfilarmi i vestiti ed entrare in acqua. Mi tappai il naso e discesi silenziosamente e pacificamente verso il fondo. La mancanza di ossigeno mi tirava le fibre del cervello come caramelle gommose. Ero in mare. Pensai a quanto sarebbe stato facile restare lì, tra i coralli e i pesci. Sapevo cosa mi aspettava se fossi tornata in superficie. A ogni minuto che passava, l'orizzonte si sarebbe spinto un intero oceano più in là, la corrente sarebbe diventata più forte, gli squali più affamati. Il sale avrebbe formato una schiuma ruggente, il mare avrebbe aperto le sue fauci e tornare a nuoto a riva sarebbe diventato troppo pericoloso. Non c'era neanche una riva da raggiungere. Ci teniamo a galla, lavorando, lavorando e lavorando, ma il gorgo continua a espandersi, e ci chiede sempre di più. Ci vorrebbe qualcosa di brutto e violento e bellissimo per cambiare un po' l'oscillazione del mondo. Robin Hood, che rovescia i termini del debito e riscuote il pagamento in libbre di carne. Fiamme che illuminano volti arrossati, folle affamate, ville buie. Sangue e brioche. Potevo ancora essere salvata? Ero già sul fondo? O c'era un altro livello ancora più in basso, attraverso una botola? D'un tratto mi sentii terrorizzata, e in preda al panico schizzai in alto in cerca d'aria. Mi aggrappai alla pietra calcarea del bordo della piscina e barcollando rientrai in casa.

I Victor tornarono il giorno seguente. Sentii i passi lenti e strascicati di Serena in camera sua, la più vicina a dove dormivo di solito. Se qualcuno doveva scoprirmi, lei mi sembrava il membro meno pericoloso della famiglia.

E una volta in effetti fui scoperta. Proprio da Serena, ironia della sorte. Era sveglia la sera tardi, per studiare. Io avevo pensato che ormai fosse andata a letto ed ero scesa di nascosto in cucina in cerca di cibo. Fuggii dal giardino sul retro, e dopo diverse ore passate nascosta tra le siepi riuscii a rientrare in casa passando per la cucina. Al mattino fecero un po' di scena, cambiarono le serrature, ma non penso che Peter e Dinah credessero sul serio che Serena avesse visto una persona che si aggirava di nascosto in casa loro. Dopo questo fatto, la sentivo spesso che mi cercava. Diverse volte ci andò vicina. L'unico altro membro della famiglia che sembrava avvertire la mia presenza era Pickle, il cane, ma era vecchio e rimbambito ed era facile ingannarlo. Mi abbaiava contro, provando disperatamente ad avvertire la sua famiglia dell'intruso. Ma loro non lo stavano a sentire. Gli accarezzavano quella testolina bianca e spelacchiata e gli parlavano con una voce da bambino. Io a volte gli lasciavo da leccare il sugo rimasto in fondo ai miei barattoli vuoti prima di buttarli.

Sognavo spesso di andarmene. La prima volta che cominciai sul serio a pensare alla mia strategia di fuga fu quando arrivò il mio rimpiazzo. Tu. Le domeniche pomeriggio, aspettavo pazientemente nella saletta tra la cucina e la sala da pranzo, con le orecchie tese per sentire il tuo arrivo. Tu non facevi quasi mai lezione a Serena in camera sua, come avevo fatto io. In genere lavoravate in sala da pranzo. E tu eri più tosta di me, più capace di gestire i vari tentativi di Serena di distogliere la tua attenzione dai test. Ti presentavi con autorità. Attraversavi le sale con naturalezza, come se anche tu abitassi in una casa proprio come quella. Persino starti a sentire mentre chiedevi a Serena di trovare il valore di *x* come le avevo chiesto di fare io centinaia di volte, mi pareva stranamente esaltante. Come insegnante, io avevo un atteggiamento di freddo distacco, che in genere produceva buoni risultati. Non ero cattiva, ma non ero neanche generosa con i complimenti. Gli studenti lavoravano sodo per provare a impressionare favorevolmente un'insegnante così difficile da leggere.

Ma il tuo approccio era diverso. Tu controllavi la lezione più da vicino, eri più incoraggiante, e molto meno paziente di me. E più di tutto, mi accorgevo che avevi voglia di risolvere i problemi tu stessa, e di farli correttamente. Ascoltandoti insegnare, fui sorpresa nel rendermi conto di quanto mi mancasse.

Da quando arrivasti tu in casa, io mi feci più ardita. Diverse volte feci piccole modifiche allo studio di Peter, spostando libri, nascondendogli penne e fascicoli. Una volta feci persino un segno con la matita sul suo adorato dipinto. Non lo so cosa mi diede il coraggio. Forse volevo spaventarlo. Forse volevo confermarmi che esistevo ancora. Erano quasi due mesi che vivevo nascosta nei muri. A volte, in momenti di paranoia, immaginavo di aver già varcato la soglia, di essere diventata un altro dei fantasmi di quella casa. Da bambina, quando rubavo le cose e nessuno se ne accorgeva, ero convinta di aver sviluppato il potere di essere invisibile. Ora il sospetto cominciò a tornarmi. Se mi fossi piantata in piedi di fronte a Peter, lui mi avrebbe vista? Se gli avessi messo le mani al collo, come fantasticavo spesso di fare, gli avrei lasciato un livido? Se gli avessi premuto la testa sott'acqua, sarebbe annegato? Avrei dovuto usare la forza fisica, questo lo sapevo. Io non possedevo il potere che aveva Peter. Se volevo fare del male a qualcuno, fargli del male veramente, dovevo far ricorso alla violenza più classica. Dovevo mettergli le mani addosso. Ma per poterlo fare, prima dovevo assicurarmi di esistere ancora. Di essere mai esistita, di essere una persona con un passato e un corpo fatto di carne. Una persona nata da una madre e da un padre, i cui nomi erano Mila e Jordan, e che una volta avevano vissuto in una modesta, bellissima casetta su Carmel Avenue, e che avevano una figlia di nome Jae. Un nome che avevano preso dalla ghiandaia azzurra, il *blue jay*, l'uccello che mia madre amava disegnare più di tutti. Stando a mio padre, il mio nome significava sia "talento" che "buona fortuna". Io dovevo essere la combinazione naturale delle due cose.

E guarda fin dove ero arrivata. E quanto in là ancora sarei andata.

La cosa più azzardata che feci mai fu di affrontare Peter direttamente. Non fu granché, come duello, visto quanto era ubriaco lui. Non sembrava affatto sorpreso. Era seduto alla sua scrivania, con in mano un bicchiere da highball vuoto che osservava con aria distratta. Quando entrai dalla porta, come una persona qualunque, lui mi sorrise. Serena stava passando il weekend con Lukas, perciò Peter era solo. Quel giorno, qualche ora prima, per la prima volta aveva ingaggiato due donne e le aveva fatte immergere insieme. Credo desiderasse provare una cosa del genere da diverso tempo. Una era una donna di mezza età, cinese, credo. L'altra era nera e molto più giovane. Entrarono insieme in acqua e sparirono sotto la superficie, mentre Peter restava in piedi sul bordo, bevendo un bicchiere di vodka alle undici del mattino. D'un tratto, la donna più anziana era risalita di scatto in superficie, tossendo, e si era issata sul bordo della piscina. Aveva il volto gonfio e di un rosso scuro, e si massaggiava la gola mentre l'altra donna, che chiaramente non la conosceva, le asciugava timidamente la schiena. Peter le portò un bicchiere d'acqua e si scusò. Fu carino con lei. Poi le chiese di farlo di nuovo.

Andò avanti così per più di un'ora. Forse è per quello che quella sera andai nel suo ufficio, una volta che le donne se ne erano andate e che il mio senso di nausea si era calmato, e una volta che Peter aveva bevuto fino a ridursi in uno stato tale che sapevo che avrei potuto dirgli qualsiasi cosa, e lui non gli avrebbe dato più peso che a un sogno.

Mi sedetti sulla sedia dall'altro lato della sua scrivania, di fronte a lui. Lui mi guardò con gli occhi annebbiati e semichiusi. Dietro le lenti dei suoi occhiali, le pupille erano dello stesso grigio che striava il biondo scuro dei suoi capelli. Non era male come aspetto, se quello era il tuo tipo.

«Mia moglie è in casa» biascicò.

«No, non c'è» dissi io. «È a Parigi.»

«Oh» disse lui. «Bene.»

«Lei lo sa?»

«Lei sa cosa?»

«Perché lo fai?»

Lui fece un sorriso furbetto. «Che cosa?»

Io alzai il mento in direzione della stampa di David Hockney. «Quello.»

Lui allungò il collo per guardare il quadro.

«Quello me l'ha regalato mia moglie per il mio compleanno» disse, e ruttò. «Due mesi fa. Me l'ha dato davanti a mia figlia, con un'aria perfettamente innocente, Dinah, come se niente fosse. Uno sciocco giochetto di potere da parte di una donna sciocca.»

«Perciò Serena non lo sa, ma tua moglie sì.»

Ricomparve quell'orribile espressione furbetta. «Sa cosa?»

Io mi alzai dalla sedia e feci il giro della stanza. Mi sentivo ubriaca, come se la sua sbronza mi avesse contagiata. Presi in mano un pesante fermacarte di cristallo e immaginai di spaccarglielo sulla testa. Quando mi voltai a guardarlo di nuovo, Peter dormiva. Lasciai cadere a terra il fermacarte, che si frantumò. Le schegge mi ferirono la mano, e io mi sentii sollevata nel vedere uscire il sangue. Mi ripulii la mano insanguinata sulla sua faccia e sulla sua camicia. Lui socchiuse brevemente gli occhi, ma era troppo sbronzo. Che altro potevo fare? Quella non era una sala per gli interrogatori, e io non ero una detective che cercava di ottenere una confessione. Io lo sapevo già cos'aveva fatto Peter. Era un tipo sveglio, lui: era l'artefice di così tante sofferenze, ma non era mai stato lui a sferrare il colpo in prima persona. Quando la polizia viene a cacciarti da casa tua e ti dà mezz'ora di tempo per radunare tutte le tue cose nel cortile mentre tutti i vicini ti guardano, Peter e quelli come lui non li vedi mai in giro. La sua invisibilità era così diversa dalla mia.

Io ho causato un sacco di dolore. E della maggior parte me ne pento.

Ma non mi pento di quello che ho fatto a Peter Victor.

40

Ehi Jae, ecco qua un quiz da test di ammissione per te: quanti capri espiatori ci vogliono per ammazzare una famiglia intera e farla franca?

Una volta che l'Fbi rinunciò all'idea di patteggiare con me in cambio di informazioni su dove si trovasse Jae – loro credevano seriamente che io stessi proteggendo la donna che mi aveva rovinato la vita – fui estradata in California. Il procuratore distrettuale di Los Angeles mi imputava l'omicidio di primo grado di Peter e Dinah Victor, perciò fui spedita negli Stati Uniti scortata da un agente della polizia federale. Discussero a lungo se farmi viaggiare su un aereo di linea, ma per via della mia fama alla fine decisero che avrei attirato troppo l'attenzione. Mi riportarono ad Anacortes in traghetto, a bordo di un furgone dell'Fbi che poi mi condusse dritta in California. Arrivata a Los Angeles, fui rinchiusa in una prigione federale a Downtown. Fuori dal carcere c'era una folla enorme di persone, con in mano cartelli per nulla originali («Brucia all'inferno», «Ripristinate la pena di morte» eccetera), tutti ad aspettare di vedermi entrare. Un gruppetto di sostenitori mi gridò che erano fan delle mie imprese.

L'arresto vero e proprio fu umiliante come previsto. Mi spogliarono e fotografarono da tutte le angolazioni. Mi prelevarono campioni di saliva, mi presero le impronte digitali e mi fecero il test per la tubercolosi. Mi diedero un completo beige, camicia e pantaloni, che si abbinavano perfettamente al beige delle pareti, dei pavimenti e del soffitto. La mia stanza – dicevano "stanze", non celle, e "unità abitativa", non braccio – era la 105, proprio sotto le scale. Non c'erano sbarre alla porta, e le finestre erano di vetro temperato. I letti a castello sporgevano dalla parete come mensole, e il materasso spesso in poliuretano espanso mi ricordava i tappetini da ginnastica del liceo. C'erano un lavandino e un water in alluminio dall'aspetto futuristico, e tutto era beige, tranne il materasso, che era di un verde bosco intenso.

I miei genitori vennero in California. Quando li vidi, piansi come non avevo mai pianto prima, almeno non da quando ero piccola. Furono buoni con me, più buoni di quanto meritassi, esattamente come mi aspettavo. La loro gentilezza non faceva che peggiorare le cose. Riuscivo a malapena a guardarli in faccia. Le guardie non gli permettevano neanche di toccarmi. Durante la loro prima visita, mia madre si avvicinò spontaneamente per abbracciarmi – e questo era permesso, ero abbastanza sicura che lo fosse –, ma loro non la fecero arrivare a più di un metro e mezzo di distanza. Lo fecero con cattiveria. Mia madre era spaventata. Anche mio padre. Fingevano di non esserlo, fingevano che andasse tutto bene, ma io lo sapevo.

Di notte, nella mia cella, provavo a convincermi che era solo delle guardie che avevano paura – delle armi che portavano, degli ordini che gridavano –, anche se sapevo che una piccola parte di loro doveva aver paura anche di me. Evie Gordon. La serial killer che era apparsa su tutti i giornali e i telegiornali per settimane. L'assassina per la quale era arrivata la squadra d'assalto che gli aveva invaso il salotto e la cucina, che rispondeva a tutte le loro telefonate e seguiva ogni loro movimento.

Mio padre mise una seconda ipoteca sulla casa per aiutarmi a prendere un avvocato. Il suo nome era Patrick Heath. La prima volta che lo incontrai fu nella sala visite del centro di detenzione. Era più giovane di me di undici mesi esatti, aveva un colorito estremamente irlandese e un paio di orecchie a sventola. Aveva capelli folti e scuri e un viso dall'aria affidabile, e malgrado il fatto che avesse le spalle larghe e fosse alto – uno e ottantacinque, come minimo – la sua postura ingobbita e il sorriso bonario lo facevano sembrare più minuto di quello che era. Heath aveva studiato Arti Drammatiche a Ucla, e quando la carriera teatrale non era andata in porto era andato alla scuola di Giurisprudenza di Berkeley. Era cresciuto a pochi chilometri di distanza da Downtown, a Manhattan Beach. Scoprii che era per metà ebreo e che era fidanzato con una donna che era avvocato anche lei («Giurisprudenza aziendale» ammise timidamente, «per poter pagare le bollette»). Heath mi accompagnò all'udienza preliminare, dove ci dichiarammo non colpevoli. Una volta fissata la data del processo, passammo molto tempo insieme nella sala visite del centro di detenzione. Heath credeva davvero che fossi completamente estranea all'omicidio dei Victor e che avessi aggredito i ragazzi Carlisle e ucciso Sebastian Onasis ed Evan Barclay soltanto per legittima difesa. O magari era solo molto bravo a fingere. Era un attore, dopotutto.

Riponeva un'enorme fiducia in me. Era colpito dai miei tanti titoli di laurea, credo, e dal fatto che cogliessi tutte le sue citazioni culturali. Pensava che sarei stata "un portento" in aula.

La prima volta che ci incontrammo mi chiese di raccontargli cos'era successo a casa dei Victor nel modo più dettagliato possibile. Io gli raccontai di come avevo trovato i corpi. Del panico e della confusione che avevo provato. Gli raccontai di come ero corsa via e avevo sentito un «aiuto» venire da dietro una porta. E quel «ti prego».

Gli raccontai di come avevo trovato quella donna sporca e terrorizzata legata nel ripostiglio. Gli descrissi il sottoscala. Gli dissi di come l'avevo slegata. Gli raccontai del ritorno di Serena e di come lei avesse provato a chiamare la polizia. Gli descrissi come mi aveva colpito con la lampada. Scansai i capelli corti e gli mostrai la cicatrice che avevo sullo scalpo.

È questo il fatto di quando ti etichettano come criminale. Non sai più quando stai recitando e quando no. C'era un filo di tremore nella mia voce mentre raccontavo a Heath la mia storia, e se mi chiedeste se fosse il risultato di una sincera paura o di un trucco che avevo adottato per spirito di sopravvivenza, non credo che saprei darvi una risposta precisa. "Evie" non era più un'identità stabile. L'animale irrazionale che abitava nella mia pelle era una cosa. Ma poi c'era il modo in cui mi presentavo dietro il vetro delle stanze da interrogatorio, immortalata con l'inchiostro dei giornali e i pixel delle tv e il caricamento delle pagine on-line – quei piccoli pezzetti di me recuperati da una scena del crimine e rimessi insieme come Frankenstein per creare una figura tridimensionale, anche questa chiamata "Evie". Quando ridevo, quando piangevo, quando mangiavo la carne misteriosa che mi portavano "in stanza", quando mi sedevo, quando mi alzavo, quando il mio viso si contraeva involontariamente, quando tossivo, quando mi prudeva il naso, quando incrociavo le braccia, quando le riportavo sui fianchi, ero costretta a guardarmi non dall'interno della mia testa, ma come mi vedevano Loro. Composta interamente di superfici da leggere e giudicare. Ogni cosa che facevo sembrava una recita. La differenza non aveva più importanza. Persino quando piangevo, ormai, non potevo più dire se stessi soltanto ripetendo un gesto che avevo imparato a fare per ottenere benevolenza, per far cambiare opinione a qualcuno, per sopravvivere.

«Dov'ero rimasta?»

«Pensavi che Serena ti avrebbe uccisa» mi ricordò Heath gentilmente.

«Sì» dissi, «perciò ho afferrato la prima cosa che mi è capitata a tiro per proteggermi. E cioè il vaso. Quando Serena mi è corsa contro brandendo la lampada, io gliel'ho tirato addosso, senza neanche pensarci.»

Mentre parlavo, Heath non prendeva appunti. Mi guardava con gli occhi con cui immagino che un regista teatrale segua un attore durante una scena.

«Lei è caduta a terra. Gli occhi le si sono rovesciati all'indietro. Ero abbastanza sicura che avesse soltanto perso i sensi, ma ovviamente temevo il peggio. Volevo chiamare la polizia. Ma Jae – ancora non sapevo il suo nome – mi ha implorata di non farlo. Alla fine però, la decisione ci è stata tolta di mano. È arrivato Lukas, il ragazzo di Serena.»

«Perciò siete scappate.»

Studiai il volto di Heath in cerca di un giudizio, ma non lo trovai, anche se questo non significava molto. Non credo di avere un grande talento a leggere le persone. Pensavo di aver letto Jae a fondo e tu guarda com'è andata a finire.

«Siamo scappate.»

«Tu e Jae.»

«Sì.»

«E siete state insieme per tutto il tempo?»

«Sì, siamo state insieme» ammisi.

In senso biblico!

Questo non lo dissi.

La maggior parte del tempo che passavo confinata nella mia "stanza", sognavo a occhi aperti. Io e Jae in una Maserati rubata, l'omino del Monopoly legato e imbavagliato nel portabagagli. Guidiamo lungo la spiaggia negli Hamptons, con il vento nei capelli, bevendo bourbon da una fiaschetta. Accostiamo di fronte a una casa bellissima: un colonnato come nelle ville nelle piantagioni, Range

Rover e Tesla e Porsche parcheggiate tutto attorno al vialetto circolare. C'è una festa, all'interno. Noi entriamo dalla porta d'ingresso mano nella mano. Ad accoglierci c'è una donna con un elegante vestito da sera. È terrorizzata quando ci vede sulla soglia. Abbiamo già così tanto sangue addosso, costellazioni di macchie. Superiamo la porta e siamo nel salone d'ingresso con il pavimento di marmo. La donna arretra per allontanarsi. Noi facciamo un altro passo in avanti. Lei cade. La sua caduta attira l'attenzione degli altri ospiti. La musica si interrompe e cala il silenzio. Jae estrae il coltello. Io sorrido.

Mi chiesi cosa avrebbe pensato Jae, se avesse saputo delle mie fantasie. Le sarebbero piaciute? Sarebbe stata al gioco?

Poi mi ricordai che la odiavo a morte, quella stronza.

41

Adoravo le tue visite domenicali. Divennero presto il centro del mio mondo.

Che tu ci creda o no, senza nemmeno saperlo sei stata tu a incoraggiarmi a lasciare i Victor. Non direttamente, è chiaro. Tu non avevi neanche idea che io esistessi, e io speravo che le cose restassero così. Ma non riuscivo a fare a meno di pensare a te di continuo. Non c'era molto altro a occupare la mia attenzione. La tua voce roca, la sicurezza con cui ti muovevi attraverso la casa, le cattiverie che sussurravi tra te e te appena Serena usciva dalla stanza. Hai quest'abitudine, lo sai? Il tuo monologo interiore era così elettrico che veniva fuori da sé. Avevi così tanta vita dentro. Potevo averne anch'io così tanta?

Il mattino dopo il mio incontro notturno con Peter, decisi che era ora di andarmene una volta per tutte. La casa era silenziosa. Io scivolai piano per ogni corridoio, ascoltando attentamente ogni stanza della casa. Non sapevo che giorno della settimana fosse. Da dietro le pareti della stanza di Serena non riuscivo neanche a capire che ora fosse, perché l'ingresso del corridoio segreto era all'interno del suo armadio. Il punto migliore per capirlo era il ripostiglio nel sottoscala, al quale era possibile accedere dalla rete di cunicoli segreti tramite una porticina nascosta. In quel ripostiglio, perlomeno, potevo capire se era giorno o notte.

Sapevo che il modo migliore per andarsene era passare dal retro. Dal ripostiglio dell'ingresso emersi all'interno della casa. Doveva essere tarda mattinata o il primo pomeriggio, a giudicare dalla luce. Entrai in cucina. Era deserta. Pensai di prendermi un po' di cibo come scorta, ma volevo viaggiare più leggera possible, e oltretutto non avevo idea di quando sarebbero tornati Peter e Serena. Il mio coraggio era così precario che non ero sicura che, se avessi fallito, ne avrei mai avuto abbastanza da riprovare di nuovo ad andarmene. Uscii in punta di piedi, proteggendomi gli occhi con le mani dai raggi del sole. Il giardino era ancora più rigoglioso di come lo ricordassi. Qualcuno doveva essersi dato da fare a piantare tutti quei fiori.

Non fosse stato per quella rudbeckia, mi chiedo se le cose sarebbero andate diversamente. Non so se sarebbe stata misurabile in livelli di serotonina, cortisolo e adrenalina quell'ondata di tenerezza, angoscia e sdegno che mi invase nel momento in cui arrivai in quel giardino. Mi misi in ginocchio. Non vedevo quei fiori da quando ero bambina, ed eccoli lì, a crescere a dozzine come se nulla fosse. Era il fiore preferito di mia madre. Giustizia, è questo che simboleggiano. Ne ho tutta una fila tatuata sul costato. E proprio accanto a loro in quel giardino, incredibilmente, c'erano dei fiori dal bulbo bianco immacolato, incorniciato di petali rossi. Sapevo che si chiamavano garofani dei poeti, perché a Carmel House ce n'era sempre un bouquet sul tavolo della cucina. Era il fiore preferito di mio padre.

I ricordi, come le case, sono vulnerabili al tempo – invecchiano, ingialliscono, si sfaldano. Io avevo permesso ai miei di degradarsi. Risiedevano quasi tutti a Carmel House, un luogo segreto. Le pareti che mia madre aveva dipinto con così tanto amore per appenderci i suoi uccelli ad acquerello. Il piano elettrico Yamaha davanti al quale mio padre si inginocchiava accanto a me per insegnarmi le canzoni inglesi che gli piacevano di più, *Hey Jude* e *Your Song*, due canzoni che tutt'ora non riesco ad ascoltare neanche con uno sforzo di stoicismo. La luce del mattino, come un lago che attraversavamo entrando in cucina, dove mia madre preparava la verza stufata come gliel'aveva preparata una volta sua madre a Kiev, quei cavoli a cui non riusciva mai a dare il sapore del kimchi del quale mio padre sosteneva di non sentire la mancanza, il tavolo al quale mi sedevo a leggere e fare i compiti di matematica, dove mia madre si chinava per darmi un bacio sulla guancia senza un motivo particolare, soltanto perché ero lì e lei lo sentiva. Perché ero sua figlia. Perché mi voleva bene.

«Mamma» sussurrai.

Erano settimane che non pronunciavo una parola a voce alta.

«Alzati» disse una voce alle mie spalle.

Per un singolo, meraviglioso, terrificante istante fui sicura che voltandomi avrei visto mia madre. Il suo caschetto scuro, i ciuffi che le ricadevano sul viso, quelli che tiravo quando mi teneva in grembo. Le sue dita lunghe ed eleganti, con cui mi pettinava i capelli. Forse accanto a lei ci sarebbe stato papà.

Lentamente, mi alzai in piedi e mi voltai.

«E tu chi cazzo sei?» gracchiò Peter Victor.

Fuggii via. Scavalcai con un salto la siepe dei fiori in direzione del cancello, correndo a tutta velocità oltre la piscina, dove quasi scivolai, e poi caddi. Una mano afferrò il retro della mia maglietta e mi strattonò con forza. Provai a scappare strisciando, a trascinarmi oltre il piccolo ponte, ma Peter mi bloccò sotto le sue ginocchia. Aveva un'aria selvaggia e inquietante, il respiro acre di vodka. Aveva bevuto di nuovo, anche quel mattino. Mi guardava fisso negli occhi, senza vedermi davvero.

Mi aveva presa per una delle sue donne.

Quelle che andavano sott'acqua.

Mi sollevai con uno sforzo, rovesciandolo all'indietro sulla schiena. Nella colluttazione, Peter finì nello stagno delle carpe koi. Mi strinse una mano alla gola, provando a trascinarmi giù con lui. Era troppo ubriaco: la sua presa era feroce, per quanto precaria. Inspirava a grandi boccate gorgoglianti, cercando di tirarsi su, per poi tornare sott'acqua ogni volta che io lo rispingevo via. I suoi respiri si fecero sempre più irregolari man mano che la lotta proseguiva. Peter stava perdendo. Alla fine tirò su la testa per un'ultima, ansante boccata d'aria, con le bolle che gli uscivano dal naso. La pelle del viso cominciava a farsi bluastra. Potevamo lottare da cinque minuti o da un'ora, non ne avevo idea. Tutto quello che so è che le bolle alla fine si fermarono, e poi anche il respiro. Stava morendo. Era morto.

Alle mie spalle, Dinah fu più furtiva. Aveva il telefono in mano. Emise un suono, non proprio un urlo, quando fu vicina abbastanza da capire chi fossimo. Suo marito morto e una donna assassina. Quando colsi il mio riflesso sulla superficie dell'acqua, era il volto di una sconosciuta quello che mi guardava.

Ricordo ancora quel singolo istante di riconoscimento. Lo shock di Dinah. Il mio. Il fatto compiuto della morte di Peter. Ricordo che mi alzai. Quello di cui non mi ricordo è di aver ucciso Dinah, ma non c'è dubbio che io l'abbia fatto. A volte mi tornano in mente piccoli lampi, immagini sconnesse e impressionistiche: una roccia di granito spinta giù con un calcio da una scogliera. Un'anguria fracassata con un martello. Una rudbeckia, perfetta, intatta.

42

Come tutti, Heath voleva disperatamente sapere perché Jae l'avesse fatto. Aveva visto l'intervista di Serena. Credo che più o meno tutto il paese avesse visto quell'intervista. Le dimensioni della nostra fama restavano difficili da immaginare per me, e in prigione ero al riparo dal circo mediatico. Era Jae che affascinava tutti, almeno stando a Heath.

Il pubblico si chiedeva come ci fossimo incontrate. Due insegnanti di ripetizioni: ci conoscevamo già da prima? Quando avevamo iniziato a progettare gli omicidi? Dal momento in cui Serena aveva dato un nome al famoso identikit, i giornalisti e gli appassionati di investigazioni on-line avevano tirato fuori quel poco che c'era da tirar fuori. Jae aveva una madre che era morta di cancro alle ovaie a Kiev. Aveva un padre morto di danni cerebrali in un ospedale di Santa Ana. Aveva frequentato la Irvine High School. La sua insegnante di matematica testimoniò che era una ragazza straordinariamente intelligente – intelligente in maniera quasi snervante. L'insegnante di inglese disse che aveva espresso un interesse per la scrittura creativa, anche se in classe rimaneva timida e silenziosa. L'insegnante di arte disse che era stata la studentessa migliore del suo anno, e così pure l'insegnante di musica. I giornalisti scoprirono che aveva ottenuto il massimo del punteggio agli esami di ammissione universitari.

Non ci volle molto perché venissero fuori altri articoli scandalistici. Un amico d'infanzia, Cho Minho, disse alla stampa che lui e Jae una volta avevano suonato insieme in un gruppo punk chiamato Blood Boys («Il nome non era un'idea mia» mi ricordai che mi aveva detto Jae sarcastica). Disse che sua madre gli preparava un pranzo in più da portare a scuola per Jae, una volta scoperto che suo padre non le permetteva di portarsi il cibo coreano per paura che gli altri studenti la bullizzassero – malgrado il fatto che la maggior parte dei suoi compagni a Irvine venissero anche loro da famiglie asiatiche. Una ex compagna di studi a Ucla, Divya Choudhary, raccontò a un giornalista di aver avuto una relazione con Jae – non era "la sua ragazza" disse, ma "si erano viste un po'". Descrisse Jae come "silenziosa" e "misteriosa". Divya aveva interrotto la relazione dopo aver scoperto che Jae stava andando a letto anche con la sua coinquilina.

Tormentata Rubacuori Lesbica era una storia molto più interessante rispetto a Orfana Geniale Da Compatire. La stampa tirò fuori molto più materiale a partire dai nuovi aneddoti. Ma la rivelazione maggiore fu quella su suo padre: era un alcolizzato. Nel 2009, i Park erano stati sfrattati dal quadrilocale che avevano acquistato a Carmel Avenue. Negli ultimi anni della sua vita Jordan, probabilmente a causa dei suoi problemi con l'alcol, aveva fatto molta fatica a tenersi un lavoro. Nelle settimane prima della sua morte aveva vissuto abusivamente in un complesso residenziale ed era stato arrestato due volte per ubriachezza molesta. Tale padre, tale figlia: era questo che insinuavano i giornali.

Io raccontai a Heath che Jae era pressoché muta. Parlavamo appena. Lui mi implorò di dirgli la verità. Di fidarmi di lui.

«Non parlavamo» insistetti. «Era traumatizzata, te l'ho detto.»

«Ma sei stata con lei per *quattro settimane*.»

«E allora?»

«È veramente difficile credere che abbiate passato un mese insieme senza dirvi nulla.»

«Non so che dirti. È la verità.»

Heath non mi credeva, e tutto sommato era anche giusto. Aveva un buon fiuto per le cazzate, e questa era una delle mie cazzate peggiori. Ma non potevo neanche ammettere la verità. La dignità non mi serviva a granché in galera, ma era comunque l'unica cosa che mi restava. Per quel misero gruppetto di persone che credevano alla mia innocenza – i miei genitori, i miei amici, qualche tipo strano su internet, due delle guardie carcerarie, e naturalmente Heath –, Jae era una cattiva al di là di ogni redenzione. Ammettere che ci ero andata a letto? Ammettere che *l'amavo*? Non potevo affrontare un'umiliazione del genere. Ero in osservazione preventiva anti-suicidi e non avevo nulla a tiro con cui farmi del male, ma sarei stata ben contenta di asfissiarmi col mio stesso vomito piuttosto che lasciare che qualcuno mi compatisse come un'ingenua morta di figa.

«Non è un problema» disse Heath in tono gentile, «se verso di lei nutri dei sentimenti complicati. Me lo puoi dire. Puoi fidarti di me.»

«Sentimenti complicati?» dissi. «Tipo sindrome di Stoccolma? È questo che pensi?»

«Non è questo che penso.»

«E cosa vuoi dire allora?»

Heath scelse attentamente le sue parole. «Io credo che tu stia provando a proteggerla.»

«Be', ti è permesso di credere cose errate» dissi. «È un tuo diritto in quanto cittadino americano.»

Lui rise senza grande tatto. «Se non stai proteggendo

lei, allora stai proteggendo te stessa. Perché c'è qualcosa di cui ti vergogni.»

«Cosa sei, il mio analista ora? Hai ragione. Mi vergogno di un sacco di cose.»

«Aiutami ad aiutarti. Non ti chiedo altro.»

«Okay.»

«Raccontami di Jae, per come l'hai conosciuta tu.»

Guardai Heath, dal lato opposto del tavolo. Fece un triangolo con le dita e ci appoggiò sopra il mento, guardandomi a sua volta. Io avrei potuto continuare così per ore. La prigione mi aveva resa paziente.

«Perché?»

«Perché più cose so, meglio ti posso aiutare con il tuo caso» disse Heath. «È Jae che vogliono. Ma finché non la trovano – e se quello che mi hai raccontato è vero, è possibile che non la trovino mai – ci sei soltanto tu da processare. Ma tu sei solo un rimpiazzo, Evie. Non vogliono davvero metterti in galera. Tu non hai commesso nessun crimine.»

«Sì, invece» lo corressi velocemente. «Ho ucciso Sebastian.»

Heath affondò il viso tra le mani. Parlare con me era esasperante. «Ma lui stava provando a uccidere *te*.»

«Ho commesso numerose effrazioni. Ho puntato una pistola alla tempia di un ragazzino.»

«Evie.»

«Ho rubato una barca. Due barche. Oh mio dio, *tre barche*.»

«Evie, stavi soltanto provando a *sopravvivere*...»

«Ho rubato un sacco di macchine.»

«Quello l'ha fatto Jae. Era lei la criminale esperta.»

«E io non sono quantomeno la sua complice?»

«Non lo so» disse Heath, esausto. «Lo sei?»

Una volta Jae mi aveva chiesto: «Qual è la cosa peggiore che tu abbia mai fatto?»

«Bullismo» le avevo risposto. Ed era vero, ero davvero stata una bulla. C'era questo secchione in seconda media con cui ero in competizione per chi aveva i voti migliori. Per dargli fastidio, io gli prendevo le cose dal suo armadietto e le lanciavo nel bagno delle ragazze, e poi lo sfidavo ad andarle a riprendere. C'era una ragazza che portava l'apparecchio ai denti e che a pranzo mangiava spesso i cibi sbagliati, tutta roba che ti resta attaccata ai denti – bucce di mela, pezzetti di popcorn – e io le facevo delle foto orribili con lo zoom e poi le facevo vedere ai miei amici e insieme ridevamo di lei. Questo alle medie. Al liceo, ho cyber-bullizzato una ragazza che al primo anno era nel consiglio studentesco con me. A volte partecipavano anche altri amici. La maggior parte delle volte, facevo da sola. Tutta farina del mio sacco... E ridevo. Me la godevo, la loro umiliazione.

Jae non aveva mai fatto niente del genere. Dicevo che era una santa. Mi preoccupavo che non fosse cattiva abbastanza da poter sopportare una così poco santa come me.

43

Una volta uccisi i Victor, avevo qualche decisione da prendere in fretta.

Non potevo scappare via in strada. Mi ero ripulita dal sangue nel bagno, ma mi sentivo comunque troppo esposta. Non sapevo dove andare. E sulle colline c'era sempre un sacco di polizia di pattuglia. La strada dove abitavano i Victor era puramente residenziale: ville con sistemi di sicurezza, costose telecamere attive ventiquattr'ore al giorno installate su ogni cancello a monitorare tutta la zona. Una donna con gli occhi sgranati che scappava correndo dalla scena di un crimine sulle colline di Los Feliz sarebbe stata arrestata all'istante.

Formulai un piano diverso: mi legai da sola, in modo che quando la polizia fosse arrivata mi avrebbero scambiata per un'altra quasi-vittima di chiunque avesse ammazzato i Victor. Fingermi traumatizzata non era un problema. Poi, una volta arrivata in ospedale, sarei sgusciata via. Era un piano rischioso, naturalmente, ma non vedevo davvero un'alternativa. Fuggire era impossibile e, a meno di non costituirmi, fingere di essere stata io stessa vittima dell'aggressione era l'unico modo di giustificare il fatto che il mio dna fosse ovunque. Scelsi il ripostiglio nel sottoscala per diverse ragioni. Primo, pensai che se il mio piano avesse fallito avrei potuto slegarmi velocemente e dileguarmi in un altro dei corridoi segreti. Secondo, sapevo che all'interno c'era un rotolo di cavo elettrico, che un tempo era servito a collegare il telefono fisso. Terzo, se avessi vissuto un momento di particolare coraggio, avrei sempre potuto provare a fuggire dalla porta d'ingresso. Non era certo un piano infallibile, ma dovevo farmelo andar bene.

Mi rintanai nel sottoscala. Per prima cosa mi legai i polsi a una trave del soffitto. Fu più complicato del previsto, e mi ci volle un sacco di lavoro con i denti e con le dita in posizioni complicate. Poi, freneticamente, mi procurai una bruciatura da sfregamento con il cavo, per far sembrare che fossi stata lì a lungo.

Una volta che fui legata, si presentarono due nuovi problemi. Il primo era il cane, Pickle, che abbaiava e correva per la casa al massimo della velocità che gli permetteva la sua artrite. Il secondo era che sentivo un ronzio nelle orecchie. Non sapevo se me lo fossi procurato durante la lotta con Peter o con Dinah. Qualcosa doveva avermi colpita sul lato della testa. Riuscivo a malapena a sentire. Chiusa lì nel vano del sottoscala, mi sembrava di stare dentro la pancia di una creatura marina. I suoni venivano sommersi dal respiro cavernoso della casa. Mi domandai se la casa sapesse che i Victor erano morti.

Sentii appena un suono leggero di passi. Sfruttai l'occasione e gridai chiedendo aiuto. La porta tremò, poi si fermò. Poi tremò di nuovo. Io mi preparai. Da un momento all'altro la polizia mi avrebbe trovata, e io sarei salita sul palcoscenico. E avrei cominciato una nuova recita.

La porta si spalancò di scatto. La luce inondò il sottoscala come una marea. Non era la polizia.

Eri tu.

La macchina mi rendeva sentimentale. Ore e ore passate con la testa premuta contro il finestrino. Non avevo mai lasciato la California fino a quel momento. Guardavo le montagne, enormi e blu che pulsavano come lividi freschi sullo sfondo del cielo. La California è così bella, pensavo. L'Arizona è bella. Il New Mexico è bello. La terra si scoperchiò, si fece rossa e calda come l'interno di una bocca. L'orizzonte si assottigliò e si fece piatto come la lama di un rasoio. In Texas, vedevo le tempeste arrivare da chilometri di distanza. Era elettrizzante guardarle mentre si avvicinavano, sapere che la chimica che governava quei nuvoloni scuri di pioggia non era così diversa dalla chimica che governava me. Non si può chiedere a nessuno di sopportare tutto quel peso. Prima o poi deve venir giù.

44

I giorni arrancavano lenti e si fondevano insieme. In prigione c'erano due tipi di colazione: una era un piccolo disco d'uovo dai bordi perfettamente gelatinosi, come se venisse da un barattolo, con accanto una fetta di pane tostato e un po' di yogurt bianco. L'altra erano pancake scaldati al microonde, di quelli confezionati, in versione mini, con una noce di burro e sciroppo d'acero, e due salsiccette Jimmy Dean. C'erano tre tipi di pranzo: toast mortadella e formaggio, toast prosciutto e formaggio, oppure toast pomodoro e formaggio. Un pacchetto di patatine di marca sconosciuta e una mela Granny Smith. La cena era il pasto che offriva più varietà. Ziti al forno gommosi, pollo con gnocchetti di pane, spezzatino di manzo. La mia serata preferita era quella dei tacos. Non mi era permesso interagire con le altre prigioniere – ero un pericolo per la sicurezza, un soggetto violento! –, ma le guardie mi dissero che era la serata preferita di tutte. Era bello avere qualcosa in comune.

Leggevo molto durante la giornata. Ci era concesso prendere in prestito dieci libri alla volta, ma quelli di Legge non rientravano nel conteggio, e Heath me ne aveva prestati un bel po'. Ci era concesso di custodire mezzo metro cubo di materiale legale sotto il letto. Quando non leggevo, facevo esercizi. Non mi era permesso di utilizzare la palestra nell'aria ricreativa, ma tre volte alla settimana mi lasciavano andare a correre nel piccolo cortile interno – la mattina presto, prima che le altre fossero sveglie. La mia cella era grande a sufficienza da poter fare qualche esercizio a terra: flessioni, addominali, yoga. Tenevo la cella pulita. Dormivo malissimo, a intervalli di venti minuti al massimo. Ci svegliavano presto tutti i giorni, e spesso nel cuore della notte puntavano una luce potentissima nel buio della cella. Ero convinta lo facessero apposta.

I miei genitori continuavano a farmi visita. Le guardie gli proibivano ancora di toccarmi, e mia madre non mi strinse forte al petto dicendomi che comprendeva tutte le mie decisioni. A dirla tutta, non parlavamo mai davvero, né del mio caso né di niente di serio. Io gli chiedevo cosa stessero guardando in tv, e che tempo faceva in North Carolina, e se c'era qualche pettegolezzo interessante. Loro accontentavano queste mie frivolezze più a lungo che potevano, ma quello di cui avrebbero veramente voluto parlare, inevitabilmente, ero io. Che cosa avevo fatto. Che cosa *non* avevo fatto: questo volevano sentire. Ma io non riuscivo a parlare. Continuavo a bagnarmi le labbra, a schiarirmi la gola. Non sapevo da dove cominciare. Quando guardavo indietro per ritrovare l'inizio della storia, il tempo si contorceva in figure irregolari. Per quante diverse configurazioni degli eventi presentasse Heath, per quanti modi trovasse per rendere tutto colpa di Jae, io non riuscivo a liberarmi dell'idea che fosse colpa mia. Avevo fatto tutto quello di cui mi accusavano. Meritavo tutti gli insulti che mi rivolgevano.

Passarono diverse settimane senza che accadesse granché. Il mio primo processo, quello in California, era ancora a mesi di distanza. La cosa più significativa che successe fu che il governatore della California andò in tv a dire che era personalmente convinto che io fossi colpevole, e che meritavo l'ergastolo per i miei crimini. Il governatore della Florida gli rispose il giorno seguente: «Non preoccuparti, amico mio. Visto che il tuo stato non ha il potere di farla fuori, lo farà il nostro.» Non avevo neanche ammazzato qualcuno in Florida.

Qualche giorno più tardi, mi svegliai presto per andare a correre e presi una storta a una caviglia. Questo era un fatto importante soltanto perché mi permetteva di visitare l'infermeria. In prigione, vedere una stanza nuova è sempre una cosa interessante. Dopo l'infermeria, mi diedero il mio toast mortadella e formaggio, anche se erano sei giorni consecutivi che mi davano mortadella e formaggio. Lessi *Uomini e topi* di John Steinbeck, che avevo già letto altre quattro volte. La biblioteca del centro di detenzione aveva un sacco di libri di Steinbeck.

Alle tre del pomeriggio la guardia mi disse che avevo una visita. Questo era un fatto strano. Non ci erano permesse visite dopo le tre durante i weekend, eccetto per i nostri legali, e non era previsto che incontrassi Heath fino al martedì seguente. Mi portarono nell'ala Nord, al quinto piano. Heath mi aspettava nella sala visite.

«Che c'è?» chiesi.

«Volevo dirtelo di persona» disse Heath con una voce nervosa, ancora in piedi. «Ho pensato di chiamarti, ma credo sia meglio così.»

«Sei così strano, mi fai venire l'ansia. Mettiti a sedere.»

«Scusami.»

«Mettiti seduto.»

«Evie.»

«Che succede?»

Heath si mise a sedere. «Hanno trovato Jae.»

Non avevano trovato Jae. Si era costituita lei. È una differenza importante.

Tutti i dettagli della sua latitanza furono descritti da un

articolo sul *New York Magazine* che divenne virale. Heath mi passò una copia. Si intitolava «La ragazza nei muri». Sottotitolo: «Come Jae Park è sopravvissuta in uno spazio liminale.»

Dio santo, cazzo.

Jae indossava uno zuccotto grigio e una mascherina chirurgica, per evitare di essere riconosciuta. Il suo modus operandi era sempre lo stesso. Attaccava locali di fast-food – Subway era il suo bersaglio abituale – per rubare i contanti dalle casse. Malgrado il fatto che impugnasse un coltello e stesse rapinando l'esercizio, i testimoni la descrivono come gentile. Un impiegato afferma che Jae una volta portò del ghiaccio a una ragazza che preparava i sandwich e che si era spaventata così tanto al suo arrivo da ustionarsi la mano sulla piastra dei panini. A un Subway nelle vicinanze del dinosauro più grande del mondo, in Alberta, un'impiegata afferma che Jae portò a tutti dei sacchetti di pane perché avessero qualcosa da mangiare dopo che lei li aveva chiusi a chiave nel bagno. Naturalmente, nessuno di questi impiegati era a conoscenza del fatto che la rapinatrice nota come "la ladra dei Subway del Canada" fosse Jae Park, la donna in cima alla lista degli America's Most Wanted. Non era soltanto il suo travestimento: Jae era sempre troppo efficiente e troppo professionale per essere catturata.

Una volta ci andò vicina, nei pressi di Golden, in British Columbia. Il gestore del locale aveva rovesciato un po' d'olio d'oliva a terra e Jae era scivolata. Gli impiegati descrivono la scena come un cartone dei Looney Tunes. Un agente di polizia era arrivato sul posto, ma Jae era riuscita a stordirlo con la sua stessa pistola taser e a fuggire. Sarebbero dovuti passare altri due mesi prima che fosse di nuovo nella mani della polizia.

Quando svaligiare i Subway divenne troppo rischioso, Jae

si trasferì in un Home Depot nei dintorni di Edmonton. Dormiva perlopiù dietro un muro espositivo di terriccio nel reparto giardinaggio, dove si era costruita un elaborato mini-monolocale. Il Garden Center era adiacente al magazzino dell'Home Depot, e nello spazio tra queste pareti Jae dormiva su un rotolo di moquette preso dal reparto pavimentazioni. Era persino riuscita a installare telecamere di sicurezza per osservare i movimenti dei dipendenti. Rubava regolarmente del cibo dalla saletta relax e, di notte, dagli espositori vicino alle casse. Come da Subway, la routine operativa degli impiegati di Home Depot era standardizzata e prevedibile. I dipendenti non scoprirono mai il rifugio di Jae: fu trovato soltanto perché lei stessa ne rivelò la posizione dopo essersi consegnata alla polizia.

45

Avevo vissuto in completa solitudine così a lungo che mi ci vollero giorni per abituarmi alla vita da fuggiasche che ora condividevo con te. La semplice presenza di un altro essere umano che mi rivolgeva la parola era sufficiente a mandarmi in confusione. Il fatto che tu mi parlassi, di per sé, significava che ero viva. Finché non avessi trovato un modo di spiegare tutta la situazione – un compito che invece di semplificarsi si faceva più difficile man mano che passava il tempo –, la cosa migliore era non dire una parola. Rimanere taciturna e misteriosa era facile, così facile che mi domandavo perché la gente non scegliesse di farlo nella vita di tutti i giorni.

Lasciai che tu traessi da sola le tue conclusioni su di me, e tu l'hai fatto, arrivando quasi sempre a soluzioni immeritatamente generose nei miei confronti. Quello fu il primo dei miei tanti errori.

Forse se tu fossi stata diversa avrei parlato prima. Se fossi stata più dolce, più affabile e più ingenua. Ma naturalmente tu non eri niente del genere. Hai una mente acuta e sospettosa, e di tutti gli ostacoli che mi trovavo davanti, quello era il più difficile da superare. Avevo l'impressione che come insegnante ti piacessero le cose fatte in un certo modo, e che ti aspettassi che gli studenti le facessero esattamente come volevi tu. Con i Victor eri rispettosa, ma avevi troppo orgoglio per mostrargli deferenza, anche solo del tipo falso e professionale. Non ho mai conosciuto nessuno come te. Era come fare la corte a un cavo dell'alta tensione – c'erano scosse d'energia tutto attorno a te, violente e imprevedibili. Persino nel sonno c'era qualcosa di spietato e intransigente sul tuo volto. Ti immaginavo com'eri a scuola: una saputella che litigava con gli insegnanti, una sbruffona iperattiva con la media del dieci. Una che superava gli ostacoli come un bulldozer, o che li metteva in fuga con la pura, terrificante forza della sua determinazione. Comandavi gli altri studenti come un caporale, eri la presidentessa di vari club, la capitana di varie squadre. In pratica l'opposto della studentessa che ero stata io – cupa e tormentata, che spaventava gli altri perché loro non spaventassero me. Uno sguardo torvo e un odore di sigarette e lavanderie a gettoni e pasti scolastici gratuiti, un odore da cattiva ragazza.

Mi piaceva guardarti guidare. Vedere com'eri a tuo agio al volante, così sicura e aggressiva. Borbottavi sempre sottovoce, di solito cattiverie su qualche altro automobilista che andava troppo piano. Non so ancora se te ne rendessi conto o meno. Sei un persona irrequieta, in generale: fai su e giù con le ginocchia, tamburelli con le dita sul volante, muovi lo sguardo all'orizzonte in cerca di predatori. Il tuo slancio costante era sfiancante. Hai un caratteraccio, ma in un modo che a me non dà fastidio, perché a differenza degli altri che ho conosciuto con lo stesso problema (uomini, in genere) tu non rendevi la tua rabbia una mia responsabilità. Eri spesso testarda, e avevo la sensazione che fossi abituata a piegare gli altri alla tua volontà. Non avevi idea di quanto io potessi essere paziente. Una volta capito, andammo avanti senza problemi.

Sei sorprendentemente premurosa, una qualità che pensavo potesse metterti in imbarazzo, se mai te l'avessi fatta notare. Non sei esattamente gentile, ma sei attenta. Quando avevo fame, o avevo sonno o sete, tu te ne occupavi sempre. Mi faceva sentire accudita. E anche a me piaceva accudirti, in questo modo tacito e mai riconosciuto apertamente. Non ci chiedevamo mai a vicenda se stessimo bene, perché tu sei come me. Ti mette a disagio avere bisogno di qualcosa. I momenti di emotività, le ferite interne ed esterne, le paure, le ansie, le debolezze di qualsiasi genere, sono questioni private, di cui vergognarsi, da affrontare da soli. Non mi chiedevi mai di rassicurarti, e in genere non avevi quasi mai bisogno di essere consolata. La tua presenza non consumava le mie energie. Il tuo stato emotivo non era contagioso. Eri autosufficiente e capace, un pianeta a sé stante, con un'orbita tutta sua, a cui andava bene incrociare la mia soltanto a volte.

Sei intelligente, ma non quanto credi. La tua intelligenza è una cosa importante per te, perciò sono sempre stata al gioco. Oltre a rubare per te, o aggiustare la macchina, non sapevo come altro farmi voler bene. Non capii subito perché ne avessi un bisogno così impellente. Forse mi sentivo semplicemente in debito. Tu mi avevi salvata. Avresti potuto abbandonarmi una dozzina di volte, ma non l'hai mai fatto. Malgrado ti frustrasse il mio silenzio, non hai mai preteso che ti raccontassi la mia storia, non hai mai reclamato il possesso della mia privacy. Una volta ci andammo vicine, in Texas. Una delle mie regole fondamentali era di non perdere mai il controllo, ma quella volta lo persi. Era il crepuscolo e dalla radio arrivarono le prime note di *Hey Jude*. Ed eccoci lì, io una bambina, mio padre, bello e dolce, con i capelli folti, in ginocchio sul tappeto accanto a me, che guidava le mie dita sulla tastiera del piano. Diedi una botta alla radio e feci calare in macchina un silenzio teso e carico di significato, un silenzio che richiedeva una spiegazione. Tu mi guardasti per un attimo, curiosa, ma non dicesti una parola. Fu il lusso più straordinario che potessi concedermi. Il silenzio è a modo suo una forma di intimità.

Malgrado tutto quello che hai condiviso con me, rimanevi illeggibile. Forse era per questo che mi avevi così in pugno. Eri scivolosa e sfuggente, mi davi il minimo indispensabile per placarmi, ma poi mi presentavi un volto nuovo, dimostrandomi quanto ancora avevo da imparare. Come me, anche tu eri scaltra e capace di dissimulare, un'esperta nell'evitare di mostrarti vulnerabile. Eravamo diverse, naturalmente, in tanti modi, ma c'erano anche volte in cui sentivo che mi eri vicina abbastanza da sentire il sapore del cibo che mangiavo, da soffrire delle mie ferite come se fossero tue. Era dai tempi di Minho, che mi portava il *kimbap* di sua madre per il pranzo a scuola, che non conoscevo qualcuno così disposto a condividere. Non i propri sentimenti – quelli te li tenevi per te –, ma l'acqua, il cibo, le sigarette. Dopo soltanto poche ore che mi avevi incontrata, già ti prendevi cura di me, mi passavi bottigliette d'acqua da bere, con l'orlo ancora bagnato. Avrei accettato qualsiasi cosa se me l'avessi data tu.

È stato poco tempo dopo, in Florida, che mi hai tinto e tagliato i capelli. Ero così tesa che riuscivo a malapena a respirare. Mi davo dei compiti elementari su cui concentrarmi, per distrarmi dalla tua vicinanza. Tu mi hai sconfitta senza difficoltà. Mi hai sfiorato gli zigomi con una dolce autorevolezza, prendendoti gioco di tutti i miei sforzi di ignorarti. Quando hai finito, mi hai detto che stavo bene. Una crudeltà. Nell'arco di pochi giorni, ogni terminazione nervosa del mio corpo era un filo metallico, e tu una calamita. Tutti gli angoli del mio cuore avevano preso la tua forma.

Naturalmente, sarebbe andato tutto all'aria. Dal momento in cui ho puntato il coltello alla gola di Tom Craddock in

Louisiana, era solo questione di tempo prima che scoprissi la verità su di me. Non possiamo alterare la nostra chimica di base. E quando il momento è arrivato, ho puntato il coltello alla *tua* gola, per assicurarmi che capissi. Guarda, Evie, guardami negli occhi e affronta la realtà. Le luci sono accese, ma non c'è nessuno. Non c'è mai stato nessuno.

Peter Victor è stato il primo. Poi Dinah. Poi Evan Barclay. E poi tu. Sembra una cosa insensibile da dire, perché tu sei l'unica delle mie vittime che sia ancora viva, ma sei tu quella per cui mi sento più in colpa. Se io non avessi ucciso i Victor e non ti avessi trascinata con me in fuga, tu saresti ancora a Los Angeles. Avresti fatto lezione a Serena come una domenica qualunque, e io sarei rimasta ad ascoltare da dietro la parete. Tu saresti tornata alla tua macchina senza di me, poi a casa, o a casa di un altro studente, o da qualche parte a mangiare. Magari ti saresti incontrata con gli amici, o con una ragazza. Non avevo idea di che tipo di vita avessi sacrificato per la mia. Ero troppo egoista per immaginarmi una vita tua che non mi includesse. Fantasticavo spesso di incontrarti nel traffico, a un semaforo rosso o dal benzinaio. Il tuo sguardo avrebbe incrociato il mio, freddo e indifferente come se avessi fatto parte della scenografia, e poi avresti guardato altrove. Io ti avrei dato qualsiasi cosa mi avessi chiesto, ma non potevo darti quel mondo più bello, quel mondo migliore. Non hai scelto tu la vita in cui ti ho trascinata. Non hai scelto neanche me.

Sapevo cosa dovevo fare.

46

Jae confessò ogni cosa. Confessò di aver ucciso i Victor. Confessò di aver ucciso Sebastian Onasis ed Evan Barclay, da sola. Raccontò di aver affogato Peter nello stagno delle carpe koi. Di aver colpito Dinah alla testa con un sasso. Disse di averlo fatto perché ne aveva voglia. Anche se il verbale della sua confessione non fu reso pubblico nella sua interezza, i giornali riuscirono a entrare in possesso di alcuni passaggi chiave, che vennero riprodotti e analizzati da appassionati di cronaca nera on-line, presentatori di podcast, e dalla giornalista con i capelli da star del country, che li definì "cazzate".

«Ma perché volevi ucciderli?» aveva chiesto l'agente speciale Afuye a Jae. «Ti avevano fatto qualcosa?»

«No» diceva Jae. «Non a me.»

«A qualcun altro allora?»

«Sì, hanno fatto qualcosa a qualcun altro. Tutto quello che facciamo ha un effetto su qualcun altro.»

Jae confessò anche di aver abitato nella casa dei Victor. Descrisse il labirinto di cunicoli segreti che le avevano consentito di muoversi facilmente per i locali senza essere notata. La casa ora era stata presa in custodia da Abigail Victor, la sorella maggiore di Peter. Sebbene il testamento di Peter e Dinah specificasse chiaramente che tutti i loro averi fossero lasciati a Serena, Abigail aveva comunque portato la questione in tribunale. Voci dicevano che la casa era sigillata come una scena del crimine. I giornalisti che volevano verificare le dichiarazioni di Jae riguardo all'architettura interna furono bloccati all'ingresso dalla polizia, che installò una transenna. La casa era pattugliata giorno e notte da agenti, i quali spesso sorprendevano adolescenti coraggiosi che provavano a intrufolarsi.

Jae confessò alcuni crimini che non erano neanche mai stati commessi, come il costringermi a fuggire con lei. Descrisse la scena come un rapimento. Lei che mi spingeva in macchina puntandomi una pistola contro, che mi ordinava dove andare, dove fermarci, quando mangiare e quando dormire, minacciandomi di violenza nel caso disobbedissi. Al di là delle suppliche perché non mi uccidesse e delle urla e degli insulti che le avevo rivolto, mi ero sempre rifiutata di parlare con lei. E Jae aveva onorato la mia richiesta.

Dichiarazione della signora Jae Park [21 marzo, ore 9.45, interrogata dall'agente speciale Aisha Afuye]

AGENTE SPECIALE AFUYE: Perché hai lasciato in vita la signorina Gordon?
PARK: Non lo so.
AGENTE SPECIALE AFUYE: Non sarebbe stato più semplice liberarsi anche di lei?
PARK: Può darsi.
AGENTE SPECIALE AFUYE: Ma tu non l'hai fatto.
PARK: No.
AGENTE SPECIALE AFUYE: La signorina Gordon ha lottato per liberarsi?
PARK: Sì. Era una sveglia.
AGENTE SPECIALE AFUYE: E com'è riuscita a scappare?
PARK: Eravamo in un motel in Canada. Io ero riuscita a farci intrufolare in una stanza libera dalla finestra. Di solito la chiudevo a chiave nel bagno, così potevo dormire un po'.

AGENTE SPECIALE AFUYE: Facevi così tutte le sere?
PARK: Sì. Io non dormo molto in ogni caso, perciò non la tenevo chiusa per tutta la notte. Soltanto qualche ora alla volta. Ma quella sera ero veramente stanca, e lei dev'essersene accorta. Al volante ondeggiavo pericolosamente. Credo che lei si sia resa conto che io ero praticamente svenuta dal sonno.
AGENTE SPECIALE AFUYE: E cos'ha fatto?
PARK: Ha allagato il bagno. Eravamo al secondo piano. Ha aperto il rubinetto e l'acqua della doccia fino ad allagare tutto, e dalla stanza sotto di noi devono aver visto la perdita dal soffitto. L'acqua era arrivata anche nella nostra stanza, ma io dormivo. Il portiere di notte è salito a controllare. Io ho dovuto lasciarla uscire dal bagno, e appena l'ho fatto lei ha preso le chiavi della macchina ed è fuggita. Ho pensato di assalire il portiere, ma mi sembrava troppo rischioso.
AGENTE SPECIALE AFUYE: E la signorina Gordon ha preso l'auto?
PARK: Sì. Gliel'ho detto che era sveglia.
AGENTE SPECIALE AFUYE: E tu cos'hai fatto, senza più una macchina per spostarti?
PARK: Ne ho rubata un'altra.

47

Anche se solo di rado ci confidavamo l'un l'altra le nostre emozioni, il mio corpo lo rendeva chiaro: ti desideravo. Ma tu non sei mai stata crudele con il potere che avevi. Credo che, per qualche miracolo, anch'io ne avessi un po'. Forse era quella la lezione, che il potere fa parte di ogni rapporto. Che è una componente essenziale della transazione. Puoi fare la corte a qualcuno senza pagare un prezzo? Puoi essere l'oggetto che viene corteggiato, senza sacrificare qualcosa? Ci può mai essere una relazione romantica senza una trattativa, una negoziazione, senza un debito? Io non avevo soldi da darti, e tu non avevi soldi da dare a me. Il valore economico non era un fattore rilevante nella nostra attrazione reciproca, perché non ne avevamo alcuno. Il potere nel nostro caso era qualcos'altro, che scorreva liberamente tra di noi, dalla tua bocca alla mia e dalla mia alla tua e poi di nuovo l'inverso. Era potere, quello, o qualcosa di diverso che non ho le parole per descrivere? Avevo così tante risposte, una volta. Ora le cose che so sono pochissime.

48

Heath presentò una mozione per l'archiviazione del mio caso in California, il che fu più facile di quanto mi aspettassi. Da come me la spiegò lui, l'accusa aveva argomenti molto deboli in ogni caso. Non c'erano prove fisiche contro di me. Non avevano una confessione. Il testimone più compromettente era Tom Craddock, ma lui stava danneggiando la propria credibilità da solo, andando in giro a dire a tutti di come era stato "salvato dalla grazia di Dio". I giovani Carlisle divennero figure controverse una volta che i loro comportamenti da ubriachi divennero di dominio pubblico: guida in stato d'ebbrezza, una Mustang distrutta, un incidente in motoscafo che aveva mandato in coma una ragazza adolescente. L'unico altro testimone oculare era la guardia giurata del Walmart di Indio, che andò ospite in tutti i telegiornali a raccontare di come mi aveva interrogata – da sola, Jae non si vedeva da nessuna parte – e per poco non era riuscito a farmi crollare.

Lo stato di Washington aveva argomenti molto più seri a mio carico – che avrei dovuto affrontare solo dopo il processo per l'omicidio dei Victor –, ma anche loro ritirarono tutte le accuse. Era Jae Park che volevano, e ora ce l'avevano. Si era costituita spontaneamente. Dichiarata colpevole.

Il pubblico, naturalmente, credeva ancora che queste fossero tutte bugie. I predicatori rimanevano sui loro podi, per nulla scalfiti dai fatti documentati. La giornalista country continuava a reclamare la mia testa quasi quotidianamente. Malgrado ciò, dopo tre mesi di detenzione, fui liberata. Tornai a casa nella North Carolina a vivere con mia madre.

Per le prime tre settimane, la casa fu assediata dalle proteste. Una volta che si crea una folla, è molto difficile disperderla. Odiarmi era diventata una religione: dava alla gente uno scopo nella vita, un senso di comunità, di cameratismo e persino di amicizia – forse anche d'amore. Di sicuro potrei prendermi il merito per almeno un paio di tresche nate lì. Un appassionato dell'hashtag #ÈStataEvie, un po' depresso, stanco del conforto della sua mano destra ormai spellata dall'uso, incrocia lo sguardo di un'altra come lui fuori da casa mia. C'erano furgoni dei notiziari parcheggiati lì davanti ventiquattr'ore al giorno, sette giorni alla settimana, a documentare quell'odio. Mi venne in mente di andare a parlare con i dimostranti uno per uno, preparargli una bella torta, fargli vedere che brava ragazza ero. Ma poi mi ricordai che non avevo idea di come si facesse una torta, e che non ero mai stata una brava ragazza, neanche prima di diventare una serial killer.

Il numero dei presenti si ridusse, settimana dopo settimana. A un mese di distanza, c'erano solo cinque sfegatati accampati là fuori. Mi dispiaceva un po' per loro. Dev'essere dura avere una causa morale, una cosa in cui credi così tanto, e vedertela portare via. Quelli che rimanevano erano tutti cristiani evangelici. Non mi sputavano addosso, niente del genere. Tre di loro erano studenti universitari, gli altri due erano persone di mezza età. Un giorno, mentre accompagnavo mia madre al lavoro in macchina, gli chiesi come si chiamavano. Uno aprì bocca per rispondermi, ma un altro gli diede uno schiaffo sul braccio per zittirlo. Due giorni dopo, se n'erano andati. Il vetriolo rimaneva soltanto on-line. #EvieGordonColpevole era ancora tra i *trending topics* sui social, con numeri considerevoli. La Florida era l'unico stato che non aveva archiviato le accuse nei miei confronti. I Carlisle stavano mettendo insieme un'altra istanza per aggressione da presentare al procuratore distrettuale. Il governatore, a quanto pare, li aveva incoraggiati personalmente a farlo. Jae Park non bastava: volevano la coppia al completo. Heath mi teneva aggiornata sugli sviluppi, in caso dovessi prepararmi di nuovo per un processo.

Per la maggior parte del tempo restavo a casa a guardare Animal Planet. Nessuno nel mio paese voleva assumermi. Provai in libreria e in biblioteca e nella scuola pubblica dove aveva insegnato mio padre. Provai in tutti i ristoranti del paese e al centro commerciale e al cinema. L'adolescente che mi accolse lì mangiava popcorn di nascosto da un marsupio: gli cascarono tutti dalla bocca quando mi vide entrare dalle porte automatiche.

Perciò restavo a casa. Fumavo sigarette. Facevo le parole crociate. Non leggevo libri e non guardavo i notiziari. Un intero ciclo elettorale era passato senza che neanche me ne accorgessi, come pure uno scandalo per un'accusa di stupro contro un noto giornalista televisivo, una perdita di petrolio, un uragano categoria cinque in Texas, l'ascesa di un gruppo di suprematisti bianchi nel Nord della Florida, e tutto un casino geopolitico con la Russia. Non guardavo nulla che si potesse considerare mentalmente stimolante o emotivamente impegnativo. Mi limitavo ai reality, alle sit-com generaliste, e allo sport. Ingrassai; poi, una volta che mi accorsi che ero grassa, diventai magrissima. Mie foto in entrambe le versioni, grassa e magra, apparvero nei tabloid e fecero il giro delle prese in giro online. «Grottesca assassina mette in mostra la cellulite durante una passeggiata serale.» «Evie Gordon perde peso: liposuzione o coscienza sporca?»

Correvo almeno otto chilometri al giorno, a volte sia al mattino che la sera. Mentre correvo ascoltavo dei podcast, chiacchiere allegre sul mondo dello spettacolo e altre sciocchezze, per sovrastare il rumore che sentivo in testa. Non sopportavo il silenzio, mai, neanche quando dormivo. Mi addormentavo davanti a *Friends* o *The Office* o *Parks and Recreation*. La mia non era una depressione da grandi pianti. Era più del tipo Terrore Esistenziale, Ah-la-vanità-dell'esistenza, dormire-forse-sognare, si-piange-per-questo-palcoscenico-di-imbecilli-del-cazzo. Mi dava il disgusto. Non ne parlavo con nessuno, anche se naturalmente mia madre se n'era accorta, visto che non riuscivo a uscire di casa. Quando lo facevo, anche per una cosa semplice come andare al supermercato, l'unica cosa a cui pensavo era quanto ogni persona che incontrassi dovesse detestare la propria vita. Era questa la cosa più strana della mia depressione: si proiettava all'esterno, immaginandosi la tristezza di tutti quelli che avevo attorno, presuntuosa e arrogante. Sentivo la mancanza dei tempi in cui il mio desiderio più grande era stata l'immortalità. Ora l'idea di vivere per sempre mi dava il voltastomaco. Un incubo da Sisifo che non avrei augurato al mio peggior nemico.

Ricevetti un po' di offerte da agenti letterari per scrivere un'autobiografia. Soldi facili, in sostanza. La mia agente era una boomer lesbica dolce e benintenzionata che viveva a Seattle – «Non tanto lontano da dove sono stati assassinati Sebastian ed Evan!» cinguettava la sua offerta via mail, come se quello fosse un bel biglietto da visita. Mettemmo insieme una proposta editoriale e riuscimmo a ottenere un contratto per la pubblicazione. Con i soldi del contratto finii di pagare a Heath tutte le spese legali che gli dovevo, più circa un quarto dei debiti universitari che ancora mi restavano da saldare. La maggior parte dei giorni ero troppo depressa per scrivere effettivamente un libro, ma quello sarebbe stato un problema per il futuro.

I miei livelli di serotonina avevano movimenti e ouverture come un'opera. Mi vibravano dentro in ondate così forti da lasciarmi esausta. Le visite della gente facevano precipitare il mio umore. Un netturbino mi sorrise una volta e io scoppiai a piangere. Come fa a sorridere? Che cos'ha da sorridere? Il terrore esistenziale è così noioso. C'erano giorni in cui non rivolgevo la parola a nessuno. Il pensiero di parlare era semplicemente impossibile. Sentivo le guance rigide, chiedevo alla bocca di sorridere, ma non ci riuscivo. La paura mi faceva perdere la testa. Volevo che tutto tornasse alla normalità, che i miei ormoni tornassero a livello del mare.

Lo fecero, più o meno. Dopo tredici mesi circa, cominciai a riemergere dalla foschia. La noia significava scontentezza. E se ero scontenta, forse potevo trovare il desiderio di essere contenta. Avevo una direzione. La mia mente tornò a desiderare di essere stimolata. Riuscivo a guardare qualche serie tv con mia madre, di quelle buone, quelle nominate agli Emmy. Leggevo romanzi. Guardavo i telegiornali e mi commuovevo per le tragedie che capitavano nel mondo. Ero ancora abbastanza sicura che non sarei riuscita a trovare un lavoro, ma come tante persone disoccupate della mia generazione potevo ancora fare affidamento su quel caro vecchio rifugio: l'università.

Dopo mesi di ricerca, decisi di fare domanda per un dottorato in Sociologia. Un dottorato sarebbe servito a diverse cose: 1) era tutto pagato, e avrei ricevuto uno stipendio con cui vivere, e 2) avrebbe ritardato la scadenza del pagamento per i miei debiti. Anche se la maggior parte delle facoltà più blasonate erano in California, mi rifiutai di fare domanda lì, come pure in qualsiasi dottorato che fosse in una grande città. Volevo restare vicina ai miei genitori.

Venni presa in tre università diverse. Scelsi l'Università della North Carolina a Chapel Hill e cominciai a frequentare l'autunno seguente. Usavo il mio secondo nome, Theodora, accorciato in Theo. Theo Gordon, piacere. Theo, così mi chiamo. Mi ripetevo il nome davanti allo specchio, *Theo, Theo, Theo*, per convincermi di essere io. Lasciai che mia madre mi tagliasse i capelli e me li tingesse castani. La cosa bella era che Theo poteva essere chiunque avesse voglia di essere. Decisi che Theo sarebbe stata una persona gentile. Come Theo Gordon, dottoranda in Sociologia al primo anno, molto gentile, mi fu assegnato un monolocale nelle residenze per i corsi superiori. Avevo fatto domanda per un monolocale, ma non mi ero aspettata di riceverne uno al primo anno. Forse avevano paura di mettermi con una compagna di stanza. Sono stata un'assassina famosa, una volta.

Il primo semestre fu abbastanza tranquillo. Non ero nervosa. Avevo la sicurezza insensata di chi non ha nulla da perdere e nessuno da convincere. Nessuno mi trovò particolarmente gentile. Anzi, mi creai la reputazione di essere maleducata o con la testa tra le nuvole, a seconda di quanto generosa fosse l'interpretazione della gente, perché spesso non rispondevo quando la gente mi chiamava "Theo". Non ero brava quanto avrei voluto, a essere Theo. E siccome mi presentavo con quello pseudonimo, alla gente ci volle un po' per capire chi ero. All'incontro di orientamento, una ragazza del mio anno mi fissò per mezz'ora da dietro un tavolo di aperitivi prima di decidersi a seguirmi in corridoio pretendendo di sapere se ero una parente di Evie Gordon. Un altro ragazzo dei mio anno, Vivek, era nel corridoio a fumare una sigaretta; sentì quello che mi aveva chiesto la ragazza e scoppiò a ridere.

«Gabby» disse Vivek, soffiando una nuvola di fumo. «Quella lì *è* Evie Gordon.»

In seguito, durante i nostri seminari, Gabby e il suo gruppetto di amici mi evitavano e si scambiavano occhiate ogni volta che io aprivo bocca in classe. Vivek era carino con me: spesso ci fumavamo una sigaretta insieme dopo il seminario. Nessuno del mio anno aveva una gran voglia di parlare con me, e a me andava anche bene. Erano tutti molto più giovani di me. Cominciavo a pensare che tornare all'università fosse stata un'idea di una stupidità imbarazzante. Ma non potevo permettermi di rinunciare al deferimento dei debiti studenteschi.

Fu durante il secondo semestre che andò tutto a rotoli. Avevo cominciato a insegnare: mi era mancato così tanto. La prima settimana andò bene, o almeno a me sembrò così. Insegnavo perlopiù a studenti del primo anno. Soltanto una dei miei allievi mi riconobbe, una ragazza goth appassionata di true crime di nome Mei. Arrivava tardi a ogni lezione, ma scriveva straordinariamente bene, e si fermava sempre dopo la lezione per farmi domande sui Victor. Aveva una voce nasale e spiritosa e parlava sempre a un volume alto. Un'altra studentessa un giorno ci sentì che ne parlavamo, e mi cercò su Google. Poi fece il mio nome ai suoi genitori, distrattamente.

Nel giro di ventiquattr'ore la scuola ricevette duecento lamentele. Nel giro di quarantotto una petizione dal titolo «VIA LA SERIAL KILLER DAL CAMPUS» aveva già raccolto 6754 firme. Per la fine della settimana, le lamentele erano arrivate a settecento. La petizione aveva 14.000 firme, che continuavano ad aumentare. La Giornalista Country ci fece un servizio. Lo guardai dal telefono nella mensa del campus, ubriaca fradicia alle due del pomeriggio, come accadeva sempre nei giorni in cui non dovevo insegnare. Erano mesi che mi presentavo sbronza a tutti i seminari.

Abbandonai il dottorato. Mi trasferii di nuovo da mia madre, e ricaddi subito in depressione. Andai agli incontri degli Alcolisti Anonimi e mi dedicai ai Dodici Passi come fosse un programma scolastico. Mi ripresi in fretta e mi buttai di nuovo nel fitness. Finii il libro. Alla mia editor fece schifo. Disse che non aveva senso. Ricominciai a bere.

Uscì un film su Jae. Un horror. Si intitolava *La ragazza nei muri.* Serena Victor era la protagonista. Jae l'avevano fatta assomigliare alla ragazza giapponese di *The Grudge*, una scelta che diversi giornalisti definirono razzista. Le recensioni furono negative, in generale. Jae era diventata un personaggio di Wes Craven, la ragazza nel sottoscala, un mostro. Io nel film ero un personaggio del tutto secondario, ma apprezzai il fatto che l'attrice che interpretava il mio ruolo fosse una gran figa. L'attrice che interpretava Jae non le assomigliava affatto. Era troppo minuta e femminile, con questi grandi occhioni rotondi e un ghigno da Freddy Krueger. I nostri personaggi non si davano mai un bacio. Non facevano sesso. Io in sostanza ero poco più che un oggetto di scena, trascinato da una camera d'albergo a una casa-vacanze sotto minaccia di morte, che piagnucolava dal sedile del passeggero in un breve montaggio.

Un mese dopo l'uscita del film, mia madre mi svegliò nel cuore della notte. Ancora mezza addormentata, mi lasciai condurre in salotto. La tv era accesa e sullo schermo c'era il viso di Jae: una sua foto all'udienza preliminare, con addosso la tuta arancione.

Jae Park evasa da prigione federale.

Scoppiai a ridere.

Una cosa gliela dovevo concedere: quella stronza era coerente con se stessa.

La guardia carceraria che l'aveva aiutata a evadere sarebbe stata processata l'anno seguente in California. Si chiamava Rosa. Il suo volto era su tutti i telegiornali. Aveva venticinque anni, un viso a forma di cuore e lunghi capelli castani. Molto carina. Sostenne di essere stata "sedotta" e "ingannata".

Ascolta, amica. Ti capisco.

Per quasi un anno intero dalla fuga di Jae faticai a dormire. Osservavo le fessure sotto le porte in cerca di passi, le ombre che attraversavano il giardino. Cominciai a fare lunghe passeggiate notturne, i miei occhi tracciavano forme inquietanti nelle cassette della posta e nel buio dei boschi dietro le case. Sbirciavo dentro i finestrini delle macchine e ascoltavo il richiamo dei gufi. Seguivo il fruscio degli animali. Camminavo nei boschi e fissavo gli alberi. A volte immaginavo di vederla, appollaiata elegantemente su un ramo. Non mi invitava ad avvicinarmi, ma neanche mi scacciava. I suoi occhi freddi da Gioconda, la sua bocca bellissima, con un'espressione quasi divertita.

Tornavo a casa. Una volta rientrata, premevo l'orecchio alle pareti cercando il suono del suo respiro.

«Jae?» sospiravo dalla ventola del bagno, passando le dita sulla carta da parati. «Jae?»

La mancanza di sonno fa cose strane alla mente. A volte sentivo delle voci che mi rispondevano, ma se fosse una paura o un desiderio non saprei dirlo.

Circa un anno dopo la fuga di Jae – non l'avevano più catturata, naturalmente – ricevetti un pacco nella posta senza indirizzo del mittente. Dentro c'era un quaderno.

Aprii la prima pagina. Il disegno di una casa. La forma era semplice e pulita, bellissima. Era in stile Tudor inglese, come fosse uscita da un libro di favole. C'erano una fontana e una serra.

C'erano altri disegni. Una cucina, con un angolo per la colazione e un lampadario Tiffany appeso al soffitto. I pavimenti erano classici, a scacchi bianchi e neri: vedevo i tratti della penna, ogni mattonella riempita con cura. La luce del sole riempiva la cucina attraverso un lucernario.

C'era un giardino. Nel giardino c'erano filari e filari di garofani dei poeti e rudbeckie, indicati dai loro nomi comuni e dal nome scientifico. Nel gazebo c'eravamo noi.

C'era un testo, dopo i disegni. Pagine e pagine di testo.

Mi è sempre stato difficile parlare. Scrivere è più facile, o almeno così ho sempre pensato. Tenevo sempre un diario, una volta.
Ora sono fuori allenamento. Ho dovuto cancellare tantissimi inizi e ricominciare da capo. Ma voglio trovare le parole giuste, per te.
Comincerò da qui: sono brava ad ascoltare. Non sono brava a fare la maggior parte delle cose, ma questa so che è vera.

È così che cominciava.

49

Ti ho amata, Evie. Ti amo. Queste sono le cose che so.

50

Evie Gordon, la Robin Hood di Hollywood, si è ritirata dalle scene. La gente crede che non esista. La gente, anzi, crede che non sia mai esistita: Evie Gordon è solo una serial killer psicopatica che ha fatto tutto per divertimento.

La maggior parte del paese pensa ancora che li abbia ammazzati tutti io, tra parentesi.

La verità è che Evie Gordon si è *davvero* ritirata dalle scene. Non si aggira più per le colline di Bel-Air ormai, anche se a volte ci pensa. Di questi tempi, perlopiù, va in giro in macchina. Va nei quartieri più ricchi e si cerca una Tesla. Una Porsche. Una Mustang d'epoca. (Ma Tesla soprattutto.) Poi le segue. Le segue per tutto il tragitto finché non tornano a casa.

Sono a Los Angeles per visitare Patrick Heath, il mio vecchio avvocato. I Carlisle mi hanno fatto causa per due milioni di dollari per danni morali. Ci stiamo preparando per il processo. In un attacco di noia, di *ennui*, di nostalgica cattiveria, chiamatelo come vi pare, ho deciso di seguire qualche macchina. Sono passati quasi cinque anni dall'ultima volta che sono stata a Los Angeles, perciò al principio, seguendo la Tesla tra le colline di Los Feliz, con le sue file di villette Tudor e in stile coloniale spagnolo e gli chalet svizzeri, non riconosco subito la strada dove una volta venivo tutte le domeniche.

Il quartiere non è cambiato granché. I miei ricordi innescano il pilota automatico e mi riportano dritta alla casa più famosa di tutto il circondario.

Cammino attraverso il vialetto, supero il fossato (sul serio, un fossato vero) e attraverso il rigoglioso giardino di piante grasse e alberi di limone, fino all'enorme portone di quercia che, l'ultima volta che sono stata qui, era spalancato.

Oggi è chiuso, perciò suono il campanello.

Mi apre un uomo. Non arriva all'uno e settanta. Ha la pelle scura e i denti più bianchi, più belli che abbia mai visto.

«Salve» dice l'uomo. «Cosa posso fare per te?»

«Non mi riconosci?» gli dico.

Il suo sorriso comincia a evaporare. «Perdonami.» Ha un dolce accento inglese. «Non credo di averti mai incontrata, e non mi aspettavo di ricevere visite. Come ti chiami?»

«Evie Gordon.»

«Evie» ripete lui, incredulo. «Evie Gordon?»

«Sì. Chiedo scusa per non aver chiamato prima, ma non sapevo chi abitasse qui ora. Non avevo neanche programmato di venire.»

«Evie Gordon» ripete, facendo un passo indietro. Non di paura, ma per farmi entrare. «Evie Gordon, prego accomodati dentro.»

Entro in corridoio e lui comincia a parlarmi tutto emozionato. Si presenta come Ajani Effiong, è un regista inglese. Magari ho visto il suo film, *Animators*? È un film di zombie. Mi scuso per non averlo visto. Lui mi dice che non c'è bisogno di scusarsi. Mi spiega che si è appena trasferito a Los Angeles per girare un film tratto da un fumetto, che ancora non conosce per niente la città. Prima di venire qui viveva con sua moglie a Dublino. Mi dice che come regista di film horror non poteva resistere al fascino della casa dei Victor. La chiama la casa dei Victor. Mantiene un flusso continuo di chiacchiere – mi piace prendere il caffè in questo bar, non mi piace il cane dei vicini, vorrei prendermi anch'io un cane ma non ho tempo, mia moglie è un'artista e lei la odia questa casa, dice che è piena di spiriti cattivi, ma io non li sento gli spiriti, anzi a dirti la verità la casa è un po' una delusione, tutte queste voci su corridoi segreti e misteri vari, ma in realtà è una casa perfettamente normale, non abbiamo trovato nessun passaggio segreto, e abbiamo cercato, abbiamo cercato sul serio, mia moglie vuole ridipingere tutte le stanze, pensa che se rimarrà incinta in questa casa il bambino verrà strano, e io le dico che sono solo sciocchezze, che non è proprio la casa che pensavamo che fosse ma che è comunque bellissima, e finalmente lei si sta aprendo un po' su questa cosa, mi sembra, dice che Los Angeles è piena di fantasmi, e io dico ma che scemenze, è una città così giovane, non c'è storia qui, non c'è cultura, e lei dice no ci sono cose antiche qui, ci sono altre cose oltre all'America e queste cose non spariscono, questa terra è distrutta e io dico ma certo che è distrutta tutta la terra è distrutta, oh ma c'è quel ristorante messicano che ci piace proprio dietro l'angolo, a Dublino è impossibile trovare del buon cibo messicano.

«Mia moglie non è in casa» mi spiega. «Sta per aprire una nuova personale. È un'artista. Spero che faccia in tempo a tornare per cena. Ci piacerebbe averti per cena. Sono sicuro che lei sarebbe felicissima di conoscerti. Sono felice anch'io di conoscerti. Abbiamo letto così tante cose su di te. Ho persino il tuo libro – ti chiedo scusa, non l'ho ancora letto, ma lo leggerò. Ne ho sentito dire cose così interessanti.»

Mi guarda dritto negli occhi senza farsi problemi, e mi sorride.

«Posso portarti qualcosa? Del tè? Acqua? Vuoi dare un'occhiata in giro?»

Io mi avvicino alla scalinata centrale.

«Va tutto bene?» mi chiede. Il suo sorriso svanisce.

«Mi piacerebbe fare un giro da sola» gli dico. «Ti dispiace?»

«Ma certo, va benissimo. Sei sicura che sia tutto okay? Sei un po' pallida, sembra che tu non stia bene.»

Non mi sento bene. Mi sento fuori di testa. La casa ha delle pareti, sono qui tutto intorno a me, con il loro peso materiale, e se le toccassi ne sentirei la consistenza. Tocco il corrimano delle scale. È vero. Mi chiedo se la casa sa che sono qui. Ci sono dei quadri alle pareti: grandi, di colori accesi, forme astratte, bocche rosso sangue che si aprono su volti geometrici. Sono occhi nuovi. Mi riconoscono? La porticina del sottoscala è ancora lì, rotonda e dall'aria sinistra, che mi invita ad avvicinarmi. Come ho fatto una volta a trovare questo posto così bello? Cos'ha mai avuto di bello?

«Ti chiedo scusa» dice Ajani. «Perdonami.»

«Cosa?» dico io, voltandomi.

«Ero così emozionato» dice lui, con un sorriso d'imbarazzo. Ha un'espressione di profonda vergogna sul viso. «Quando ti ho vista. Non ci ho pensato. Per te non è una cosa emozionante. È molto diverso per te. Qui dentro è successa una cosa terribile. Ed è successa a te. Hai visto cose così orribili.»

«Ho scelto io di venire qui.»

«Ho paura a lasciarti da sola.»

«Non faccio niente di male.»

«Oh no, no, mi hai frainteso – non sono preoccupato per la casa. È solo una casa. E in ogni caso, sono in affitto.» Ajani sorride. «Sono preoccupato per te.»

«Sto bene» dico. «Ma mi piacerebbe restare da sola, se per te va bene.»

Quando Ajani se ne va, vado dritta alla porta del sottoscala. Si apre facilmente. Uso la torcia del telefono per illuminare il ripostiglio. Ti vedo, per un inganno della luce, come ti vidi tanti anni fa. Quegli occhi tormentati nel buio dello stanzino.

Il ripostiglio è molto basso all'inizio, per via delle scale. Dovrebbe finire lì. Mi trovo davanti un muro. Mi chino in avanti.

Qualsiasi cosa può essere una porta.

Mi hai detto una volta.

Tasto il muro con le mani. Tengo gli occhi aperti in attesa che si abituino all'oscurità. Poi spingo.

Il corridoio segreto mi si apre davanti. Cresce, come una casa, e si fa più largo, come un corpo vivente. Segue una curva strana, intestinale, che percorro per un po', fino a ritrovarmi nei profondi recessi della casa. Una scalinata, ricurva e traballante, mi porta al piano di sopra, in un altro cunicolo buio, stretto ma dal soffitto alto. Apro una porta e mi ritrovo in un armadio, che a sua volta si apre su una bellissima stanza da letto col soffitto a volta, dipinto di un bluverde acquamarina. La stanza è vuota, eccetto un cavalletto da pittore. Questa era la stanza di Serena, una volta. Attraverso il labirinto di cunicoli torno al piano terra, attraversando la sala da pranzo fino in cucina. Sento Ajani dall'altro lato della parete, il sibilo di un bollitore per il tè. Sta borbottando qualcosa al telefono.

«Le sto lasciando spazio per stare da sola» dice. «Penso abbia vissuto un'esperienza veramente difficile.»

Mi accovaccio a terra e premo l'orecchio alla parete. È calda, come una guancia, come qualcosa a cui scorra del sangue nelle vene. Punto la torcia del telefono sulle travi del pavimento. C'è qualcosa inciso nella parete, visibile appena.

E-V-I-E.

Sono io.

Sei tu.

Accarezzo le lettere con le dita, immaginandoti lì al posto mio, a inciderle, tanti anni fa. Tutti gli organi del mio corpo si sollevano e turbinano come una casa al centro di un uragano. Una struttura di calce e mattoni, mobili ed elettrodomestici, sradicata dal terreno facilmente come un giocattolo tra le mani di un bambino.

Tu eri qui.

Sulla tua lettera non c'era un indirizzo del mittente. Ha senso. Dopotutto, potrei ancora covare sentimenti di odio verso di te. Potrei andare alla polizia a portargli le tue pagine e condurli dritti da te. Ma non servirebbe a niente: tu fuggiresti di nuovo. Troveresti un modo. Tu trovi sempre un modo. Ma io non ti avrei mai consegnata alla polizia. Intendevo sul serio quello che dissi nello stato di Washington. Avresti potuto confessarmi ogni cosa quando ancora avevo la possibilità di guardarti negli occhi e dirti che non m'importava di cosa avevi fatto. Che non m'importava niente di loro. Non me n'era mai importato niente. Ero arrabbiata perché mi avevi mentito. La mia rabbia non è mai stata per loro. Era dolore per me stessa, per il mio futuro, per le mie aspettative sulla mia vita. Credo di aver sempre saputo che eri stata tu. Nel profondo, in qualche angolo nascosto della mia mente, lo sapevo già e avevo già fatto pace con l'idea. Tu controllavi sempre l'apertura del mio raggio visivo, ma io ti vedevo, Jae. Ti vedevo più a fondo di quanto tu creda.

Nella tua lettera hai scritto: «Tu non mi hai scelta.» Come se quello che è successo tra di noi fosse una cosa impersonale, come un matrimonio combinato. Come se io non avessi colpe, una valigia caricata sul vagone di un treno. Ma tu non sei stata una cosa che ho subito. Non sei stata una cosa che mi è successa. Sì, il tempo e lo spazio e le circostanze hanno congiurato per metterci nella stessa stanza, ma i casi fortuiti di latitudine e longitudine non sono altro che quello. Io ero in un luogo in un determinato momento. Siamo apparse l'una davanti all'altra come sfingi a un bivio. Ci siamo poste indovinelli a vicenda. Io non sono più intelligente di chiunque altro. Sono soltanto rimasta più a lungo. Mi hai lasciato più tempo che agli altri.

Non scambiare il destino per bellezza. Ci sono sempre scelte: centinaia, migliaia, milioni di scelte. Muri morbidi contro cui premersi, per vedere quanto riescono a piegarsi. Sì che ti ho scelta. Non ti aveva mai scelta nessuno prima? Ti ho scelta tantissime volte.

Non so quanto a lungo resto lì stesa a terra, lo sguardo perso nel buio, in ascolto. Abbastanza a lungo da sentire Ajani chiamare il mio nome con voce confusa.

La casa emette un suono, con un respiro profondo, umano.

Mi volto.

«Jae?»

Espira. Provo a ricordarmi il suono del tuo respiro, ma è passato così tanto tempo. Guardo nel buio. Non si sente nient'altro. Trattengo il fiato e ascolto. In attesa.

Uno scricchiolio nel pavimento.

Non dovrei sperare. Ma naturalmente spero. Per quale altro motivo sarei venuta qui? Per quale altro motivo, se non per te?

«Dove sei?»

Silenzio.

Mi fa male la testa per lo sforzo di restare in ascolto. Di guardare.

«Evie?»

Sento aprirsi una porta.

È Ajani, dall'ingresso.

Guardo ancora una volta. Niente.

Torno indietro attraverso i corridoi, fino allo stanzino nel sottoscala, attraverso la porta, nella luce dell'ingresso. Fuori il sole sta tramontando. Ajani tiene aperte più finestre di quanto facessero i Victor.

«Dov'eri andata?» dice. «Sei stata via così tanto tempo. Ti cercavo.»

Dov'ero andata?

Ero con te.

Ringraziamenti

Non posso che iniziare questa lista con la mia agente letteraria, Stephanie Delman – donna, mito, leggenda – che mi ha cambiato la vita in modi a cui ancora non riesco a credere. Il tuo instancabile lottare per me mi commuove ogni giorno. Grazie per avermi aiutata ad attraversare la follia di un debutto editoriale con così tanta pazienza e gioia e risate, e grazie per avermi ricordato di festeggiare, ogni volta che mi convincevo di essere a mia insaputa il bersaglio di uno scherzo in stile *The Truman Show* (una parte di me ancora si aspetta la rivelazione da un momento all'altro...). Grazie a Khalid McCalla, che mi ha fatto emergere dal nulla: senza di te, non scherzo, sarei ancora un'insegnante di ripetizioni. A Emma Finn, la mia agente per il Regno Unito: risvegliarmi e trovare l'allegria contagiosa delle tue missive dall'Inghilterra mi ha fatto rivalutare le mie perplessità sulle ore mattutine. E ad Alison Malecha, fenomenale agente per i diritti internazionali: grazie per aver portato questo romanzo in paesi in cui non avrei mai creduto possibile. Sono grata a Elizabeth Pratt e a tutti gli altri del team Trellis per il loro entusiasmo e la loro attenzione. Sono da sempre un'appassionata di cinema e tv, e come tale devo ringraziare Jasmine Lake, Mirable Michelson e Addison Duffy alla Uta per l'incredibile lavoro che avete fatto per rendere quei sogni una realtà. Grazie a Zakiya

Dalila Harris, Alison Wisdom e Danya Kukafka: questo processo sarebbe stato molto più scoraggiante senza la vostra gentilezza.

Per la mia editor Jessica Williams "grazie" sembra una parola comicamente inadeguata. La tua squisita intelligenza e la tua profonda comprensione di questo libro e di questi personaggi non sono mai venute meno. Neanche nei miei sogni più ambiziosi avrei mai pensato di trovare un'editor di cui avrei potuto fidarmi così ciecamente. Grazie per aver sempre colto le mie citazioni e per aver riso delle mie battute più strane. Alla mia editor per il Regno Unito, Lettice Franklin: è un tale privilegio ricevere le tue revisioni. Grazie per aver donato la tua meravigliosa mente a questo libro. Peter Kispert, grazie di aver promosso questo romanzo e di essere sempre a una breve mail di distanza. Sono così grata per la cura attenta e la generosità dei consigli iniziali di Victoria Cho. Grazie alla copyeditor Stephanie Evans e al team HarperCollins per l'incredibile lavoro che avete fatto per questo libro.

Questo romanzo probabilmente non sarebbe mai esistito senza gli straordinari insegnanti e gli amici che ho avuto la fortuna di incontrare nei quattro anni trascorsi al dipartimento magistrale di Inglese dell'Università di Irvine. Grazie ai miei passati studenti a Uci per la vostra intelligenza e il vostro entusiasmo: ho imparato così tanto da così tanti di voi.

Io non sono nulla senza le mie persone. Zoë, da sempre la mia prima lettrice, e la mia preferita: grazie per aver creduto in me e in questo libro e in tutte le altre centinaia di migliaia di parole che ti ho fatto leggere. I consigli di nessuno significano più dei tuoi per me. Margaret: ci sono così tante battute che avrei voglia di fare, ma mi costringerò a essere sincera, per farti un regalo, perché te lo meriti per aver sopportato le mie cazzate per quasi vent'anni. La mia vita e la mia scrittura sono infinitamente migliori da quando ti ho conosciuta. Jess: hai letto questo romanzo quando era soltanto un neonato di diecimila parole, e mi hai incoraggiata ad andare avanti quando la mia fiducia in me stessa e nel mio lavoro era al suo minimo storico. La tua gentilezza e il tuo ardente supporto hanno significato tantissimo per me. Rae, amica mia dell'anima, assistente di ricerca e coraggiosa paladina dei cattivi (congratulazioni): grazie di essere la Thelma per la mia Louise finché sarò al mondo. Ryan: sono così fortunata che uno dei lettori con il miglior orecchio dei nostri tempi sia anche uno dei miei migliori amici. Sei il miglior sostenitore e sistema di supporto che potessi mai desiderare. Alexandra: grazie per letteralmente decenni di amicizia e fratellanza, e per aver reso tutti i nostri numerosi viaggi in macchina molto meno spaventosi di quelli di Evie e Jae (con l'eccezione di Slidell).

E infine, grazie soprattutto alla mia famiglia. Non c'è nessuno migliore di voi. Ci sono così tanti pezzi che dovevano infilarsi al posto giusto perché io potessi costruirmi una vita attorno a questa cosa che amo, e ogni singolo pezzo può essere ricondotto a voi. Grazie per avermi dato così tanta fiducia, libertà e amore. Mamma, papà, Jake e il mio piccolo Ozzy: senza di voi, tutto questo non avrebbe senso.

Stampato da
Grafica Veneta S.p.A., Trebaseleghe (PD)
per conto di Marsilio Editori® in Venezia

«Farfalle Marsilio»
Periodico mensile n. 400/2025
Direttore responsabile Giuseppe Lupo
Registrazione n. 1334 del 15.06.1999
Tribunale di Venezia
Registro degli operatori di comunicazione-ROC n. 6388

EDIZIONE

10 9 8 7 6 5 4 3 2 1

ANNO

2025 2026 2027 2028 2029